Silvia Kaffke

Totenstill

Silvia Kaffke, geboren 1962 in Duisburg, kam über Zeitschriftenstories zum Krimi. »Messerscharf« war ihre erste Buchveröffentlichung und wurde für SAT1 verfilmt. 2002 folgte »Herzensgut«. Die Stadt Düsseldorf verlieh ihr den Kulturförderpreis für Literatur 2000. Außerdem war sie für den Frauenkrimipreis der Stadt Wiesbaden nominiert.
»Totenstill« ist ihr erster Titel im Programm des KBV.

Silvia Kaffke

Totenstill

KBV
KRIMI

Originalausgabe

www.kbv-verlag.de
E-Mail: info@kbv-verlag.de
Telefon: 0 65 93 - 99 86 68
Fax: 0 65 93 - 99 87 01
Umschlagillustration: Ralf Kramp
Druck: Grenz-Echo AG, Eupen
www.grenzecho.be
Printed in Belgium
ISBN 3-937001-53-0

Für Uwe, er weiß, warum.

1. Kapitel

Sanft. Das war das einzig richtige Wort. Ihr Leben war sanft geworden.

Barbara hockte im warmen Jogginganzug auf der Terrasse der Hielmannvilla. Sie fröstelte. Es war Ende April, tagsüber kletterte das Thermometer mühelos über zwanzig Grad, aber jetzt, am frühen Morgen, konnte es noch empfindlich kalt sein. Der Garten stand in Frühlingsblüte, letzte Osterglocken, Hyazinthen und viele Tulpen leuchteten zwischen Sträuchern und Bäumen, die erste zarte Knospen oder Blätter zeigten. Hier und da strahlten Forsythien im schon verwelkenden satten Gelb, und Zierobstbäume schüttelten Blütenschnee auf den Rasen.

Sie hatte diesen wunderbaren Garten im letzten Sommer zu schätzen gelernt. Mit seinen wohlgeordneten Beeten, die sich mit kalkuliert wilden Flecken abwechselten, wo kleine verschwiegene Bänke oder Sitzgruppen einen Rückzugsort boten, entschädigte er für vieles. Vor einem Jahr waren Barbara und Thomas hier eingezogen.

Annette Hielmann hatte bereitwillig das untere Stockwerk der Villa für ihren Sohn Thomas und für Barbara geräumt, als klar wurde, dass Thomas auf Dauer die Treppen zu seiner Stadtwohnung im ersten Stock nicht mehr bewältigen konnte. Hier war an guten Tagen immerhin ein Ausflug in das Zentrum von Kaiserswerth oder ein Spaziergang am Rhein möglich. Und an schlechten waren es wenigstens ein paar Schritte im Garten.

Thomas trat leise neben sie und zog sich einen Stuhl heran. Er reichte ihr eine Tasse Tee.

»Danke.« Sie trank und dachte an das Ritual, mit dem er den Tee zubereitet hatte: Zwei Kannen wurden mit heißem

Wasser vorgewärmt, in der einen zog dann der Ansatz exakt zwei Minuten, bevor er durch ein Sieb in die zweite gegossen und aufgefüllt wurde. Es war der feinste Darjeeling, den man in Düsseldorf kaufen konnte. Barbara blies in die dampfende Tasse und nahm einen Schluck. Er schmeckte einfach wunderbar.

Es war Montag, noch früh, kurz nach Sonnenaufgang. Sie schliefen selten länger. Das Tageslicht war zu kostbar, seit sie alles in gute und schlechte Tage einteilten. Heute war ein guter Tag, ein sehr guter, das konnte sie spüren.

»Lass uns heute Vormittag zum Carlsplatz fahren«, meinte Thomas. »Ich würde uns gern was Feines kochen.«

Barbara nickte und stand auf. Thomas saß auf dem eleganten Metallstuhl, den Bademantel offen über dem dunklen Pyjama. Er war weniger hager als früher, durch die Herzkrankheit kämpfte er immer häufiger mit Wassereinlagerungen. Seine Haare waren grauer geworden. Trotzdem wirkte er nicht krank oder schwach. Etwas hatte sich verändert: Die Einsamkeit, die ihn immer wie ein dunkler Mantel umgeben hatte, war verschwunden. Er war zufrieden, fast heiter. Barbara wusste, das war nicht immer so, sein Gesundheitszustand gab auch nicht viel Anlass zur Heiterkeit. Aber einsam war er nicht mehr. Sie waren beide nicht mehr einsam.

»Lass uns hineingehen, Thomas. Es ist kühl.« – Du darfst dich nicht erkälten, fügte sie in Gedanken hinzu.

Thomas seufzte und folgte ihr. Er schlang seine Arme um sie und küsste sie in den Nacken. Barbara blieb stehen und lehnte sich an ihn. Sanft. Zärtlich. So war ihr Leben mit Thomas. – Zerbrechlich, sagte irgendetwas in ihrem Kopf. Sie ignorierte es.

Sie hatten gemütlich gefrühstückt, gemeinsam mit Thomas' Mutter Annette, deren Haushälterin liebevoll den Tisch gedeckt hatte. Es kam nicht oft vor, dass Annette mit ihnen zusammen war. Von Anfang an, seit sie eingezogen waren, hatte Annette sich bewusst zurückgezogen. Sie ahnte, dass es Thomas schmerzte, seine Stadtwohnung gegen die Villa eintauschen zu müssen. Er hatte es wie eine Niederlage empfunden, nach so vielen Jahren wieder in das Haus zurückzukehren, in dem er seine behütete, von der Herzkrankheit beherrschte Kindheit verbracht hatte. So viele Jahre nach der Operation, die ihm ein nahezu normales Leben eröffnet hatte, schlug die Krankheit nun zurück.

Barbara hatte nicht damit gerechnet, dass sich das Leben unter einem Dach mit Annette so problemlos gestalten würde. Sie fühlte sich endlich akzeptiert – nicht geliebt, aber immerhin. Sie trugen die Sorge um Thomas nun gemeinsam, teilten die Hoffnungen und Ängste. Seit er auf der Transplantationsliste stand, blieb eine von ihnen immer bei ihm.

Wie gewöhnlich kontrollierte sie nach dem Frühstück das Faxgerät in ihrem gemeinsamen Arbeitszimmer. Das Gerät blinkte und zeigte Papiermangel an. Ein Stapel Aktenkopien war angekommen – für sie. Sie füllte den Papiervorrat auf, und aus dem Speicher des Geräts wurden die letzten Seiten ausgedruckt.

Ein zweites Fax erinnerte an die Gesellschafterversammlung der Hielmann GmbH. Seit einiger Zeit nahm Barbara die Interessen der Familie Hielmann allein wahr, Thomas und Annette hatten ihr eine Vollmacht erteilt. Barbara seufzte. Sie verstand ebenso wenig etwas vom Geschäft wie die beiden. Aber sie hatte ihnen gern den lästigen Termin abgenommen. Die regelmäßigen Treffen in der Firma mit dem Geschäftsführer Reitker und der übrigen Geschäftsleitung waren nicht gerade ein Vergnügen für sie. Sie wollte nicht einfach nur Entscheidungen abnicken, sondern wirklich im Sinne von Thomas und Annette und der Firmentradition handeln. Lange schon beabsichtigte sie, sich mehr in Firmenangelegenheiten hineinzuknien, doch ihr neuer Job als Lehrbeauftragte für Investigative Psychologie, der von den Fachbereichen Psychologie und Jura gemeinsam ins Leben gerufen worden war, hatte ihr wenig Zeit dazu gelassen. Jetzt, in ihrem dritten Semester, kam zwar langsam Routine auf, aber nun gab es häufig Anfragen für Vorträge an den Polizeiakademien der Länder, und zudem wurde sie immer wieder zu schwierigen Fällen als externe Expertin hinzugezogen.

Sie las das Anschreiben von Kriminalhauptkommissar Wolfgang Freitag von der Kreispolizei Heide, der sie als Beraterin angefordert hatte. Er rechnete bereits am Mittwoch mit ihrem Besuch. Die Gesellschafterversammlung war für Donnerstag angesetzt. Sie würde absagen müssen.

Der Fall, bei dem Freitag ihre Hilfe benötigte, lag ihr schwer im Magen: ein Serienvergewaltiger, dem im Kreis Dithmarschen bereits zehn Frauen zum Opfer gefallen waren. Ein Geoprofiler hatte versucht, den Täter räumlich einzugrenzen, um die Kandidaten für einen Speicheltest auf eine vernünftige Zahl zu bringen. Die Tests waren jedoch ergebnislos verlaufen, und nach weiteren zwei Monaten stand die Soko aus LKA und örtlicher Polizei wieder vor dem Nichts.

Aber nicht die Taten waren es, die Barbara beunruhigten. Das alles wäre Routine für sie gewesen, wenn nicht eine bestimmte Stadt unter den Tatorten aufgetaucht wäre – Burg. Sie hatte keine gute Erinnerung an diesen Ort.

Thomas kam ins Arbeitszimmer. »Bist du fertig? Können wir los?«

»Los?« Barbara war noch ganz in die Faxe vertieft.

»Der Markt. Weise kommt gleich mit dem Wagen.«

»Ja sicher.« Sie legte die Papiere hin und holte ihre Jacke. Als sie zurückkam, sah sie, wie Thomas einen Blick darauf warf.

»Ich werde Reitker bitten müssen, die Gesellschafterversammlung zu verschieben. Ich muss nach Schleswig-Holstein – nach Heide.«

»Du musst nach Burg.« Thomas' Blick sagte ihr, dass er genau wusste, was los war. »Vielleicht sollte jemand anderes dorthin fahren.«

Barbara schüttelte den Kopf. »Das ist jetzt sieben Jahre her.«

»Und Schmidtmann ist seit drei Monaten tot.« Er lächelte. »Du hast es mir nicht erzählt, ich weiß es von Heinz.«

Schmidtmann, der Kindermörder, der Barbara fast aus der Bahn geworfen hätte, hatte sich Ende Januar in seiner Zelle erhängt. Hinterher war bekannt geworden, dass er von seinen Mitgefangenen psychisch und physisch gepeinigt worden war. Kindermörder und Kinderschänder hatten es nie leicht im Knast, aber einer wie Schmidtmann, ein wohlhabender, gebildeter Mann von kleiner, fast zarter Statur, still und introvertiert, war den Repressalien noch weniger gewachsen gewesen. Zudem hatte er keine Chance gehabt, jemals wieder in Freiheit zu kommen, denn nach Abbüßung von fünfzehn Jahren, die eine lebenslange Haftstrafe mindestens dauerte, war Sicherheitsverwahrung angeordnet worden. Und Schmidtmann war bereits über siebzig gewesen.

Die Zustände in der JVA Kiel mussten besonders schlimm gewesen sein. Zurzeit gab es noch eine Untersuchung, die die Rolle der Gefängnisleitung und des Personals in dem Fall klären sollte. Barbara war sicher, dass der Selbstmord des kleinen alten Mannes noch hohe Wellen schlagen würde.

»Warum musste ich es von Heinz erfahren?«, hakte Thomas nach.

Barbara seufzte. »Eigentlich sollte ich darüber hinweg sein. Aber ...«

Thomas nahm sie in den Arm. »Du wirst den kleinen Jungen nie vergessen können, ich weiß.«

Es war eine Schuld, die Barbara bis heute mit sich herumschleppte. Sie hatte sich geirrt, ihr Profil hatte einen jüngeren Täter beschrieben, Schmidtmann, der damals vierundsechzig war, wurde laufen gelassen. Und dann hatte er wieder gemordet.

Thomas kontrollierte seine Medikamente und zog seine Jacke an. Weise, sein Fahrer, brachte den Rollstuhl in den Wagen. Zu einem ausgedehnten Bummel fehlte Thomas die Kraft, der Rollstuhl war eine gute Alternative, auch wenn es eine Weile gedauert hatte, bis Thomas sich endlich dazu durchgerungen hatte. Seitdem hatte sich der Radius ihrer Aktivitäten wieder erweitert.

Ruhig und bedächtig machte sich Weise mit den beiden auf den Weg in die Innenstadt. Früher war Barbara seine zurückhaltende Fahrweise oft auf die Nerven gegangen, aber inzwischen hatte sie sich daran gewöhnt. Weise fuhr so, wie Thomas gefahren wäre.

Er setzte sie direkt am Carlsplatz ab und Barbara schob Thomas durch die bunten Reihen der Marktstände. Thomas prüfte hier und da sorgfältig die Ware und kaufte die Zutaten für sein geplantes Essen: Pilze, Kräuter, frische Pasta, ein paar Vorspeisen, Ziegenkäse. Von allen Seiten stiegen Barbara die Düfte in die Nase. Sie genoss den Einkauf in vollen Zügen. Auch Thomas schien froh, der Villa eine Weile entkommen zu sein, obwohl er sich nie beklagte.

»Möchtest du noch einen Kaffee trinken?«, fragte er, als sie zum Abschluss an ihrem Stammblumenstand teure Duftrosen erstanden hatten – je einen Strauß für Annette und sich und einen ganz kleinen für Weises Frau.

»Gern.«

Sie ließen Weise kommen, der die Einkäufe einlud, und verabredeten sich mit ihm in einer Stunde am Café.

Inzwischen war es warm genug, um draußen sitzen zu können, und Barbara und Thomas nahmen einen Tisch direkt am Markt. Barbara bestellte einen Latte Macchiato, Thomas nahm Tee. Es war schön, hier in der Sonne zu sitzen. Barbara dachte plötzlich daran, wie sehr diese Art von Normalität sich schon aus ihrem Leben verabschiedet hatte, seit es Thomas immer schlechter ging.

»Reitker braucht die Gesellschafter-Versammlung nicht zu verschieben«, sagte Thomas plötzlich in das Schweigen hinein. »Ich werde diesmal selbst hingehen.«

»Wenn es dir nicht zu viel ist ...«

»Ich hatte ohnehin vor mitzukommen. Denn ich habe mich entschlossen, die Firma zu verkaufen.«

Barbara nahm diese Nachricht mit gemischten Gefühlen auf. »So plötzlich?«

Er lächelte nur. Nein, es war nicht plötzlich. Vom geschäftlichen Standpunkt her war es die einzig richtige Lösung, das hatte selbst Barbara erkennen können, seit sie sich um die Firma kümmerte. Nach dem Tod von Thomas' Bruder Wolfram vor sieben Jahren war es kontinuierlich bergab gegangen, und die Konjunkturflaute in der Baubranche tat ihr übriges. Auf Anraten der Finanzberater war die Gesellschaftsform direkt nach Wolframs Tod von einer KG in eine GmbH umgewandelt worden, was das private Vermögen der Hielmanns strikt vom Firmenvermögen trennte und sie von der

Haftung weitgehend befreite. Trotzdem hatten Annette und Thomas erst vor einem Jahr eine große Summe aus ihrem Privatvermögen der Firma überlassen, um während eines Kreditengpasses die Gehälter zahlen zu können. Andererseits war die Firma, auch wenn Thomas nie für sie gearbeitet hatte, ein Familienunternehmen, ein Stück Hielmann seit über hundert Jahren. Es aufzugeben tat sehr weh. Barbara wusste plötzlich, dass Thomas über den Verkauf nachdachte, seit es ihm immer schlechter ging. Er brachte seine Angelegenheiten in Ordnung. Er wollte ihr und seiner Mutter nichts hinterlassen, was sie belasten könnte. Barbara hasste diesen Gedanken.

»Mach dir nichts vor, Barbara. Wenn ich morgen tot wäre und du hättest die Firma am Hals ...«

»Du bist nicht morgen tot.«

Wieder lächelte er geduldig. »Es hat keinen Sinn, es zu ignorieren, Liebes.«

Sie rührte heftig in ihrem Kaffee, bis der Milchschaum zusammengefallen war. »Ich ignoriere es nicht«, sagte sie leise, ohne aufzusehen. »Aber du bist nicht morgen tot.«

»Du hast Recht. Trotzdem ist es die richtige Entscheidung, die Firma jetzt zu verkaufen. Nach der letzten Finanzspritze aus unserer Privatschatulle geht es ihr ganz gut, und eine neue Leitung könnte vielleicht die Arbeitsplätze retten.« Er seufzte. »Manchmal wünschte ich, ich hätte mich früher mehr damit befasst, dann würde ich mir jetzt nicht so unfähig vorkommen.« Er nahm einen Schluck Tee. »Letzte Woche bekam ich die Broschüre einer Unternehmensberatung, die sich auf solche Verkäufe spezialisiert hat – Familienunternehmen ohne Nachfolger vom kleinen Handwerksbetrieb bis zum größeren Mittelständler wie Hielmann es ist. Das klang sehr gut, sehr professionell. Wir sollten uns mit ihnen treffen.«

»Woher wissen die von der Situation?«

Thomas zuckte die Schultern. »Es ist doch allgemein bekannt. Hielmann ist eine Größe in Düsseldorf, einer der letzten größeren Mittelständler, die noch in Familienbesitz sind. Und es hat immer Kaufangebote gegeben.« Er stellte die leere Teetasse hin. »Ich finde, dieser Prospekt kommt gerade zur richtigen Zeit. Ich habe keine Ahnung, wie man einen Käufer findet, der die Firma in unserem Sinne weiterführt – die anscheinend schon.«

»Und weiß Annette von deinen Plänen?«

»Ja.«

»Und was sagt sie dazu?«

»Sie steht voll dahinter. Für sie ist die Firma auch nur noch Ballast.«

»Hat sie sich so ausgedrückt?«

Thomas schüttelte den Kopf. »Sie mag sehr traditionsbewusst sein, aber für sie war die Firma auch immer eine Konkurrenz in der Beziehung zu Vater. Er hat sich für das Unternehmen aufgerieben und ist viel zu früh gestorben. Jedenfalls hält sie die Entscheidung für gut und unterstützt mich.«

Jemand versuchte sich an den beiden vorbeizuzwängen und bekam einen roten Kopf, als er gegen den Rollstuhl stieß. Thomas lächelte ihn freundlich an. »So oder so, du hast natürlich auch ein Mitspracherecht. Schließlich gehören dir fünfundzwanzig Prozent.«

Die Hälfte von seinem beträchtlichen Vermögen. Die Hälfte seiner Firmenanteile. »Du hättest einen Ehevertrag abschließen sollen.« Barbara konnte ein Grinsen nicht unterdrücken. Über dieses Thema hatten sie sich sogar gestritten. Irgendwie war ihr sein Geld immer noch unheimlich, und jetzt besaß sie die Hälfte davon.

»Hättest du mich dann geheiratet?«, fragte er mit seinem bezauberndsten Lächeln zurück.

»Niemals.« Das war ein Scherz, aber Barbara wurde den Verdacht nie los, dass auch ihre Heirat zu den Angelegenheiten gehörte, die er ordnen wollte.

Es wurde ein schöner Abend. Thomas hatte sich nach dem Bummel ausgeruht, dann gingen sie gemeinsam ans Kochen. Barbara war keine große Köchin, allenfalls eine Küchenhilfe, aber es machte ihr Spaß, gemeinsam mit Thomas am Herd zu stehen. Er zauberte wunderbare Pasta mit Pilz-Kräutersauce, die jedem Restaurant zur Ehre gereicht hätte. Das Aufräumen überließen sie der Haushälterin. Gewöhnlich war Thomas nach dem Kochen und Essen sehr müde. Er hatte sich ein Glas Rotwein gegönnt. Den Cognac hatte er inzwischen aufgegeben, und eigentlich war auch der Rotwein nicht gut für ihn, aber er wollte und konnte nicht auf alles verzichten.

Er zog sich aus, Barbara wusste, er würde heute nicht mehr aufstehen. Aufmerksam beobachtete sie seinen Körper, doch sie entdeckte keine Schwellungen von Wasseransammlungen oder ähnliche Warnzeichen. Es ging ihm wirklich gut heute, auch wenn er sofort einschlief.

Barbara legte sich neben ihn aufs Bett, lauschte seinen Atemzügen in der Stille. Sie genoss jeden Moment der Nähe. Früher wäre ihr nie in den Sinn gekommen, Nähe so sehr zu suchen, im Gegenteil, sie hatte ihr Angst gemacht. Aber jetzt war ihr Zusammensein wie tägliche Nahrung für sie und sie wurde nie satt davon.

Sie dachte an manch mitleidige Blicke von Kollegen oder Bekannten, die sie bedauerten, dass sie mit einem schwerkranken Mann lebte. Selbst ihre Eltern fragten oft danach, wie sie es aushielt. Aber Tatsache war, dass es nicht Thomas war, der sie brauchte. Natürlich half sie ihm, stand ihm zur Seite, wenn es ihm nicht gut ging. Natürlich war der Gedanke an seinen drohenden Tod nur schwer zu ertragen. Aber eigentlich war sie es, die ihn brauchte, jemanden, der sie besser kannte als sie sich selbst, der ihr half, mit den psychischen Belastungen – neuen und alten – aus ihrem Polizeiberuf fertig zu werden. Er war kein Pflegefall, er war die Mitte ihres Lebens.

Es war fast neun, als Thomas noch einmal munter wurde. Barbara hatte schon eine Zeit lang wach neben ihm gelegen. Eine Weile kuschelten sie sich nur aneinander, küssten und hielten sich. »Mehr?«, fragte er leise.

»Fühlst du dich denn danach?«

»Heute ist ein wirklich guter Tag.« Er ließ sie seine Erektion spüren.

Sie nahmen sich viel Zeit. Sex brachte ihn nicht um, aber die Anstrengung war groß. Oft schliefen sie nicht mehr miteinander, umso mehr Zärtlichkeiten tauschten sie aus. Barbara erwischte sich in letzter Zeit häufiger dabei, dass sie seine Hand hielt oder ihn unbedingt berühren musste. In der sanften Umschlingung beider Körper und dem sachten Auf und Ab lag nun für sie die höchste Erfüllung. Barbara hatte das nicht als Einschränkung empfunden, im Gegenteil, sie hatte sich nie befriedigter gefühlt.

Thomas schlief bald darauf wieder ein, sichtlich erschöpft. Barbara zog die Decke über ihn und stand noch einmal auf.

Sie tat die Dinge, die sie für den gemeinsamen Tag mit Thomas liegen gelassen hatte. Ein guter Tag war viel zu kostbar, um ihn mit Arbeit zu verbringen. Viel zu oft fehlte Thomas die Kraft, um mehr zu tun, als das Bett kurz zu verlassen und gegen das Sofa einzutauschen. Die mittelprächtigen Tage verbrachte er meist mit Arbeiten, immer noch schrieb er Sachbücher, aber er ließ sich viel mehr Zeit damit als früher. Dann kam Barbara natürlich dazu, ihre Seminare und die Vorlesungen vorzubereiten oder einen Fall zu studieren, zu dem man sie hinzugezogen hatte.

Morgen war Dienstag, ihr Uni-Tag, und am Mittwoch würde sie nach Dithmarschen fahren und dort bis Freitagabend bleiben.

Ihre Vorlesung über Serienmörder und Profiling war ein richtiger Straßenfeger. Ihr war schon klar, dass etwa zwei Drittel der jungen Leute, die ihr Woche für Woche zuhörten, weder der psychologischen noch der juristischen Fakultät angehörten. Serienmord war spannend, exotisch, aufregend und eklig zugleich. Und obwohl sich Barbara bemühte, das Thema eher trocken und vollgespickt mit Fakten zu präsentieren, war sie sich ihrer Rolle als Entertainerin durchaus bewusst.

In ihrem Seminar lagen die Dinge anders, der Zugang war beschränkt auf dreißig Teilnehmer, fachfremde Zuhörer waren dort nicht erlaubt. Im Hörsaal aber wartete die Meute auf die realen Hannibal Lecters. Barbaras Spezialität waren die Anpassung der FBI-Methoden an europäische Verhältnisse. Damit hatte sie sich inzwischen einen guten Namen gemacht.

Für alle, die ihre Vorlesung bereits besucht hatten, galt der Abschnitt über den Duisburger Serienmörder Joachim Kroll als ein Highlight. Er war in den 70er Jahren gefasst worden und für acht Morde verurteilt. Gestanden hatte er mehr, aber längst nicht jeder war ihm auch nachzuweisen, und er widerrief zwischenzeitlich dieses Geständnis. Es hatte viele Pannen rund um diesen Fall gegeben, er hätte bereits Jahre früher gefasst werden können, aber niemand kam auf den unauffälligen, unterdurchschnittlich intelligenten kleinen Waschkauenwärter. Erst eine durch menschliche Gedärme verstopfte Toilette in seinem Mietshaus brachte die Beamten auf seine Spur. Weitere Reste seines letzten Opfers, eines kleinen Mädchens aus der Nachbarschaft, fand man in der Tiefkühltruhe und in einem Topf köchelnd auf dem Herd.

Barbara demonstrierte an diesem Fall, dass nicht die intelligenten, sorgfältig planenden Täter, die ein beliebter Gegenstand von Filmen und Literatur waren, der Polizei bei der Aufklärung Probleme bereiteten, sondern gerade die spontan mordenden, nicht planvollen Mörder wie Kroll.

Der Fall würde sie mehrere Vorlesungstage beschäftigen, denn sie beleuchtete jeden Aspekt aus der Sicht heutiger Profiler und Fallanalytiker.

Das Telefon klingelte.

»Hielmann-Pross.«

»Frau Pross, mein Name ist Iskender Özay ...«

»Sie sind der Journalist, der mir eine Interview-Anfrage im Auftrag des *Rhein-Blitz* geschickt hatte.«

»Sie haben nicht geantwortet.« Das klang beinah vorwurfsvoll.

»Nein, weil ich keine Interviews gebe. Ausnahmen sind lediglich Fachzeitschriften.«

»Aber Ihr Fachgebiet ist doch von allgemeinem Interesse. Sehen Sie, der *Rhein-Blitz* plant eine Serie über große Verbrechen in der Region ...«

Barbara unterbrach ihn: »Ihre Zeitung ist ein Boulevard-Blatt übelster Sorte. Ich bediene nicht die Sensationsgier der Leute. Dazu ist das Thema viel zu ernst.«

»Ich versichere Ihnen, ich werde das Thema und ganz bestimmt auch Sie mit Respekt behandeln. Auch bei uns gibt es seriösen Journalismus. Lassen Sie sich doch nicht von Vorurteilen beeinflussen.«

Barbara seufzte: »Das sind keine Vorurteile. Ich habe genügend Erfahrungen mit Blättern wie Ihrem gemacht. Und oft genug haben sie unsere Arbeit in meiner aktiven Zeit sehr behindert. Ich unterstütze das nicht. Das ist mein letztes Wort.«

Sie wollte auflegen, aber Özay sprach hastig weiter: »Hören Sie, Frau Pross, ich habe noch immer meine Story bekommen. Und wenn sich jemand so unnahbar gibt wie Sie, dann stachelt das erst recht meinen Ehrgeiz an. Und da bisher niemand an Sie heran...«

»Sie sagen es. Niemand. Wenn Sie über große Kriminalfälle schreiben wollen, machen Sie Ihre Hausaufgaben und recherchieren Sie sie in den Archiven. Schönen Abend noch.« Damit legte Barbara auf. Als es nochmals klingelte, ignorierte sie es. »Geier«, murmelte sie und wandte sich wieder Joachim Kroll zu.

Barbara betrat den Hörsaal am nächsten Morgen pünktlich um 10.15 Uhr. Wie gewohnt war er bis auf den letzten Platz besetzt, und wo immer man sonst noch sitzen oder stehen konnte, drängten sich die Studenten.

Sie ging zum Pult und sah für einen Moment in die Menge. Dann fiel ihr Blick in die dritte Reihe. Dort saß er. Er war ihr schon bei den letzten beiden Vorlesungen aufgefallen, aber heute erst wurde ihr klar, dass er der Journalist sein könnte, der sie angerufen hatte. Er war jung, wenn auch älter als die Studenten, dunkelhaarig, ziemlich eindeutig ein Türke wie ihr Anrufer. Auf dem Tisch vor ihm lag eine teure Digital-Kamera, er machte aber keine Anstalten, sie zu benutzen.

»Guten Morgen, meine Damen und Herren«, begann Barbara. »Heute und in den beiden kommenden Vorlesungen werden wir uns mit dem Fall Joachim Kroll befassen – sozusagen Serienmord gleich um die Ecke, in Duisburg nämlich. Um Ihre Sensationslust gleich zu Anfang zu befriedigen: Ja, es ist derjenige, der aufflog, weil die Gedärme des Kindes, das er getötet und zerstückelt hatte, die Toilette seines Nachbarn verstopften.«

Für einen Moment genoss Barbara die Stille im Hörsaal. Jetzt hatte sie die volle Aufmerksamkeit. Und das blieb so bis zum Ende ihrer Vorlesung.

Wie üblich drängten sich, nachdem sie geendet hatte, noch Studenten um sie, die Fragen hatten. Auch der Journalist kam zum Pult.

»Sind Sie Iskender Özay?«, fragte Barbara ihn ohne Umschweife.

»Ja. Ich wollte noch mal persönlich mit Ihnen reden ...«

»Ich habe Ihnen bereits am Telefon alles gesagt. Sie bekommen keine Story von mir. Das ist mein letztes Wort.«

Özay machte eine bedauernde Geste und zog sich ein Stück zurück, um den Studenten den Vortritt zu lassen. Interessiert hörte er zu.

Barbara beendete nach etwa zehn Minuten die Fragestunde. »Tut mir Leid, aber das Seminar fängt in ein paar Minuten an und ich würde mir noch gern einen Kaffee holen.« Sie schlüpfte zwischen den Wartenden hindurch in Richtung Ausgang. Özay folgte ihr.

Barbara blieb vor dem Aufzug stehen, drehte sich zu ihm und betrachtete ihn. Ja, Özay war der Typ, der sich an eine Sache hängte und sich darin festbiss. »Sind Sie wirklich so schwer von Begriff?«, fragte sie.

»Sagen wir mal so: Entweder Sie sind kooperativ und ich bekomme mein Interview, oder der Artikel entsteht ohne Ihr weiteres Zutun, dann haben Sie aber auch keine Möglichkeit,

Ihre Sichtweise einzubringen. Ich könnte Ihre Studenten befragen.« Er machte eine Pause und lächelte. »Oder Ihren Mann.«

Barbara holte tief Luft und zwang sich, ruhig zu bleiben. »Mein Mann ist krank, Herr Özay. Und sollte ich Sie in der Nähe unseres Hauses sehen, oder sollten Sie auch nur versuchen, mit ihm zu telefonieren, werden Sie mehr Ärger bekommen als Ihnen lieb ist.«

»Es liegt in Ihrer Hand ...«

Endlich ging die Fahrstuhltür auf. Barbara wollte gerade einsteigen, dreht sich aber noch einmal um. »Sie glauben allen Ernstes, Sie können mich erpressen?«

»In diesem Land herrscht immer noch Pressefreiheit und ob Sie wollen oder nicht, Sie stehen in der Öffentlichkeit. Ich sagte Ihnen ja, ich werde meine Story bekommen, so oder so ...«

Er brach ab, denn plötzlich gellten hysterische Schreie über den Flur. Eine Studentin mit kurzen blonden Haaren rannte völlig aufgelöst auf sie zu. Als sie realisierte, dass es Barbara war, die vor ihr stand, stoppte die junge Frau. Sie zitterte am ganzen Körper.

Barbara hielt sie fest. »Beruhigen Sie sich. Was ist passiert?«

»Toilette«, stieß die junge Frau hervor. Sie schüttelte Barbaras Griff ab und deutete auf die Tür der Damentoilette weiter unten im Gang. »In der Toilette schwimmt was ... was ...« Und dann übergab sie sich direkt vor die Schuhe Özays, der entsetzt einen Schritt zurücktrat.

Barbara winkte einen Studenten heran und bat ihn, sich um seine Kommilitonin zu kümmern. Dann rannte sie in Richtung Toiletten. Özay und ein paar andere Studenten folgten ihr.

Vor der Damentoilette stoppte der Tross. Barbara betrat den Raum allein. Ein merkwürdiger Geruch hing dort in der Luft. Barbara drehte sich um und öffnete die Außentür wieder.

»Kommen Sie«, sagte sie zu Özay und zog ihn mit sich.

»Was soll ich denn ...«

»Fotografieren. Sie sollen fotografieren, wenn es etwas zu sehen gibt. Sie wollen doch eine Story, oder?«

Widerwillig ging Özay mit. Es gab vier Kabinen und Barbara öffnete systematisch eine Tür nach der anderen. Bei der dritten wurde sie fündig. In dem hellrot gefärbten Wasser schwammen blassgraue wulstige Stücke. Gedärm. Die ganze Schüssel war voll davon, das Wasser lief schon über den Rand. Es stank bestialisch. Barbara ging fieberhaft ihre Anatomiekenntnisse durch. Konnte das von einem Menschen stammen?

Özay stand mit leicht grünstichigem Gesicht hinter ihr. »Nun machen Sie schon die Fotos, bevor Ihnen ganz schlecht wird«, fauchte Barbara ihn an.

»Das ist ja wie bei Kroll«, stammelte er, hielt dann aber tapfer die Kamera drauf. Hinter ihnen drängten jetzt einige Studenten in den Raum.

»Raus hier, nichts anfassen«, rief Barbara und alle gehorchten. Dann zückte sie ihr Handy.

»Ein Scherz«, sagte Hauptkommissar Lutz Kramer knapp. Er und Barbara kannten sich seit den Ermittlungen im Fall Rottländer vor rund fünf Jahren. Barbara hatte kurzerhand die Teilnehmer ihres Seminars in den Vorraum der Toilette beordert, damit sie zumindest aus einiger Entfernung die Arbeit der Spurensicherer miterleben konnten. Die Ausbeute an Fingerabdrücken war natürlich riesig. Die Herrentoilette nebenan war mit Studenten beiderlei Geschlechts bevölkert, die sich reihenweise übergeben mussten – selbst als feststand, dass es sich um Schweinedarm handelte. Jetzt hatte Barbara die Studenten nach Hause geschickt.

»Ein sehr geschmackloser Scherz.«

»Wussten Ihre Studenten, dass Sie heute über Kroll sprechen würden?«

Barbara nickte. »Ich halte seit drei Semestern die gleiche Vorlesung. Das Vorlesungsprogramm ist bekannt. Deshalb war es so voll heute. Kroll gilt als einer der Höhepunkte. Alle wussten es.« Sie lächelte ihn an. »Wir werden kaum jemand dafür belangen können, Schweinedärme in eine Toilette gestopft zu haben. Und in der Vorlesung sitzen Hunderte von Studenten.«

»Sie sind ein bisschen blass um die Nase. Lange keine unappetitlichen Tatsachen mehr gesehen, oder?«

»Nein. In der heutigen Zeit nicht einmal ungewaschene Studenten ...«

Kramer lachte. »Können wir irgendwo einen Kaffee trinken?«

In der Cafeteria war der unheimliche Vorfall das Hauptgesprächsthema. Barbara wurde angestarrt, mal verstohlen, mal offen. Sie wartete auf Kramer, der sich angestellt hatte und nun mit zwei Bechern Kaffee an den Tisch kam.

»Und? Was tun Sie so zurzeit? Ich meine, außer Ihrer Lehrtätigkeit hier.«

»So einiges. Im Herbst gibt es wieder einen Kurs in Hiltrup, denselben werde ich auch in Bayern halten. Eine Woche praktische Fallanalyse. Und morgen geht es nach Schleswig-Holstein ...«

»Auch ein Seminar?«

Barbara schüttelte den Kopf. »Beratung der Polizei in den Vergewaltigungsfällen.«

»Dann haben Sie es noch nicht bereut, der Polizei den Rücken gekehrt zu haben?«, fragte er.

»Nicht wirklich. Ich möchte auch möglichst viel Zeit mit meinem Mann verbringen, das hat absolute Priorität.«

»Wie geht es ihm?« Wie immer wurde Kramer leicht verlegen, wenn er nach persönlichen Dingen fragte. Er selbst hatte praktisch kein Privatleben, und es schien ihm immer peinlich zu sein, auf das anderer einzugehen.

»Fragen Sie nur so oder wollen Sie es wirklich wissen?« Barbara bemühte sich, den Satz nicht sarkastisch klingen zu lassen. Kramer sah sie nur kurz an. Sie seufzte. »Er steht seit zwei Monaten auf der Transplantationsliste. Sein Herz ist schwach, aber seit einiger Zeit ist es nicht schlimmer geworden. Es gibt Tage, da liegt er fast nur, an anderen machen wir kleine Spaziergänge oder er benutzt einen Rollstuhl und wir gehen bummeln. Wir sind dankbar für solche Tage und dankbar, wenn es noch ein Weile so bleibt.«

»Sie haben sich nicht unbedingt das leichtere Leben ausgesucht«, sagte Kramer knapp.

»So oder so, ich bin immer nah am Tod. Eigentlich sollte ich mich daran gewöhnt haben. Nur – bei Thomas gäbe es niemanden, den ich dafür verantwortlich machen könnte ...« Sie lächelte. »Und nun weg mit den trüben Gedanken, Kramer. Freuen Sie sich, dass das hier kein Mordfall ist.«

»Das tue ich wirklich. Wir haben genug zu tun.«

Er verabschiedete sich, und Barbara ging zu ihrem Büro, das sie sich mit zwei anderen Lehrbeauftragten teilte, um ihre Sachen zu holen und dann auch zu gehen. Sie hätte schon vor drei Stunden zu Hause sein müssen. Als sie an den Toiletten vorbeikam – eine Tür sah hier wie die andere aus – schauderte sie plötzlich. Schweinedärme, ein Scherz. Was, wenn es kein Scherz war? Iskender Özay fiel ihr ein, der mit grünem Gesicht die Fotos geschossen hatte und später durchaus zufrieden weggegangen war. Jetzt hatte er seine Story und Barbara spielte eine Rolle darin. Hatte er vielleicht ...? Und wenn nicht er, wer dann?

Energisch schüttelte sie den Kopf. Es gab keine Bedrohung. Da war nur eine Riesenschweinerei, die irgendein armer Hausmeister jetzt beseitigen musste.

Als sie in die Auffahrt der Villa einbog, sah sie gleich den fremden Wagen vor der Tür stehen – ein schwarzer 5er BMW. Im Wohnzimmer saß Thomas mit einem jüngeren Mann, Barbara schätzte ihn auf Anfang dreißig. Er hatte welliges braunes Haar, trug eine extravagante Brille und war ausgesprochen attraktiv. Neben ihm wirkte Thomas ganz klein und grau. Barbara kniff die Augen zusammen. Es ging ihm nicht gut heute, das war oft die Quittung für einen guten Tag.

»Barbara, darf ich dir Andreas Petri vorstellen, er kommt von dieser Unternehmensberatung Heine Consult, von der ich dir erzählt habe.«

Petri schüttelte Barbara die Hand. »Ich war in der Gegend unterwegs und da Ihr Mann ohnehin ein Gespräch wollte ...«

»Sind Sie schon lange hier?«, fragte Barbara, dann besann sie sich eines Besseren: »Ich meine, ich hoffe, ihr habt nicht auf mich gewartet. Ich wurde in der Uni aufgehalten.«

»Nein, wir haben schon ein paar Dinge besprochen. Ich muss es natürlich noch mit Mutter und der Geschäftsführung diskutieren, aber ich persönlich bin ganz zufrieden mit dem, was Sie hier präsentiert haben.« Thomas lächelte. »Das ist aber noch keine Zusage, Herr Petri.«

»Das habe ich auch nicht so verstanden. Auch von unserer Seite müssten noch ein paar Dinge geklärt werden.« Er wandte sich an Barbara. »Ich habe Ihrem Mann eben schon erzählt, dass wir eine Firma genau durchleuchten, bevor wir einen Käufer suchen. Und Sie sind auch einverstanden mit dem Verkauf?«

»Ich betrachte die Firma nicht als meinen Besitz, auch wenn das juristisch zu einem Teil so sein mag. Thomas und seine Mutter können damit machen, was sie wollen.«

Sie stand auf. »Herr Petri, bitte entschuldigen Sie, aber Sie müssen jetzt gehen. Mein Mann braucht dringend Ruhe. Ich schlage vor, wir vereinbaren in den nächsten Tagen einen Termin, an dem meine Schwiegermutter und ich auch teilnehmen, und Sie präsentieren uns Ihre Vorstellungen und Ihre Arbeitsweise noch einmal. Wir werden mit der Geschäftsführung sprechen, und dann sehen wir weiter.« Thomas protestierte nicht, und das zeigte Barbara, dass sie das Richtige tat.

Petri räumte ohne ein Anzeichen von Ärger seine Sachen zusammen und erhob sich. Er verabschiedete sich von Thomas.

»Ich bringe Sie noch hinaus«, sagte Barbara.

Sie gingen durch die kleine Vorhalle. An der Tür drehte Petri sich noch einmal um. »Ihr Mann ist wohl sehr krank, Frau Hielmann.«

Sie nickte. »Sonst würde ich Sie jetzt nicht hinauswerfen ...«

Petri lächelte verständnisvoll. »Ich nehme Ihnen das doch nicht übel. Wir haben oft solche Fälle, manchmal noch schlimmere. Nicht immer können die Verkäufer das Ende der Transaktion noch erleben.«

Barbara spürte, wie sie die Farbe wechselte.

Er schien wirklich Routine zu haben, denn er blieb ganz ruhig. »Ich will damit nicht sagen, dass es bei Ihrem Mann so wäre. Sie können von mir und der Firma bei der ganzen Transaktion volle Rücksichtnahme erwarten und dann mit Ihrem Mann die neugewonnene Freiheit genießen.«

Barbara nickte. »Rufen Sie mich an wegen des Termins, hier ist meine Karte.«

Er warf einen Blick darauf. »Das werde ich tun, Frau Dr. Hielmann-Pross. Ich habe Ihrem Mann auch Material dagelassen, Referenzen und so weiter, das können Sie sich ja mal in Ruhe ansehen.«

Sie verabschiedeten sich. Barbara sah ihm noch nach, wie er in sein Auto stieg. Ein merkwürdiger Beruf für einen so jungen Mann, dachte sie. Wahrscheinlich ging er ebenso häufig mit dem Tod um wie mit aktiven, glücklichen Rentnern, die ihren Lebensabend genießen wollten.

Barbara ging zurück zu Thomas ins Wohnzimmer. Er schien regelrecht in sich zusammenzufallen und wirkte völlig erschöpft.

»Du musst dich hinlegen«, meinte Barbara. Thomas nickte nur, stand langsam auf, setzte sich aber gleich wieder.

»Ich helfe dir.«

Barbara stützte ihn, und so gingen sie ganz langsam zum Schlafzimmer. Noch vor wenigen Monaten hätte eine solche Schwäche bei Barbara Panik verursacht, inzwischen kam es so oft vor, dass sie daran gewöhnt war. Solange es eine Erklärung gab, wie den gestrigen Tag, an dem er sich offensichtlich übernommen hatte, und das lange Gespräch mit Petri, machte sie sich keine größeren Sorgen.

»Du hast dich doch schon heute Vormittag nicht gut gefühlt. Warum hast du ihn herkommen lassen?«

»Als er anrief, hatte ich gerade geschlafen und fühlte mich stärker. Ich dachte ja auch, du würdest bald kommen ... Was war denn los an der Uni?«

Barbara hatte sich abgewöhnt, Dinge von ihm fernhalten zu wollen. Er merkte es doch, und trotz aller körperlichen Schwäche war er nicht so zerbrechlich, dass ihn eine Geschichte wie die in der Uni umwerfen könnte. Sie erzählte ihm, was geschehen war, verschwieg auch den Journalisten nicht.

Er hörte aufmerksam zu und sah sie dann forschend an. »Wenn das Ganze nur ein geschmackloser Scherz war, Barbara, warum beunruhigt es dich dann so?«

»Ich habe keine Ahnung, Thomas. Aber irgendetwas ist merkwürdig an der Sache – ich habe so ein ungutes Gefühl.«

»Vielleicht hat dieses Gefühl eher etwas mit deiner Reise nach Schleswig-Holstein zu tun.« Er ließ sich bereitwillig von ihr beim Ausziehen helfen, noch ein Zeichen dafür, dass es ihm gar nicht gut ging.

»Ja. Vielleicht sollte ich nicht fahren. Ich möchte dich eigentlich nicht allein lassen, wenn es dir schlecht geht.«

»Ach, was. Es ist die alte Geschichte. Ich habe gestern versucht Bäume auszureißen und bekomme heute sehr deutlich gezeigt, dass ich es nicht mehr kann.« Er streichelte ihr sanft über die Wange. »Komm schon, Barbara. Das ist unser Alltag.«

Ja, er hatte Recht. Das war ihr Alltag. Ihr Leben wurde bestimmt vom Auf und Ab seines kranken Herzens.

Er küsste sie, bevor er sich endgültig hinlegte. »Du musst dich sicher noch vorbereiten für morgen. Lass mich ein bisschen schlafen, dann geht es mir bald besser.«

Barbara gab ihm einen Kuss und verließ das Schlafzimmer.

2. Kapitel

Trotz der Sorge um Thomas genoss Barbara die Fahrt nach Norden. Sie war kurz nach zehn losgefahren in ihrem luxuriös ausgestatteten Jaguar-XK-Cabrio. Eigentlich hatte sie sich einen Golf kaufen wollen, ein richtig vernünftiges Auto, wie sie es immer gefahren hatte. Aber Thomas hatte sie zum Jaguarhändler geschleppt und sie regelrecht verführt, das teure Gefährt zu erstehen.

»Warum erfüllst du dir nicht ein paar Wünsche?«, hatte er sie gefragt.

Jetzt genoss sie den Luxus und die Geschwindigkeit und freute sich darauf, später auf der Landstraße vielleicht mit offenem Verdeck fahren zu können, denn das Wetter war gut.

Bis Hamburg war die Strecke einigermaßen frei, am Elbtunnel gab es dann einen kleineren Stau, der Barbara aber nicht allzu lange aufhielt. Wenig später sah sie dann den imposanten Autobahnbuckel über den Nordostseekanal, der in der flachen Landschaft wie ein Fremdkörper wirkte, und entschied sich kurzerhand, eine Pause auf dem Parkplatz dort oben einzulegen. Tief unter ihr zog sich der Kanal entlang. Das letzte Mal hatte sie ihn vor sieben Jahren gesehen, von einer anderen Brücke aus. Wolfgang Freitag von der Kreispolizei in Heide hatte auf einer ihrer gemeinsamen Fahrten mit ihr dort gehalten. Damals hatten sie gerade Schmidtmann wieder auf freien Fuß gesetzt und Freitag hatte gemeint, ein bisschen frische Luft würde sie vielleicht in die Lage versetzen, die Tatsachen neu zu ordnen und so dem richtigen Täter auf die Spur zu kommen.

Barbara fröstelte plötzlich. Während sie mit Wolfgang Freitag auf den Kanal heruntergeblickt hatte, musste Schmidtmann gerade auf der Suche nach seinem letzten Opfer gewesen sein. Einen Tag später war der Junge tot; ein anonymer Anruf hatte die Polizei auf die Gartenlaube aufmerksam gemacht. Der sanfte Herr Schmidtmann, der Mann mit der dreißig Jahre zurückliegenden Vorstrafe wegen des Missbrauchs eines Jungen, war gerade damit beschäftigt, den toten Körper mit seinen selbstgezogenen Kamelienblüten zu schmücken. Er weinte dabei. Als Barbara und die anderen in der Laube ankamen, war der Körper noch warm. Schmidtmann ließ sich widerstandslos festnehmen.

Sie hatte sich täuschen lassen, täuschen von den üblichen Annahmen, mit denen Profiler arbeiten. Schmidtmann war trotz seiner dunklen Vergangenheit, dem Versteckspiel, das er um seine Homosexualität betrieb und seinen kleinen Verschrobenheiten ein denkbar untypischer Täter. Er war alt, mindestens zwanzig Jahre älter als die meisten Serientäter. Der Junge, für dessen Missbrauch er seine Vorstrafe bekommen hatte, war um die vierzehn und hatte dem Sexualverkehr zugestimmt, ein Stricher. Schmidtmann war niemals als gewalttätig aufgefallen, hatte keine Tiere gequält oder sich als Exhibitionist oder Voyeur betätigt. Die Spuren an den Jungenleichen sprachen jedoch eine andere Sprache: Sie waren nach allen Regeln der Kunst sexuell misshandelt worden.

Barbara atmete tief durch. Damals hatte sie als Mitglied der Gruppe Becker bereits zwei Serien aufgeklärt. Sie galt als der Star der Truppe, man hielt sie für unfehlbar.

»Ich hielt mich für unfehlbar«, murmelte sie jetzt vor sich hin.

Die Touristen neben ihr sahen sie merkwürdig an. Sie drehte sich um und lehnte sich mit dem Rücken an das Geländer. Nie wieder würde sie diese Erkenntnisse einfach als gegeben hinnehmen. Ihre Forschungsarbeit in den letzten Jahren hatte die Fallanalytik in Deutschland weitergebracht. Aber die wichtigste Lektion war und blieb: Nichts ist sicher, und der Verstand sollte sich nie irgendwelchen Regeln beugen.

Sie ging zurück zu ihrem Auto. Das konnte ja heiter werden. Wenn selbst der harmlose Blick auf den Kanal solche Gefühle in ihr auslöste, wie würde es erst werden, wenn sie nach Burg kam?

Etwa gegen vierzehn Uhr kam sie in Heide an. Wolfgang Freitag begrüßte sie herzlich. »Du hast doch sicher Hunger? Gehen wir ins Kotthaus.«

Barbara nickte und erinnerte sich an das gute Essen dort.

Das gutbürgerliche Lokal hatte sich um diese Tageszeit schon geleert.

»Hattest du Zeit, dir die Akten anzusehen?«, fragte Wolfgang zwischen Suppe und Hauptgang.

»Nicht so viel, wie ich mir gewünscht hätte. Es war ja auch ziemlich knapp von Montag bis heute.«

»Tut mir Leid. Aber ich habe ganz schön viele Leute bearbeiten müssen, damit ich dich herholen konnte.«

Der Kellner brachte ihnen ihre Steaks.

»Wie haben sie denn reagiert, als du ausgerechnet mich haben wolltest?«

Wolfgang lächelte. »Natürlich erinnern sich viele an den Fall Schmidtmann. Aber du hast nach wie vor einen Ruf wie Donnerhall, wenn es um Serientäter geht, und es wird langsam Zeit, dass wir Ergebnisse präsentieren können.«

»Und wie werden die Kollegen von damals reagieren, wenn ich ihnen begegne?«

»Mach dir keine Gedanken. Wir brauchen einfach deinen Rat, wir kommen nicht weiter.«

Barbara nickte. »Ich würde gern die Tatorte sehen. Und auch mit einigen der Opfer reden. Das Gutachten des Geoprofilers, aufgrund dessen ihr die Speicheltests durchgeführt habt, wäre auch nicht schlecht.«

»Der Kerl war sehr überzeugend. Aber letztlich hatte er wohl Unrecht. Meldorf ist nicht der Ort gewesen.«

Barbara schnitt ein Stück von ihrem ausgezeichneten Rumpsteak ab. »Habt ihr euch überlegt, kreisweite Speichelproben zu nehmen? Denn dass der Täter nicht von hier kommt, ist ausgeschlossen, dazu kennt er sich viel zu gut hier aus.«

Wolfgang schüttelte den Kopf. »Das ist unmöglich. Wir brauchen zumindest ein vernünftiges Täterprofil. In Meldorf haben wir alle Männer zwischen zwanzig und vierzig antanzen lassen. Blutproben, danach Speicheltests bei denen mit der passenden Blutgruppe. Wenn wir das kreisweit machen, kostet das ein Vermögen.« Er sah sie scharf an. »Denkst du etwa, dass wir keine andere Möglichkeit haben?«

Barbara zuckte die Schultern. »Ihr habt zehn Opfer und sieben unterschiedliche Phantombilder. Die Aussagen der Opfer weichen stark voneinander ab, nicht mal sein Vorgehen ist immer gleich, mal fesselt er sie, mal nicht, mal lässt er sie laufen, ohne sie zu vergewaltigen, dann wiederum tut er es zweimal ... Die einzigen Übereinstimmungen sind das Verbinden der Augen und das Sperma, die DNA. Wenn das nicht wäre, käme ich nicht mal auf die Idee, dass zwischen den Fällen eine Verbindung besteht, trotz der räumlichen Nähe.«

Barbara schob den Teller weg. »Ich schlage vor, ich checke erst mal im Hotel ein und befasse mich noch mal genauer mit den Akten. Die vollständigen Akten wären übrigens ganz hilfreich, da gibt's doch sicher noch mehr als diese Fotokopien, die du gefaxt hast.«

»Ich lasse sie dir ins Hotel bringen.«

»Und in der Zwischenzeit machst du für morgen und übermorgen Termine mit Zeugen und Opfern.«

»Und du meinst, du schaffst das bis Freitagnachmittag?«

»Ich muss, Wolfgang. Ich will nicht so lange von zu Hause weg sein. Mein Mann steht auf der Transplantationsliste. Schon die drei Tage hier machen mich völlig nervös. Wenn es plötzlich ein Herz für ihn gibt, dann muss alles ganz schnell gehen.«

Im Hotel stellte sie sich kurz unter die Dusche und zog sich danach etwas Bequemes an. Ein halbe Stunde später brachte jemand die Original-Akten. Barbara wusste, dass keine Zeit blieb, alles zu lesen, und das ärgerte sie. Die Möglichkeit, etwas Wichtiges zu übersehen, war groß. Denn nach ihrer Erfahrung waren es oft scheinbare Nebensächlichkeiten, die zur Aufklärung eines Falles beitrugen. Die Serie hatte vor rund zwei Jahren begonnen. Drei der Fälle, der erste, der vierte und der achte, geschahen auf Meldorfer Gebiet, weitere drei, der dritte, der fünfte und der neunte, in Burg. Die anderen verteilten sich auf andere Gemeinden im Kreis, Heide war auch darunter. Die bisher letzte Vergewaltigung hatte der Täter in Tellingstedt begangen.

Der Geoprofiler hatte sich für Meldorf als möglichen Wohnort des Täters entschieden, weil sich die drei Taten hier in einem relativ kleinen Umkreis abgespielt hatten. Aber Burg kam nach Barbaras Erfahrungen ebenso in Frage. Sie wusste, nach dem Reinfall mit dem ersten Speicheltest würde es nicht einfach sein, einen weiteren in Burg anzusetzen. Aber das war der einzige gangbare Weg.

Am nächsten Morgen war das schöne Wetter umgeschlagen. Schon in der Nacht waren Wolken aufgezogen. Nun regnete es; ein stetiger, kräftiger Landregen. Die Temperaturen waren zum Glück noch angenehm. Wolfgang hatte Barbara im Hotel abgeholt und ihr Gummistiefel und eine Regenjacke mitgebracht. Sie war ihm dankbar dafür, denn sie wollten all die abgelegenen Wege, auf denen der Vergewaltiger sich seine Opfer gesucht hatte, und die noch versteckteren Orte, an denen er über sie hergefallen war, aufsuchen.

Waldgebiete oder auch größere Gebüsche waren die bevorzugte Umgebung des Täters. Es war der klassische Fall aus den Albträumen der Frauen: Er griff sich seine Opfer an einsamen Stellen, wo ihnen niemand zur Hilfe kommen konnte. Inzwischen wagte sich kaum noch eine Frau nachts alleine auf die Straße, und man hatte vor allem jungen Mädchen geraten, sich nur in Gruppen zu bewegen.

Barbaras Jeans war völlig durchweicht, als sie in Burg ankamen. Das trostlose Wetter tat sein Übriges, um ihre ohnehin nicht gute Stimmung auf den Nullpunkt sinken zu lassen. Dieser Ort war der letzte auf der Welt, den sie hatte wiedersehen wollen.

Immerhin hatte es aufgehört zu regnen. Sie wollten sich nicht nur die drei Tatorte ansehen, sondern auch zwei der Opfer treffen.

Der Weg in den Wald führte zwischen ein paar Häusern hindurch. Sie waren sehr gepflegt und hatten wunderbare Gärten. Barbaras Herz begann zu klopfen. Sie kannte diesen Weg, sie war ihn vor sieben Jahren gegangen, mehr als einmal.

Mitten zwischen den Wundern der Gartenpflege hatte sich die Natur ein großes Grundstück zurückerobert. Ja, das war die Rückseite von Schmidtmanns Haus und dort war das Gartenhaus, in dem man die Leiche des kleinen Jonas Grüter gefunden hatte. Es war fast völlig von Efeu überwuchert. Die Scheiben des nach außen bescheidenen Wohnhauses, in dem Schmidtmann ein versteckt luxuriöses Leben geführt hatte, waren eingeworfen und von innen mit Brettern vernagelt worden. Barbara atmete heftiger.

»Niemand will es kaufen. Und als er starb, haben seine Verwandten das Erbe ausgeschlagen«, sagte Wolfgang leise. Er war vor dem Garten stehen geblieben.

»Ich wusste nicht, dass er Angehörige hatte.«

»Eine Cousine zweiten oder dritten Grades und ihre Tochter. Sie wollten nie etwas mit ihm zu tun haben, wahrscheinlich schon allein deshalb, weil er schwul war und wegen der alten Vorstrafe – ein bigottes Pärchen.«

»Eigentlich schade um das Anwesen.« Schmidtmann war ein begnadeter Gärtner gewesen, mit dem richtigen Blick für die Gestaltung und die Perspektiven. Es hatte hier strenge Rosenbeete gegeben, Kräuter- und Duft-Karrees und kleine Flecken, die an Bauerngärten erinnerten – Blumen, die Barbara besonders mochte: Löwenmäulchen, Rittersporn. Ihr Blick kehrte in die Wirklichkeit zurück und blieb an einem Strauch mit wunderbaren roten Blüten hängen. Winterharte Kamelien. Schmidtmann hatte ihr sie bei ihrem ersten Besuch voller Stolz gezeigt, damals, im Sommer, waren sie längst verblüht, aber er hatte ihr ihre Blüten genau beschrieben, und jetzt erkannte sie sie wieder.

In dem neben dem Haus gelegenen Gewächshaus, von dem nur noch das halb eingestürzte Gerippe stand, hatte er alle möglichen Sorten von Kamelien gezüchtet. Irgendeine blühte immer. Barbara sah den gepflegten alten Mann vor sich, der ihr eine weiße Blüte hinhielt. »Nehmen Sie. Das ist meine Lieblingssorte, mein Prachtstück.« Kurz darauf hatte sie ihn verhaften lassen. Bei den Leichen waren genau diese Kamelienblüten gefunden worden.

»So ein Dorf vergisst nichts«, meinte Wolfgang und schreckte Barbara dadurch aus ihren Gedanken. »Das Beste wäre, das Haus abzureißen und das Gelände brachliegen zu lassen. Hier will niemand wohnen. Selbst die direkten Nachbarn sind nicht mehr dieselben.«

Sie gingen weiter in das Waldstück. Für einen Moment glaubte Barbara, eine sich bewegende Gardine gesehen zu haben, aber dann schrieb sie es ihrer Nervosität beim Wiedersehen von Schmidtmanns Haus zu. Sie fühlte sich hier in Burg wie in Feindesland.

Wolfgang zeigte ihr die Stelle, wo der Täter seinem Opfer aufgelauert hatte – der Weg war hier völlig einsam, selbst Schreie konnten kaum bis zu den ersten Häusern dringen. »Er hat sie dort hinter die Büsche gezerrt«, erklärte Wolfgang. »Da hätte jemand vorbeigehen können, wenn er sein Opfer ruhig stellen konnte, hätte der nichts gemerkt.«

Als sie wieder zurück zu ihrem Auto kamen, stand ein Mann neben dem Jaguar. Barbara erkannte ihn sofort. Frank Grüter, der Vater des letzten Opfers Schmidtmanns. Jetzt stieg aus einem zerbeulten Auto, das vor dem Jaguar geparkt war, auch eine Frau. Sie trug Jeans und einen alten Blouson, ihr Haar hing strähnig herunter. Barbara sah sie und erschrak zutiefst. Ellen Grüter schien um zwanzig Jahre gealtert seit ihrer letzten Begegnung. Das rote Gesicht und die aufgedunsenen Züge ließen vermuten, dass sie dem Alkohol mehr zusprach als ihr gut tat. Und auch jetzt war sie offensichtlich betrunken.

»Bleib im Wagen, Ellen«, herrschte ihr Mann sie an.

»Ich will das Weib sehen. Ich will sehen, wie es ihr geht, sieben Jahre, nachdem sie unser Kind auf dem Gewissen hat.« Sie trat an Barbara heran. »Sieh sie dir an, Frank. Gut schaut sie aus, nicht wahr? Und so einen protzigen Wagen fährt sie.« Sie stellte sich direkt an den Wagen und kratzte demonstrativ mit ihrer beringten Hand über den Lack. Eine hässliche Riefe blieb zurück.

Wolfgang wollte eingreifen, aber Barbara hielt ihn zurück.

»Herr Grüter, Frau Grüter, wir tun hier nur unsere Arbeit, lassen Sie uns bitte durch.« Wolfgang versuchte es mit einem besonders ruhigen Tonfall, aber er schien nicht viel damit auszurichten.

»Ihre Arbeit? Tut sie ihre Arbeit so wie damals? Wartet sie seelenruhig ab, bis das nächste Opfer gefunden wird?« Frank Grüter war äußerlich ruhiger als seine Frau, aber Barbara vermutete, dass das täuschte. In ihm kochte der Zorn von sieben furchtbaren Jahren, und nur das äußerliche Abstumpfen, mit dem er versuchte, ein einigermaßen normales Leben aufrechtzuerhalten, hielt ihn davon ab, sich auf Barbara zu stürzen.

»Es tut mir Leid, was mit Jonas passiert ist.« Barbara war froh, dass ihre Stimme nicht versagte.

»Ja, das sagt sich so einfach. Tut mir Leid, ich habe einen Fehler gemacht ... Sehen Sie uns an. Von Ihrer Entschuldigung kommt unser Leben auch nicht mehr in Ordnung.« Grüters Stimme wurde lauter. »Meine Frau säuft. Ich selbst war nicht mehr in der Lage, meinem Beruf nachzugehen. Immer wenn ich Kinder sehe, kommen mir die Tränen, das macht sich nicht gut für einen Lehrer, oder?« Er ging einen Schritt auf Barbara zu. »Wissen Sie, wie lange ich arbeitslos war? Wir haben unser Haus verloren, alle unsere Ersparnisse!«

Ein weiterer Schritt veranlasste Wolfgang, sich zwischen ihn und Barbara zu stellen. »Lassen Sie es gut sein, Grüter. Frau Pross hat Ihren Sohn nicht umgebracht, vergessen Sie das nicht.«

»Machen Sie es sich nicht ein bisschen zu einfach?«

Barbara versuchte, Wolfgang beiseite zu schieben. Sie hatte das Gefühl, sie war es diesem verzweifelten Mann schuldig, dass er ihr in die Augen sehen und sie anklagen konnte. Aber genau in diesem Moment stürzte sich Ellen Grüter mit einem kleinen Küchenmesser in der Hand auf Barbara. Sie erwischte sie am Arm, bevor Wolfgang sie abdrängen konnte. Obwohl Ellen Grüter nicht sehr groß war, hatte Wolfgang Mühe, sie unter Kontrolle zu bekommen, der Alkohol und ihre Wut verliehen ihr Riesenkräfte. Ihr Mann hatte zunächst tatenlos zugesehen, dann versuchte er ihr zur Hilfe zu kommen.

»Nicht, Herr Grüter«, rief Barbara und trat hinter ihn, um ihn aufzuhalten. Er machte eine unkontrollierte Bewegung und hieb ihr dabei seinen Ellenbogen ins Gesicht. Barbara hatte das Gefühl, er hätte sie mit einem Hammer erwischt. Wie in Zeitlupe bekam sie mit, dass sie nach hinten kippte und umfiel. Das brachte Grüter wieder zur Besinnung. Flehend sah er Barbara an: »Bitte, er soll Ellen nicht wehtun. Bitte, machen Sie was.«

»Sie sind vorläufig festgenommen«, keuchte Wolfgang, der Ellen Grüter auf die Motorhaube des Jaguars gedrückt hatte. Barbara wunderte sich fast, dass sie bei der Wucht des Schlages nicht ihr Bewusstsein verloren hatte, und bemerkte, dass Grüter ihr seine Hand hinstreckte. Sie nahm sie und stand wieder auf. Ihr war schwindelig und sie sah Sterne. »Lass gut sein, Wolfgang. Ich werde keine Anzeige erstatten.«

»Aber das war ein gefährlicher tätlicher Angriff ...«

»Lass sie laufen. Bitte.«

»Gut«, knurrte Wolfgang. Er drückte die Frau noch etwas fester auf die Haube. »Werden Sie vernünftig sein und nach Hause gehen, wenn ich Sie jetzt loslasse?«

»Ja.« Ellen Grüter begann zu weinen.

Wolfgang ließ sie los, sie rieb sich ihre Handgelenke, wo er sie festgehalten hatte. Frank Grüter legte seiner Frau den Arm um die Schultern. Sie weinte hemmungslos und war kaum in der Lage zum Auto zu gehen. Grüter setzte sie in den Wagen, stieg ebenfalls ein, warf noch einen hasserfüllten Blick auf Barbara, und dann fuhren sie weg.

»Bist du schwer verletzt, Barbara?«, fragte Wolfgang und schob die Ärmel der Regenjacke und des Pullis hoch.

»Das ist nur ein Kratzer«, sagte Barbara. Durch die Kleidung hatte Ellen Grüter sie mit dem kleinen Messer nicht richtig erwischt. Schlimmer war der Ellenbogenhieb ins Gesicht. Barbara spürte, dass ihre Lippe blutete und die rechte Gesichtshälfte anschwoll.

»Ich fahr dich zum Krankenhaus.«

Barbara schüttelte den Kopf. »Etwas Eis wird genügen, mehr können die auch nicht tun.«

»Vielleicht muss die Lippe genäht werden, zeig mal her.« Er tupfte mit einem Papiertaschentuch vorsichtig das Blut ab, Barbara zuckte zusammen. »Hmm. Ist, glaube ich, nicht so schlimm. Aber es könnte irgendwas gebrochen sein oder du hast vielleicht eine Gehirnerschütterung ...«

»Nein, Wolfgang. Mir brummt zwar der Schädel, aber es geht mir gut. Ich brauche nur viel Eis.«

Wolfgang chauffierte sie zum Hotel und organisierte auch das Eis für sie. Sie saßen im Hotelzimmer. Auch wenn Barbara es Wolfgang gegenüber nicht zugeben wollte, der Schmerz pulsierte inzwischen immer heftiger in ihrem Schädel. Fürsorglich füllte Wolfgang Eis in einen kleinen Plastikbeutel und reichte ihn ihr.

»Weitere Termine heute können wir wohl vergessen ...«, murmelte Barbara hinter dem Eisbeutel.

»Wir werden auch die Termine morgen vergessen. Du konntest dir doch schon einen Eindruck machen. Ich werde die Akten wieder mitnehmen und morgen komplett für dich fotokopieren lassen, dann kannst du sie zu Hause in Ruhe analysieren.«

Barbara wollte protestieren, doch dann wurde ihr plötzlich übel. Sie machte einen Versuch, vom Sofa aufzustehen, aber es gelang ihr nicht. »Wolfgang, die Schüssel, schnell.«

Wolfgang reagierte sofort und hielt ihr die halbleere Eisschüssel unters Gesicht, als sie sich übergab.

»Sagte ich doch. Gehirnerschütterung. Lass uns zum Krankenhaus fahren.«

»Nein.« Barbara hatte sich erschöpft zurückgelehnt. Sie versuchte sich einzureden, dass die Übelkeit auf die Begegnung mit den Grüters zurückzuführen sei. »Im Krankenhaus würden die mich dabehalten.«

»Natürlich. Damit ist ja auch nicht zu spaßen.«

»Aber ich muss morgen nach Hause. Ich muss zurück zu Thomas.«

Wolfgang nahm die Schüssel und schüttete den Inhalt ins Klo. »Wie stellst du dir das vor? Glaubst du, du kannst mit einer Gehirnerschütterung vier Stunden Auto fahren?«

»Egal. Ich muss nach Hause.«

Wolfgang reagierte gar nicht darauf, betätigte die Toilettenspülung und wusch sich die Hände. »Leg dich erst mal hin und ruh' dich aus.« Er holte eine Decke aus dem Schrank und das Kopfkissen aus dem Bett. »So reich wie er ist, hat dein Mann doch sicher einen Fahrer, oder?«

»Weise?«

»Heißt er so? Wir könnten ihn kommen lassen.«

»Nein, auf keinen Fall.« Barbara versuchte sich aufzusetzen. »Untersteh' dich, Thomas anzurufen. Er darf sich nicht aufregen.« Dass Thomas sich fast nie aufregte, verschwieg sie. Aber sie wusste nicht, was passierte, wenn sie mit einem zerschlagenen Gesicht zu Hause auftauchte. Dann kam ihr eine Idee. »Gib mir mal das Telefon, bitte.«

Sie rief Annette an, die war glücklicherweise zu Hause. »Hallo Annette, Barbara hier.«

»Barbara? Du klingst so komisch.«

»Das liegt daran, dass ich mir einen Eisbeutel ans Gesicht halte. Ich habe einen Schlag ins Gesicht bekommen ...«, sie blickte Wolfgang grimmig an, »...und vermutlich eine ganz leichte Gehirnerschütterung. Jedenfalls ist mir übel und der Kopf tut ein bisschen weh.«

»Mein Gott, Barbara, was ist denn passiert?«

»Das erzähle ich dir morgen. Ich werde wohl nicht selbst nach Hause fahren können. Kannst du jemanden engagieren, der mich und meinen Wagen hier abholt?«

»Ja, sicher. Ich kümmere mich darum.«

»Danke, Annette. Wie geht es Thomas?«

»Er ist heute Vormittag im Bett geblieben. Aber keine Angst, ich glaube, er will nur seine Kräfte sammeln für die Gesellschafterversammlung heute.«

»Gehst du mit?«

»Er will allein hingehen.«

Beide seufzten und mussten dann lachen.

»Du kennst ihn ja, Barbara.«

»Könntest du ihn schonend vorbereiten? Wegen meiner Verletzung, meine ich.«

»Sicher. Und nun ab mit dir ins Bett.«

»Ganz bestimmt.« Barbara legte auf und atmete durch. »Manchmal ist sie richtig gut«, murmelte sie.

»Wer war das?«, fragte Wolfgang.

»Meine Schwiegermutter.«

»Barbara Pross mit Ehemann und Schwiegermutter – das ist nur schwer vorstellbar.« Er sah, dass Barbara sich aufsetzen wollte. »Bleib besser liegen, sonst wird dir wieder schlecht.«

»Ich würde mich nur gern ins Bett legen.« Es gelang ihr sich aufzusetzen, ohne dass ihr gleich wieder schwindelig wurde. »Wieso ist das schwer vorstellbar?«

»Na ja, du bist eben nicht der Typ für eine Beziehung.«

Barbara stand ganz langsam auf und schwankte ein bisschen. Wolfgang stützte sie. »Damals, als wir zusammenarbeiteten, war ich mit meinem Kollegen Philipp Lachmann zusammen.«

»Davon habe ich nichts gemerkt.«

Philipp manchmal auch nicht, schoss es Barbara durch den Kopf. »Ich glaube, du kannst mich jetzt loslassen.«

Er tat es, und sie ging langsam und vorsichtig zum Bett. Sie spürte, dass die Kopfschmerzen weiter zunahmen.

»Kann ich dir noch was helfen?«

»Du könntest die Schüssel hierher bringen und neues Eis ordern. Und Aspirin wäre nicht schlecht.«

»Wird gemacht.« Er stellte die Schüssel auf den Nachttisch und ging zur Tür. »Ich bin gleich wieder da.«

Wolfgang war noch einmal vorbeigekommen mit neuem Eis und einer Schachtel Aspirin, und Annette hatte zurückgerufen und ihr mitgeteilt, dass sie jemanden gefunden habe, der morgen in aller Frühe mit dem Zug nach Heide fuhr. »Der junge Mann wird um die Mittagszeit da sein.«

Nun, da alles geregelt war, lag Barbara im abgedunkelten Raum und wartete, dass die Tabletten den Schmerz wenigstens etwas dämpften. Die Schmerzen waren schlimm, aber noch mehr hatte sie die Begegnung mit den verzweifelten Eltern mitgenommen. Sie hatte ihr nur bestätigt, dass ihre Schuldgefühle eben nicht unbegründet waren. Ihr Fehler hatte nicht nur Jonas das Leben gekostet, er hatte auch das seiner Eltern zerstört. Ein Schlag ins Gesicht war da nur wenig, was sie im Vergleich zu ihnen einstecken musste. Sie hatte sich damals von ihrer Depression erholt, nicht zuletzt mit Thomas' Hilfe.

›Nicht der Typ für eine Beziehung.‹ – Wolfgangs Feststellung hallte in ihrem Kopf wider. Ja, er hatte Recht. Aber Thomas hatte es ganz einfach ignoriert. Langsam dämmerte sie weg. Im Halbschlaf fasste sie auf das Bett neben sich. Thomas war nicht da.

Am nächsten Morgen hatten die Kopfschmerzen etwas nachgelassen. Barbara konnte sogar ohne Schwindelattacken oder Übelkeit aufstehen und ihr Gesicht im Spiegel betrachten. Die Lippe war dick geschwollen, unterhalb des Wangenknochens war ihr Gesicht blau – sie sah aus wie nach einer Boxweltmeisterschaft.

Die warme Dusche tat gut. Sie zog sich an und ging hinunter in den Frühstücksraum in der Hoffnung, etwas essen zu können.

Die Übelkeit kam zwar nicht wieder, aber das Kauen bereitete ihr Mühe. Sie saß gerade bei ihrer zweiten Tasse Kaffee, als Wolfgang hereinkam. »Guten Morgen. Geht es besser?«

»Ja – obwohl es wahrscheinlich nicht danach aussieht.«

»Nein, wirklich nicht. Ich habe schlechte Nachrichten: Gerade wollte ich die Akten in deinen Wagen legen, ich hatte ja noch den Schlüssel, da entdeckte ich, dass das Verdeck an einigen Stellen aufgeschlitzt ist.«

»Die Grüters?«

»Wahrscheinlich. Wir können es für die Fahrt mit Plastik abdichten. Wie gut, dass es in der Nacht nicht mehr geregnet hat. Willst du diesmal Anzeige erstatten?«

»Gegen Unbekannt? Das führt doch zu nichts.«

»So ein neues Verdeck kostet eine Menge Geld.«

»Ist doch egal ...« Barbara sah aus dem Fenster. Die Sonne schien, und es gab nur wenige Wolken. »Wir haben noch etwas Zeit, bis mein Fahrer kommt. Hier in Heide hat es doch auch einen Überfall gegeben, oder?«

»Ja. Im November.«

Barbara stand vom Frühstückstisch auf. »Dann lass uns den Tatort noch ansehen. Das sind doch immer einsame Ecken, da falle ich mit meinem bunten Gesicht nicht so auf.«

Aber diesmal ließ ihr Wolfgang nicht ihren Willen. »Du wirst schön hier im Hotel bleiben und auf deinen Fahrer warten. Du hast alles in den Akten, das muss genügen.«

Barbara versuchte noch einmal halbherzig, ihn umzustimmen, ging dann aber doch wieder auf ihr Zimmer und legte sich auf das Sofa.

Etwa gegen ein Uhr mittags kam Wolfgang wieder ins Hotel. Sie hätte es nie zugeben, aber die Ruhe hatte ihr gut getan. Er half Barbara, ihre Sachen zusammenzupacken und hinunterzutragen. Barbara checkte aus. Gemeinsam warteten sie in der Halle auf den Fahrer.

»Du siehst ein bisschen blass um die Nase aus«, meinte Wolfgang. »Sofern man bei dem Farbenspiel von blass sprechen kann ...«

»Ich nehme gleich noch eine Tablette, dann geht es wieder.« Die Kopfschmerzen waren wieder da, nicht so stark wie gestern, aber doch nur schwer zu ertragen.

Eine halbe Stunde später traf ihr Fahrer ein – ein junger Mann aus der Firma. Barbara spendierte ihm noch ein Mittagessen, dann ging es los. Er hatte große Augen gemacht, als er den Jaguar sah. »Muss ich langsam fahren?«, fragte er. »Wegen Ihres Kopfes meine ich?«

»Nein, ich will schnell zu Hause sein. Aber übertreiben Sie es nicht.«

Die Fahrt wurde recht eintönig. Anfangs, als die Tabletten noch nicht wirkten, war Barbara nicht nach einer Unterhaltung. Später gestaltete sich das Gespräch eher wie ein freundliches Verhör. Ja, er ist seit drei Jahren bei der Firma beschäftigt. Ja, er arbeitet gern dort. Er ist gelernter Maurer. Barbara realisierte, dass der junge Mann sich so unbehaglich fühlte, ihr Rede und Antwort zu stehen, dass sie es schließlich aufgab. Aber immerhin fuhr er sehr gut und überlegt.

Ihr Zustand hatte sich durch die Tabletten nur unwesentlich gebessert, sie spürte auch wieder eine leichte Übelkeit.

Du hättest auf Wolfgang hören und in Heide bleiben sollen, dachte sie sich.

Bei der Raststätte Tecklenburger Land bat sie den Fahrer, zu halten und übergab sich auf der Toilette.

Er hatte inzwischen wunschgemäß eine Flasche Wasser erstanden und wartete auf sie am Wagen. »Geht es Ihnen besser?«

»Ja, etwas.« Das stimmte, seit ihr Magen geleert war, hatte die Übelkeit abgenommen. Sie machten sich wieder auf den Weg. Barbara schaltete das Radio an, um sich nicht wieder in Konversation üben zu müssen. Sie war beinah eingedöst, als eine Meldung sie aufschreckte.

»In Mülheim an der Ruhr wurde heute Morgen am Wasserkraftwerk Kahlenberg eine weibliche Leiche entdeckt. Die Tote konnte noch nicht identifiziert werden. Ein Sprecher der Polizei erklärte, man gehe von einem Verbrechen aus. Er machte aber keine weiteren Angaben zum Tathergang und anderen Einzelheiten.«

»Schrecklich«, sagte der junge Mann. Barbara achtete kaum darauf. Ihre Gedanken kreisten um den Leichenfund. Die Tatsache, dass die Polizei bereits bekannt gegeben hatte, dass es sich um das Opfer eines Verbrechens handelte, ließ auf deutliche Anzeichen an der Leiche schließen, irgendetwas, was eindeutig nicht auf mechanische Einwirkung am Kraftwerk zurückzuführen war. Eine Tote bei einem Wasserkraftwerk. Das war nichts Neues für Barbara. Das nächste Kapitel in ihrer Vorlesung handelte von einem ähnlichen Fall, den Sägemorden von Hannover aus den Siebzigern. Hier fand man jeweils nur einen Torso – Kopf und Arme waren abgetrennt worden.

Die Nachrichten gingen zu Ende, und die Verkehrshinweise brachten die Freitagnachmittagsstaus. Auch auf ihrer Strecke kam einiges auf sie zu.

Barbara ärgerte sich plötzlich, dass die alten Automatismen immer noch funktionierten. Sie hörte etwas über ein Verbrechen, und sofort versuchte sie, Schlüsse zu ziehen, überlegte mögliche Maßnahmen. Ich habe zu große Kopfschmerzen für so etwas, dachte sie. Aber die automatische Polizistin ließ sich nicht so einfach ausschalten.

Die lange Fahrt hatte Barbara gar nicht gut getan. Inzwischen war sie bereit zuzugeben, dass sie tatsächlich eine Gehirnerschütterung hatte. So war sie sehr froh, als der Wagen endlich in die Auffahrt zur Villa einbog.

Thomas kam zur Tür. An seinem entsetzten Gesichtsausdruck erkannte Barbara, dass sie wirklich nicht gut aussah. Der junge Mann trug noch ihr Gepäck und die Akten ins Haus und fuhr den Wagen in die Garage. Er bekam von Annette, die inzwischen heruntergekommen war, einen großen Schein in die Hand gedrückt und verabschiedete sich.

»Du musst sofort ins Bett. Und ich rufe Dr. Wagner an.« Annette hatte das Regiment übernommen, und Barbara ließ es willig geschehen. Sie wollte nur Ruhe und dass die Kopfschmerzen aufhörten.

»Heute Morgen ging es mir ganz gut«, sagte sie, bevor sie die Tür zur Gästetoilette aufriss und sich wieder übergab – bei leerem Magen.

Eine Stunde später lag sie im Bett. Thomas hatte ihr einen Tee gebracht, und sie warteten auf den Arzt. »Du siehst wirklich aus, als wärst du schlimm verprügelt worden.«

»Nein, es war ein Versehen. Ich hätte nicht versuchen sollen dazwischenzugehen.« Langsam erzählte sie Thomas, was passiert war.

Er schien ihre milde Haltung gegenüber den Grüters zwar zu verstehen, aber er billigte sie nicht. »Du betrachtest den Schlag als gerechte Strafe für deinen Fehler, nicht wahr?«

»Mag sein ...«

»Und? Fühlst du dich irgendwie besser? Sind deine Schuldgefühle weg?«

»Nein.« Sie stellte die Teetasse weg und ließ sich ins Kissen sinken. »Warum bist du so aufgebracht?« Kein Außenstehender hätte an Thomas auch nur das geringste Anzeichen von Aufgebrachtheit entdecken können, aber Barbara kannte ihn gut genug.

»Weil ich es nicht mag, wenn meine Frau verprügelt wird.«

»Es war doch nur ...«

»Ein Versehen, ja. Aber immerhin hatte die Frau ja auch ein Messer ...«

Barbara war froh, dass in diesem Moment der Arzt kam. Sie hatte einfach keine Kraft für eine Auseinandersetzung. Dr. Wagner untersuchte sie, stellte aber nichts Schlimmeres fest als das, was sie ohnehin schon wusste: Prellungen im Gesicht und eine Gehirnerschütterung. »Wenn es in zwei Tagen nicht besser wird, lassen wir Sie noch mal röntgen, aber jetzt wird Bettruhe das Beste sein.«

Er gab ihr eine Spritze gegen die Schmerzen und zur Beruhigung und schrieb sie außerdem eine Woche krank. »Sie brauchen Ruhe, Frau Hielmann-Pross, und wenn ich Ruhe sage, dann meine ich das auch. Sie verlassen in den nächsten Tagen ihr Bett nicht. Und keine Akten!«

Barbara protestierte nicht. Sie war bereits eingeschlafen.

Die nächsten beiden Tage verbrachte Barbara tatsächlich im Bett. Sie schlief viel, und wenn sie wach war, setzten sich Thomas oder Annette zu ihr. Man merkte vor allem Annette an, dass sie Routine darin hatte, einen Kranken bei Laune zu halten. Ab dem dritten Tag ging es ihr viel besser und sie wäre am liebsten aufgestanden. Aber Thomas bestand darauf, dass sie sich weiterhin ruhig hielt.

»Langsam bekomme ich eine Ahnung davon, wie es dir so geht, wenn du das Bett hüten musst«, sagte sie zu Thomas, als der sie mit ihrem Laptop im Bett erwischt hatte. »Wie hältst du das nur aus!«

»Man gewöhnt sich daran.« Er schaltete den Computer aus und brachte ihn nach nebenan ins Arbeitszimmer zurück.

»Wirklich Barbara, halte noch zwei Tage durch«, meinte er, als er wieder hereinkam.

»Aber ich langweile mich. Ich bin das nicht gewöhnt.«

Er machte Anstalten zu gehen, denn ihm ging es zurzeit wieder ganz gut und er arbeitete an seinem Buch.

»Hat die Gesellschafterversammlung eigentlich stattgefunden?«, fragte sie in der Hoffnung, ihn zurückhalten zu können.

Es klappte. Thomas zog sich einen Sessel heran und setzte sich. »Ja, Donnerstagnachmittag.«

»Wer war dabei?«

»Die ganze Geschäftsführung bis auf Severin. Der musste irgendetwas für den nächsten Tag fertig machen.«

»Komisch, er war schon die letzten beiden Male nicht dabei. Und was habt ihr besprochen?«

»Ich habe Reitker zunächst das vorgesehene Programm abspulen lassen. Finanzen, Personalien. Kennst du eine Isabella Keilhage?«

Barbara nickte. »Die Langstreckenläuferin.«

Thomas sah sie verständnislos an.

»Genaues weiß ich auch nicht. Nur, dass sie Olympiateilnehmerin in Sydney war und die Firma sie unterstützt, indem sie eine gut bezahlte Halbtagsstelle im Marketing bekommen hat – halbtags, damit sie trainieren kann. Ich glaube sogar, Wolfram hat sie noch eingestellt. Was ist mit ihr?«

»Reitker schlägt sie als Assistentin der Geschäftsleitung vor. Er betonte das Wort ›Assistentin‹. Sie hat wohl ein BWL-Fernstudium.«

»Und Lydia Andresen?«

»Danach habe ich ihn auch gefragt. Er hat sich nicht so klar ausgedrückt, meinte aber, dass er eigentlich keine klassische Sekretärin wie die Andresen bräuchte.«

Barbara setzte sich auf. »Er will sie doch nicht entlassen, oder? Sie war schon die Sekretärin deines Vaters!«

»Und danach hat sie für Wolfram gearbeitet.« Thomas sah nachdenklich aus. »Reitker hat so merkwürdige Andeutungen gemacht. Die Andresen hätte psychische Probleme, weil sie Wolframs Selbstmord nie verwunden hätte. Sie sei ihm gegenüber krankhaft misstrauisch. Und schließlich sei sie in einem Alter, in dem man nicht mehr so leistungsfähig ist ...«

»Reitker ist doch höchstens vier, fünf Jahre jünger.« Barbara hatte großen Respekt vor der langjährigen Chefsekretärin. Ohne sie hätte sie den Fall Rottländer, der sie nach Düsseldorf geführt hatte, nicht so schnell lösen können. Und wann immer sie für Thomas, Annette oder auch Barbara private Dinge erledigte, geschah das mit äußerster Umsicht und Perfektion.

Er zuckte die Schultern. »Wie gesagt, Reitker machte auch nur merkwürdige Andeutungen.«

»Und was sagt er zu deinen Verkaufsplänen?«

»Ich glaube, das hat ihn ziemlich überrascht. Er war nicht sehr angetan davon.« Thomas stand auf. »Ich hole mir etwas zu trinken, magst du auch?«

»Gern.«

Als er wieder hereinkam, fuhr er fort: »Reitker traut Heine Consult nicht. Er möchte, dass wir andere Unternehmensberater hinzuziehen und deren Konditionen prüfen. Das konnte ich ihm kaum abschlagen, schließlich ist er der Business-Profi und ich bin der Altphilologe und Schriftsteller. Aber es verzögert alles.« Er stellte eine Tasse Kräutertee auf das Nachttischchen.

Barbara seufzte. Der Firmenverkauf würde sie beide vermutlich noch viel Kraft kosten. Sie nahm die Tasse und rümpfte die Nase. »Bekomme ich nicht mal mehr einen ordentlichen Tee?«

»Ich mache dir nachher einen, versprochen. Aber der hier tut dir dir gut ...«

Barbara runzelte die Stirn. »Warum lässt du nicht Dr. Hardanger die Sache prüfen?« Hardanger war der langjährige Rechtsanwalt der Familie, und seine Kanzlei hatte vor kurzem mit einem Wirtschaftsprüfer fusioniert. »Mit Hardanger & Klensing wären wir auf der sicheren Seite.«

»Daran hatte ich auch schon gedacht. Ich werde ihn anrufen.« Er stellte ihr ein Glas Wasser hin. »Sei mir nicht böse, Barbara, aber ich muss jetzt noch ein paar Seiten schreiben ...«

»Geh nur.« Lass mich hier allein, bis ich mich zu Tode gelangweilt habe, dachte sie. Aber eigentlich war sie ja froh, dass es ihm so gut ging, dass er arbeiten konnte.

3. Kapitel

Am Donnerstag hielt sie es nicht mehr im Bett aus. Sie zog sich an, frühstückte gemeinsam mit Thomas und seiner Mutter und legte sich dann auf eine Liege auf der Terrasse, neben sich ein Teil der Akten, die sie aus Heide mitgebracht hatte. Kopfschmerzen hatte sie in den letzten beiden Tagen nicht mehr gehabt und ihr Gesicht war auch weitgehend abgeschwollen, schillerte aber noch in allen Farben, wenn sie sich auch in zartere Pastelle gewandelt hatten.

Es war knapp unter zwanzig Grad, sie trug einen Pulli und hatte sich noch in eine Decke gewickelt, aber sie genoss die frische Frühlingsluft. Zwei der Akten lagen bereits auf dem »Erledigt«-Stapel, als Thomas auf die Terrasse kam. Er brachte einen Gast mit: Heinz Wersten vom LKA Düsseldorf, ihr gemeinsamer Freund.

»Bleib ruhig liegen, Barbara. Reden können wir auch so.« Er setzte sich auf einen von Annettes zierlichen Gartenstühlen, die Thomas und Barbara fast nie benutzten.

»Ich lass euch allein«, sagte Thomas und verschwand wieder im Arbeitszimmer.

»Geht es ihm gut?«, fragte Heinz.

»Wenn er arbeitet, geht es ihm immer gut.« Barbara überlegte, wie lange sie Heinz nicht mehr gesehen hatten. Vielleicht sah Thomas doch schlechter aus als noch vor ein paar Wochen ...

»Er sieht auch ganz gut aus.«

»Was gibt's?«

Heinz sah erst jetzt ihre verletzte Gesichtshälfte und erschrak. »Womit hat der Kerl dich erwischt? Mit einem Schmiedehammer?«

»Es geht schon wieder. Du hättest mich am letzten Freitag sehen sollen. Bist du hier, um uns zu besuchen oder hast du etwas auf dem Herzen?«

Er grinste. »Thomas sagte, du gingest ihm gehörig auf die Nerven und ich solle dich ein wenig beschäftigen.« Er wurde wieder ernst. »Nein, es stimmt, ich bin tatsächlich so halbwegs dienstlich hier. Du hast doch von der Leiche am Wasserkraftwerk in Mülheim gehört, oder?«

»Nur das, was in den Medien darüber berichtet wurde. War sie schlimm zugerichtet?«

»Wie man's nimmt.«

»Heinz!«

»Kennst du die Sägemordfälle von Hannover?«

Barbara sah ihn erstaunt an. »Die aus den Siebzigern oder die aus den Neunzigern?«

»Die alten.«

»Das war das Erste, was mir bei der Radiomeldung durch den Kopf ging. Leiche – Kraftwerk, da macht es sofort ›Klick‹.«

»Bei uns hat es auch ›Klick‹ gemacht. Hier, sieh dir das an.«

Er gab Barbara Fotos, die er in die Innentasche seiner Jacke gesteckt hatte. Sie waren leicht zerknickt. »Kennst den Wasserbahnhof in Mülheim?«

Barbara nickte. »Ich war mal mit Thomas dort spazieren.« Sie sah das Foto an. »Da wurde sie gefunden? Bei dem kleinen Kraftwerk direkt hinter dem Wasserbahnhof?«

»Ja. Spaziergänger entdeckten sie, sie hatte sich im Grobrechen verfangen.«

Barbara betrachtete die Nahaufnahmen von der Leiche. Der Kopf fehlte, die Arme waren kurz unter dem Schultergelenk abgetrennt worden und auf dem Rumpf waren zwei große Wunden: Er hatte ihre Brüste abgetrennt.

»Die Mülheimer haben das LKA um Unterstützung gebeten – hauptsächlich deshalb, weil unsere Leiche exakt so zugerichtet ist wie bei den Hannover-Fällen.«

»Genau wie beim ersten Fall.«

»Ja. Und wie damals ist eine Identifizierung praktisch unmöglich, das Alter wird irgendwo um die dreißig geschätzt ...«

»Sie müsste jünger sein«, unterbrach ihn Barbara. »Das erste Opfer damals war um die fünfundzwanzig.«

»Laut Gerichtsmedizin ist auch das möglich. Aber mehr kann man zu der Leiche nicht sagen, nicht einmal die Todesursache ist eindeutig.«

»Heinz, die Fälle fanden Mitte der Siebziger statt, inzwischen sind die Methoden doch sehr viel weiter.«

»Ja, schon.« Heinz seufzte. »Wir haben vielleicht DNA-fähiges Material, aber womit sollen wir es vergleichen?«

Barbara schälte sich aus der Decke und setzte sich auf. »Die Fälle in Hannover wurden nie aufgeklärt. Es tauchten Leichenteile von fünf Personen auf, die Methoden waren unterschiedlich. Keiner der Toten wurde jemals identifiziert.« Sie runzelte die Stirn. »Weißt du, dass man eine Zeit lang glaubte, man habe es mit einem Leichenschänder zu tun? Sie haben damals jeden Friedhof überprüft. Allerdings war das letzte Opfer, das sie gefunden haben, eindeutig erschossen worden.«

»Ganz unmöglich ist die Sache mit der Leichenschändung nicht.« Heinz gab ihr eine zusammengefaltete Kopie. »Das ist der Bericht der Gerichtsmedizin. Man hat Drogen gefunden – Extasy. Es ist möglich, dass sie daran gestorben ist, aber der Gerichtsmediziner möchte sich nicht festlegen, solange er nicht den kompletten Körper auf dem Tisch liegen hatte.«

»Kann er denn die ungefähre Todeszeit feststellen?«

»Auch das ist nicht möglich. Es können ein oder sogar zwei Wochen sein. Die Verstümmelungen wurden ihr später zugefügt.«

»Vermisstenanzeigen?«

Heinz schüttelte den Kopf.

»Dann bleibt euch nichts anderes übrig, als Leichenhallen und Friedhöfe zu überprüfen.«

Er sah sie zweifelnd an. »Aber eine verschwundene Leiche wäre doch aufgefallen ...«

»Nicht, wenn sie kurz vor der Beerdigung aus dem Sarg geholt wurde.«

Er machte ein unglückliches Gesicht. »Das könnte bedeuten, dass wir Särge ausbuddeln lassen müssen.«

»So viele Frauen dieser Altersgruppe werden doch in den letzten zwei Wochen in Mülheim und Umgebung nicht verstorben sein.« Aber er hatte Recht. Das war ein unangenehmer Fall. Barbara wurde plötzlich blass.

»Geht es dir nicht gut?«, fragte Heinz besorgt.

Sie schüttelte den Kopf. »Ich bin in Ordnung. Aber ... mir kam gerade ein Gedanke ...« Sie schüttelte wieder den Kopf. »Nein, das ist unmöglich, das kann nicht sein.«

»Was denn?«

»Zuerst Kroll, dann die Sägemorde. Meine Vorlesung. Die Sägemorde sind der nächste Fall.«

»Könntest du mal Klartext reden, bitte?«

»Vor zwei knapp Wochen, gerade als ich in meiner Vorlesung über Kroll sprach, hatte jemand eine Uni-Toilette mit Schweinedärmen verstopft.«

Heinz verzog unwillkürlich sein Gesicht. »Ein geschmackloser Scherz.«

»Ja. Kramer von der Düsseldorfer Polizei war da, wir wussten ja zuerst nicht, mit was wir es zu tun hatten. Die Sache wurde dann zu den Akten gelegt. Aber ... das nächste Kapitel meiner Vorlesung sind die Hannover-Fälle.«

»Du meinst, jemand könnte Scherze treiben ... mit Leichen?« Er sah sie ungläubig an.

Barbara schüttelte heftig den Kopf. »Nein, natürlich nicht. Du hast Recht, das kann nur ein Zufall sein.«

Heinz sah auf die Uhr. »Verdammt, ich muss los.« Er stand auf. »Dann werde ich meinen Leuten mal schonend beibringen, dass sie die Friedhöfe abklappern müssen. Meinen letzten Fall habe ich mir anders vorgestellt ...«

»Dein letzter Fall? Du hörst tatsächlich auf?«

»Ich muss. Sie wollten mich ja schon vor zwei Jahren aus dem Verkehr ziehen, aber was soll ich allein zu Hause? Meine Schwiegereltern pflegen?« Heinz' Frau war vor einigen Jahren an Krebs gestorben. »Hast du je ein Profil des Sägemörders von Hannover erstellt?«

»Nein, das hat keiner getan. Die Fälle liegen jetzt über fünfundzwanzig Jahre zurück, sie hörten plötzlich auf, als das fünfte Opfer gefunden wurde.«

»Was mich interessiert: Mit was für einem Menschen haben wir es hier zu tun?«

»Mörder oder Leichenschänder?«

»Macht das einen Unterschied?«, fragte Heinz zweifelnd.

»Ja, sicher. Der Leichenschänder steht noch vor der Schwelle zum Töten. Er begnügt sich damit, die Leiche zu traktieren.«

»Ein Nekrophiler?«

Barbara schüttelte vorsichtig den Kopf. »Vielleicht, aber eher nicht. Dabei ist Sex im Spiel ... Gibt es denn derartige Spuren an der Leiche?«

»Nein. Wenn er sie tötet, dann haben wir es mit einem ganz bösen Jungen zu tun, oder?«

Barbara nickte. »Extrem gefährlich. Nicht nur, dass er mordet; die alten Morde zu kopieren bedeutet, dass er mit der Polizei spielt. Er hält sich für sehr überlegen, und wir können auch davon ausgehen, dass er ziemlich intelligent ist und genau plant.« Sie sah Heinz nachdenklich an. »Es gibt natürlich noch eine dritte Möglichkeit. Es könnte sein, dass er die alten Fälle gar nicht kopieren will und dass alles ein Zufall ist.«

»Ja, auch das wäre möglich.«

»Das sind viel zu wenige Fakten, um etwas Genaueres sagen zu können.« Barbara begleitete Heinz zur Tür. »Halte mich auf dem Laufenden, Heinz. Je mehr Fakten du mir lieferst, desto besser.«

Als sie Tür hinter Heinz schloss, krallte sich schon wieder dieser Gedanke fest: Kroll – Sägemörder. Die Vorlesung.

Sie ging zu Thomas ins Arbeitszimmer.

»Na, wollen sie dich dabei haben bei dem Fall in Mülheim?«

»Nein, das war inoffiziell.«

Thomas sah sie scharf an. »Aber es beschäftigt dich, oder?«

Sie lehnte sich an seinen Schreibtisch. »Wenn es mit Serienmord zu tun hat, landet es früher oder später ohnehin bei mir.«

Er speicherte das Geschriebene ab und umfasste sie. »Es gibt auch andere Fallanalytiker ...«

»Das ist passiert praktisch vor unserer Haustür. Und im LKA können noch so viele Leute sitzen, die wegen früherer Fälle sauer auf mich sind, wenn es ernst wird, stehen sie doch wieder auf der Matte. Und Heinz käme schon aus Freundschaft nicht auf die Idee, jemand anderen hinzuziehen.«

Thomas zog sie ein wenig zu sich herunter und küsste sie sanft auf den Mund. »Du könntest einfach ›nein‹ sagen, oder?«

Sie brauchte diese verfängliche Frage nicht zu beantworten, denn in diesem Moment klingelte das Telefon.

Thomas nahm ab. »Für dich.«

»Hielmann-Pross.«

»Özay hier. Nein, legen Sie nicht auf!«

Barbara tat ihm den Gefallen.

»Ich habe gehört, dass man Sie zum Fall des Serienvergewaltigers in Schleswig-Holstein hinzugezogen hat. Und dass Sie in Burg waren letzte Woche.«

»Woher haben Sie das denn?«

»Ich gebe keine Quellen preis ... Nicht auflegen! Ich hoffe, es geht Ihnen wieder besser. So ein Schlag ins Gesicht kann sehr schmerzhaft sein.«

Barbara war verblüfft. Wie konnte Özay das wissen?

»Stichwort Burg: Könnten Sie mir etwas zum Fall Schmidtmann ...«

Barbara drückte die rote Taste. Dann machte sie sich aus Thomas' Umarmung los, ging zu ihrem Schreibtisch und suchte hastig die Telefonnummer von Wolfgang Freitag.

»Was ist los?«, fragte Thomas.

Aber Barbara ignorierte ihn einfach und tippte die Nummer ein. Sie musste sich verbinden lassen, er war in einem Meeting, aber sie bestand darauf, ihn zu sprechen. »Wolfgang? Barbara hier. Nein, es geht mir wieder ganz gut, danke. Du sag mal, hat sich bei euch ein Journalist herumgetrieben? Ein jüngerer Türke? Er könnte nach mir oder dem Fall Schmidtmann gefragt haben ... Nein? Bestimmt nicht? Na, dann vielen Dank.«

Sie legte das Telefon auf Thomas' Schreibtisch zurück.

»War das eben wieder dieser Journalist?«, fragte Thomas.

»Hat er dich belästigt, als ich weg war?«, kam von Barbara sofort die Gegenfrage.

»Ich habe mich nicht belästigen lassen.«

Die selbstverständliche Art, mit der er das sagte, brachte Barbara zum Lachen. Wenn Thomas wollte, prallte alles an ihm ab. Manchmal beneidete sie ihn um diese Fähigkeit. »Wenn es gleich wieder klingelt, nimm nicht ab.«

»Wird gemacht.«

Am frühen Nachmittag hatte Barbara sich wieder in den Akten vergraben. Thomas schlief. Barbara hörte, wie es oben bei Annette klingelte. Der warme Alt von Lydia Andresen begrüßte die Haushälterin. Die Chefsekretärin der Firma Hielmann kümmerte sich auch um Annettes private Angelegenheiten, manchmal nahm auch Thomas sie in Anspruch. Barbara hatte nicht den Eindruck, dass es Lydia Andresen übermäßig belastete. Sie arbeitete gern für die Familie. Diesmal aber, das wusste Barbara, war eine Schlacht zu schlagen: Annette wurde im Juni fünfundsiebzig und plante ein Fest.

Ein halbe Stunde später klopfte es leise an die Tür des Arbeitszimmers. Es war Lydia Andresen.

»Frau Dr. Hielmann-Pross, Ihre Schwiegermutter hat mir erzählt, was mit Ihnen passiert ist, und ich wollte Ihnen gern gute Besserung wünschen ...«

»Oh, danke.« Barbara schüttelte ihr die Hand und sah, dass sie ganz entsetzt war über ihren Anblick.

»Meine Güte, das sieht ja schlimm aus. Frau Hielmann meinte, dass Sie vielleicht ein bisschen Hilfe bei der Arbeit bräuchten, damit Sie sich nicht überanstrengen. Vielleicht haben Sie etwas zu diktieren?«

Barbara, die gerade bemerkt hatte, dass Bildschirmarbeit noch nicht unbedingt das Richtige war, nickte erfreut, besann sich dann jedoch eines Besseren. »Haben Sie denn nicht genug Arbeit – die Firma, Reitker und jetzt noch der Geburtstag?«

»Ach ... in der Firma ist zur Zeit nicht so viel zu tun, Herr Reitker ist oft unterwegs.«

Barbara sah Frau Andresen aufmerksam an. Bildete sie sich das ein, oder wirkte sie irgendwie bedrückt? Nicht, dass sie sich so etwas je würde anmerken lassen, manchmal kam sie Barbara damenhafter und kontrollierter vor als Annette. Aber die fröhlich-tatkräftige Ausstrahlung hatte Risse bekommen. Waren es Thomas' Verkaufspläne, die die Sekretärin beunruhigten? Oder lag Reitker doch richtig, wenn er ihr psychische Probleme unterstellte?

»Also, wenn es Ihnen nichts ausmacht, würde ich meine Notizen gern diktieren und Ihnen die Bänder schicken. Sie müssen es dann auch nicht sofort fertig machen, wenn Sie andere Dinge zu tun haben. Das ist der Vorteil, wenn man über seine Arbeit selbst bestimmen kann.« Barbara lächelte und die Andresen lächelte zurück.

»Das mache ich gern, Frau Dr. Hielmann-Pross.«

»Wunderbar. Ich bekomme hier vor dem Bildschirm nämlich wieder Kopfschmerzen und davon hatte ich in den letzten Tagen mehr als genug. Und, was machen die Geburtstagsvorbereitungen? Ist halb Düsseldorf eingeladen?«

»Das entscheidet Frau Hielmann noch.«

»Wenn ich daran denke, bekomme ich noch mehr Kopfschmerzen«, meinte Barbara. Sie hatte den Eindruck, als hätte Lydia Andresen noch etwas auf dem Herzen, aber dann hatte sie es sich offensichtlich anders überlegt.

»Schicken Sie mir die Bänder, das ist ja nicht viel Arbeit. Ich muss jetzt los, Reitker kommt um drei wieder rein. Gute Besserung, Frau Dr. Hielmann-Pross.«

Sie schüttelte Barbara wieder die Hand und war verschwunden.

Einen Moment lang saß Barbara da und starrte auf den Bildschirm. Was war nicht ausgesprochen worden? Sie beschloss, bei Gelegenheit noch einmal mit Lydia Andresen zu reden. Jetzt raffte sie die Akten zusammen, kontrollierte, ob im Diktiergerät Batterien waren, nahm sich dann die Decke aus dem Wintergarten und verzog sich wieder auf die Terrasse.

In den nächsten zwei Wochen erfuhr sie wenig Neues über die Leiche vom Wasserkraftwerk. Der *Rhein-Blitz* hatte zwar einen größeren Artikel darüber gebracht, und die Lokalblätter hatten nachgezogen, aber dann war die Story versickert. Barbara hatte sich allerdings gewundert, dass der *Rhein-Blitz*-Artikel nicht von Özay stammte.

Heinz hatte sich kurz gemeldet und erzählt, dass die Suche nach verschwundenen Leichen ebenso wie die nach passenden vermissten Personen inzwischen bundesweit ausgedehnt worden war, bisher ohne Ergebnis.

In Heide versuchte Wolfgang Freitag bei der Staatsanwaltschaft den Speicheltest für Burg durchzusetzen. Er fürchtete, dass erst ein neues Opfer den nötigen Druck dafür erzeugen würde.

Dann ist es wieder so, wie die Grüters gesagt hatten, dachte Barbara. Wir warten auf das nächste Opfer, um ihn dann vielleicht zu schnappen.

Hardanger & Klensing hatten Erkundigungen über Heine Consult eingezogen und nur Gutes erfahren. Am Montag, knapp drei Wochen nach seinem ersten Besuch, kam Andreas Petri noch einmal in die Villa. Thomas und Barbara saßen mit Anwalt Hardanger, Wirtschaftprüfer Klensing und Annette im Wintergarten.

Ursprünglich hatten sie Annettes großes Wohnzimmer oben benutzen wollen, aber nach einer langen guten Phase ging es Thomas seit drei Tagen wieder schlechter. Er sah blass und ein wenig aufgeschwemmt aus, aber er hatte darauf bestanden, den Termin einzuhalten. »Ich kann mich jederzeit zurückziehen«, hatte er gesagt. »Herr Petri kommt extra aus Hamburg hierher, und Hardanger und Klensing können sich ihre Termine auch nicht aus dem Ärmel schütteln. Es wird schon gehen.«

Am Nachmittag war jedoch klar, dass selbst die Treppe zum ersten Stock zu viel für ihn war, und deshalb hatte Barbara den Wintergarten vorgeschlagen. Hier konnte er die Gartenliege benutzen, und es war genug Platz für alle.

Annette sah Barbara besorgt an, als sie ihren Sohn beobachtete, wie er langsam zu der Liege hinüberging. »Er ist ganz aufgeschwemmt«, meinte Barbara leise.

»Wäre ja nicht das erste Mal, dass die Diuretika neu eingestellt werden müssen.« Annettes Stimme klang beruhigend, aber ihr Gesicht sagte etwas anderes. »Hat er denn viel getrunken in den letzten Tagen?«

»Eher weniger als sonst, er merkt ja selber, wenn etwas nicht stimmt.«

Die anderen kamen, Petri zuletzt. Er hatte einen Beamer mitgebracht und präsentierte mit seinem Laptop. Sogar eine kleine Leinwand hatte er aufgebaut.

»Sie sehen«, schloss er seine Präsentation ab, »wir gehen bei der Suche nach potentiellen Käufern sehr behutsam vor und handeln nie gegen die Wünsche der Eigentümer, vor allem, was den Umgang mit den Mitarbeitern betrifft. Die Eigentümer sind oft sehr besorgt um die Zukunft ihrer Belegschaft. Sie haben in langen Jahren Vertrauen aufgebaut, ein gutes Betriebsklima. Sie möchten nicht mit ansehen, dass das von den Nachfolgern kaputtgemacht wird.« Er sah Thomas und Annette an. »Die meisten unserer Klienten denken wie Sie. Lieber ein paar Euro weniger, dafür kommt die Firma in gute Hände.«

»Obwohl wir das mit den paar Euro weniger noch genauer definieren müssten, Herr Petri«, warf Klensing ein.

»Das kann, muss aber nicht so sein. Ich kann Ihnen erst sagen, wie viel sich schätzungsweise erlösen lässt, wenn wir die Firma auf Herz und Nieren geprüft haben.«

»Sie können sicher sein, dass wir dies auch tun werden.« Hardanger sagte es ruhig und sachlich.

Petri war keine Regung anzumerken. »Selbstverständlich. Allerdings sind unsere Methoden doch ein wenig anders als die einer normalen Wirtschaftsprüfung – wie ich eben auch dargestellt habe. Wir sind Profis auf diesem Gebiet. Aber ich begrüße es, wenn eine konventionelle Wirtschaftsprüfung durchgeführt wird, das erspart uns nämlich einen Teil der Arbeit.«

»Konventionell«, brummte Klensing.

Petri war geduldig. »Noch mal: Wir verkaufen nicht nur materielle Werte. Denn eine Firma ist mehr als die Summe ihrer Besitztümer. Sie hat Mitarbeiter mit einem bestimmten Potential, sie hat eine Unternehmenskultur, ein Image. Auch das können begehrenswerte Güter sein.«

Barbara fand den jungen Mann sehr überzeugend. »Glauben Sie denn, dass Heine Consult nicht der richtige Partner für den Verkauf ist?«, fragte sie Klensing frei heraus.

Klensing, ein kleiner dicker Mann mit kurzgeschorenem Haar und offensichtlich sehr cholerischer Natur schüttelte den Kopf. »Nein, nein, ich lasse mir nur nicht gern vorwerfen, ich sei konventionell ...«

Thomas lächelte. Er hatte den ganzen Abend kaum etwas gesagt. »Das ist nun mal ein weit verbreitetes Vorurteil gegen alle, die regelmäßig mit Zahlen umgehen, Herr Klensing. Meinen Sie, wir müssten unter uns noch darüber sprechen?« Er blickte in die Runde, alle schüttelten den Kopf. Barbara dachte bei sich, dass sie es vielleicht taten, um Thomas nicht länger anzustrengen, aber auch sie fand, dass sie es mit Heine Consult versuchen sollten.

»Dann schlage ich vor, Sie beginnen gleich nächste Woche mit Ihrer Prüfung, Herr Klensing. Es wäre mir lieb, wenn Sie das so schnell wie möglich durchziehen könnten.«

»Ich kann vier ... nein, fünf Leute dransetzen. Es ist ja etwas anderes, die aktuelle Lage zu prüfen, als Steuerprobleme zu entdecken, die ein paar Jahre zurückliegen. Aber zwei Wochen werden wir mindestens brauchen.«

»Und Herr Hardanger sollte sämtliche Verträge prüfen«, ergänzte Barbara.

»Gut, machen wir es so.«

Während Hardanger und Klensing sich verabschiedeten, begann Petri, seine Technik wieder einzupacken. Annette ging nach oben. Thomas blieb liegen, er war erschöpft.

Barbara, die Hardanger und Klensing zur Tür gebracht hatte, kam zurück und warf einen besorgten Blick auf Thomas.

»Ich bin gleich fertig«, sagte Petri.

»Keine Eile, Herr Petri. Ich breche nicht gleich zusammen.«

Barbara registrierte, dass Thomas sich ärgerte. Er hasste es, wenn jeder um ihn herumschlich und ihm keiner in die Augen sah. Hardanger und Klensing waren so erschrocken über seinen Gesundheitszustand gewesen, dass sie äußerst verlegen reagiert hatten.

»Darf ich ... darf ich fragen, was Ihnen fehlt?« Petri rollte gerade die Kabel ein und sah Thomas direkt ins Gesicht.

»Mein Herz will nicht mehr.«

»Haben Sie Aussichten auf eine Transplantation?«

»Ich stehe auf der Liste, aber ich habe einen seltenen Gewebetyp. Ich weiß nicht, ob ich es bis dahin schaffen werde. Und die Chancen dafür sind ja ohnehin gering.«

Barbara biss sich auf die Lippen und atmete tief durch.

Petri packte die Kabel in den Beamerkoffer. Als er sich umdrehte, sah er sie an. Mitfühlend, aber nicht mitleidig. »Ich hoffe, dass Sie ein neues Herz bekommen, Herr Hielmann«, sagte er leise. »Ich verkaufe lieber Firmen, deren ehemalige Besitzer ihr Leben genießen können.«

Barbara brachte auch ihn zur Tür. Im Flur kamen ihr die Tränen. »Entschuldigen Sie, Herr Petri.«

Petri sagte nichts und zog ein Taschentuch hervor. »Er wird es nicht mögen, wenn Sie weinen.«

»Nein.« Barbara versuchte zu lächeln. »Das mag er gar nicht.«

Als sie zurück in den Wintergarten kam, hatte Thomas sich aufgesetzt. »Ich glaube, du fährst mich besser in die Klinik.« Er schob ein Hosenbein hoch, sein Knöchel war dick geschwollen. Er atmete schwer.

Barbara wurde panisch. Sie versuchte es zu unterdrücken, aber sie stand bewegungslos da und starrte sein Bein an.

»Barbara, es ist nicht so schlimm. Es muss nur etwas gegen die Ödeme getan werden und das besser sofort.«

Sie hörte ihn, aber die Angst hatte sie immer noch im Griff. »Ja«, stammelte sie. »Fahren wir ...«

»Holst du die Tasche?« Seit er auf der Liste stand, wartete immer eine fertig gepackte Tasche im Schlafzimmer. »Barbara ...« Er stand vorsichtig auf, sie sah, wie schwer es ihm fiel, auch die paar Schritte, die er auf sie zu machte. Trotzdem nahm er sie in den Arm. »Das ist nicht der Tag, vor dem du Angst hast.« Er streichelte über ihren Rücken. »Sie werden lediglich dafür sorgen, dass ich nicht weiter Wasser ansammele und meine Medikamente neu einstellen. Ich bin bald wieder zurück, ganz bestimmt.«

Seine Berührung beruhigte sie.

»Bist du wieder bei dir?«, fragte er.

Sie nickte.

»Wir sollten jetzt losfahren.«

Sie holte die Tasche, fuhr den Jaguar vor und brachte Thomas zum Wagen. Dann sprang sie kurz in den ersten Stock, um Annette zu unterrichten.

Drei Stunden später war sie wieder zurück in der Villa. Thomas' Kardiologe war extra in die Klinik zurückgekommen, obwohl er keinen Dienst hatte, und hatte sie nochmals beruhigt, während er mit Thomas verschiedene Tests durchführen ließ.

»Man weiß nie, welche Faktoren dazu führen, dass Medikamente nicht mehr so gut wirken. Die Diuretika werden wir ganz neu einstellen müssen, vielleicht sogar ein anderes Produkt probieren. Und bei den anderen sehen wir mal. In ein paar Tagen haben Sie Ihren Mann wieder.«

Annette hatte auf sie gewartet und kam an die Treppe. »Komm doch noch ein wenig herauf, Barbara.«

Barbara war ihr dankbar dafür, dass sie jetzt nicht allein in der Wohnung sein musste. Annette hatte eine Flasche Rotwein geöffnet und goss beiden ein Glas ein.

»Du hast gewusst, dass er in die Klinik muss, nicht wahr?«

Annette nickte. »Meiner Meinung nach hätte er schon gestern gehen sollen, aber er wollte ja unbedingt diesen Termin einhalten.« Sie lächelte Barbara an. »Jetzt, wo ich weiß, dass er in guten Händen ist, mache ich mir nicht mehr so viele Sorgen, und das solltest du auch nicht. Es reibt dich nur auf, wenn du bei solchen Kleinigkeiten so viel Angst um ihn hast.«

»Ich weiß. Aber ich habe darin nicht so viel Routine wie du.« Sie trank einen Schluck Rotwein. »Und? Wie fandest du die Präsentation heute Abend?«

»Der junge Mann hat mir ausnehmend gut gefallen. Er scheint sehr kompetent zu sein und kann mit Menschen umgehen. Ich hoffe, wir können das Ganze schnell hinter uns bringen.«

»Und es tut dir gar nicht Leid um die Firma?«

Annette schüttelte heftig den Kopf. »Es ist die einzig richtige Entscheidung.«

Sie saßen noch eine Weile zusammen, dann gingen sie schlafen. Barbara wälzte sich noch lange in dem großen Doppelbett herum.

So weit ist es gekommen, dachte sie. Jetzt kann ich ohne ihn nicht mehr einschlafen.

Am nächsten Morgen rief Barbara Thomas in der Klinik an. »Wie geht es dir?«

»Es geht aufwärts. Du brauchst heute Morgen nicht vorbeizukommen ...«

»Aber ...«

»Kein aber. Sie machen noch mehr Tests, da wird mir nicht langweilig werden. Halte du mal deine Vorlesung und dein Seminar. Ich freue mich auf dich heute Abend.«

Sie fuhr zur Uni, auch Annette hatte ihr zugeredet, aber versprochen, mittags nach Thomas zu sehen.

Barbara hatte ihre Vorträge gekürzt und war inzwischen wieder im Zeitplan – die ungeklärten Mordfälle des Sägemörders von Hannover waren nun das Thema. Immer wieder kamen ihr die Bilder von der Leiche in Mülheim in den Sinn. Sie hatte Özay unter den Zuhörern entdeckt, diesmal saß er ziemlich weit hinten. Aber es gab keine unangenehmen Überraschungen, er verschwand sofort nach Vorlesungsende.

Nach dem Seminar und ihrer Sprechstunde, bei der recht großer Andrang geherrscht hatte, ging Barbara über den Parkplatz zu ihrem Auto. Thomas hatte das Verdeck inzwischen austauschen und den Lack aufarbeiten lassen. Neben ihrem Wagen wartete ein Mann, den sie aus der Entfernung zunächst nicht erkannte, weil er absolut nicht hierher gehörte. Es war Reitker, der Geschäftsführer der Hielmann GmbH. Seine S-Klasse hatte er direkt neben dem Jaguar geparkt, Barbara erkannte das an der LH-Nummer, die alle Hielmann-Fahrzeuge seit Leo Hielmanns Zeiten trugen.

Der schlanke, nicht übermäßig große Mann mit dem vollen, kurzgeschorenen grauen Haar und dem jungenhaften Gesicht lächelte sie an, als er auf sie zukam.

»Entschuldigen Sie den Überfall, Frau Hielmann-Pross. Aber während Ihrer Krankheit wollte ich Sie nicht stören und ich muss Sie unbedingt allein sprechen.«

»Ich habe keine Geheimnisse vor meinem Mann ...«

Reitker sah bestürzt aus. »Nein, sicher nicht. Das meinte ich auch nicht so.« Er lachte gekünstelt. »Ich käme niemals auf so eine Idee. Aber ... Wir beide haben doch innerhalb des letzten Jahres die Geschicke der Firma recht gut gelenkt.«

Barbara hasste diese Art von Schmeicheleien, von denen Reitker über ein schier unerschöpfliches Reservoir verfügte. Er war ein ausgebuffter Business-Mann und wusste nur zu gut, dass sie zu wenig vom Geschäft verstand, um wirklich etwas entscheiden zu können. Aber nach dem, was Thomas von der Gesellschafterversammlung erzählt hatte, war sie doch neugierig, was er von ihr wollte. Deshalb schlug sie ein Café in Uninähe vor.

Ohne viel zu fragen, bestellte Reitker dort zwei Kaffee und kam dann gleich zur Sache. »Frau Hielmann-Pross, Sie müssen Ihren Mann davon abhalten, die Firma zu verkaufen.«

»Das ist seine Entscheidung.«

»Natürlich. Natürlich.« Kam es ihr nur so vor, oder rutschte Reitker auf seinem Stuhl herum? »Aber er hat sich in der letzten Zeit doch gar nicht um die Firma gekümmert, er weiß doch gar nicht, was zurzeit ...«

Barbara sah ihn erstaunt an. »Glauben Sie, ich spreche nicht mit ihm darüber?«

»Nun ...« Reitker senkte die Stimme. »Ich könnte es verstehen. Schließlich muss er sich schonen. Und so krank wie er ist, da verliert man leicht den Blick für die Realität ...«

»Er ist herzkrank, Herr Reitker, sein Kopf ist völlig in Ordnung. Wenn er verkaufen will, dann stelle ich mich nicht gegen ihn.«

Reitker verschüttete fast die Milch, als er sie in den Kaffee gießen wollte. »Ich verstehe das ja alles. Aber zu diesem Zeitpunkt die Firma zu verkaufen, wäre vom geschäftlichen Standpunkt her eine Katastrophe. Sie würden ein Verlustgeschäft machen.«

Worauf wollte er hinaus? Sie beschloss, ihn ein wenig zu provozieren. »Ich glaube, das ist Thomas egal.«

»Aber Ihnen sollte es nicht egal sein. Schließlich ist es auch Ihr Geld in ... in absehbarer Zeit.«

Barbara sah ihn entgeistert an. War das tatsächlich eine Anspielung auf Thomas' möglichen Tod?

Reitker merkte, dass er zu weit gegangen war. »Frau Hielmann-Pross, wenn Sie sich nur ein kleines bisschen verantwortlich für die Firma fühlen, nachdem sie jetzt seit mehr als einem Jahr die Familie Hielmann allein vertreten ...«

»Sie brauchen sich keine Sorgen zu machen, Herr Reitker.« Barbara blieb höflich, ließ ihn aber deutlich spüren, was sie von seiner Entgleisung hielt. »Thomas wird sicher nichts überstürzen, das ist auch nicht seine Art. Wir haben bereits Hardanger & Klensing eingeschaltet, um Heine Consult unter die Lupe zu nehmen. Sie sind ganz angetan.«

»Hardanger ...«

Für einen kurzen Moment kam es Barbara vor, als sei Reitker bestürzt, aber ganz rasch zauberte er wieder dieses Schleimerlächeln hervor. »Ja. Er sagte uns, dass er in letzter Zeit nicht mehr so viel für die Hielmann GmbH gearbeitet hat.«

Reitker wand sich wie ein Aal: »Also das hat doch nichts mit Herrn Dr. Hardanger zu tun. Wir hatten nur Kleinkram, Arbeitsgerichtssachen, Mahnsachen ... da muss man eine so hochkarätige Kanzlei wirklich nicht behelligen. Wir müssen immerhin an die Kosten denken.«

Barbara beschloss, zustimmend zu nicken. »Hardanger wird in den nächsten Tagen in die Firma kommen und alle bestehenden Verträge überprüfen. Und Klensing wird die wirtschaftliche Seite unter die Lupe nehmen. Wir müssen ja Vergleichswerte haben, wenn Heine Consult uns ihre Zahlen präsentieren ...«

»Das ... das kommt aber ein wenig plötzlich, Frau Hielmann-Pross. Soweit ich weiß, ist eine Buchhalterin in Urlaub ...«

»Sie werden das schon machen, Herr Reitker. Ich muss jetzt nach Hause. Wie gesagt, es ist alles bestens.« Damit stand sie auf und ging. Ihren Kaffee hatte sie nicht angerührt.

Auf dem Weg zum Auto ging sie das Gespräch mit Reitker noch mal in Gedanken durch, versuchte sich an jede Kleinigkeit zu erinnern, was er gesagt hatte, wie er es gesagt hatte und an seine Körpersprache dabei. Kein Zweifel, Reitker musste gute Gründe haben, sich bei ihr so weit aus dem Fenster zu lehnen und sogar an ihre von ihm vorausgesetzte Geldgier zu appellieren. Er wollte um jeden Preis verhindern, dass die Firma verkauft wurde. Nun, das war verständlich, schließlich wurden Geschäftsführer bei einem Besitzerwechsel oft ausgetauscht. Aber warum hatte er versucht, den Anwalt Hardanger aus der Firma zu drängen? Weil er einer von Thomas' Vertrauten war?

Kurz entschlossen rief sie Thomas an und sagte ihm, dass sie später komme, weil sie noch etwas zu erledigen habe. Es schien ihm ganz recht zu sein.

Dann rief sie in der Firma an und ließ sich mit Severin verbinden.

Franz Severin war der langjährige Prokurist der Firma und hatte seinen Posten schon unter Leo Hielmann innegehabt. Er war zuständig für die Administration und übernahm zudem noch viele Sonderaufgaben. Niemand kannte die Firma so gut wie Severin.

Severin hatte Barbaras Anruf dazu genutzt, um etwas früher Feierabend zu machen. Jetzt saßen sie in seinem Esszimmer, und seine Frau hatte ein vorzügliches Essen aufgetischt. Barbara wunderte sich, wie einfach Severins Zuhause war, obwohl er sicher gut verdiente. Aber das schien ihm und seiner Frau nicht so wichtig zu sein. Überall an den Wänden hingen Fotos von großen Reisen, die sie miteinander gemacht hatten: Franz und Anna auf der chinesischen Mauer, am Grand Canyon, auf dem Amazonas, in der Sahara ... Und dazwischen immer wieder ihre drei Kinder und ihre acht Enkelkinder.

»Soll ich euch allein lassen?«, fragte Anna Severin nach dem Essen.

Severin sah Barbara fragend an.

»Nein, bleiben Sie ruhig, Frau Severin. Ich nehme an, Ihr Mann hat keine Geheimnisse vor Ihnen und Sie wissen auch ganz gut, was in der Firma derzeit läuft.«

Barbara half den Severins noch, den Tisch abzuräumen, dann setzten sie sich zu dritt in das gemütliche Wohnzimmer.

»Sie wissen, dass Thomas die Firma verkaufen will?«

Severin nickte. »Ich weiß auch, warum.« Er sah Barbara dabei in die Augen und Barbara konnte sehen, wie Leid es ihm um Thomas tat. »Das war in der Firma sofort rund. Ich war ja nicht bei der Gesellschafterversammlung, aber Reitker hat mich am nächsten Tag unterrichtet. Als ich davon hörte, dachte ich, gut, jetzt kannst du endlich aufhören zu arbeiten. Ich habe mich immer in erster Linie der Familie Hielmann verpflichtet gefühlt. Leo hat so viel für uns getan.«

»Wie schätzen Sie es ein – ist jetzt ein besonders schlechter Zeitpunkt zum Verkauf?«

Severin ließ sich Zeit mit Antwort. »Wir haben uns von der Krise im letzten Jahr gut erholt. Sie wissen, als Thomas und Annette noch mal Geld in die Firma gesteckt haben. Der Baubranche geht es nicht gut, das ist wahr, aber Wolfram hatte, seit er die Geschäftsführung übernahm, dafür gesorgt, dass Hielmann viele Nischen besetzt: große Qualität, interessante Bauträger-Modelle ... das zahlt sich jetzt aus. Ganz zu schweigen von der Immobilien-Abteilung, die er aufgebaut hat, sie schreibt selbst jetzt schwarze Zahlen. Nein, im Großen und Ganzen würde ich sagen, es geht der Firma gut, aber auch nicht zu gut, um einen Käufer abzuschrecken. Ich würde allerdings nicht länger warten damit, denn eigentlich kann es nur schlechter werden.«

»Abgesehen davon, dass Reitker fürchtet, nach einem Verkauf abgesägt zu werden, können Sie sich andere Gründe vorstellen, warum er den Verkauf unbedingt verhindern will?«

»Will er das tatsächlich? Er hätte gewisse Vorteile davon, jedenfalls hat er sich damals in den Vertrag schreiben lassen, dass er in einem solchen Falle eine fürstliche Abfindung bekommt.«

Barbara war verwirrt. »Das wissen Sie genau?«

»Franz hat sich furchtbar darüber aufgeregt damals«, mischte Anna sich ein. »Ich weiß noch, dass er das unmöglich fand, so etwas in einen Vertrag schreiben zu lassen. Weil das ja bedeutet, dass es dem Geschäftsführer nichts ausmacht, die Firma zu verhökern.«

»Er ist eben ein Realist«, meinte Severin säuerlich. »Er wusste, dass Thomas krank ist und Annette alt und dass es keine Erben gibt. Die Firma wäre früher oder später ohnehin verkauft worden.«

»Aber das ergibt keinen Sinn.« Barbara sah die beiden zweifelnd an. »Er hat mich eben an der Uni abgepasst, um mich dazu zu bringen, Thomas und Annette den Verkauf auszureden. Und unter seiner aalglatten Fassade schien er mir richtig verzweifelt zu sein.«

»Also, darauf kann ich mir auch keinen Reim machen«, meinte Severin. »Andererseits ... ich habe schon seit einiger Zeit das Gefühl, dass irgendetwas nicht stimmt. Nicht, dass ich irgendwelche greifbaren Hinweise hätte. Es ist nur so ein Gefühl.«

»Ich muss herausbekommen, was er im Schilde führt und warum.«

»Ich kann mich ja mal vorsichtig umhören«, schlug Severin vor. »Ich muss zugeben, in letzter Zeit hatte ich so viele Projekte, dass ich kaum dazu kam, mich um andere Dinge zu kümmern. Und ich werde ja auch nicht jünger ...«

»In den nächsten Tagen werden Christian Hardanger und sein Kompagnon Klensing in die Firma kommen, um den Verkauf vorzubereiten. Vielleicht reden Sie mal vertraulich mit ihm.«

Severin nickte.

»Da ist noch etwas.« Barbara war gerade das Gespräch mit Thomas über die letzte Gesellschafterversammlung wieder eingefallen. »Benimmt Frau Andresen sich merkwürdig?«

»Merkwürdig?«, fragte Severin zurück.

Anna Severin seufzte. »Wer hat Ihnen so etwas gesagt, Frau Hielmann-Pross?«

»Mir niemand. Aber Reitker hat Thomas gegenüber in der Versammlung dunkle Andeutungen gemacht. Irgendetwas über psychische Probleme. Und als sie das letzte Mal bei uns war, wirkte sie ... anders als sonst. Irgendwie bedrückt. «

»Dieser ...« Anna schüttelte empört den Kopf. »Reitker versucht seit einiger Zeit schon, sie aus ihrem Job zu mobben, damit er sein Betthäschen zur Assistentin machen kann.«

»Isabella Keilhage?«, fragte Barbara.

»Betthäschen?« Franz sah seine Frau erstaunt an.

»Ja, Betthäschen, Franz. Ihr Männer habt alle keine Augen im Kopf.« Sie wandte sich an Barbara. »Lydia kam vor einer Weile mal zu Besuch, als Franz nicht da war, und bat mich inständig, ihm nichts davon erzählen. Sie war völlig verzweifelt. Ich habe sie seit Wolframs Tod nicht mehr so aufgelöst gesehen. Zuerst hatte Reitker mit ihr über Frühpensionierung gesprochen. Aber Lydia kann sich das nicht leisten, sie ist erst siebenundfünfzig und muss mindestens bis dreiundsechzig arbeiten, sie hat eine Eigentumswohnung am Hals und ist allein stehend. Ich meine, wenn Reitker nicht immer versuchen würde, den Provinzfürsten herauszukehren, dann hätte er mit Thomas oder Ihnen gesprochen und man hätte eine Lösung finden können, schließlich ist die Wohnung ein Hielmann-Bau. Aber ihm ging es offensichtlich nur darum, auf kleinliche Art und Weise seine Macht zu demonstrieren. Als sie ablehnte, begannen harte Zeiten für sie.«

Barbara nickte nachdenklich. »Ich werde mal bei Gelegenheit mit ihr darüber reden.«

»Das ist eine gute Idee. Sie hält große Stücke auf Sie, seit Sie Reitker damals bei der Kündigung von Bromund in die Parade gefahren sind.«

Barbara hatte abgelehnt, einen langjährigen Mitarbeiter zu entlassen, der angeblich Geld unterschlagen hatte. Reitker war in solchen Entscheidungen nicht frei. Annette hatte sich ausbedungen, den Mitarbeitern, die noch von ihrem Mann eingestellt worden waren, einen gewissen Schutz angedeihen zu lassen. Barbara hatte deshalb auf einer genaueren Untersuchung bestanden und der Fall hatte sich als Buchungsfehler entpuppt. Bromund hatte seinen Job behalten und würde Ende des Jahres in Rente gehen.

»Ehrlich gesagt, ich traue Reitker nicht über den Weg.« Barbara bedauerte es, den urgemütlichen Sessel zu verlassen, aber Thomas wartete auf sie.

»Es war ein Fehler, ihn einzustellen«, meinte Severin. »Und ich fürchte, ich bin nicht ganz unschuldig daran. Ich habe mich auch von ihm blenden lassen.«

»Und du wolltest den Job nicht selbst machen, weil wir dann kaum noch Zeit füreinander gehabt hätten«, ergänzte Anna.

Barbara schüttelte den beiden die Hand. »Versuchen wir herauszufinden, was der Mann im Schilde führt.«

»Sie können sich auf mich verlassen.«

Die Art, wie Severin das sagte, beruhigte Barbara ein wenig.

Sie bedauerte, das gastliche Haus der Severins wieder verlassen zu müssen, aber sie wollte noch unbedingt zu Thomas. Als sie gerade ihren Wagen aufschließen wollte, klingelte ihr Handy. »Ja?«

»Özay hier.«

Barbara seufzte. »Was wollen Sie?« Woher er ihre Nummer hatte, wollte sie schon gar nicht mehr wissen, offensichtlich verstand er etwas von seinem Job.

»Ich habe den Polizeifunk abgehört.« Er machte eine bedeutungsvolle Pause.

»Und? Abgesehen davon, dass das illegal ist ...«

Er ließ sich nicht beirren. »Es ist nicht besonders lustig, Frau Pross. An einer Straße zwischen Duisburg und Düsseldorf wurde eine Frauenleiche entdeckt. Das heißt – so wie ich es verstanden habe, die Hälfte eines Körpers ohne Kopf – und mit Hälfte ist diesmal wohl vertikal gemeint.«

Barbaras Herz begann zu klopfen. »Der zweite Fall«, flüsterte sie.

»Ja, genau. Das zweite Opfer des Sägemörders von Hannover. Ich habe bei Ihrer Vorlesung gut aufgepasst.« Özay schien über ihre Reaktion befriedigt zu sein.

»Haben Sie sie gesehen?«

»Nein. Aber wenn Sie mich mitnehmen, sage ich Ihnen, wo. Bis Sie sich durchgefragt haben ...«

»Das könnte Ihnen so passen. Auch ohne Ihre Hilfe genügt ein Anruf und ich weiß, wo der Fundort ist.«

Sie brach das Gespräch ab und rief sofort Heinz Wersten an. Der war inzwischen selbst auf dem Weg dorthin und beschrieb ihr genau den Weg.

»Du weißt, wie das aussieht?«, fragte er.

»Ja. Hannover Nr. 2.«

Er stieß einen Fluch aus. »Nein, Barbara, damit warst weder Du noch der Fall gemeint. Ich war nur gerade in Wuppertal, und die A46 ist wieder mal völlig dicht. Sag den anderen, dass ich später komme.«

»Vielleicht solltest du besser direkt nach Mülheim durchfahren«, meinte Barbara trocken.

»Mülheim? Wieso – verdammt!«

Barbara hörte Bremsen quietschen. »Alles in Ordnung, Heinz?«

»Ja. Dieser Idiot vor mir ist so früh in die Bremsen gegangen. Ah, jetzt dämmert's. Die zweite Hälfte des Opfers ist damals in Hannover ganz nah beim ersten Fundort abgelegt worden. Und du meinst ...«

»Ich meine, das könnte dieser Täter auch so gemacht haben, ja.«

»Gut. Ich werde mit der Abteilung telefonieren, damit sie sich schon mal darum kümmern. Das kann sich hier nur um Stunden handeln.«

»Heinz?« Barbara zögerte ein wenig mit ihrer Frage. »Bin ich offiziell dabei?«

»Ja. Den Antrag habe ich schon gestellt.«

»Gut. Bis dann.« Sie stieg in ihren Wagen und fuhr los.

Während der Fahrt telefonierte sie mit Kramer, der wie erwartet am Fundort nördlich von Kaiserswerth war. Er versprach, die Beamten zu unterrichten, die alles weiträumig abgesperrt hatten.

Als sie dorthin kam, wartete er persönlich an der Absperrung. »Ich habe mit dem LKA gesprochen, Heinz Wersten hätte Sie ohnehin angerufen, Frau Pross.«

»Ich habe mit ihm gesprochen, er steht auf der A 46 im Stau.«

Kramer nickte vielsagend. »Die Baustelle dort hat es in sich ... Warum will das LKA Sie dabeihaben?«

»Der Täter scheint den so genannten Sägemörder von Hannover zu kopieren – dass ist nach diesem Fund jetzt sicher.«

Kramer überlegte: »Ungeklärte Mordfälle mit Leichenzerstückelungen Mitte der Siebziger, oder?«

Barbara nickte. »Bis jetzt ist man sich aber noch nicht sicher, ob es sich hier wirklich um Morde handelt.«

»Scheiße ... Ein Verrückter, der mit Leichen herumspielt, das hat uns noch gefehlt. Hier entlang.«

Die Straße war sehr schmal, eher ein gut ausgebauter Feldweg, rechts und links war freies Feld. Sie gingen bis zu einem kleinen Buschwäldchen. Als sie es passiert hatten, eröffnete sich ihnen ein weiter Blick über die Felder.

Sie konnten die Leiche aus einer Entfernung von etwa fünfzehn Metern sehen, sie lag direkt neben der Straße. Die Gesichter der jungen Uniformierten waren leicht grünstichig, und Barbara konnte gut erkennen, warum: Es handelte sich wirklich um eine vertikal durchtrennte Körperhälfte.

»Wenn Sie kotzen müssen, dann lassen Sie sich eine Tüte geben, wir wollen nicht, dass Sie den Fundort versauen«, raunzte Kramer.

Er ging hinüber zum Bus der Spurensicherer und kam mit zwei weißen Overalls zurück.

Barbara stieg hinein, zog sich die Kapuze über den Kopf und schloss sie fest. Kramer blieb bei den anderen Beamten, als sie zu der Leiche hinüberging. Rund herum waren bereits Markierungen angebracht, das hieß, dass die Kriminaltechniker hier fertig waren. Sie ging näher heran. Sie hatte Fotos vom Fundort in Hannover gesehen, dieser Torso lag aber nicht genauso da. Ebenso wie beim Kraftwerk schien der Täter nur dürftige Informationen über den Fall zu haben und hatte nur die gröbsten Einzelheiten berücksichtigt.

Drei Kriminaltechniker untersuchten die nähere Umgebung. Barbara begrüßte ihren alten Bekannten Max Erhard, der zehn Meter von der Leiche auf dem Boden hockte. Das hieß, dass das LKA schon mit im Boot war.

»Sie wird gleich abgeholt, der Doc war schon hier.«

»Schon irgendetwas gefunden?«, fragte Barbara.

»Ein paar Fußspuren neben dem Weg, sie könnten aber auch von den Spaziergängern stammen, die sie gefunden haben.«

»Maden?«

Erhard nickte. »Ich bin zwar kein Experte, aber ich denke, sie liegt noch nicht lange hier.«

Barbara sah sich die Schnittstellen an. In den Hannover-Berichten hieß es »unfachmännisch zerlegt«. Dies hier sah nicht danach aus. »Welches Werkzeug vermutest du?«

»Ich tippe auf eine kleinere Kettensäge vom Feinsten. Die Schnitte sind ein wenig ausgefranst.« Er stand auf, ächzte und bog seinen Rücken hin und her. »Ich glaube, ich bin langsam zu alt dafür, hier auf dem Boden herumzukriechen.«

»Vielleicht solltest du ein bisschen mehr delegieren.«

Die junge Frau, die neben ihnen auf dem Feld nach Spuren suchte, blickte grinsend zu Barbara herüber.

»An diese Küken hier?«, raunzte er.

»Sie haben doch den besten Lehrer.« Erhard schnaubte nur.

»Tütet die Beweise dort noch ein«, herrschte er seine Mitarbeiter an. »Ich muss mal pinkeln.«

Er ging mit Barbara zu Kramer hinüber. »Stimmt es, was beim LKA gemunkelt wird? Dass hier jemand nach der Vorlage des Sägemörders von Hannover mordet?«

»Vielleicht mordet er gar nicht.«

Erhard runzelte die Stirn. »Leichenschändung?«

»Ich habe mit Wersten telefoniert. Das LKA sucht jedenfalls nach verschwundenen Leichen. Sie wissen noch nicht, woher das erste Opfer stammt«, ergänzte Kramer.

»Immer noch nicht?« Barbara war verwundert.

»Jedenfalls wurde sie nicht in Mülheim oder der näheren Umgebung entwendet. Das BKA ist auch noch nicht fündig geworden. Ich hoffe, dass sie die Suche nach diesem Fund hier beschleunigen. Wersten sucht mit einem Team den Mülheimer Tatort ab, er hofft, dort die andere Hälfte zu finden.«

Barbara verzog das Gesicht. »Sie können nicht einfach davon ausgehen, dass es keine Morde sind, Kramer.«

Erhard hatte sich den Handschuh ausgezogen und kratzte sich unter der Haube. »An den Schnitten ist kein Blut geflossen, sie war also schon tot, als er sie verstümmelte, und zwar vermutlich schon länger. Am Rest des Körpers sind keinerlei Spuren zu sehen, die auf Gewalteinwirkung schließen lassen ...«

»Und was ist mit dem Kopf?« Barbara ließ nicht locker. »Er könnte ihn zertrümmert und sie so getötet haben. Wir können nichts Genaues sagen, bis er gefunden wird.«

Kramer sah sie zweifelnd an. »Soviel ich weiß, hat man damals kein Opfer des Sägemörders jemals identifiziert, geschweige denn die Köpfe gefunden.«

Und damit hatte er Recht. Barbara dachte einen Moment lang nach. »Er kennt nicht alle Einzelheiten der Fälle, Kramer. Er hat nur die Informationen, die man in einschlägigen Büchern nachlesen kann.«

Barbara sah auf ihre Uhr. »Ich habe keine Zeit mehr, Thomas liegt in der Klinik ...«

»Oh, das tut mir Leid«, sagte Kramer aufrichtig.

»Es ist nichts Ernstes.« Barbara wunderte sich, mit welcher Gleichgültigkeit sie das sagen konnte.

»Aber die Sägemord-Sache, die nehmen Sie doch ernst, oder?«

»Ich denke schon.«

Sie verabschiedete sich und machte sich auf den Weg zu ihrem Wagen. Als sie die Absperrung passiert hatte, kam aus einem Seitenweg ein schwarzer Golf. Auf dem schmalen Weg konnte man nur langsam fahren, und Barbara war nicht überrascht, dass Özay hinterm Steuer saß. Sie bremste abrupt ab, und Özay fuhr beinah auf. Gelassen wartete sie, bis er ausstieg und ans Seitenfenster kam.

»Nun? Kopiert hier einer den Sägemörder?«, fragte er, noch bevor sie das Fenster ganz heruntergelassen hatte.

»Glauben Sie wirklich, dass ich Ihnen das mitteile?«

»Nach dem Script Ihrer Vorlesung wäre es logisch, oder?« Er beugte sich ganz zu ihr herunter. »Ich zähl mal zwei und zwei zusammen. Die Kroll-Sache neulich an der Uni und die beiden Leichen ...«

»Das ist doch absurd.« Barbara klang nicht sehr überzeugend.

»Wäre eine schöne Story«, meinte Özay. »Copycat in Düsseldorf – Verrückter Fan von Kriminalistin ...«

»Ich habe keine Fans.«

»Da irren Sie sich aber gewaltig.«

»Haben Sie versucht, durch die Büsche an den Fundort heranzukommen? Ein paar unappetitliche Fotos zu machen?« Irgendwie machte er Barbara aggressiv. »Sind Sie nicht genau auf solche grausigen Dinge aus?«

Özay schluckte. »Es reicht zu wissen, dass da ein halber Frauenkörper liegt. Über die Details kann ich ohnehin nicht schreiben – nicht mal in meinem Blatt.«

»Dann haben Sie einen ganzen Abend verschwendet.«

»Na, ich weiß nicht.« Özay richtete sich auf. »Es war interessant, Sie bei der Arbeit zu sehen.«

Also doch. Er hatte es geschafft, bis zum Fundort zu kommen.

»Sind Sie wirklich so cool dabei? Wenn Sie Leichen ansehen und über einen Fall reden?« Er beugte sich wieder hinunter und sah ihr direkt in die Augen.

»Heulen Sie sich bei einem Unfall, über den Sie schreiben, die Augen aus?«

»Nein.« Sein Blick glitt weg. »Aber ich besaufe mich meist hinterher.«

»Dann wäre ich Alkoholikerin.« Sie verschwieg, dass es eine Zeit gegeben hatte, wo sie nicht weit davon entfernt gewesen war. »Ich habe nicht mehr so oft mit diesen Dingen zu tun, seit ich vom BKA weg bin. Und ich kann nicht sagen, dass ich darüber unglücklich bin. Denn so cool, wie ich mal war, bin ich schon lange nicht mehr.«

»Hat das mit dem Fall Schmidtmann zu tun?« Özay sah hastig zu ihr, als wolle er testen, ob er zu weit gegangen war. »Ich ... ich habe gehört, dass Sie danach ...«

»Ja, es hat damit zu tun. Und ich will nicht darüber sprechen.« Barbara startete ihren Wagen wieder und fuhr so hastig los, dass Özay beiseite springen musste. Bis sie zur Hauptstraße kam, ärgerte sie sich schon über sich selbst.

Es ging Thomas wirklich viel besser. In der Klinik sah man Barbara zwar schief an, weil sie so spät kam, aber Thomas genoss als häufiger Gast hier einige Privilegien und man ließ die beiden in Ruhe.

»Prof. Weinfurt will meine Medikamente noch mal ganz umstellen. Das heißt mindestens noch eine Woche Klinik, danach täglich zur Ambulanz.«

»Wenn es dir damit besser geht, Thomas.«

»Erzähl doch mal, warum du erst jetzt kommst.«

Barbara überlegte, ob sie mit Severin anfangen sollte, doch dann entschied sie, dass es genügte, den Leichenfund zu schildern, um ihre Verspätung zu erklären.

»Sieht so aus, als bekämst du in der nächsten Zeit einiges zu tun«, meint er.

»In Dithmarschen kommt man nicht voran ohne den Speicheltest. Und hier muss erst festgestellt werden, woher die Leichen stammen.«

»Du glaubst nicht an Mord, oder?«

»Ich wünsche mir, dass es keine Morde sind. Obwohl die Leichenschändungen schlimm genug wären.«

»Was treibt einen Menschen dazu, so etwas zu tun?«

Barbara zuckte die Schultern. »Dieselben perversen Motive wie auch einen Serienmörder. Eine Mischung aus Macht- und Sexphantasien, die an die falschen Auslöser gekoppelt sind. Und manchmal ...« Sie hielt einen Moment inne, denn der Gedanke war nicht gerade beruhigend. »Manchmal gehört so etwas auch in die ›Karriere‹ eines Serienmörders. Der Rhein-Ruhr-Ripper hat in Oberhausen in den Achtziger Jahren Leichen aus dem Sarg geholt und in die erste Reihe der Leichenhalle gesetzt ... unter anderem.«

Thomas sah ihr direkt ins Gesicht. »Das heißt, die Sache ist sehr ernst, auch wenn es keine Morde waren?«

»Ich denke schon. Von einem Scherz kann hier schließlich nicht mehr die Rede sein.«

»Wie bei der Geschichte mit den Schweinedärmen ...« Er setzte sich auf und griff nach seinem Bademantel. Barbara wunderte sich, wie mühelos er das konnte nach der Schwäche am Abend zuvor. »Ich darf es nicht übertreiben«, meinte er. »Aber ein paar Schritte über den Krankenhausflur würden mir gut tun.«

Er brachte sie bis zur Pforte ohne große erkennbare Anstrengung. »Du machst dir Sorgen.«

»Nein, es scheint dir ja ganz gut zu gehen.«

»Das meine ich nicht. Du siehst eine Verbindung zwischen dem Scherz an der Uni und den Leichen, nicht wahr?«

Barbara schüttelte heftig den Kopf. »Ich habe daran gedacht, das stimmt. Aber es ist doch zu weit hergeholt. Die Schweinedärme sehen viel zu sehr nach einem Studentenulk aus, während die Leichen bitterer Ernst sind.«

»Der Studentenulk ist nicht näher untersucht worden, oder?«

»Die Kriminaltechniker haben Spuren aufgenommen, aber nur bis feststand, dass es sich nicht um menschliche Organe handelte. Ich weiß nicht, ob sie aufbewahrt wurden. Aber das ist egal, die Spur ist jetzt ohnehin kalt.« Sie umarmte ihn. »Du musst jetzt wieder ins Bett, sonst liegst du morgen wieder auf der Nase.«

»Ich fühle mich wunderbar.«

»Das kenne ich. Ab mit dir.« Sie drehte sich um und ging durch die Glastür, die sich öffnete und hinter ihr wieder schloss. Kurz bevor sie ganz geschlossen war, hörte sie Thomas.

»Barbara!«

Sie drehte sich um. Die Tür war zu.

»Ich liebe dich«, formten seine Lippen stumm hinter der Glasscheibe.

Sie warf ihm eine angedeutete Kusshand zu und verschwand.

Im Auto überprüfte sie ihr Handy auf Nachrichten. Heinz hatte angerufen und eine Nachricht für sie hinterlassen: »Wir haben die andere Hälfte der Leiche auf dem Brachstück neben der Ruhr gefunden, keine Minute vom Kraftwerk entfernt.«

Sie rief zurück.

»Wie geht es Thomas?«, war Heinz' erste Frage. »Kramer sagte, er sei in der Klinik?«

»Besser. Sie stellen seine Medikamente um. Glaubst du, der Gerichtsmediziner kann hier etwas über die Todesursache sagen?«

»Ich hoffe. Die Tote hatte auf der Mülheimer Hälfte eine frische OP-Narbe. Das ist ein Anhaltspunkt. Wir überprüfen natürlich auch wieder die Vermisstenlisten, obwohl es ohne Kopf eher unwahrscheinlich ist, dass wir da fündig werden.«

»Ich weiß nicht, ob ich wirklich beruhigter bin, wenn sich herausstellt, dass es ein Leichenschänder ist. So einer hat ein großes Potential, irgendwann auch zu morden.«

»Dann sollten wir ihn vorher schnappen, Barbara.«

Heinz hatte Recht. Sie mussten den Täter dingfest machen, bevor er seine Phantasien auf lebende Objekte ausdehnte.

Müde und ausgelaugt fuhr sie nach Hause. Es war ihr lange nicht passiert, dass das Bild einer Leiche sie verfolgte, aber heute wollte ihr der groteske Torso einfach nicht aus dem Sinn gehen. Sie duschte lange, als könnte sie es abwaschen, dann versuchte sie es mit Rotwein, das half ein bisschen. Irgendwann wurde ihr klar, dass es einen anderen Grund gab, warum sie nicht ins Bett wollte: Noch eine Nacht ohne Thomas neben ihr. Gegen ein Uhr legte sie sich schließlich doch hin, aber sie wälzte sich von einer Seite zur anderen. Die Leere im Bett neben ihr breitete sich immer mehr aus. Der Schlaf wollte lange Zeit nicht kommen.

4. Kapitel

Selbst nach so vielen Jahren im Polizeijob ertappte sich Barbara immer noch dabei, ungeduldig zu werden, wenn Kriminaltechniker und Gerichtsmediziner ihre Arbeit taten und die Ermittler all die kleinen Hinweise abarbeiteten, die zutage traten. Früher, als sie selbst noch aktive Polizistin war, hatte sie stets versucht, alle anzutreiben, und sich oft sehr unbeliebt gemacht. Heute, als externe Beraterin – noch dazu bei einem Fall, zu dem sie offiziell immer noch nicht hinzugezogen worden war –, schien ihr das Warten auf Ergebnisse unerträglich.

Sie ging die Details der Hannover-Fälle wieder und wieder durch, ließ sich von Heinz nochmals die kompletten Akten besorgen und verglich sie mit den aktuellen Fällen. Sie machte Vorschläge, nach welchen Kriterien die Computer mögliche andere Fälle herausfiltern sollten. Aber die alten Hannover-Fälle waren singulär. Es hatte zwar eine ähnliche Serie in den Neunzigern gegeben, doch die war aufgeklärt. Der Nachahmer hier schien ähnlich einzigartig wie der unbekannte Mörder aus den Siebzigern.

Dass Thomas wirklich bereits nach einer Woche die Klinik wieder verlassen durfte, lenkte sie endlich eine Weile von der quälenden Warterei ab. Nun stand ihr Mann im Mittelpunkt. Die neuen Medikamente bekamen ihm ausgesprochen gut und es ging Tag für Tag aufwärts. So viel Ausdauer hatte er zum letzten Mal vor mehr als acht Monaten gehabt. Der Arzt hatte sogar zu etwas mehr Bewegung geraten, um die vernachlässigte Muskulatur aufzubauen und den Kreislauf zu stärken.

Sie begannen mit täglichen Spaziergängen, kleine Runden in Parks mit ausreichenden Ruhepausen. Den Rollstuhl ließen sie zu Hause.

»Ich war ein Idiot, dass ich nicht eher in die Klinik gegangen bin«, sagte Thomas auf einem dieser Spaziergänge. Er war seit drei Tagen zu Hause, und von Schwäche war nichts zu spüren gewesen. Natürlich war er diszipliniert wie eh und je, schlief viel und machte viele Pausen. Aber Barbara spürte, dass ein Stück seiner alten Zähigkeit zurückgekehrt war, mit der er die Bedrohung seiner Gesundheit in den letzten drei Jahren in Schach gehalten hatte und die sie verloren geglaubt hatte.

»Du hättest wirklich mindestens einen Tag früher ...«

»Das meine ich nicht, Barbara. Ich ... ich hatte mich so abgefunden mit der Verschlechterung, dass ich sie gar nicht in Frage gestellt hatte. Die Verschlechterung bedeutete auch, dass ich endlich auf die Transplantationsliste kam. Ich habe einfach nicht an eine Möglichkeit geglaubt, die es weiter hinauszögern könnte. Und nun sieh mich an.«

»Das tue ich. Und mir gefällt, was ich sehe.«

Er blieb stehen und nahm sie in den Arm. »Ich war kurz davor aufzugeben.«

Sie setzten sich auf eine Bank. Der Himmel war bewölkt, aber die Temperaturen angenehm. »Und glaubst du jetzt daran, dass du es bis zur Transplantation schaffst?«

»Möglich.« Thomas sah ihr nicht ins Gesicht. »Aber vielleicht brauche ich sie gar nicht mehr. Wenn es sich weiter so verbessert, nehmen sie mich wieder von der Liste.«

Barbara sah ihn entsetzt an. Sie hatten so sehr um diesen Platz auf der Liste gekämpft und so viele Hoffnungen hineingesetzt. Nur ein neues Herz konnte ihm wieder ein normales Leben verschaffen, so wie er es noch vor drei Jahren geführt hatte.

»Willst du denn wirklich nicht operiert werden?«

»Es ist so ein großes Risiko ...«

Barbara nickte. Die OP konnte schief gehen. Das Organ konnte vom Körper abgestoßen werden. Wenn hinterher das Immunsystem gedämpft wurde, stieg die Gefahr durch Infektionen. All das hatten die Ärzte ihnen mehr als einmal erklärt. Das neue Herz hatte keine Garantie. »Du hast Angst, Thomas. Das ist doch normal.«

»Ja, sicher. Aber das ist es nicht, was mich beschäftigt. Wenn ich ... wenn meine Gesundheit sich so stabilisiert wie jetzt, lohnt es sich dann, dieses Risiko einzugehen?«

»Um einige Jahre ein fast normales Leben zu führen? Denk an deine Operation als Kind. Hat die sich gelohnt?«

Er atmete tief durch. »Damals gab es wenig, was mein Leben lebenswert gemacht hat.«

Barbara wusste, er meinte sie damit. »Es ist deine Entscheidung, Thomas. Aber auch die neuen Medikamente bewirken keine Wunder. Sie machen dich nicht gesund. Nur ein bisschen stärker.«

Sie saßen schweigend nebeneinander. Früher war das Schweigen einmal der Normalzustand ihrer Beziehung gewesen. Aber auch dies war eines der Dinge, die sich geändert hatten. So wie Barbara Nähe akzeptiert hatte, so akzeptierte Thomas Kommunikation.

Er sah sie an. »Für dich werde ich mich auf diesen OP-Tisch legen, wenn sie ein Herz für mich finden sollten.«

»Du musst das für dich tun, Thomas, nicht für mich. Du musst leben wollen. Alles andere ergibt sich.«

Sie brach ab, weil ihr Handy klingelte. »Das war Heinz. Er kommt gleich zu uns.«

Heinz wartete schon auf die beiden, als sie vom Spaziergang zurückkamen. »So gut hast du schon lange nicht mehr ausgesehen«, meinte er zu Thomas.

»Ich finde es wirklich großartig, dass alle meine Freunde mir jetzt durch die Blume sagen, wie schlecht ich noch vor ein paar Wochen ausgesehen habe.«

»Na, ja, es fällt eben schwer ...«

Thomas nickte. »Schon gut. Komm herein, du hast sicher Neuigkeiten für Barbara. Ich koche uns einen Tee.«

»Hast du wirklich Neuigkeiten?«, fragte Barbara.

»Und ob.« Heinz folgte den beiden in die Küche. »Das zweite Opfer ist durch eine Lungenembolie nach einer Unterleibsoperation gestorben. Das war eine Meisterleistung der Gerichtsmediziner, so etwas bei dem zerteilten Körper festzustellen.«

»Dann haben wir es also mit einem Leichenschänder zu tun ...«

»Ja. Und wir gehen davon aus, dass auch die erste Leiche entwendet wurde. Das BKA hatte bis heute Morgen keine Anhaltspunkte dafür, aber bei der zweiten Leiche sind sie fündig geworden. Die Frau starb vor etwa vier Wochen in Miltenberg im Spessart. Der Bestatter hat zugegeben, dass er einen leeren Sarg hat beerdigen lassen, als er das Verschwinden der Leiche bemerkte. Gut möglich, dass es bei dem ersten Opfer ähnlich gelaufen ist, aber das können wir nicht mehr nachvollziehen.«

»Süddeutschland ...«

»Er muss die Leiche gut gekühlt bis hierher transportiert haben. Aber ob wir das jemals herausbekommen?«

Barbara ließ sich auf einem Küchenstuhl nieder. »Das ist ja schlimmer, als eine Nadel im Heuhaufen zu suchen. Es kommen alle Speditionen in Frage, die Kühltransporte durchführen.«

»Oder er hat irgendwo eine Ladung Eis geordert ...«, fügte Thomas hinzu. Er gab Tee in die erste Kanne und goss ein wenig Wasser hinein für den Ansatz und füllte die zweite ganz, um sie vorzuwärmen. Dann wurde der Wasserkocher gleich wieder gefüllt.

»Und wenn er sie gut verpackt hat, können nicht einmal Leichenspürhunde in dem Wagen etwas finden.« Heinz war im Türrahmen stehen geblieben und beobachtete Thomas bei seinem Teezubereitungsritual.

Barbara starrte durch Heinz hindurch. Natürlich erschwerte es die Ermittlungen beträchtlich, dass der Täter offensichtlich einen so großen Radius hatte und außerdem die Möglichkeit, die Leichen fachmännisch zu kühlen und zu transportieren. Aber die Frage war doch: Warum legte er sie hier ab? In Mülheim, in Düsseldorf?

»Was geht dir durch den Kopf?«, fragte Thomas.

Barbara zuckte zusammen. »Nichts Besonderes.« Sie wandte sich an Heinz. »Können die Gerichtsmediziner sich die erste Leiche noch mal vornehmen und auf Transportspuren und Ähnliches untersuchen?«

»Daran hatte ich auch schon gedacht. Sie arbeiten dran. Vielleicht erfahren wir bald mehr.«

Sie tranken gemeinsam Tee und sprachen über erfreulichere Dinge. Heinz' bevorstehende Pensionierung, Thomas' Gesundheit, die kleinen Intrigen im LKA. Aber Barbara war nicht ganz bei der Sache.

»Worüber machst du dir Sorgen?«, fragte Thomas, nachdem Heinz sich verabschiedet hatte.

»Ach, es beschäftigt mich nur, wie dieser Täter zu knacken ist. Irgendwo muss es doch einen Ansatzpunkt geben.«

»Und wenn der Ansatzpunkt das Warum ist?« Thomas lächelte. Er kannte sie immer noch besser als sie sich selbst.

Am nächsten Tag erhielt Barbara die Nachricht aus Heide, dass der Speicheltest in Burg genehmigt worden sei. Der Anlass war indes wenig erfreulich: Der Täter hatte erneut zugeschlagen und diesmal war das Opfer ernsthaft verletzt.

Als Wolfgang Freitag Barbara darüber informierte, schwebte die Frau noch in Lebensgefahr.

»Wahrscheinlich hätte ich jetzt auch einen kreisweiten Test durchsetzen können«, meinte er sarkastisch.

»Wollen wir hoffen, dass der in Burg etwas bringt. Wann findet er statt?«

»An zwei Tagen in der nächsten Woche, wir fangen Mittwoch an.«

Barbara überlegte kurz. Thomas ging es sehr gut, in den Leichenschändungsfällen kamen sie im Moment nicht weiter. »Wenn du nichts dagegen hast, komme ich und schaue zu. Wie viele habt ihr eingeladen?«

»Rund zwölfhundert Männer im Alter von zwanzig bis sechzig Jahren. Die Blutproben werden es einschränken, der Täter hat die Blutgruppe A positiv.«

»Das ist die häufigste Blutgruppe in Deutschland, der Anteil liegt bei siebenunddreißig Prozent.«

»Das sind dann trotzdem keine zwölfhundert DNA-Tests mehr. Wann willst du kommen? Dienstagabend?«

»Ja, ich werde gleich nach der Uni losfahren, dann komme ich zwar bei Hamburg in den Feierabend-Verkehr ...«

»Ich werde dir ein Hotelzimmer reservieren.« Damit legte er auf.

Zwei Tage verbrachte Barbara in der Burger Bökelnburghalle, der kleinen Stadthalle, die kurzerhand für den Speicheltest von der Polizei bezogen worden war. Obwohl die Männer zeitlich gestaffelt eingeladen worden waren, zogen sich die langen Warteschlangen bis zur Ausgangstür. Jeder wollte es schnell hinter sich bringen.

Barbara saß mit Wolfgang Freitag im Hintergrund und beobachtete die Männer. Viele waren nervös und schwitzten, andere gaben sich gekünstelt locker.

Das Laborteam wurde zwischendurch abgelöst, sodass sie durcharbeiten konnten. Mittags hatte Wolfgang einen Kollegen zum Schnellimbiss geschickt, nun saß er mit Barbara an einem Tisch, von dem aus man weiter einen guten Blick auf die Leute hatte. Barbara hatte gerade in ihre Gyros Pita gebissen, da ließ sie sie sinken. »Oh Gott.«

»Was?«

Sie deutete auf den Eingang. Dort stand Frank Grüter. Er hatte sie offensichtlich auch gesehen, aber er blieb in der Reihe stehen.

»Er ist Burger, natürlich haben wir ihn auch eingeladen.« Wolfgang kaute ein Stück seines gigantischen Grillkoteletts.

Langsam kam Grüter näher. Als er sich in Hörweite von Barbara und Wolfgang glaubte, sprach er seinen Nebenmann an. »Was glaubst du, wohin das hier führt?« Seine Stimme schwoll an. »Sehen Sie die Frau da hinten? Die hat damals den Mörder Schmidtmann freigelassen, damit der noch ein Kind töten konnte.«

Der Angesprochene reagierte nicht. Offensichtlich kannte er Grüter. Ihm war die Sache peinlich. Grüter drehte sich um. »Und Sie? Lebten Sie damals schon hier?«

Der Mann schüttelte stumm den Kopf.

»Es war mein Kind, mein kleiner Jonas, den er umgebracht hat. Und die da hätte es verhindern können. Was glauben Sie, was das hier bringt, wenn die dabei ist? Sie war neulich schon hier und dann ist wieder eine Frau überfallen worden. Vielleicht hätten die den Täter schon längst, wenn sie ihnen nicht dazwischenpfuschen würde ...«

»Ach, lass gut sein, Frank.« Der Bekannte drehte sich zu ihm um. »Die tun hier alle ihre Arbeit.«

»Das ist es ja. Wenn die ihre Arbeit tut, ist keiner von uns sicher ...«

Barbara hatte ihre Pita beiseite gelegt und sich den Mund abgewischt. Sie wollte aufstehen, aber Wolfgang hielt sie zurück. »Dem Kerl wirst du nicht mehr nahe kommen, einmal hat doch wohl gereicht ...«

»Es war ein Versehen ...«

»Ja. Aber diesmal scheint er in der Stimmung zu sein, nicht versehentlich, sondern absichtlich zuzuhauen.«

Er stand auf und ging zu Grüter. »Kommen Sie doch mal mit, Herr Grüter.« Er zog den widerstrebenden Grüter aus der Reihe bis hin zu den Laborleuten, die die Abstriche nahmen. »Schämen Sie sich nicht? Frau Hielmann-Pross hätte Sie und Ihre Frau anzeigen können ...«

»Dazu hat sie ein viel zu schlechtes Gewissen.« Grüter sah Barbara hasserfüllt an.

Wolfgang streifte sich einen Einmal-Handschuh über und nahm ein Wattestäbchen vom Tisch. »Machen Sie den Mund auf.«

»Aber ...«

»Na los.«

Grüter machte den Mund auf, und Wolfgang rieb mit dem Stäbchen über die Zunge. Dann steckte er es in ein Röhrchen und verschloss es. Er bat Grüter zum Tisch, wo die Registrierungen gemacht wurden.

»Entschuldigen Sie, der Herr hat es sehr eilig.« Barbara sah, wie Wolfgang den Mann, der jetzt an der Reihe gewesen war, sanft beiseite schob. Er drückte der verblüfften Laborantin das Röhrchen in die Hand. »Das ist Herr Frank Grüter.«

Die Frau versah das Röhrchen mit einer Nummer, schrieb diese neben den Namen in der Liste und stellte es dann zu den anderen Röhrchen in eine Kiste.

»Sie sind hier fertig, Herr Grüter, Sie können gehen. Auf Wiedersehen.« Wolfgang drehte Grüter in Richtung Ausgang. »Gehen Sie schon. Ich will Sie hier nicht wieder sehen.«

Aber Grüter tat ihm den Gefallen nicht. Er drehte sich zu Barbara. »Nehmen Sie sich in Acht, Frau Pross. Sie fühlen sich immer so sicher, wenn Sie das Leben anderer Menschen zerstören. Aber Sie werden dafür büßen, das verspreche ich Ihnen.«

Barbara sah den Hass in seinen Augen. Bisher hatte sie Mitleid mit ihm gehabt, aber nun jagte Grüter ihr Angst ein.

Wolfgang griff seinen Arm und drehte ihn auf den Rücken. »Ich erteile Ihnen Hausverbot, Herr Grüter.« Grüter ächzte vor Schmerz auf, wehrte sich aber nicht weiter, als Wolfgang ihn vor die Tür setzte.

»Tut mir Leid«, meinte er zu Barbara, als er wieder hereinkam. »Diese Drohung ...«

»Das hat er bestimmt nur so gesagt.«

»Wir könnten ihn überwachen ...«

Barbara schüttelte heftig den Kopf. »Ihr habt doch ohnehin nicht genug Leute. Er meint das nicht ernst.« Dann ging sie hinüber zur Toilette.

Ihr Gesicht im Spiegel war sehr blass. Sie ließ sich auf den Hocker sinken, der sonst für die Toilettenfrau gedacht war. Hatte der Albtraum Schmidtmann denn nie ein Ende?

Am späten Donnerstagnachmittag hatten sie es geschafft. Barbara saß noch mit einigen Mitgliedern der »Soko Nachtwache« in der Bökelnburghalle. Die Soko hatte sich den merkwürdigen Namen gewählt, weil zwei der ersten Opfer Krankenschwestern waren und der Täter sie auf dem Weg zur Nachtschicht überfallen hatte. Bis vor einer Stunde hatte es in dieser Halle noch vor Menschen gewimmelt, jetzt waren nur noch die Polizisten und Barbara übrig.

Eine Verwaltungsmitarbeiterin packte die letzten Sachen zusammen und kam mit einer Liste zu ihnen. »So, hier sind noch die, die heute nicht mit dabei waren. Ein paar sind entschuldigt, weil sie Urlaub haben, der Test wird nachgeholt. Von den sechs Personen mit Kreuzchen konnten wir niemanden erreichen, und drei haben sich geweigert. Sie sind mit einem Kreis gekennzeichnet. Gute Ausbeute eigentlich.«

Wolfgang Freitag nahm die Liste und pfiff durch die Zähne. »Die Lokalprominenz weigert sich also, den Speicheltest zu machen ...«

»Wer ist das?«, fragte Barbara.

»Ein örtlicher Unternehmer, der Pfarrer und ein Gemeinderat.«

»Sie sind über jeden Zweifel erhaben«, seufzte einer von Freitags Leuten.

»Dann will ich das mal glauben.« Barbara tippte auf die Liste, die Freitag immer noch in der Hand hielt. »Kennst du irgendjemanden von den Unerreichbaren?«

Er nickte. »Zwei sind seit kurzem im Knast, alte Bekannte von uns. Und von einem weiß ich, dass er nur am Wochenende in Burg ist. Wahrscheinlich ist das bei den Übrigen auch so.« Er warf die Liste auf den Tisch. »Jetzt müssen wir erst mal die Ergebnisse abwarten und hoffen, dass wir ihn diesmal schnappen.«

»Ist Ihnen eigentlich einer verdächtig vorgekommen, Frau Pross?«, fragte Karola Mann, die vom LKA zur Soko gekommen war. »Nervös waren ja fast alle.«

»Nun, ein paar Kandidaten kamen für mich schon in die engere Wahl. Aber ich verlasse mich nicht gern auf Mutmaßungen.«

»Ich tippe auf diesen kleinen bärtigen Kerl, der wie ein Penner aussieht«, meinte Karola Mann. »Er hatte einen Schweißausbruch nach dem anderen, und als ihm der Abstrich gemacht wurde, hat er regelrecht gezittert.« Barbara erinnerte sich. Der Mann hatte unendlich alte Kleidung getragen, eine Indienweste aus den Siebzigern, deren Farben völlig verblasst waren und Sandalen, die er zusätzlich mit Lederstreifen umwickelt hatte, weil sie schon auseinander fielen.

»Der Kuckuck?«, rief ein Kollege aus Burg. »Das ist ein harmloser Spinner, ein Sonderling. Der führt immer Selbstgespräche, manchmal hält er Reden auf dem Holzmarkt. Der tut niemandem was, vielleicht abgesehen von der Geruchsbelästigung, von Waschen hält der nämlich nicht viel. Aber gewalttätig ist der nicht, und mit Frauen hat der nichts am Hut. Ich glaube nicht, dass der jemals eine Frau nackt gesehen hat.«

»Das klingt nicht unbedingt entlastend.« Barbara stand auf. »Ehrlich gesagt, er stünde auch auf meiner Liste. Sein ganzes Verhalten während des Testes spricht dafür.«

Wolfgang Freitag sah sie zweifelnd an. »Er sieht keinem der Phantombilder ähnlich, und es war auch nirgends die Rede von einem strengen Geruch oder einem Bart.«

»Das ist mir auch klar. Vielleicht hat er ja was anderes ausgefressen. Jedenfalls ist sein Verhalten verdächtig.«

Sie schüttelte Wolfgang die Hand. »Ich muss jetzt los, melde dich, wenn ihr die Ergebnisse habt.« Sie winkte den anderen und verließ die Halle.

Auf dem Weg zum Parkplatz sah sie gerade noch einen schwarzen Golf mit Düsseldorfer Kennzeichen um die Ecke biegen. »Özay«, murmelte sie. »Na warte.«

Eigentlich hatte sie schnell zum Wagen laufen und hinterher fahren wollen, doch dann fiel ihr Blick auf einen mittelgroßen blauen LKW, der auf dem Parkplatz stand. Hinter dem Steuer saß Frank Grüter und starrte sie an. In der Hand hielt er einen Zettel.

Hatte Özay sich mit Grüter getroffen? Oder lauerte Grüter ihr hier auf? Sie ging langsamer, warf ihre Tasche in den Wagen und fuhr los. Özay war verschwunden.

Gegen zehn Uhr abends bog sie in die Auffahrt zur Villa ein. Sie ließ den Wagen vor der Tür stehen und warf ihre Sachen drinnen einfach in den Flur. Thomas hatte es sich mit einem Glas Rotwein gemütlich gemacht – das erste, seit er wieder aus der Klinik zurück war.

Sie begrüßte ihn mit einem Kuss und goss sich auch ein Glas ein.

»Müde?«, fragte er.

Sie nickte. »Du glaubst gar nicht, wie anstrengend es sein kann, zwei Tage herumzusitzen und nervöse Männer zu beobachten.«

»Und? War der Täter dabei?«

»Die Auswertung wird etwa zwei Wochen dauern.«

Er lächelte. »Da war keiner, der sich verdächtig gemacht hat?«

»Doch, einige schon. Aber auf die trifft die Beschreibung nicht zu.« Sie setzte sich zu ihm auf das Sofa. »Und? Was war hier los?«

»Franz Severin rief gestern an. Warum hast du mir eigentlich nicht erzählt, dass du ihn getroffen hattest?«

»Da warst du gerade im Krankenhaus ... Hat er etwas herausgefunden?«

»Ja. Und nichts Erfreuliches. Es fehlte Geld – eine Menge Geld, ungefähr 200.000 Euro.«

Barbara runzelte die Stirn. »Du sagtest ›fehlte‹ – es ist also wieder da?«

»Ja. Pünktlich als Klensings Leute die entsprechenden Konten prüften, war es wieder da. Buchungsfehler, angeblich.«

»Aber Severin glaubt nicht daran.«

»Nein.« Thomas stand auf und holte ein Fax aus dem Arbeitszimmer, das Severin geschickt hatte. »Ich verstehe nicht genug von Buchhaltung, aber Severin meinte, man könne es hierauf nachvollziehen.«

»Wir sollten es Klensing zeigen.«

Er nickte. »Morgen treffen wir uns – Klensing, Hardanger, du und ich. Mutter steckt mitten in den Geburtstagsvorbereitungen ...«

»Oh Gott, der Geburtstag – das Geschenk! Das hatte ich ganz vergessen.«

Der neueste Stand war, dass Annette doch nur die engeren Freunde und Verwandten einladen wollte. Reitker hatte den Vorschlag gemacht, das Fest groß in der Firma zu begehen und so zu PR-Zwecken zu nutzen, aber das hatte sie ihm glatt abgeschlagen. Ihre Zeit als »First Lady« der Firma Hielmann lag nun schon so viele Jahre zurück, dass sie auf Geschäftskontakte fast ganz verzichtete, zumal die Tage der Familie Hielmann in der Firma ja gezählt waren. Sie hatte sich aber auch nicht überreden lassen, auswärts zu feiern – alles sollte in der Villa stattfinden. Schließlich habe sie oben das große Wohnzimmer und nutze es nie richtig, hatte sie gesagt. Thomas und Barbara waren wenig angetan von dem Rummel, den das Ereignis in das sonst so ruhige Haus bringen würde.

»Keine Angst, Barbara. Ich habe gestern die vier Kabinen auf dem Kreuzfahrtschiff gebucht.« Barbara und Thomas schenkten Annette eine Mittelmeer-Kreuzfahrt mit ihren drei engsten Freundinnen.

»Dann ist ja gut.« Barbara war es gar nicht mehr gewöhnt, dass Thomas ihr etwas abnahm. »Was das Treffen betrifft, sollten wir Severin auch dazuholen, meinst du nicht?«

»Ich rufe ihn gleich an.«

»Du fühlst dich richtig gut, nicht wahr?«, fragte sie ihn, als er wieder zurückkam.

»Es wird jeden Tag noch ein bisschen besser.« Er setzte sich wieder zu ihr auf die Couch und legte den Arm um sie. »Ich schlafe mittags zwei Stunden, weil ich morgens aktiver bin, und danach fühle ich mich wie neu geboren. Gestern war ich mit Mutter im Ort einkaufen, alles zu Fuß, ich habe eine kleine Tasche getragen ... Ich war müde, als wir heimkamen, aber ich habe mich nicht so kraftlos gefühlt wie vor ein paar Wochen nach drei Schritten in den Garten.«

»Das ist gut.«

Barbara merkte erst, als Thomas sie wieder weckte, dass sie eng an ihn gekuschelt eingeschlafen war. Gemeinsam gingen sie zu Bett.

»Das kann nicht sein!« Wie üblich wurde Klensing viel zu laut. Sie saßen am Esszimmertisch, auf dem jede Menge Papiere ausgebreitet waren. Zunächst hatte Hardanger über die geprüften Verträge berichtet und sie bewertet. Das hatte recht gut ausgesehen, allenfalls zwei oder drei schienen zu schlechteren Konditionen als nötig abgeschlossen worden zu sein. Sie betrafen allerdings Großprojekte.

»Geschäftlich nicht sehr geschickt«, hatte Klensing es kommentiert, »aber keine Katastrophe.«

Seine finanzielle Prüfung hatte zwar eine recht dünne Finanzdecke bescheinigt, doch alles in allem äußerst korrektes Finanzgebaren. Und jetzt kam Severin mit seiner Theorie vom fehlenden Geld.

»Der Betrag fehlt bereits seit drei Jahren«, sagte er. »Aber immer, wenn er da sein muss, ist er prompt da – oder die entsprechenden Belege. Das letzte Mal, als der Fehlbetrag hätte gefährlich werden können, da haben Thomas und Annette eine runde Million zugeschossen und alles war ausgeglichen.«

»Lassen Sie mich raten, Herr Severin: nicht für lange. Dann hat man versucht, es Bromund in die Schuhe zu schieben. Das habe ich verhindert.« Barbara sah Severin an. »Da tauchte der ominöse Buchungsfehler erstmals auf.«

»Wer auch immer das macht, es steckt jemand aus der Buchhaltung mit drin.« Klensing war hochrot im Gesicht. Natürlich hatte er bei seiner Prüfung den Buchungsfehler entdeckt, der bereinigt worden war. Doch wenn es so war, wie Severin sagte, dann war das Geld immer zu Prüfungszeiten da und verschwand kurz darauf wieder.

»Wäre der Fehlbetrag vielleicht ein Motiv für Reitker, sich gegen den Verkauf aufzulehnen?«, fragte Barbara.

»Nur, wenn er ihn verursacht hat.« Hardanger sprach es aus und alle sahen sich an.

»Das ergibt Sinn«, meinte Thomas. »Mit Lydia Andresen als Sekretärin fällt es sicher schwerer, so etwas zu drehen, also könnte hier der Grund liegen, sie loswerden zu wollen. Er bezeichnete sie als krankhaft misstrauisch ihm gegenüber, und niemand glaubt ihr. Wenn wir nicht verkaufen, bliebe ihm die Hoffnung, dass Mutter und ich nochmals mit unserem Privatvermögen einstehen ...«

»Wir werden ihm das kaum beweisen können.« Hardanger sah unglücklich aus. Er war maßgeblich an der Einstellung Reitkers beteiligt gewesen.

»Ich fürchte, er hat Recht.« Klensing hielt sich gerade noch zurück, mit der Faust auf den Tisch zu schlagen.

»Das müssen wir doch gar nicht.« Thomas lächelte. »Im Moment ist das Geld doch wieder da, oder habe ich Sie falsch verstanden?«

Klensing nickte.

»Er wird es nicht wagen, es vor der Prüfung durch Heine Consult wieder herauszuziehen. Und wir werden alles tun, damit er nicht wieder rankommt.«

»Dann wollen Sie ihn davonkommen lassen?«, fragte Klensing.

Severin sah Thomas' Lächeln und grinste auch: »Er wird sich das Geld irgendwo besorgt haben und jetzt gewaltig unter Druck stehen. Das ist doch Strafe genug.«

»Gut, machen wir es so.« Hardanger begann, die Papiere einzusammeln. »Soll ich Kontakt mit Herrn Petri aufnehmen?«

»Ja, tun Sie das. Wir sehen uns dann wieder, wenn Petri mit seinen Prüfungen fertig ist.«

Klensing und Hardanger verabschiedeten sich schnell, Thomas hatte Severin gebeten, noch zu bleiben. »Franz, ich habe noch eine Bitte an dich – eine große Bitte, fürchte ich.«

»Ich werde sie dir kaum abschlagen können.«

»Du solltest es aber tun, wenn es dir nicht möglich scheint. Ich weiß, dass du gern aufhören möchtest und auch, dass du es umso lieber tust, wenn die Firma verkauft wird. Aber ich hätte dich gern für den Übergang als Geschäftsführer.«

Severin sah ihn entgeistert an. »Ich bin vierundsechzig, Thomas. Die neuen Besitzer werden sich schön bedanken ...«

»Das werden sie wirklich, wenn sie merken, was für ein ausgezeichneter Mann du für den Job bist. Du hast dich nie gegen Veränderungen gesträubt und sie den Mitarbeitern gut verkaufen können, aber du wusstest auch immer, wo die Grenzen liegen. Für mich bist du der Garant, dass für die Belegschaft alles vernünftig geregelt wird. Im Übrigen hätten wir dich schon nach Wolframs Tod zum Geschäftsführer machen sollen, statt diesen ...«

»Kretin?«, half Barbara.

Thomas nickte. »Diesen Kretin in die Firma zu holen. Es wird nur für ein Jahr vom Verkaufstag an sein, das verspreche ich dir, Franz.«

»Anna wird nicht begeistert sein ...«

»Aber sie wird es verstehen, oder?«

»Ja.« Severin sagte es zögernd, und er sah nicht sehr glücklich dabei aus. »Ich muss erst mit ihr reden, bevor ich endgültig zusage.«

Als Severin gegangen war, meinte Barbara: »Wir könnten es Reitker vielleicht doch beweisen. Ich müsste nur Heinz bitten, die Wirtschaftsfahnder des LKA auf ihn anzusetzen.«

»Ist das legal?«

»Na ja, es handelt sich nicht gerade um organisierte Kriminalität ... Aber immerhin um kriminelles Verhalten.«

»Nein«, entschied Thomas. »Wir sollten es so machen wie besprochen: dafür sorgen, dass er das Geld nicht wieder herausziehen kann und sehen, was passiert.«

»Gut. Aber wir können im Notfall diskret seine privaten Konten überprüfen lassen.«

Thomas reckte sich. »Und jetzt will ich nichts mehr über die Firma, Reitker oder sonst was hören. Machen wir noch einen kleinen Spaziergang?«

Sie verbrachten ein wunderbares Wochenende miteinander, fuhren mit dem Cabrio den Niederrhein hinunter, genossen den Blick auf hügelige Wiesen der Sonsbecker Schweiz. Mehrere kleine Spaziergänge mit langen Pausen hielt Thomas ohne Probleme aus. Abends fielen sie müde ins Bett.

Am Montagmorgen spürte Thomas zum ersten Mal seit der Umstellung der Medikamente eine Verschlechterung. Beide wussten, er hatte sich in den letzten Tagen zu viel zugemutet.

»Ich kann eben immer noch keine Bäume ausreißen«, sagte er, als er sich nach dem Frühstück wieder hinlegte.

Barbara blieb eine Weile bei ihm sitzen. Er war traurig und verunsichert, aber das hätten nur sie oder seine Mutter bemerkt. Immerhin ging es ihm gut genug, um im Bett ein wenig zu lesen. Barbara brachte ihm die Bücher, in denen er für sein neues Sachbuch recherchierte.

Sie selbst setzte sich ins Arbeitszimmer, um das Seminar am nächsten Tag vorzubereiten. Kurz vor elf rief Heinz an.

»Wir haben eine neue Leiche.«

»Wieder ein Hannover-Fake?«

»Nein. Vielleicht sagt dir das Stichwort ›Müllsortieranlage‹ etwas.«

»Der Rottländer-Fall?« Barbara schluckte. Diesmal war sie direkt betroffen, denn der Fall Rottländer war jener Fall, der sie nach Düsseldorf verschlagen hatte. Sie hatte ihn gelöst, nachdem sie nacheinander Thomas und seinen Bruder Wolfram verdächtigt hatte. Gefasst wurde schließlich ein Mann, der im Laufe der Jahre insgesamt sieben Frauen getötet hatte.

»Die Opfer haben durchtrennte Fußsehnen.«

»Keine Schnitte oberhalb der Waden?«

»Nein.«

»Er kennt also nur die Tatsachen, die veröffentlicht wurden.« Barbara stand auf und begann, mit dem schnurlosen Telefon auf- und abzugehen. »Gibt es schon Hinweise, woher die Leiche stammen könnte?«

»Noch nicht. Doch die Gerichtsmediziner wissen ja jetzt, dass sie nach einer natürlichen Todesursache suchen müssen.

»Aber wir haben doch einen Kopf, das sollte die Sache erleichtern.«

»Leider nicht. Ich meine, die Leiche hat zwar einen Kopf, aber das Gesicht ist völlig unkenntlich, er hat es übel zugerichtet. Vielleicht können die Gerichtsmediziner noch etwas rekonstruieren, doch es ist völlig zerquetscht.«

»Verdammt. Wie alt ist das Opfer?«

»Um die vierzig. Es war übrigens dieselbe Müllverbrennungsanlage, in der Rottländers Opfer gefunden wurde, und es gibt Einbruchspuren. Das heißt, er hat nicht versucht herauszufinden, welche Container wann wo dort landen, sondern hat sie direkt im Müllberg für den nächsten Tag abgelegt.«

Thomas stand in der Tür. Er schlüpfte gerade in seinen Bademantel. »Was ist denn los?«

Barbara winkte ab. »Wir müssen schnell herausbekommen, woher das Opfer stammt, Heinz. Nur so haben wir eine Chance, eine Spur von ihm zu finden, die wenigstens lauwarm ist.«

»Wir tun unser Bestes, Barbara, und das BKA auch. Aber das Einzige, was wir über den Kerl wissen, ist, dass er ziemlich professionell einbrechen kann.«

»Und die Kühltransporte?«

»Wir haben nicht die Leute, um uns die Transporte quer durch die Republik vorzunehmen. Dazu sind Leichenschändungen einfach nicht wichtig genug. Es gibt genügend echte Morde ... Willst du dir die Leiche ansehen?«

»Ich glaube, das muss nicht sein. Beim letzten Mal hat es auch nicht mehr gebracht als ein paar neue Schreckensbilder im Kopf.« Sie seufzte. »Leider.«

»Du musst ja nicht. Ich halte dich auf dem Laufenden.« Heinz legte auf.

»Eine neue Leiche?«, fragte Thomas besorgt.

Barbara nickte. »Jetzt kopiert er Rottländer.« Sie sah Thomas an. »Geht es dir besser?«

»Etwas. Ich denke, ich dusche und ziehe mich an. Dann sehen wir weiter.« Er verschwand im Bad.

Barbara setzte sich wieder an ihren Schreibtisch. Der Fall Rottländer. Ihr Fall. Ihr Blick fiel auf das Vorlesungsscript. Sie behandelte den Fall in der Vorlesung, allerdings kam er nicht nach den »Sägemordfällen«, sondern viel weiter hinten und sie erwähnte alle Einzelheiten, auch die Schnitte oberhalb der Waden, mit denen Rottländer seine Opfer hilflos gemacht hatte. Ein wenig atmete sie auf. Das Vorlesungsscript war wohl nicht das Drehbuch für die makaberen Fakes.

Kurze Zeit später kam Thomas mit der Post herein. Es schien ihm jetzt etwas besser zu gehen, denn er setzte sich an den Schreibtisch. »Ein, zwei Stunden brauche ich für die Korrektur des letzten Kapitels, dann lege ich mich wieder hin. Ich lasse es besser langsam angehen.«

Er warf Barbara drei Briefe hin. Einer war von der Uni, zwei privat. Barbara riss den ersten auf. »Meine Mutter lässt dir Grüße ausrichten.«

»Danke. Kommen sie zur Geburtstagsfeier?«

»Nein. Mutter hat wieder mal einen unaufschiebbaren Termin in Sachen Lokalpolitik, und Vater möchte nicht allein kommen.«

»Schade.«

Ja, schade. Aber Barbara hatte gar nicht erwartet, dass ihre Eltern Annettes Einladung folgen würden. Sie hatten sich in den letzten Jahren ziemlich entfremdet.

Barbara öffnete den zweiten Brief und faltete ihn auseinander. Es war ein fast leeres Blatt, ein Computerausdruck. *Du wirst es büßen* stand da. Sonst nichts, keine Unterschrift, gar nichts. Sie sah sich den Umschlag an. Er war mit einer Selbstklebemarke frankiert, *Briefzentrum Düsseldorf* stand darauf.

»Schlechte Nachrichten?«, fragte Thomas.

Sie schüttelte den Kopf. »Nur Werbung.« Dann warf sie den Brief samt Umschlag in den Papierkorb.

Am Nachmittag meldete sich Wolfgang Freitag. »Wir haben ihn. Und rate mal, wer es ist.«

»Der kleine Bärtige?« Barbara wollte es nicht glauben.

»Genau der. Hilmar Grote, siebenundvierzig Jahre, arbeitsloser Sozialhilfe-Empfänger, häufiger Gast in der Psychiatrie und auch mal im Knast.«

»Das kann nicht sein.«

»Ich weiß, Barbara.«

»Weswegen war er im Knast?«

»Beleidigung – und Erregung öffentlichen Ärgernisses. Er hatte eine Niete von Anwalt, deshalb ist er jeweils für vier Wochen eingefahren. Hat auf dem Holzmarkt Reden geschwungen und Leute beschimpft und sich auch mal entblößt.«

Barbara runzelte die Stirn. »Ein Exhibitionist?«

»Nein. Das war wohl eher ein Versehen ...«

»Habt ihr die Gutachten aus der Psychiatrie?«

»Angefordert, kommen morgen oder übermorgen. Aber der Kerl sitzt da und sagt kein Wort. Ich glaube, der ist ganz gern eine Weile weggesperrt. Ehrlich, Barbara, alle sind sich einig, dass er es nicht gewesen sein kann, aber der DNA-Test ist so eindeutig, wie er nur sein kann. Kannst du nicht hochkommen und ihn dir ansehen?«

»Nicht vor Mittwoch. Und was soll ich denn tun, was ihr nicht selber könnt?«

»Wir müssen den ganzen Fall noch mal neu aufrollen, Barbara. Irgendetwas stimmt nicht.«

»Das kann ich auch von hier. Ich gehe alles, was ich habe, durch. Vielleicht stoße ich auf etwas, was bisher übersehen wurde.«

Thomas geriet zwar nicht mehr bei der kleinsten Anstrengung in Atemnot, aber er wollte es nicht herausfordern und hatte es sich am Nachmittag auf der Lederliege am Fenster bequem gemacht, die sie vor einiger Zeit angeschafft hatten.

»Hast du Lust, mir zu helfen?«, fragte Barbara ihn.

»Akten lesen?«

Sie deutete auf den Stapel, den sie auf den Esstisch gelegt hatte. »Du fünf Fälle, ich sechs.«

»Nur zu gern.«

Er hatte Barbara schon öfter auf diese Art unterstützt. Er war ein aufmerksamer Leser und auch ein guter Wissenschaftler, der um die Ecke denken konnte, genau das, was Barbara brauchte, wenn sie in einer Sache nicht weiterkam.

»Das ist ja etwas völlig anderes als sonst«, sagte er zwei Stunden später.

Barbara, die sich am Esstisch ausgebreitet hatte, sah auf. »Ich habe ein paar der Opfer gesprochen, als ich da oben war. Sie werden noch lange an der Erfahrung zu kauen haben.« Sie holte das Blatt mit den sieben Phantombildern heraus. »Kein Wunder, dass die Beschreibungen so unterschiedlich ausfallen. Alle haben den Täter nur ganz kurz gesehen, dann hat er sie überwältigt und ihnen die Augen verbunden.«

»Darf ich mal sehen?«

Barbara reichte Thomas die Kopien. Er studierte sie lange. »Wenn du mich fragst, sind das zwei. Diese drei hier sehen sich ähnlich und diese vier. Siehst du? Wenn du dir hier die langen Haare wegdenkst, sieht der aus wie die Nummer drei.«

Auch Barbara war dieser Gedanke schon gekommen, aber sie hatte ihn immer weggewischt, weil es ja die DNA-Spuren gab. Jetzt hatte die DNA zu jemandem geführt, der unmöglich der Täter sein konnte. »Du hast Recht, Thomas. Es könnten zwei Täter sein. Und sie wussten, dass das Sperma als DNA-Träger untersucht werden würde.«

Sie holte das Telefon.

»Hallo, Wolfgang, Barbara hier. Was habt ihr genau untersucht, um an DNA zu kommen?«

»Na, Samenflüssigkeit. Er spritzt sie geradezu herum.«

»Und sonst nichts? Hautpartikel unter den Nägeln, Haare auf der Kleidung der Opfer?«

»Barbara, du weißt doch, wie das ist. Die Opfer sind keine Leichen, die du unendlich lange untersuchen lassen kannst. Wir können froh sein, dass sich ein paar von ihnen nicht gewaschen haben, bevor sie zu uns kamen. Bei denen, die es getan hatten, grenzte es an ein Wunder, dass wir überhaupt noch Spuren der Samenflüssigkeit gefunden haben.«

»Ihr habt also keinerlei andere Mikrospuren?«

»Worauf willst du hinaus?«

»Vielleicht fänden sich da DNA-Spuren von anderen Personen.«

»Das ist nicht dein Ernst!« Wolfgangs Stimme konnte man den Zweifel anhören.

Barbara setzte sich wieder auf einen Esszimmerstuhl und legte die Füße auf einen anderen. »Überleg mal. Wenn es Grote nicht war, und da sind wir uns sicher, dann war es jemand anderes. Jemand, der darauf spekuliert, dass in erster Linie das Sperma zur DNA-Analyse herangezogen wird – der Stoff, der am ehesten am lebenden Opfer festgestellt werden kann. Und wenn du dir die Phantombilder ansiehst, dann ist es nicht unwahrscheinlich, dass es sich um zwei Täter handelt.«

»Und wie kommt Grotes Sperma ...« Er stockte. »Oh, nein.«

»Was?«

»Die Spermaprobe vom ersten Opfer wies Verunreinigungen auf ...«

»Verunreinigungen?«

»Ja. Schmutz, Holzstaub ...« Er wühlte in einer Akte herum. »Eine Knaststrafe hat Grote bekommen, weil er vor Zeugen ... Nun ja, er hat in ein Astloch ...«

Barbara musste unwillkürlich lachen. »Das hat er nicht wirklich getan, oder?«

»Doch. Das war die Erregung öffentlichen Ärgernisses. Vielleicht macht er das immer noch ... Aber in den übrigen Proben gab es diese Verunreinigungen nicht. Da ist wieder die Frage, wie ...«

»Das ist doch wohl die einfachste Übung, Wolfgang.«

»Ich werde den kleinen Stinker mal in diese Richtung befragen und sofort alle Mikrospuren auf DNA-fähiges Material überprüfen lassen. Danke, Barbara.«

»Schnapp die Kerle, Wolfgang.« Sie drückte die rote Taste. »Du bist gut, Thomas, du wärst ein guter Kriminalist.«

»Ich wäre in vielem gut, wenn ich gesund wäre«, sagte er leise. Barbara setzte sich auf die Liege und nahm ihn in den Arm. Eng umschlungen saßen sie eine Weile da. Thomas hatte nicht oft das, was er einen »Durchhänger« nannte. Meist ertrug er geduldig alle Entbehrungen, die seine Krankheit ihm auferlegte. Seine Disziplin war bewundernswert. Aber heute, nach so vielen guten Tagen, brachte der Rückschlag ihn aus dem Gleichgewicht. Und Barbara hatte nicht mehr Trost für ihn, als bei ihm zu sein.

Barbara war am nächsten Tag früh in der Uni und legte sich dort auf die Lauer. Und richtig, etwa eine halbe Stunde vor der Vorlesung parkte Özay seinen Wagen auf dem Parkplatz.

Als er den Jaguar entdeckte, schien er erstaunt, noch erstaunter war er, als Barbara plötzlich vor ihm stand.

»Was hatten Sie in Burg zu suchen, Herr Özay?«

»Guten Morgen, Frau Hielmann-Pross.«

»Ich habe Sie etwas gefragt!«

Ihr gewollt aggressiver Ton brachte ihn nicht aus der Fassung. »Soweit ich weiß, kann man sich in diesem Land immer noch frei bewegen.«

»Was hatten Sie mit Frank Grüter zu schaffen?«

Barbara beobachtete ihn genau. Er wechselte zwar nicht die Farbe, schien aber eine Spur nervös zu werden. »Mit wem?«

»Frank Grüter, der Vater des kleinen Jonas ...«

»Das war Schmidtmanns letztes Opfer, nicht wahr?«

Spielte er nur den Ahnungslosen oder hatte er sich wirklich nicht mit Grüter getroffen, sondern nur auf sie gewartet?

»Ich kenne keinen Frank Rütter ...«

»Grüter.«

»Auch den kenne ich nicht. Ich wollte lediglich herausfinden, was Sie in Burg treiben, bis mir klar wurde, dass der Speicheltest im Gange war.«

»Hören Sie auf, mir nachzuspionieren, Özay.«

»Dann erzählen Sie mir etwas über die neue Leiche.« Bisher hatte die Polizei noch nichts über den Fund veröffentlicht, aber Barbara wunderte sich nicht mehr, dass Özay davon wusste.

»Ich weiß auch nicht viel mehr als Sie. Bis jetzt steht noch nicht fest, ob es sich auch hier um Leichenschändung handelt, es ist aber wahrscheinlich.«

»Aber es stimmt, dass er diesmal den Fall Rottländer kopiert hat?«

»Ja.«

»Und was meinen Sie dazu?« Er schien regelrecht auf ihre Reaktion zu lauern.

Barbara sah ihn direkt an. »Was ist denn Ihre Theorie?«

»Ich glaube, das hat etwas mit Ihnen zu tun, Frau Hielmann-Pross. Kroll und den Sägemörder behandeln Sie in Ihrer Vorlesung, den Fall Rottländer haben Sie aufgeklärt ...«

»Und irgendeine Idee, warum er das tut?«

Özay überlegte einen Moment, dann erschien auf seinem Gesicht das gewohnte dreist-überhebliche Grinsen. »Ein Interview hatte ich mir eigentlich so vorgestellt, dass ich Ihnen die Fragen stelle.«

»Passen Sie auf, dass es nicht zu einer Vernehmung wird, Herr Özay. Das hier war nur ein kleiner Vorgeschmack.«

Sie ließ ihn stehen und machte sich auf den Weg in die Vorlesung.

5. Kapitel

Das letzte Kapitel des Familienunternehmens Hielmann hatte begonnen. Petri war nun offiziell beauftragt, einen Käufer zu suchen. Barbara hatte ihn angerufen. Er schien sich über den Auftrag zu freuen, machte aber andererseits auch nicht den Eindruck, als hätte er mit einer Absage gerechnet.

Sie traf sich mit ihm im Restaurant des Hilton. Thomas ging es wieder schlechter und er wollte sich die Anstrengung nicht zumuten. Annette war letztlich froh, nicht selbst die Unterschrift unter den Auftrag setzen zu müssen. Barbaras Vollmacht genügte.

»Dann fahren wir jetzt zur Firma?«, fragte Petri.

Sie nickte. Sie hatte Petri gegenüber angedeutet, dass wohl einiges nicht mit rechten Dingen zugegangen war, und ihn gebeten, ihr Bericht zu erstatten, sollte er auf Beweise stoßen. Ebenso stand in der Vereinbarung, dass Franz Severin übergangsweise für ein Jahr Geschäftsführer werden sollte. Petri war davon ganz angetan. Er wusste auch, dass Hardanger Reitker erst am Morgen über die Beauftragung informiert hatte und der nichts von Severins Ernennung ahnte. Reitker hatte den ganzen Vormittag über versucht, Thomas oder Annette zu erreichen, mit Barbara wollte er offensichtlich nicht sprechen.

Sie kamen in Reisholz um kurz vor sechzehn Uhr an. Severin hatte in ihrem Auftrag eine Betriebsversammlung einberufen. Alle Mitarbeiter waren da, sogar ein paar, die Urlaub hatten, aber nicht weggefahren waren. Barbara erzählte in schlichten Worten, was alle bereits wussten: dass der Verkauf der Firma beschlossene Sache sei. Sie beschönigte die Gründe nicht.

»Sie alle wissen, dass meine Schwiegermutter bald fünfundsiebzig wird und dass mein Mann zu krank ist und auch zu wenig Sachkenntnis hat, um sich um die Firma zu kümmern. Das Letztere trifft auch auf mich zu. Gerade weil wir möchten, dass die Firma weiterexistiert und eine Zukunft hat, haben wir uns für den Verkauf entschieden.«

Sie drehte sich zu Petri, der neben ihr stand. »Herr Petri von der Unternehmensberatung Heine Consult wird für uns einen geeigneten Käufer suchen. Dazu wird er in den nächsten Tagen die Firma gründlich prüfen und mit Ihnen allen persönliche Gespräche führen. Jetzt können Sie an uns Fragen stellen.«

In den nächsten zwei Stunden beantworteten Petri, Barbara und Severin die Fragen der Mitarbeiter. Reitker mischte sich nur ab und an ein, vermied es aber, den Eindruck zu erwecken, er sei nicht einverstanden oder wisse nicht Bescheid. Als sich die Betriebsversammlung auflöste, waren die meisten der Mitarbeiter beruhigt. Die Halle für Kleinmaschinen, die für solche Meetings genutzt wurde, leerte sich langsam.

Reitker trat auf Barbara zu. »Finden Sie, dass das guter Stil ist, Frau Dr. Hielmann-Pross?«

»Was meinen Sie, Herr Reitker?«

»Das wissen Sie doch ganz genau. Sie haben mich erst heute Morgen über die Beauftragung von Heine Consult unterrichtet und sich dann verleugnen lassen ...«

»Ich habe mich nicht verleugnen lassen, Herr Reitker. Sie wollten meine Schwiegermutter oder meinen Mann sprechen. Mit mir hätten Sie selbstverständlich sprechen können, ich habe ja alle Vollmachten.«

Reitkers Augen verengten sich. »Und was war das mit Severin auf dem Podium? Und ich stand abseits?«

Petri drehte sich um, er hatte noch eine letzte Frage eines Angestellten beantwortet. »Die Geschäfte müssen weitergehen, Herr Reitker, daher haben wir uns Herrn Severin ausgeguckt, um mich bei meiner Arbeit zu unterstützen. Er ist doch auch sonst für Sonderaufgaben zuständig, oder?«

Reitker antwortete nicht, aber Barbara merkte, er war kurz davor, die Fassung zu verlieren, und das hatte sie bei ihm noch nie erlebt.

In diesem Moment trat eine hochgewachsene, sehr schlanke Frau auf sie zu. Sie war nicht im landläufigen Sinne schön, trug ihre halblangen dunkelblonden Haare in einem praktischen Schnitt und hatte große, leicht schief stehende Zähne. Ihr Körper hingegen war perfekt, sanfte Muskeln, sportlich durchtrainiert.

»Mein Name ist Isabella Keilhage. Dürfte ich Sie gleich mal unter vier Augen sprechen, Frau Dr. Hielmann-Pross?«

Barbara ergriff die Gelegenheit, Reitker nicht mehr Rede und Antwort stehen zu müssen. »Gehen wir doch in Ihr Büro, Frau Keilhage.«

Sie gingen ins Verwaltungsgebäude hinüber, hinauf in den ersten Stock, wo die kleine Marketingabteilung untergebracht war. Sie setzten sich an den runden Tisch, der für Besprechungen vorgesehen war.

»Frau Dr. Hielmann-Pross, Sie können sich vorstellen, dass ich etwas beunruhigt bin über die Verkaufspläne. Bisher hat die Firma mich ja als Sportlerin gesponsert ...«

»Aber soweit ich weiß, haben Sie Ihre aktive Laufbahn nach Ihrer Knieverletzung aufgegeben, oder?«

Isabella Keilhage nickte.

»Das tut mir Leid ...«

»Herr Reitker hat mir eine Vollzeitstelle zugesagt, diese Zusage aber bisher noch nicht einhalten können ... Ich möchte wissen, was daraus wird, wenn es zum Verkauf kommt.«

»Vielleicht sollten Sie darüber mit Herrn Severin sprechen.«

»Herr Severin? Was hat der denn damit zu tun?« Das kam recht aggressiv.

Barbara lächelte sie beruhigend an: »Herr Severin wird sich um alles kümmern, Frau Keilhage.«

»Aber Sie verstehen doch, dass ich genauere Informationen darüber haben möchte, wo ich stehe.«

»Selbstverständlich verstehe ich das.« Barbara lehnte sich in ihrem Stuhl zurück.

»Würden Sie dann bitte Klartext reden?«

Immer noch schwang in Isabella Keilhages Ton Aggression mit. Barbara beschloss, sie weiter zu provozieren. »Nun, Frau Keilhage, eine Stelle als Assistentin der Geschäftsleitung, wie es Herr Reitker für Sie angedacht hatte, wird nicht eingerichtet werden in der derzeitigen Situation. Wir erhöhen jetzt nicht noch unnötig die Personalkosten.«

Die Keilhage wechselte die Farbe. Eine so direkte Antwort hatte sie nicht erwartet. »Das heißt dann, dass ich weiter im Marketing ...«

»Das muss die Prüfung durch Herrn Petri ergeben. Der Sponsoringgrund ist ja nun weggefallen ...«

»Sie werden mich also entlassen?«

»Wir werden prüfen, wo wir Sie einsetzen können, Frau Keilhage. Im Moment wird noch gar nichts entschieden und das ist auch nicht meine Sache, sondern die von Herrn Petri und Herrn Severin.«

Isabella Keilhage hatte sich gut im Griff, aber Barbara spürte, wie wütend und erregt sie war. »Ich verstehe nicht, warum Herrn Reitkers Wünsche nicht berücksichtigt werden. Wir hatten das alles miteinander besprochen, und ich habe mich darauf verlassen.«

Vielleicht haben Sie aufs falsche Pferd gesetzt – Barbara hätte ihr das gerne so gesagt, stattdessen meinte sie: »Herr Reitker hat Ihnen diese Zusage gemacht, bevor es die Verkaufspläne gab. Ich bin sicher, es wird sich noch eine andere Lösung für Sie finden. Sprechen Sie mit Herrn Severin.« Barbara stand auf.

»Ich dachte eigentlich, dass Herr Reitker hier der alleinige Geschäftsführer ist.« Auch Isabella Keilhage stand auf und Barbara fühlte sich plötzlich sehr unbehaglich neben der 1,80 Meter großen Frau, der sie gerade an die Schulter reichte.

»Und ich bin die alleinige Bevollmächtigte der Gesellschafter.«

»Mir wurde der Job mündlich zugesagt und ich werde ihn auch bekommen.« Damit rauschte sie aus ihrem eigenen Büro. Barbara folgte ihr gelassen.

Unten am Empfang warteten Petri und Severin auf Barbara. Die Keilhage würdigte beide keines Blickes und ging an ihnen vorbei hinaus zum Parkplatz. »Was ist denn mit der los?«, fragte Severin.

»Sie hat gerade gemerkt, dass sie möglicherweise ins falsche Bett gestiegen ist.«

»Reitker sollte man nicht unterschätzen«, meinte Petri ruhig. »Er kann uns noch eine ganze Menge Schwierigkeiten machen.«

»Aber nicht, was Frau Keilhage betrifft.« Barbara verabschiedete sich. Als sie draußen in ihren Wagen stieg, atmete sie tief durch. Den unangenehmsten Teil des Firmenverkaufs hatte sie nun hinter sich.

Der nächste Morgen war ein schöner, warmer Sommertag. Zum ersten Mal seit Wochen hatte Barbara richtig lange geschlafen. Als sie aufwachte, war es fast elf und die Post lag schon auf dem Frühstückstisch. Thomas war im

Arbeitszimmer beschäftigt, Barbara wollte ihn nicht stören und machte sich über das Frühstück her, dass er vorbereitet hatte. Sie öffnete ihre Briefe und zuckte zusammen. Der erste war wieder ein Drohbrief. Gleicher Text, gleiche Aufmachung. Barbara ließ ihn sofort verschwinden. Aber irgendwie schmeckte ihr das Brötchen nicht mehr. Sie stellte sich unter die Dusche, als könne sie ihre Unruhe wegwaschen.

Eine Weile hatten Thomas und Barbara noch schweigend gemeinsam im Arbeitszimmer an ihren PCs gesessen, dann legte Thomas sich hin. Barbara sortierte verbissen die bisherigen Erkenntnisse. Ein Fax von Heinz hatte sie informiert, dass die Leiche aus der Müllsortieranlage aus der Gegend um Berlin stammte, hier hatte sich die Friedhofsverwaltung schnell gemeldet und nichts vertuscht. Aber auch mit dieser Erkenntnis kamen die Ermittler nicht voran. Heinz hatte lediglich zwei Kollegen, die mit ihm daran arbeiteten. Seit klar war, dass es sich nicht um Morde handelte, hatte der Fall keine große Priorität mehr.

Aus Burg von Wolfgang Freitag gab es bessere Nachrichten. »Es hat zwar Mühe gemacht, aber bei den wenigen archivierten Mikrospuren gab es tatsächlich DNA-fähiges Material. Die Laborleute haben wirklich hervorragende Arbeit geleistet. Jetzt wird es mit den Speicheltests verglichen.«

»Ihr nehmt euch zunächst Burg vor, oder? Der oder die Täter müssen aus Burg kommen, weil sie Grote und seine Gewohnheiten gut kennen.«

»Ja, sicher. Aber Grote schweigt nach wie vor. Er findet es im Knast gar nicht schlecht, er muss sich um nichts kümmern, erhält regelmäßig Essen ... Nur auf seine Volksreden will keiner hören.« Wolfgang seufzte, als hätte er selbst schon zu viele davon anhören müssen.

»Dann viel Glück.«

»Das können wir brauchen.«

Barbara legte auf. Wenigstens hier war ein Erfolg in greifbarer Nähe.

»Könntest du noch ein paar Lebensmittel einkaufen?«, fragte Thomas. Er hatte gerade seinen Mittagsschlaf hinter sich und sah noch ein wenig verschlafen aus.

»Willst du kochen?«

»Nur ein bisschen Salat. Mutter hat uns und Petri heute Abend zu sich zum Essen eingeladen.«

»Das wusste ich ja gar nicht.«

»Petri und ich auch nicht, bis heute morgen um zehn. Tut mir leid, ich hatte vergessen, es dir zu sagen. Also, gehst du noch etwas einkaufen?«

»Sicher.«

Barbara griff sich einen Stoffbeutel und die Autoschlüssel. »Ich fahre zum Rochusmarkt.« Nach wie vor fuhr sie gern nach Pempelfort, wo Thomas und sie früher gewohnt hatten.

Sie setzte den Jaguar aus der Garage und öffnete das große Tor zur Straße. Um diese Zeit herrschte nicht viel Verkehr. Barbara wunderte sich, dass ein paar Häuser weiter ein LKW parkte, aber der Fahrer ließ gerade den Motor an und würde wohl jeden Moment losfahren.

Sie hielt an der Ausfahrt und bog dann links in die Straße ein. Wie gewohnt, beschleunigte sie rasch. Der LKW setzte sich in Bewegung, und plötzlich nahm Barbara wahr, dass er gerade auf sie zu hielt.

Die nächsten Sekunden liefen wie in Zeitlupe ab. Barbara wich geistesgegenwärtig auf den Gehsteig aus, wo glücklicherweise weder ein Auto parkte noch jemand entlangging, verlor aber dann die Gewalt über den Wagen und setzte ihn vor eine Gartenmauer. Der Airbag entfaltete sich, denn trotz ihrer geringen Geschwindigkeit war der Aufprall hart. Sie hörte den LKW an sich vorbeirasen. Für einen Moment wurde ihr schwarz vor Augen. Sie hing in dem Airbag und umklammerte noch das Lenkrad. Plötzlich klopfte jemand an die Scheibe.

»Frau Hielmann-Pross, ist Ihnen etwas passiert?« Sie öffnete die Augen. Es war Iskender Özay.

»Sie schon wieder«, murmelte sie.

Er versuchte die Tür zu öffnen, doch sie hatte sich wohl etwas verzogen. Mit ein wenig Gewalt ging es dann doch.

»Kommen Sie, ich hole Sie da raus.« Er drückte sie sanft nach hinten in den Sitz, dann beugte er sich über sie, aber der Airbag erschwerte das Lösen des Gurtes.

Schließlich gelang es ihm. Barbara war frei. Ihr wurde plötzlich eiskalt. Das Blut brauste in ihren Ohren. Sie ließ es geschehen, dass Özay sie aus dem Wagen hob. Draußen empfand sie es noch kühler, und irgendwie nahm sie wahr, dass sie schweißnass war. Sie zitterte.

Özay legte sie einfach auf den Gehsteig, die Beine erhöht in den Wagen, zog seine Jacke aus und warf sie über sie. »Ich bin gleich wieder da, keine Angst. Ich hole nur Hilfe.«

Die nächsten Minuten erlebte Barbara im Dämmerzustand, erst als Thomas neben ihr kniete, nahm sie wieder bewusst etwas wahr.

»Der Arzt ist unterwegs, Barbara. Du hast einen Schock.«

»Ich will nicht ins Krankenhaus ...«

»Das werden wir sehen. Ganz ruhig.« Er streichelte ihr über den Kopf.

»Wie ist das passiert?«, fragte Thomas Özay.

»Da war ein LKW, der stand schon dort, als ich meinen Wagen parkte.« Özay sah schuldbewusst nach unten. »Ich ... ich beobachte Ihre Frau ... manchmal.«

»Sie sind der Journalist?«

Özay nickte. »Der Wagen hielt direkt auf Ihre Frau zu. Wenn sie nicht so geistesgegenwärtig reagiert hätte ...«

»Wir sollten die Polizei rufen.«

Der Notarzt kam. Er untersuchte Barbara kurz, gab ihr eine Spritze und erlaubte dann, dass sie zu Hause bleiben konnte mit der Auflage, dass sie im Bett blieb und der Hausarzt noch einmal nach ihr sehen würde.

Als sie ein paar Stunden später wieder aufwachte, ging es ihr körperlich besser. Ihr Herz schlug normal, ihr Körper war wieder warm. Sie stand auf und wunderte sich fast, dass sie keine Kopfschmerzen hatte oder ihr schwindelig wurde. Sie ging zur Toilette. Als sie herauskam, wartete Thomas schon im Flur.

»Hauptkommissar Kramer ist da.«

»Gibt es etwas Neues wegen der Leichenfunde?«

»Er ist deinetwegen da.« Thomas sah sie ernst an. »Er hat Özays Aussage aufgenommen. Und ich habe ihm von den Drohbriefen erzählt.«

»Drohbriefe?«

Barbara seufzte. »Das war doch nur Blödsinn ...«

»Der LKW aber wohl kaum. Und das wirft doch ein ganz anderes Licht auf die Drohbriefe.« Er ging ins Bad und nahm ihren Bademantel vom Haken. »Zieh dir was über, Kramer wartet im Wintergarten.«

Kramer saß am Tisch, vor ihm die zerknüllten Drohbriefe. Barbara sah, dass man sie eingestaubt hatte. »Lassen Sie mich raten, Kramer. Keine Fingerabdrücke.«

Er nickte. »Wie geht es Ihnen?«

»Wieder ganz gut. Aber ehrlich gesagt, weiß ich immer nicht so genau, was heute Morgen passiert ist. Ich erinnere mich nur an den LKW und dass ich kurz danach in der Vorgartenmauer hing.«

»Özay hat eine ganz gute Beschreibung des LKW gegeben. Das Kennzeichen hat er leider nicht gesehen. Der LKW war hellblau, die Plane dunkelblau.«

In Barbaras Kopf blitzte ein Bild auf. Özay, ein blauer LKW. Grüter, der sie aus dem LKW heraus anstarrt. Sie versuchte sich zu erinnern, ob sie den Fahrer, der auf sie zuhielt, gesehen hatte, aber das Führerhaus schien im Rückblick wie verspiegelt. »Grüter«, murmelte sie und merkte erst dann, dass sie laut gesprochen hatte. »Ich habe Frank Grüter in einem solchen LKW in Burg gesehen. Hellblaue Zugmaschine, dunkelblaue Plane.«

»Wer ist Frank Grüter?«

»Der Vater von Schmidtmanns letztem Opfer.« Barbara konnte Thomas' Besorgnis in seiner Stimme hören. »Seine Frau hat schon in Burg einen Anschlag auf Barbara verübt.«

»Anschlag ...«

»Sie ist mit einem Messer auf dich losgegangen, also spiele es nicht herunter.«

Kramer sah die beiden nachdenklich an. »Wir müssen also davon ausgehen, dass Grüter Ihnen nach dem Leben trachtet, Frau Pross ... Hielmann-Pross.«

Barbara sah wieder den LKW auf sich zukommen. »Ich ... ich denke schon.«

»Wir werden diesen Grüter vernehmen. Der LKW ist nach allem, was die Kollegen am Unfallort feststellen konnten, unbeschädigt. Ihm wird schwer etwas nachzuweisen sein, nicht einmal die Drohbriefe.«

»Rufen Sie Wolfgang Freitag bei der Kreispolizei in Heide an. Er kann sich darum kümmern.«

Kramer verabschiedete sich.

»Nimmst du Grüter jetzt auch noch in Schutz?«, fragte Thomas, als er gegangen war.

»Wir wissen nicht, ob es tatsächlich ein LKW der Spedition gewesen ist, für die er arbeitet ...«

»Barbara!«

Sie stand auf. »Ja, ich weiß. Ich selbst habe ihn ins Spiel gebracht.«

»Ich will, dass du die Sache ernst nimmst. Jemand hat versucht dich umzubringen, Barbara.«

»Ich nehme es ja ernst, Thomas. Aber was soll ich tun? Bis sie Grüter vernehmen können, werden wir ohnehin nichts erfahren.« Sie ging vom Wintergarten ins Wohnzimmer. »Wann ist das Abendessen mit Petri?«

»Willst du dich nicht lieber wieder hinlegen?«

»Mir geht es gut. Ich weiß zwar nicht, ob ich großen Appetit habe, aber ich möchte mich wenigstens dazusetzen.«

Annettes Haushälterin hatte ein vorzügliches Essen gekocht, vier Gänge klassische, aber leichte Küche. Gesprächsthema des Abends war natürlich neben der Firma der Anschlag auf Barbara.

Petri schien sehr interessiert an dem, was sie beruflich machte. »Mir war nicht klar, dass Sie mit solchen Dingen zu tun haben. Als Ihr Mann mir sagte, Sie lehren an der Uni, hatte ich mir vorgestellt, dass Sie vielleicht Französisch oder Sozialwissenschaften unterrichten.«

»Nein, mein Mann ist der Geisteswissenschaftler.«

Irgendwann war das Gespräch dann doch auf allgemeinere Themen geschwenkt. »Ich habe ein Appartement in Hamburg«, erzählte Petri. »Sehr schick, mit Alsterblick. Aber auf die Dauer ist es mir zu klein und die größeren Wohnungen in einer vergleichbaren Gegend kann man nicht bezahlen. Deshalb habe ich mir ein Haus gekauft, in einem kleinen Ort.«

»Und denken Sie daran, eine Familie zu gründen?«, fragte Annette.

Andreas Petri schüttelte den Kopf. »So ohne Partner ... Ich bin auf der Suche. Aber ich glaube, ich arbeite zu viel, um jemanden kennen zu lernen.«

»Ich bin ganz sicher, dass Sie die Richtige finden werden«, meinte Annette. »Bei Thomas hat das auch sehr lange gedauert.«

»Und Sie? Wollen Sie keine Kinder?« Petri sah erst Thomas, dann Barbara an.

»Wissen Sie, ich bin jetzt dreiundvierzig, da ist das doch ein großes Risiko.« Barbara nahm einen Schluck Rotwein.

Trotz dieser kleinen Klippen blieb es ein schöner, harmonischer Abend. Petri war ein sehr angenehmer Gast, der sogar wusste, wann es Zeit war zu gehen, als Thomas offensichtlich müde wurde.

»Ein netter junger Mann«, sagte Annette. Sie standen gemeinsam auf den Eingangsstufen und hatten ihn gerade verabschiedet. »Er wird sicher alles richtig machen mit dem Verkauf der Firma.«

»Das denke ich auch. Er ist ein echter Glücksfall.« Thomas gähnte. »Ich muss dringend ins Bett und für Barbara ist es sicher auch besser ...«

Die körperlichen Folgen des Schocks hatte Barbara rasch überwunden, aber sie grübelte viel in den nächsten Tagen. Frank Grüter konnte noch nicht festgenommen werden, er war untergetaucht – mitsamt seinem LKW. Die Fahndung nach ihm lief auf Hochtouren. Die Wohnung der Grüters in Burg war durchsucht worden nach Hinweisen auf die Drohbriefe, aber sie besaßen nicht einmal einen Computer. Auch in der Spedition deutete nichts darauf hin, dass er dort die Briefe verfasst hatte. Aber allen war klar, dass er praktisch jeden verfügbaren Computer dazu hätte nehmen können.

Aus Burg kam auch die nächste Enttäuschung: Der neue DNA-Vergleich mit den Burger Proben war negativ ausgefallen. Jetzt würde man sich die Meldorfer Proben vornehmen.

»Hilmar Grote schweigt immer noch beharrlich. Zu dem Fall, meine ich. Ansonsten schwingt er Volksreden ...« Wolfgang Freitag klang entmutigt, als er bei Barbara anrief.

»Wolfgang, bevor du den Auftrag für die Meldorfer Proben erteilst; waren da nicht noch Leute, die sich gedrückt hatten? Ich meine außer der Dorfprominenz?«

»Warte mal ...« Er legte den Hörer hin und Barbara hörte ihn mit Papieren rascheln. »Hier ist die Liste. Zehn Leute, drei Promis, zwei im Knast, zwei Wochenendler. Bleiben drei übrig: Meyer, Nötzel und Petri. Dieser Petri hat erst vor wenigen Wochen ein Haus hier gekauft und ist noch nicht eingezogen.«

Barbara stutzte: »Andreas Petri?«

»Ja, genau. Woher weißt du das?«

»Das könnte zwar eine zufällige Namensgleichheit sein, aber er hat davon gesprochen, dass er sich kürzlich ein Haus gekauft hat. Ich kenne ihn. Er ist zurzeit hier in Düsseldorf, er kümmert sich um der Verkauf von Thomas' Firma.«

»Dann soll er die Probe gleich dort abgeben.«

»Ich werde mit ihm sprechen ... Wolfgang?«

»Ja.«

»Denk daran, dass es nach den Phantombildern zwei Täter sein könnten.«

Barbara überlegte, ob sie Petri in der Firma anrufen sollte, entschied sich aber dann doch, selbst nach Reisholz zu fahren. Da der Jaguar noch in der Werkstatt war, hatte sie sich einen Firmenwagen bringen lassen, aber sie mochte die protzige Limousine nicht.

Es verwunderte sie kaum, dass auf der Straßenseite gegenüber ein schwarzer Golf parkte – Özay. Als er sie in dem Mercedes entdeckte, sprang er winkend aus seinem Wagen.

Barbara ließ das Seitenfenster herunter. »Hallo, Herr Özay.«

»Geht es Ihnen wieder gut?«, fragte er.

»Ja. Es ist ja nichts weiter passiert. Danke, dass Sie mir geholfen haben.«

»Das ist doch selbstverständlich.«

»Ich habe eigentlich erwartet, etwas darüber in der Zeitung zu lesen ...«

»Nein, das... ich wusste, dass Sie das nicht gewollt hätten.« Özay lächelte verlegen. »Ich werde es vielleicht in meinem großen Hintergrundbericht über die Leichenschändungen erwähnen.«

Barbara runzelte die Stirn. »Hintergrundbericht? Im *Rhein-Blitz*?«

»Nun, ich arbeite ja nicht nur für den *Blitz*.« Özay hatte es plötzlich eilig, zu seinem Wagen zurückzukommen. »Jedenfalls schön, dass es Ihnen gut geht.«

Er stieg ein und wollte losfahren, aber Barbara winkte ihm, die Scheibe herunterzulassen. »Erinnern Sie sich an den LKW, der in Burg auf dem Parkplatz stand?«

»In Burg? Wann?«

War er wirklich so ahnungslos oder spielte er das nur? »Am Tag des DNA-Tests. Sie wissen genau, was ich meine. Haben Sie mit dem Mann gesprochen?«

»Das haben Sie mich doch schon einmal gefragt, Frau Hielmann-Pross.«

»Und die Antwort war nicht sehr befriedigend.«

Özay seufzte. »Na gut, ich habe tatsächlich mit dem Mann gesprochen. Aber ich hatte keine Ahnung, wer er war. Ich habe ihn lediglich nach dem Weg gefragt. Ich dachte, so ein LKW-Fahrer weiß Bescheid.«

»War das der Mann, der mich hier überfahren wollte?«

»Möglich. So genau habe ich ihn nicht gesehen. Aber das habe ich schon alles der Polizei gesagt.«

Barbara war nicht zufrieden, aber sie wusste, hier kam sie nicht weiter. Özay hatte immer eine passende Antwort parat. »Übrigens – ich fahre in die Firma nach Reisholz! Falls Sie mich unterwegs verlieren.«

Sie bog in die Straße ein und sah im Rückspiegel noch Özays verdutztes Gesicht.

Petri saß in einem kleinen bescheidenen Büro, in dem gewöhnlich Praktikanten untergebracht wurden.

»Frau Dr. Hielmann-Pross, das ist aber eine Überraschung. Oder waren wir verabredet?«

»Nein, waren wir nicht. Ich habe eine Frage an Sie, Herr Petri.«

Er bedeutete ihr, sich auf den Besucherstuhl vor seinem Schreibtisch zu setzen. »Nur zu.«

»Das wird Sie sicher verwundern.« Barbara beschloss, schnell zur Sache zu kommen. »Ihr neues Haus, von dem Sie gesprochen haben – liegt das zufällig in Burg?«

Er sah sie erstaunt an. »Ja, das stimmt. Ich bin in Heide geboren, und als ich nach einem Haus suchte, war der Kreis Dithmarschen erste Wahl.« Er lächelte. »Obwohl ich sicher kein typischer Dithmarscher bin. Woher wissen Sie das?«

»Der Anlass ist leider nicht sehr erfreulich. Man hatte Ihnen vor drei Wochen eine Einladung zum Speicheltest zugestellt.«

»Speicheltest?« Petri war verwirrt.

»Die Vergewaltigungsfälle dort.«

Petri schien es zu dämmern. »Dann habe ich mich wohl verdächtig gemacht, weil ich nicht erschienen bin, nicht wahr?« Er war ehrlich betroffen. »Ich komme nur selten dorthin, bin meist irgendwo in Deutschland unterwegs ... Kann ich den Test nachholen?«

»Natürlich. Wir können Ihnen sogar hier eine Probe abnehmen, am besten im LKA.«

»Wollen wir gleich fahren?« Er stand auf.

Barbara war überrascht, aber sie sah, dass er die peinliche Sache schnell erledigen wollte. »Ich rufe dort an, wir können sicher gleich dorthin kommen.«

»Hat man mich wirklich verdächtigt?«, fragte Petri, nachdem ihm der Abstrich genommen worden war. Die Probe wurde auf dem schnellsten Wege ins LKA nach Kiel geschickt. »Ich wette, ich könnte für jeden Fall ein Alibi beibringen, denn ich bin außer zum Kauf des Hauses kaum in Burg gewesen.«

»Nun, Sie stehen nicht auf unserer Liste, denn Sie gleichen keinem der Phantombilder.«

»Aber Ordnung muss sein.«

»Genau.«

»Darf ich Sie zum Essen einladen?«, fragte er plötzlich.

Barbara überlegte einen Moment. Thomas hatte nicht kochen wollen, und den mittäglichen Salat könnte sie auch noch später essen. »Warum nicht? Haben Sie an ein bestimmtes Lokal gedacht?«

»Dazu bin ich zu selten in Düsseldorf. Ich kenne nur die Altstadt und die Kö ...«

»Dann darf ich etwas vorschlagen?«

»Gern.«

Eine halbe Stunde später betraten sie das Vini Divini, einen kleinen Italiener mit Weinhandel in der Karlstadt. Jetzt um die Mittagszeit war das Lokal ziemlich voll, sie bekamen leider keinen Platz mehr in dem malerisch-unaufgeräumten Hinterhof. Hier hatten sich offensichtlich viele Kreative aus Werbeagenturen niedergelassen, denn an allen Tischen schnappte man Worte wie »Etat«, »Copy und Headline« oder »Briefing« auf. Drinnen, in dem gemütlichen schlauchartigen Raum mit den rohen Backsteinwänden waren noch ein paar Tische frei.

Petri studierte die kleine, aber ausgezeichnete Karte. »Können Sie etwas empfehlen?«

Barbara deutete auf die Tafel, die über der Theke hing, hinter der offen gekocht wurde. »Ich esse immer etwas mit Pilzen, sie bereiten das hervorragend zu.«

So bestellten beide Taglierini mit Steinpilzen und ein Glas vom weißen Hauswein.

»Wo in Burg liegt Ihr Haus?«, fragte Barbara.

»In der Straße Am Ramsberg. Es war ein echtes Schnäppchen.«

Bei der Erwähnung des Straßennamens hätte Barbara sich fast verschluckt. Das war Schmidtmanns Straße. Sie erinnerte sich daran, dass Wolfgang erzählt hatte, dass Schmidtmanns direkte Nachbarn weggezogen waren. Hatte Petri eines dieser Häuser gekauft? »Wissen Sie auch, warum es so billig war?«

Petri nickte. »In der Nachbarschaft sind vor ein paar Jahren Kinder umgebracht worden. Es ist das Haus direkt neben meinem ...« Er sah Barbara an. »Das ist der Fall, über den wir neulich Abend gesprochen haben, oder?«

»Ja. Es war das schlimmste Debakel meiner Polizistenkarriere.« Sie machte unwillkürlich eine Pause. »Danach bin ich lange nicht wieder auf die Beine gekommen, so sehr hat es mich mitgenommen. Und es wirkt immer noch nach. Falls der Mann, der mich überfahren wollte, wirklich Frank Grüter ist, dann wollte er mich töten, weil ich den Mord an seinem kleinen Jungen nicht verhindert habe.«

»Ich habe von all dem erst erfahren, als ich das Haus schon gekauft hatte. Aber ich habe mir gesagt, es war nicht in diesem Haus und abergläubisch bin ich auch nicht.« Er sah sie nachdenklich an. »Ich frage mich wirklich, wie Sie mit diesen Dingen umgehen – all die Leichen und schrecklichen Details ...«

»An vieles gewöhnt man sich einfach. An anderes nie. Das sind die Albträume, die einen immer wieder verfolgen.«

»Und der Fall in Burg gehört dazu?«

»Ja.«

Sie aßen schweigend weiter. Dann fragte Petri: »Und jetzt, wo Ihnen offensichtlich jemand nach dem Leben trachtet ... Haben Sie eigentlich keine Angst?«

Barbara schüttelte den Kopf. »Nicht wirklich. Ich meine, ich sehe mich nicht ständig auf der Straße um, ob jemand mich überfahren oder erschießen will oder was sonst. Es ist so ein diffuses Gefühl, das nur langsam zunimmt. Bis jetzt gibt es keine Beweise, dass alle diese Dinge zusammenhängen – die gestohlenen Leichen, die Briefe und der Anschlag. Noch ist es wie ... wie eine ärgerliche Störung.«

»Also, ich hätte Angst.« Petri hatte nachdenklich zugehört und lächelte plötzlich. »Aber vielleicht haben Sie schon zu viele schreckliche Dinge gesehen, um von ein paar Drohbriefen geschockt zu sein.«

»Ja, das mag sein. Und es ist nicht unbedingt ein Vorteil, auch wenn es Ihnen so erscheinen mag. Angst schützt.«

»Haben Sie sich deshalb aus dem aktiven Polizeijob zurückgezogen? Weil Sie zu wenig Angst hatten?«

Barbara lächelte. »Nein ... ich habe das Ganze eine Zeit lang nicht mehr verkraftet, und da kam mir die Möglichkeit, wieder zur Uni zu gehen, ganz recht.«

»Und ein reicher Mann.«

Barbara prüfte, ob er das abfällig meinte, aber er sah sie genauso freundlich an wie noch kurz zuvor. »Dass Thomas reich ist, hat es erleichtert, aber so richtig habe ich mich bis heute nicht daran gewöhnt, dass ich alles haben kann, was ich will – wenn ich es will.« Sie nahm einen Schluck Wein. »Eigentlich ist die Situation ideal – ich kann viel Zeit mit meinem Mann verbringen, die Lehrtätigkeit macht mir Spaß und ich kann mir die Fälle aussuchen, bei denen ich mitarbeiten möchte.«

»Wie den Vergewaltigungsfall.«

Sie nickte. »Das ist schon eine Herausforderung, wenn eine große Soko und ein Geoprofiler nicht weitergekommen sind.«

»Und werden Sie den Kerl schnappen?«

»Ich denke schon. Wir sind einen ganzen Schritt weiter, und ich hoffe, wir kriegen ihn bald.« Barbara betrachtete ihr Gegenüber. Die gepflegten, halblangen, gewellten Haare, die pfiffige Brille – eine andere als bei ihrer ersten Begegnung –, die freundlichen hellen Augen. Sie mochte seine ruhige, souveräne Art, darin glich er Thomas ein bisschen. »Und wie kommen Sie zu so einem Job, Herr Petri?«, fragte sie. »Ich meine, Sie erzählten ja selbst, dass auch Sie zwangsläufig viel mit Krankheit und Tod zu tun haben.«

»Ach, ich bin da einfach hineingerutscht, als ich nach dem Studium nach einem Job suchte. Aber offensichtlich kann ich gut damit umgehen. Ehrlich gesagt, bekomme ich meistens die Fälle, die eher einen traurigen Anlass haben. Langsam entwickele ich mich da zum Spezialisten.«

Er schob die letzten Pilze auf seinem Teller zusammen. »Nicht, dass Sie denken, dass mich das nicht berührt. Ich hatte einen Kunden, der ist einen Tag nach dem Verkauf an Krebs gestorben ... Der schlimmste Fall war ein Aidspatient. Er hatte eine kleine Firma, und jeder Tag, den er früher an den Erlös aus dem Verkauf kam, konnte über Leben und Tod entscheiden, über eine teure Therapie oder eine schlechtere. Letztlich wurde mit dem Geld dann sein Aufenthalt in einem Sterbehospiz bezahlt. Alle, auf die er gezählt hatte, hatten ihn verlassen.«

»Bis auf Sie.« Barbara sah ihn scharf an. »Sie blieben bei ihm, oder?«

Er nickte. »Wir hatten so viel Zeit miteinander verbracht, wir waren Freunde geworden.«

»Das ist etwas, das ich nicht könnte«, meinte Barbara. »Ein enges Verhältnis zu jemandem aufbauen und genau wissen, dass er bald stirbt.«

»Und Ihr Mann?« Petri sah ihr in die Augen. »Entschuldigen Sie, wenn ich so direkt bin ...«

»Nein, schon gut. Es war schwer. Ich bin nicht sehr tapfer in diesen Dingen und war mehrmals kurz davor wegzulaufen. Es gab sogar einen anderen Mann. Aber Thomas kann man nicht so einfach verlassen. Dazu ist er viel zu stark.« Sie lehnte sich zurück. »Das klingt sicher paradox ...«

»Nein. Ich glaube schon, dass Ihr Mann eine sehr starke Persönlichkeit ist. Auf seine Art ist er sehr eindrucksvoll. Jemand, der ganz er selbst ist. Es muss schön sein, von jemand wie ihm geliebt zu werden.«

»Ja, das ist es.«

»Und wenn ...«

»Wenn er stirbt?«

Petri nickte.

»Ich brauche ihn so sehr. Ich weiß nicht, wie es dann weitergeht.« Barbara schüttelte heftig den Kopf. »Ich mag nicht daran denken. Ich will, dass er eine Transplantation bekommt und wir noch viele gute Jahre miteinander haben.«

Eine Pause entstand. Dann hob Petri sein Glas. »Ich wünsche es Ihnen. Trinken wir darauf.«

Sie stießen miteinander an. »Noch ein Dessert?«, fragte er, aber Barbara winkte ab. Sie hatte plötzlich große Sehnsucht nach Thomas.

»Hat das so lange gedauert mit der Speichelprobe?« Thomas hatte es sich für die Korrektur seines jüngsten Kapitels auf der Couch bequem gemacht – nicht, weil er musste, sondern weil er diese Arbeit gern im Liegen erledigte.

»Petri hat mich noch zum Essen eingeladen.«

»Und wo wart ihr?«

»Vini Divini.« Barbara sah Thomas prüfend an. Gab es Anzeichen für Eifersucht? Sie hatte es einmal erlebt, dass Thomas eifersüchtig wurde. Nicht, dass es einen gefährlichen Ausbruch nach sich gezogen hätte. Nur verstärkte Bemühungen, sie wiederzugewinnen.

»Ich bin nicht eifersüchtig.« Auf Thomas' Gesicht erschien urplötzlich das ironische Lächeln, das Barbara schon bei ihrer ersten Begegnung fasziniert hatte.

»Nicht ein bisschen?«

»Nein. Ich mag Petri.«

»Er hat nicht geflirtet. Er war nur nett.« Barbara stieß ihre Tasche in eine Ecke. Thomas warf einen Blick darauf, dann seufzte sie, hob die Tasche wieder auf und hängte sie an die Garderobe. »Man kann sich sehr gut mit ihm unterhalten.«

Thomas legte sein Manuskript beiseite und stand auf. Ganz langsam nahm er sie in die Arme und küsste sie sanft. »Ich habe mir schon ein wenig Sorgen gemacht, wo du bleibst. Schließlich bist du in Gefahr. Aber wenn Petri bei dir ist ...«

»Grüter wird es nicht wagen, noch einmal hier aufzutauchen. Dann haben sie ihn doch sofort.«

»Weißt du, ich habe mich gefragt, ob wir ihn nicht unterschätzen«, sagte Thomas langsam. Er ließ sie los. »Diese Leichen – er ist doch LKW-Fahrer, nicht wahr? Könnte er nicht derjenige sein?« Er sah sie scharf an. »Und tu jetzt nicht so, als hättest du nicht auch schon daran gedacht.«

»Ja, das habe ich. Und ich habe den Gedanken gleich wieder verworfen. Die Sache mit dem LKW, das passt zu einem verzweifelten Mann wie Grüter. Aber wochenlang recherchieren und Pläne aushecken, Leichen zu transportieren und herzurichten ... Das glaube ich einfach nicht.«

Thomas nickte. »Klingt einleuchtend. Aber sicher bist du dir nicht.«

»Nein. Grüter ist nicht dumm. Was waren seine Fächer – Mathematik, Biologie und Chemie. Da hätte er genug Wissen, um die Leichen frisch zu halten.«

»Und er ist nicht nur verzweifelt. Er hasst dich.«

»Das kann ich ihm nicht verdenken.«

»Nein.« Thomas ließ sie los. »Mag sein, dass der Anschlag mit dem LKW eine Verzweiflungstat war. Aber er hatte lange genug Zeit, seinen Hass gegen dich reifen zu lassen. Vielleicht steckt er doch hinter den Fakes.«

Barbara hatte wenig Lust, dieses Thema zu vertiefen. Sie öffnete die Terrassentür. »Wollen wir uns nicht nach draußen setzen? Es ist richtig warm.«

Sie gingen in den Garten hinaus zu ihrem Lieblingsplätzchen an den nicht so heißen Tagen, einer verwitterten

Steinbank zwischen Hecken, die von der Nachmittagssonne beschienen wurde. Barbara hatte ein paar Kissen von den Terrassenstühlen zusammengeklaubt. Die Bank war groß genug, dass sie sich gegenübersitzen und die Beine darauf legen konnten. Im letzten Herbst, als es Thomas sehr viel schlechter gegangen war, war dies oft ihr einziges Ziel gewesen. Sie hatten gelesen oder einander vorgelesen, Musik gehört und es einfach genossen beieinander zu sein.

Thomas spielte an Barbaras nackten Füßen herum. Sie kicherte, weil er sie dabei kitzelte. »Was ist mit diesem Journalisten?«, fragte er plötzlich. Wie immer ließ er nicht locker.

»Özay?«

»Warum verfolgt er dich? Hat er nichts anderes zu tun, wenn er doch offensichtlich seine Story nicht bekommt?«

»An ihn habe ich auch schon gedacht. Aber so schlecht wie ihm bei ekligen Anblicken wird ...«

»Das kann man auch spielen.«

»Ja, du hast Recht. Ich glaube sogar, dass er Kontakt zu Grüter hatte. Er behauptet zwar, er hätte ihn nur nach dem Weg gefragt, aber vielleicht haben sie sich doch unterhalten ...« Sie zog ihre Füße an sich. »Ich werde Kramer bitten, ihn überprüfen zu lassen. Bist du zufrieden?«

»Ja.«

»Weißt du, bis jetzt ist nicht erwiesen, dass es einen Zusammenhang zwischen den Mord-Fakes und mir gibt. Ich gebe zu, dass der Gedanke nahe liegt. Wenn er nach den Sägemord-Fällen den Rhein-Ruhr-Ripper kopiert hätte, dann wäre klar gewesen, dass er nach meinem Vorlesungsscript vorgeht. Aber das war nicht so. Und daher kann alles ein Zufall sein – die Drohbriefe, die Leichen und der Anschlag müssen nicht zusammenhängen.«

»Du wünschst dir, dass es nicht so ist.«

»Ich bin gelernte Polizistin. Ich brauche Beweise.«

»Einen vollendeten Mordanschlag auf dich?«

»Verdammt, Thomas!«

Er lächelte beschwichtigend. »Komm herüber zu mir in meine Arme.«

Sie lehnte sich an ihn. Er umschlang sie von hinten und ließ sie die nächste Stunde nicht wieder los.

Am kommenden Morgen hatte Thomas die Post geholt. In letzter Zeit waren es ziemlich viele Briefe, da die Antworten von Annettes Einladungen langsam eintrudelten. Barbara kam ins Arbeitszimmer und sah ihn mit ernstem Blick auf einen Brief starren.

»Was ist? Wieder ein Drohbrief?«

»Ich würde niemals deine Post öffnen.«

Barbara verkniff sich ein Grinsen über seine sanfte Entrüstung. Er hielt ihr den Brief hin. »Von Reitker. Oder vielmehr von seinem Anwalt.«

Barbara las. Reitker protestierte gegen die Einsetzung von Severin als Geschäftsführer und verlangte seine Wiedereinsetzung mit allen Rechten. Kein Wort über die vertraglich vereinbarte Abfindung im Verkaufsfall.

»Er will doppelt kassieren«, meinte Barbara. »Zuerst wird er eine Abfindung wegen der Entlassung verlangen und dann die Abfindung im Verkaufsfall.«

»Wir sollten uns mit ihm einigen und ihm die vertragliche Abfindung zahlen.«

Barbara überlegte. »Aber vielleicht ist es für ihn besonders wichtig, dass er Geschäftsführer bleibt – wegen des Geldes, das er herausgezogen und zur Zeit wieder hineingesteckt hat. Möglicherweise ist deshalb nicht von der Verkaufs-Abfindung die Rede.«

»Ich werde es Hardanger faxen. Und Petri muss es auch wissen, schließlich betrifft es das Firmenkapital.« Er sah die übrigen Briefe durch und drückte Barbara ihre in die Hand. »Der oberste sieht aus wie einer der Drohbriefe.«

Thomas hatte Recht. Es war ein Drohbrief, gleiche Aufmachung, gleicher Text.

»Und?«, fragte er.

Sie seufzte und griff zum Telefon. »Ich rufe gleich Kramer an.«

Aus Heide gab es Neuigkeiten. Frank Grüter hatte bei seiner Frau angerufen, wie diese der Polizei, die sie regelmäßig verhörte, im Suff verriet. Sie sagte auch, dass er unschuldig sei, dass ihm jemand den LKW gestohlen hätte und er deshalb untergetaucht sei. Trotzdem konnte die Polizei noch mit einer Überraschung aufwarten: Grüter wurde nur auf zwei verschiedenen LKW eingesetzt, dem bekannten hellblauen mit der dunkelblauen Plane und auf einem mittelgroßen Kühltransporter. Zurzeit wurden in der Spedition seine Fahrten überprüft. Falls sich die Routen in der Nähe der Orte bewegten, an denen die Leichen gestohlen worden waren, hätte man endlich eine heiße Spur.

Barbara und Thomas saßen am frühen Nachmittag beide im Arbeitszimmer, Thomas war mit seinem Buch beschäftigt, und Barbara bekritzelte kleine Kärtchen mit allem, was ihr zu den Fakes einfiel. Sie achtete darauf, dass Thomas nicht viel davon mitbekam. Sie schichtete sie gerade zu einem kleinen Stapel, als Wolfgang Freitag noch einmal anrief. Barbara zog sich mit dem schnurlosen Telefon in die Küche zurück. Sie wollte Thomas nicht bei der Arbeit stören – und erst recht wollte sie nicht, dass er mithörte.

Wolfgang war guter Dinge. »War ein guter Tipp, die fehlenden Burger zu überprüfen. Wir haben ihn. Er ist allerdings noch flüchtig. Guido Nötzel, achtundzwanzig Jahre, wohnhaft in Burg.«

»Der kann längst über alle Berge sein.«

»Ist er nicht. Wir haben ihn beschattet, wie alle, von denen wir nachträglich Proben genommen haben – außer Petri natürlich. Er ist uns zwar heute Morgen entwischt, aber er kann noch nicht weit gekommen sein.« Er zögerte einen Moment. »Barbara, es wäre gut, wenn du herkommst und dir Nötzel ansiehst. Wir möchten nicht wieder den Falschen ...«

»Kriegt ihn erst mal.«

»Aber dann würdest du kommen und ihn begutachten?«

»Ja, sicher.«

Wolfgang schien zufrieden. »Gut. Die Fahndung nach ihm hat zurzeit höchste Priorität.«

»Na, dann Waidmannsheil.« Sie zögerte einen Moment. »Was ist mit Grüter?«

»Immer noch Fehlanzeige. Er könnte überall sein – vielleicht auch im Ausland, er war nahe der niederländischen Grenze. Die Kollegen aus NRW arbeiten auch dran.«

»Ich glaube nicht, dass er seine Frau so lange allein lässt.«

»Das sollte er auch nicht. Von Mal zu Mal, wenn wir bei ihr auftauchen, scheint sie sich mehr aufzulösen.«

Es entstand eine Pause. Barbara ertappte sich dabei, dass ihre Schuldgefühle wieder hochkamen. »Habt ihr denn die Spedition überprüft?«, fragte sie sachlich.

»Ja, haben wir. Rein theoretisch hätte er die Leichen stehlen können, da nicht ganz klar ist, an welchen Tagen sie verschwunden sind. Spessart, Berlin, das kommt hin. Er hätte zwar Umwege machen müssen ...«

»Habt ihr Leichenspürhunde in dem Kühlwagen eingesetzt?«

»Werden wir tun, sobald er wieder am Platz ist. Die Frage ist, ob die Hunde bei tiefgefrorenen und womöglich gut verpackten Leichen überhaupt etwas finden.« Barbara hörte ein Feuerzeug klicken. Wolfgang pustete den Rauch aus. »Du glaubst nicht daran, dass Grüter es war, oder?«

»Wäre aber nicht das erste Mal, dass ich mich geirrt habe. Jemand wie er ist nicht der Typ für eine solche Schweinerei ...«

»Im Biologieunterricht hat er ganz gern Frösche und anderes Getier seziert.«

Nachdem Reitker jetzt schon deswegen klagte, machte es keinen Sinn mehr, Severins Beförderung nicht öffentlich zu machen. Lydia Andresen, Reitkers Sekretärin, die er so gern losgeworden wäre, war sichtlich erleichtert darüber. Thomas, Hardanger und Petri waren sich einig, dass es das Beste war, Reitker freizustellen und ihm das Betreten der Firma zu untersagen. Damit hatte Reitker ein komplettes Eigentor geschossen. Sollte er vorgehabt haben, das Geld auf irgendeine Art wieder aus der Firma ziehen, hatte er nun keine Chance mehr – es sei denn, er gewann vor Gericht. Für den Fall bekam Severin den Auftrag, Beweise zu finden für Reitkers Betrug. Und Barbara bat Heinz Wersten nun doch, die Abteilung Wirtschaftskriminalität einzuschalten und Reitker durchleuchten zu lassen.

»Ich werde sagen, es ist im Zuge der Ermittlungen wegen der Drohungen gegen dich«, meinte Heinz. »Er hat ein richtig gutes Motiv.«

Petri schien erstaunt, wie weit Barbaras Arm reichen konnte. Sie saßen in seinem kleinen Büro, das man ihm zur Verfügung gestellt hatte, zusammen und gingen die Ergebnisse der Personalgespräche durch, die er in den letzten Tagen geführt hatte.

»Bis Reitker kam, waren die Leute hier sehr zufrieden. Und die Personaldecke entsprach absolut den Bedürfnissen der

Firma, nach Auffassung manch anderer Experten mögen es ein paar Leute zu viel gewesen sein, aber dieser kleine Überschuss hat sich letztlich gelohnt, weil er die Firma flexibler machte.«

»Und Reitker hat abgebaut?«, fragte Barbara.

»Schleichend. Wenn einer ging, gab es manchmal keine Neueinstellung. Aber es sind immer noch mehr Leute, als übliches Management erfordern würde.«

Barbara ahnte, was nun kommen würde. »Was schlagen Sie vor?«

»Die Verwaltung muss für den Verkauf noch etwas gestrafft werden. Bei den gewerblichen Mitarbeitern würde ich eher dafür plädieren, noch ein paar Fachkräfte einzustellen.«

»Wen haben Sie bei den Verwaltungsmitarbeitern im Auge? Die Familie steht Entlassungen eher kritisch gegenüber, wie Sie wissen.«

Petri lächelte. »Man muss nicht gleich über Kündigungen reden. Es gibt zwei oder drei ältere Mitarbeiter, bei denen eine Altersteilzeit in Frage käme.«

Barbara sah auf Petris Liste. »Lydia Andresen ...«

»Herr Severin deutete an, dass man ihr mit ihrer Eigentumswohnung helfen könnte. Und wenn sie noch Teilzeit arbeitet ...«

Barbara lehnte sich zurück und dachte kurz nach. »Vielleicht gibt es da eine bessere Lösung. Bisher wurden unsere Privatangelegenheiten auch über die Firma abgewickelt – die Buchhaltung und was sonst noch anfiel. Thomas und ich haben schon überlegt, sie als Privatsekretärin zu übernehmen.«

Petri nickte. »Eine gute, aber teure Lösung.«

»Das Geld spielt da keine Rolle. Sie war schon Leo Hielmanns Sekretärin ...«

»Sie mögen diese Frau sehr, oder?«

»Sie ist ziemlich bemerkenswert. Sie hat ihr Leben ebenso der Firma gewidmet wie es Leo und Wolfram Hielmann getan haben. Und ihr habe ich es im Grunde zu verdanken, dass wir Rottländer geschnappt haben.«

»Rottländer?«

»Einen Serienmörder.«

»Oh, ja ...« Petri schien immer noch nicht so ganz mit ihrem Job klarzukommen. Aber er ging wieder zur Tagesordnung über. »Gut. Die Andresen wird also Privatsekretärin. Dann ist das Problem gelöst. Die anderen beiden Kandidaten sind Buchhalter, beide über sechzig, die könnten sich die Stelle teilen.«

»Aber keiner soll finanzielle Verluste dadurch haben.«

Petri seufzte. »Es ist Ihr Geld. Wir werden schon dafür sorgen, dass sie gut wegkommen. Jetzt wird es allerdings etwas unangenehmer.« Er blätterte in seinen Zetteln. »Eine der beiden Rezeptionistinnen ist mit dem Job, na, sagen wir mal überfordert. Ein erheblicher Schwachpunkt, denn die Rezeption einer Firma ...«

»... ist ihre Visitenkarte. Wäre sie für einen anderen Job geeignet?«

»Möglicherweise. Ich werde mich darum kümmern. Und dann ist da noch Isabella Keilhage.«

Barbara dachte sofort an die unangenehme Begegnung nach der Betriebsversammlung. »Sie möchte die Vollzeitstelle, die Reitker ihr zugesagt hat.«

Petri nickte. »Das Problem ist nur, dass sie schon ihre Halbtagsarbeit nicht gut macht. Ohne Reitker fürchten zu müssen, haben die Marketingleute freimütig ausgepackt. Nach ihren Angaben vertut die Dame die Hälfte ihrer ohnehin knappen Zeit mit Telefonaten für den Leichtathletik-Verband und ihren Verein. Und einen großen Teil der übrigen Zeit hat sie wichtige Besprechungen mit Herrn Reitker.

Wenn man ihr eine interessante Aufgabe überträgt – besonders, wenn sie von Reitker kommt –, erledigt sie diese zwar gut, aber immer mit großem Stöhnen, wie viel sie doch zu tun habe. Und sobald es um praktische Arbeit geht, Eintüten von Mailings etwa, ist sie grundsätzlich unauffindbar. Ein wichtiger Termin, ein unaufschiebbares Telefonat ... Das alles bleibt dann jedes Mal an der Abteilungssekretärin hängen. Die Keilhage hat ein ausgeprägtes Bewusstsein, wer zum Fußvolk gehört und wer nicht.«

Passt irgendwie, dachte Barbara. Statt ordentlich zu arbeiten, hatte sich die Frau lieber an Reitker herangemacht, um ihre Position zu sichern. »Was schlagen Sie vor?«

Petri hob nur die Augenbrauen. »Ihr verstorbener Schwager hatte sie eingestellt, um sie als Sportlerin zu sponsern, richtig?«

Barbara nickte. »Sie hat ihre aktive Karriere in diesem Jahr beendet.«

»Ich habe es nachgeprüft, sie hat einen ganz normalen Arbeitsvertrag und kann innerhalb der Kündigungsfrist betriebsbedingt gekündigt werden. – Oder ich lasse mir etwas anderes einfallen.«

»Das wäre mir recht.« Barbara steckte die von Petri erstellten Listen in ihre Tasche. Erst jetzt fiel ihr der Umschlag wieder ein, den Annette ihr in die Hand gedrückt hatte, bevor sie zur Firma fuhr. »Herr Petri, meine Schwiegermutter bat mich, Ihnen das zu übergeben.«

Es war eine Einladung zu Annettes Geburtstag am übernächsten Wochenende. »Das ... das ist ja sehr nett«, meinte er. »Ich fühle mich sehr geehrt. Natürlich werde ich kommen.«

»Und machen Sie sich keine Gedanken über ein Geschenk. Meine Schwiegermutter sammelt Spenden für die Deutsche Herzstiftung. Die Kontonummer steht auf der Einladung.«

Mit einem Lächeln, das sie einfach nicht unterdrücken konnte, entschloss sich Barbara, gleich mit Lydia Andresen zu reden. Sie thronte hinter ihrem Schreibtisch im Vorzimmer zu Reitkers ehemaligem Büro.

»Oh, guten Tag Frau Dr ...«

»Barbara reicht vollkommen, Frau Andresen. Sie nennen meinen Mann doch auch beim Vornamen.« Sie deutete auf den Stuhl vor dem Schreibtisch, den die Kollegen, wie Barbara wusste, scherzhaft den »Beichtstuhl« nannten. Hier hatten sich Generationen von Hielmann-Mitarbeitern ausgeheult, Ratschläge geholt oder auch Gardinenpredigten anhören müssen. »Haben Sie einen Augenblick Zeit für mich?«

Lydia Andresens Gesicht wechselte die Farbe. Unter der schwarzgefärbten Hannelore-Kohl-Frisur wirkte es jetzt sehr blass. »Sie kommen gerade aus der Besprechung mit Herrn Petri.«

»Ja. Aber keine Angst, ich habe keine schlimmen Nachrichten. Wie wäre es mit einem Kaffee?«

Die Andresen nickte und erhob sich aus ihrem Stuhl. Sie war eine große Frau mit Rubensfigur, die sie mit viel Miedereinsatz in Form brachte. Mit Schild und Speer hätte sie gut als Walküre durchgehen können.

Frau Andresen hantierte ein bisschen in der kleinen Teeküche. Kurz darauf stand eine dampfende Tasse Kaffee vor Barbara.

»Vielen Dank«, sagte sie und trank einen Schluck. »Sie sind nicht dumm, Frau Andresen, Sie wissen schon, dass die Veränderungen in der Firma spätestens nach dem Verkauf für Sie eine Entlassung bedeuten könnten oder zumindest einen anderen Job.«

Die Andresen nickte stumm.

»Herr Severin hat uns darauf aufmerksam gemacht, dass Sie wegen Ihrer Eigentumswohnung darauf angewiesen sind, noch mindestens sechs Jahre lang zu arbeiten, ist das richtig?«

»Ja.« Ihre Stimme klang heiser.

»Nun, was die Wohnung betrifft, brauchen Sie sich keine Sorgen zu machen. Da es ein Hielmann-Bau ist und sie über die Firma finanziert wurde, werden wir eine gute Lösung finden. Sie haben das verdient, finde ich.«

Lydia Andresen schien sich etwas zu entspannen. »Das heißt dann aber, dass für mich hier Schluss ist ...«

»Ja.« Barbara wartete gar nicht erst ihre Reaktion ab. »Ich möchte Ihnen aber ein Angebot machen. Wenn wir die Firma verkauft haben, wird die Familie ja nicht mehr auf die Ressourcen hier zurückgreifen können. Briefe schreiben, die private Buchhaltung, bei mir fallen oft längere Texte für Vorträge an – kurz: Möchten Sie unsere Privatsekretärin werden, Frau Andresen?«

»Sie meinen ...« Lydia Andresen sah sie entgeistert an. »Sie wollen mich einstellen ...«

»Auch Thomas hält das für eine gute Idee. Niemand kennt die Familie so gut wie Sie, Sie haben ohnehin schon viel Privates für uns erledigt... Über die genauen Konditionen müssten wir reden, weil das sicher kein Acht-Stunden-Job werden wird. Aber wenn wir das mit der Eigentumswohnung regeln ...«

Die Andresen nickte heftig. »Ich hänge ja gar nicht so am Geld, wenn die Wohnung nicht wäre. Und in meinem Alter ein bisschen weniger arbeiten, das wäre schön.«

»Gut. Ich spreche mit Thomas und Annette und melde mich dann wieder bei Ihnen.«

»Ja, vielen Dank.«

Barbara ging hinaus und freute sich sehr, Lydia Andresen so positiv überrascht zu haben.

6. Kapitel

Der mutmaßliche Vergewaltiger Guido Nötzel wurde zwei Tage später von der Soko Nachtwache festgenommen. Wie versprochen kam Barbara nach Heide – mit einem Luxusbenz der Firma Hielmann, da ihr Jaguar immer noch repariert wurde.

Wolfgang Freitag nahm sie in Empfang. »Wir haben Nötzel noch hier, die Überstellung ins Untersuchungsgefängnis ist für heute Abend vorgesehen. Drei der Opfer haben ihn bei einer Gegenüberstellung erkannt, die übrigen nicht.«

Barbara nickte. Keine gute Ausbeute. »Was sagen die Unterlagen über die Mikrospuren-Auswertung? Deuten sie auf zwei Täter hin?«

»Zwei verschiedene DNA-Spuren waren häufiger als andere, also sind zwei möglich.«

»Dann reden wir mal mit dem Kerl.« Barbara führte eigentlich nicht gern Verhöre, aber es war die einzige Chance, sich ein Bild von dem Täter zu machen.

Nötzel war um die 1,85 groß, schlank, hatte braune, im Moment recht kurz geschnittene Haare und braune Augen. Sein kantiges Gesicht erkannte Barbara aus drei der Phantomzeichnungen wieder. So unterschiedlich diese auch auf den ersten Blick wirkten, die Ähnlichkeit mit ihm war deutlich.

»Guten Tag, Herr Nötzel. Mein Name ist Dr. Barbara Hielmann-Pross und ich möchte mich ein wenig mit Ihnen unterhalten.«

»Sind Sie so eine Psychotante? Dann will ich sofort meinen Anwalt hier haben.«

»Ich bin Kriminalistin.«

»Genauer gesagt, haben Sie es ihr zu verdanken, dass sie hier sitzen. Sie kam darauf, dass wir die falschen DNA-Spuren ausgewertet haben.« Wolfgang Freitag sagte das mit besonderer Genugtuung.

Nötzels Reaktion darauf zeigte, dass Wolfgangs Instinkt richtig gewesen war. Nur, wenn man Nötzel provozierte, ihn dazu brachte, seinen Verstand auszuschalten, hatte man eine Chance, mehr über ihn zu erfahren.

»Mach, dass du rauskommst, du dreckige Fotze und nimm den Bullen gleich mit.« Nötzel sagte diese höchst aggressiven Worte mit allergrößter Gelassenheit.

Aber Barbara spürte, dass der Druck stieg. »Sind Sie nur ein ganz normaler Frauenhasser oder warum beleidigen Sie mich?« Barbara hatte sich zurückgelehnt und demonstrierte ebenfalls Gelassenheit.

»Komm mir nicht mit diesem Weiberkram ...«

»Dann kann ich ja eine richtige Frage stellen, oder?« Barbara setzte sich wieder gerade hin. »Sie sind von einigen Opfern bei der Gegenüberstellung ganz klar erkannt worden.«

»Von einigen, ja.« Er grinste. Er hielt sich immer noch für unbesiegbar.

»Wahrscheinlich von denjenigen Frauen, die Sie tatsächlich überfallen haben.« Barbara versuchte, eine Reaktion auf Nötzels Gesicht abzulesen, aber vergebens. Zumindest nach außen schien ihm die Tatsache, dass die Polizei von mehr als einem Tätet ausging, nicht zu beunruhigen.

»Das müssen Sie erst mal beweisen.« Sein Grinsen wurde wieder breiter.

»Aber das haben wir doch. Wir haben Ihre DNA-Spuren an den Frauen gefunden.«

»Aber nicht mein Sperma.« Er sah zufrieden aus.

»Woher sind Sie sich eigentlich so sicher, dass Kuckuck nicht auspacken wird?«, fragte Wolfgang.

»Kuckuck? Wer ist das denn?« Nötzel grinste noch eine Spur frecher.

Barbara setzte nach: »Und wenn nicht er, dann vielleicht Ihr Kumpel.«

»Kumpel? Welcher Kumpel?«

»Na, der, der die anderen Vergewaltigungen begangen hat. Der, der die höhere Strafe bekäme, wenn er mehr als Sie dazwischen hatte.«

Es war der Bruchteil einer Sekunde, in dem Nötzel Unsicherheit zeigte, dann hatte er sich wieder im Griff. »Ich sage nichts mehr ohne Anwalt.«

»Vielen Dank«, sagte Barbara freundlich. »Das reicht mir schon.«

Sie sagten dem Beamten vor der Tür des Verhörraumes Bescheid, und dieser brachte Nötzel in seine Zelle.

»Verdammt«, fluchte Wolfgang. »Ich dachte, ich hätte ihn genügend provoziert, um unvorsichtig zu werden.«

»Ich hatte Recht mit dem zweiten Mann. Er hat darauf reagiert.«

»Aber es gab keine weiteren Übereinstimmungen mit den Speicheltests.«

»Dann wohnt er nicht in Burg. Wo finde ich Hilmar Grote?«

»Im Knast.«

»Nicht in der Psychiatrie?«

»Die haben sich geweigert, ihn aufzunehmen. Er hat früher die Station regelmäßig aufgemischt, wenn er dort war. Und das Landeskrankenhaus war uns zu weit ...«

Barbara hatte Wolfgang gebeten, allein mit Grote sprechen zu dürfen. Sie fuhr zum Untersuchungsgefängnis und wartete in einem kleinen Besucherraum. Ein Beamter schob Grote herein.

Selbst jetzt, nachdem er zum Baden gezwungen worden war und saubere Kleidung trug, war er immer noch ein abenteuerlicher Anblick. Klein und dürr wie er war, schlabberten Jeans und T-Shirt um seinen Körper. An der Jeans sah Barbara einschlägige Flecken. Die langen braun-grauen Haare waren dünn und schon wieder fettig, er hatte sie mit einem Lederband zusammengebunden und trug ein Tuch als Stirnband. Im grauen, spärlichen Bart hingen ein paar Essensreste. Barbara vermied es, ihm die Hand zu geben.

»Guten Tag, Herr Grote.«

»Tag.« Barbara konnte sehen, dass er nur noch über einen schwarz-braunen Schneidezahnstummel verfügte.

»Ich bin hier wegen der Vergewaltigungsfälle.«

»Das hab ich gemacht. Ich hab sie alle ...«

»Setzen Sie sich doch erst einmal«, meinte Barbara freundlich. Sie hoffte, den übernervösen Mann etwas beruhigen zu können. Er setzte sich, aber irgendetwas an ihm blieb immer in Bewegung – mal wippte sein Fuß, mal trommelte er mit den Fingern auf den Tisch oder fingerte in seinem strähnigen Zopf herum.

Barbara versuchte wenigstens selbst Ruhe auszustrahlen. »Dann erzählen Sie mal. Wo war denn das erste Mal?«

»Ich sag nichts.«

»Wissen Sie, Herr Grote, ich glaube eigentlich nicht, dass Sie es waren. Wissen Sie denn überhaupt, wie das geht?«

Er rutschte auf seinem Stuhl herum. »Das muss ich nicht wissen. Das wird mir immer rechtzeitig gesagt.«

»Gesagt? Von wem?«

»Das darf ich nicht sagen.«

Barbara versuchte eine andere Strategie. »Kennen Sie Guido Nötzel?«

Für einen Moment schien es ihr, als würde er auf den Namen reagieren, aber dann beugte er sich vor und meinte mit verschwörerischer Miene: »Wissen Sie, warum die Amis Cola in alle Welt bringen? Die wollen uns damit vergiften. Wir sterben da nicht dran. Aber wir werden alle Sklaven von den Amis. Deshalb trink ich nie Cola. Ich bin nämlich kein Amisklave so wie ihr alle.«

»Kennen Sie Guido Nötzel, Herr Grote?«, fragte Barbara geduldig.

»Ich muss mich hier ganz still verhalten. Das ganze Wasser ist vergiftet.«

»Sie glauben, man versucht, Sie hier zu vergiften?«

Er schüttelte energisch den Kopf. »Alles Wasser ist vergiftet. Alles, überall, sogar der Regen ...« Grote beugte sich vor. »Die haben mich hier geduscht. Und ich war ganz vergiftet.«

Barbara ahnte, wie verzweifelt der kleine Mann sein musste. Und auch, warum er sich nie wusch. »Und was trinken Sie? Ich meine, wenn das Wasser auch vergiftet ist?«

»Ich habe was gegen das Gift. Das haben die mir verraten.«

»Haben die auch etwas über Guido Nötzel gesagt?«

»Das Geld soll ich nehmen.« Grote sah sie erschrocken wie ein Kind an und schlug die Hand vor den Mund.

Barbara setzte nach: »Sie haben also Geld von Nötzel genommen?«

Grote schwieg. Er schien plötzlich Angst zu haben.

»Sie haben es dafür bekommen, dass Sie ihm Ihr Sperma gegeben haben.«

Grote schüttelte heftig den Kopf. »Ich hab kein Sperma. Das ist nur das Gift aus dem Wasser, was ich trinke. Wenn ich mein Ding reibe, dann kommt es raus.«

Barbara versuchte ihr Schmunzeln zu verbergen. Das war also der Grund für Grotes Exhibitionismus?

»Dann haben Sie Nötzel das Gift verkauft?«

Grote nickte bedächtig. »Das darf keiner wissen. Dass ich so was Schlimmes gemacht habe ... Wer weiß, wen er damit vergiftet hat.«

»Die Frauen vielleicht?«

Grote sah sie nachdenklich an, in ihm schien es zu arbeiten. Barbara ließ ihm Zeit. »Er sagte, ich soll sagen, ich war es, ich hätte sie ver... verwaltigt.«

»Wissen Sie überhaupt, was das ist?«

Grote schüttelte den Kopf.

»Er steckt sein Ding in die Frauen hinein.«

»Dann ...« Grote sah sie verständnislos an. »Dann hätte er mein Gift ja gar nicht gebraucht ...«

»Genau. Er wollte nur, dass alle glauben, Sie waren es. Aber Sie haben doch niemandem etwas getan.«

»Nein, hab ich nicht. Niemandem. Ich hab doch nur mein Gift loswerden wollen.« Er schien verzweifelt.

Barbara witterte ihre Chance. »Hören Sie, ich werde niemandem von dem Gift erzählen. Die halten es ja ohnehin alle für Sperma. Aber Sie müssen mir alles über Nötzel erzählen, damit wir ihn einsperren können und er nicht weiter Frauen vergiftet.«

Der kleine Mann nickte und lächelte, der Zahnstummel entblößte sich.

»Was ich vor allem wissen möchte: War Nötzel allein bei Ihnen? Oder hatte er jemanden dabei, einen Freund oder Bekannten?«

»Einmal.«

»Kannten Sie ihn?«

Grote schüttelte betrübt den Kopf. »Aber er nannte ihn Rüdiger.«

»Wie sah er aus?«

»Groß.«

Barbara sah Grote zweifelnd an. Einem so kleinen Mann mussten viele Männer groß vorkommen. »Größer als Nötzel?«

Grote schüttelte bedächtig den Kopf. »Nein.« Er zeigte mit Daumen und Zeigefinder einen Abstand. »So viel kleiner war er.«

Wenig später ließ Barbara einen Zeichner kommen. Grote hatte ein erstaunlich gutes Gedächtnis für Gesichter. Heraus kam jemand, der den übrigen vier Phantombildern sehr ähnlich sah.

»Wie hast du das nur aus ihm herausbekommen?«, fragte Wolfgang. »Bei uns hat er sich immer stur gestellt.«

Barbara hatte es sich auf dem Stuhl vor seinem Schreibtisch gemütlich gemacht und die Füße auf einen zweiten Stuhl gelegt. »Ganz einfach. Ich habe mich auf seine Wahnvorstellungen eingelassen. Vor Gericht wird das allerdings wenig Bestand haben, aber ich denke, wenn wir erst diesen Rüdiger gefunden haben, können wir die beiden gegeneinander ausspielen. Nötzel oder Rüdiger, einer wird schon singen.«

Wolfgang nickte.

Sie gähnte. »Ich möchte jetzt nur noch eine Dusche und ein gutes Abendessen.«

Er sah auf seine Uhr. »Ich habe hier noch eine Weile zu tun, aber ich könnte dich um sieben im Hotel abholen, einverstanden?«

»Einverstanden.«

Solange Nötzel dichthielt und der vermutete zweite Mann nicht gefunden war, konnte Barbara nichts weiter tun. Wolfgang Freitag und sein Staatsanwalt hatten zum Glück die eindeutige DNA-Analyse auf ihrer Seite, sodass der Haftrichter ungeachtet der ständigen Bemühungen von Nötzels Anwalt Untersuchungshaft anordnete.

Grote blieb einstweilen im Knast, um ihn vor dem noch freien Täter zu schützen.

Barbara schlief sich am nächsten Morgen aus und frühstückte gemütlich. Von ihrem Zimmer aus konnte sie einen Teil der Straße überblicken. Es wunderte sie gar nicht, Özays schwarzen Golf gut verborgen in einer Parktasche hinter Sträuchern zu sehen.

Ihre Sachen waren schon gepackt, sie konnte eigentlich auschecken, aber dann nahm sie doch nur ihre Handtasche und ging hinunter zur Rezeption. »Gibt es hier noch einen anderen Ausgang?«, fragte sie.

Die Rezeptionistin sah sie verwirrt an, dann kapierte sie es. »Neben der Küche ist ein Lieferanteneingang, er führt in die Seitenstraße.« Sie deutete Barbara die Richtung an.

»Vielen Dank.«

Barbara schlich sich über den Hof zur Seitenstraße und schlug dann einen großen Bogen, sodass sie in Özays Rücken kam. Er hatte es nicht so komfortabel gehabt – offensichtlich hatte er in seinem Fahrzeug übernachtet, denn die Rückbank war umgelegt und es lagen eine Decke und ein Kissen auf der Ladefläche.

Özay saß vorn und rasierte sich, den Stecker des Rasierapparates im Zigarettenanzünder. Er war offensichtlich Profi in solchen Unternehmungen.

Barbara ging von hinten zur Beifahrerseite, riss die Tür auf und setzte sich neben ihn.

Özay fiel vor Schreck der Rasierer aus der Hand.

»Guten Morgen«, sagte Barbara trocken. »Machen Sie ruhig weiter, Herr Özay, Ihre rechte Gesichtshälfte sieht noch recht stachelig aus.«

Er hatte sich schnell wieder gefangen und rasierte tatsächlich weiter. »Ich habe Sie offensichtlich unterschätzt«, sagte er nach einer Weile.

»Ich frage mich, warum Sie schon wieder hierher gekommen sind. Dass Sie eine Story über mich schreiben, kauf ich Ihnen langsam nicht mehr ab.«

»Das sollten Sie aber.« Özay schaltete den Rasierer ab und zog den Stecker. Er warf ihn nach hinten. »Nach wie vor bin ich interessiert am Fall Schmidtmann. Und Barbara Pross in Burg, das ist ein Thema.«

»Der Vergewaltigungsfall interessiert Sie also nicht?«

»Nur am Rande.«

»Warum ist Schmidtmann so interessant für Sie?«

»Na gut.« Er holte ein Bild heraus – eine junge Frau mit einem kleinen Jungen. Barbara kannte es. Der Junge war Schmidtmanns zweites Opfer, Alexander Krattnik. »Sie ist die Schwester meiner Freundin. Der Kleine war ihr Patenkind.« Er steckte das Bild wieder weg. »Wir haben viel über den Tod des Kleinen gesprochen, die Familie ist nie darüber hinweggekommen. Nach außen sieht man es nicht so wie bei den Grüters, aber es geht verdammt tief.«

Barbara starrte durch die Windschutzscheibe. »Und was versprechen Sie sich davon, wenn Sie eine Story über mich schreiben?« Sie drehte sich zu ihm. »Jonas Grüter, das ist ein anderer Fall, ihn hätte ich vielleicht retten können. Aber Alexander und Sebastian ...«

»Es hat mich einfach beschäftigt. Heute redet doch kaum noch jemand über den Fall, die Kinder sind vergessen.«

»Außer in ihren Familien.« Barbara atmete tief durch. »Wollen Sie mit mir einen Rundgang durch Burg machen?«

»Gern.«

»Dann kommen Sie.«

»Sie wollen doch nicht nach Burg laufen ...«

»Mein Wagen ist bequemer.«

»Der Jaguar wäre mir lieber gewesen«, murmelte Özay.

Barbara parkte wieder an der Halle. »Ab hier wird gelaufen.«

Sie gingen über die Burgstraße zu den Treppen, die zum Bökelnburgwall und dem alten Friedhof führten. Oben gingen sie links an der Kapelle vorbei. Sie führte Özay zuerst auf den Ringwall, von dort aus konnte man den Friedhof gut überblicken. Er war klein und lag zwischen Bäumen in einer künstlichen Senke. Um die meisten Gräber waren kleine Buchsbaumhecken angelegt.

»Hat man die Leichen hier gefunden?«, fragte Özay.

Barbara nickte und stieg mit ihm hinunter.

»Dort«, sie zeigte auf ein Grab, »dort hat Sebastian gelegen, das erste Opfer. Und da vorn Alexander. Ich habe die Leichen an den Fundorten nicht selbst gesehen, nur auf Fotos. Sie waren nackt, mit einem weißen Tuch bedeckt und mit Blumen geschmückt.« Ganz automatisch hatte sie vermieden, Özay gegenüber zu erwähnen, dass es Kamelien waren. Dieses Detail hatte man bis heute geheim gehalten.

Özay zog seine Jacke um sich, als würde er plötzlich frieren. »Aber Jonas wurde nicht hierher gelegt.«

Barbara schüttelte den Kopf. »Dazu war wohl keine Zeit mehr. Als wir ihn in Schmidtmanns Gartenhaus fanden, war er noch warm.«

»Können wir auch dorthin gehen?«

Sie zögerte einen Moment. Sie dachte an ihre gemischten Gefühle, als sie das Haus bei ihrem ersten Besuch nach so langer Zeit gesehen hatte. Aber sie hatte sich darauf eingelassen, dann musste sie ihm auch alles zeigen. »Kommen Sie.«

Sie gingen zurück zum Wagen und Barbara fuhr zu Schmidtmanns Haus. Sie zeigte Özay den Weg zwischen Hausgärten. Er stand so nachdenklich wie sie vor ein paar Wochen am Zaun und sah auf den verwilderten Garten, das Gerippe des Gewächshauses und die zugenagelten Fenster.

Barbara entdeckte, dass im Haus links daneben offensichtlich eine junge Familie lebte, dort standen ein Gartengrill und einige Spielgeräte. Das mussten Ortsfremde sein. Das Haus daneben lag still da, der Garten hatte aber erst kürzlich eine kundige Hand gesehen und die Fassade war frisch gestrichen. Petris Haus.

Özay hatte das Gartentürchen entdeckt und versuchte es zu öffnen. Er hatte Mühe, aber es ging. »Wollen wir?«, fragte er.

Barbara war versucht, nein zu sagen. Die Reise in den Albtraum war schon bisher schlimm genug. Der Friedhof, das waren Fakten gewesen, die Leichen von Alexander und Sebastian hatte sie nur auf Fotos gesehen. Aber hier, hier war der Ort des Schlimmsten, was sie je erlebt hatte.

Doch Özay war schon durch das Tor gegangen, und nun folgte sie ihm. Die körperliche Reaktion setzte sofort ein: Herzrasen. Barbara rang nach Luft.

Özay ging ohne Zögern auf das Gartenhaus zu. So vom Efeu überwuchert, wie es jetzt war, hatte es mehr denn je etwas Verwunschenes. Dieses Häuschen, diese Laube musste früher im Sommer ein Paradies gewesen sein mit ihrer hübschen Veranda und den weißen Fenstern im roten Backstein.

»Hier hat er Jonas ...?«

»Ja.« Barbara räusperte sich. »Ob er allerdings hier ermordet wurde, ist nicht ganz sicher. Schmidtmann hat zu den Morden selbst immer geschwiegen.«

Özay drückte die Türklinke, doch zu Barbaras Erleichterung war das Schloss noch intakt und verschlossen.

Für einen Moment hatte Barbara das Gefühl, Jonas läge noch dort und sie ständen vor seinem Mausoleum.

Enttäuscht ging Özay hinüber zum Haus. Die Terrassentür war zugenagelt, aber es gab einen Kelleraufgang, den er sofort ausprobierte. Barbara erschien das Haus weit weniger gefährlich als der Garten, sie folgte ihm hinunter und wirklich: Die Tür war aufgebrochen.

Durch den Keller gelangten sie ins Haus. Hier hatten Vandalen gehaust – die Dorfjugend vermutlich. Das einstmals so luxuriöse Wohnzimmer war ein einziger Trümmerhaufen, die Designer-Couch zerfetzt, alle Regale umgeworfen.

»Sie können sich kaum vorstellen, wie es hier mal ausgesehen hat«, meinte Barbara leise. »Dagegen leben Thomas und ich bescheiden. Er war sehr reich, er hatte geerbt.«

Die Küchengeräte waren gestohlen worden, die Armaturen im Badezimmer hatte jemand abmontiert. Ein weiteres kleines Zimmer im Erdgeschoss verriet viel über Schmidtmann. Er, der nach außen versuchte, seine Homosexualität zu verstecken, hatte Unmengen Schwulenpornos gesammelt – Hefte, Videos, Fotos. Barbara erinnerte sich nicht daran, die Bilder damals gesehen zu haben. Ein großes Loch in der Wand schien das zu erklären. Schmidtmann hatte die Bilder wohl in diesem Loch hinter den antiken Eichenpaneelen versteckt, von denen es jetzt nur noch Reste gab. Jemand musste die Vertäfelung gestohlen haben, und dabei war das Loch zum Vorschein gekommen.

Özay blickte angewidert auf die wild durcheinander gefegten und zum Teil zerrissenen Bilder. Der massive Ekel, der manche Männer bei dem Gedanken an Sex zwischen Homosexuellen überkam, war ihr bis heute ein Rätsel geblieben.

»Er war in den Siebzigern in Hamburg nach §174 verurteilt worden, hinzu kam, dass der Junge minderjährig war. Die

Strafe war nicht sehr hoch, im Grunde war es einvernehmlicher Sex gewesen, der Kleine war ein Stricher. Schmidtmann ist dann nach Burg gezogen und nie wieder auffällig geworden.«

»Bis er drei kleine Jungen tötete.« Özay stocherte mit dem Fuß in dem Bilderberg. »Das hier sind doch keine Profifotos«, sagte er plötzlich. Es war ein großes, schweres Album, die Bilder zeigten lauter halbwüchsige Jungen.

»Wichsvorlagen müssen keinen ästhetischen Maßstäben entsprechen«, sagte Barbara trocken.

»Aber das sieht eher so aus, als hätte er sie selbst fotografiert.«

Barbara sah auf die Fotos. Kein Zweifel, sie waren an einem FKK-Strand entstanden.

Özay machte Anstalten, das Album mitzunehmen, aber Barbara herrschte ihn an: »Lassen Sie das liegen. Keiner hat etwas davon, wenn Sie in solchen Sachen herumstochern. Lassen Sie uns gehen, ich denke, Sie haben genug gesehen.«

Widerwillig folgte Özay ihr hinaus. Drinnen hatte sich ihr Herzschlag beruhigt, aber kaum hatte sie den Garten wieder betreten, kam die nächste Panikattacke. Özay bemerkte ihren Zustand erst jetzt, vorhin war er viel zu neugierig gewesen.

»Das hier macht Sie richtig fertig«, stellte er fest.

»Ich habe Jonas gesehen. Das weiße Tuch, die Blüten. Und Schmidtmann, der ihn beweinte.«

»Er weinte?«

»Ja. Manchmal bedauert auch ein Mörder, was er getan hat.«

Barbara drängte es, den Garten zu verlassen.

Auf der Rückfahrt nach Heide war Özay sehr schweigsam. Barbara setzte ihn an seinem Wagen ab und verabschiedete sich. Sie hoffte, sie wäre ihn vorläufig los.

So fuhr sie erst um die Mittagszeit nach Hause. Die Zeitungen hatten die Festnahme im Vergewaltigungsfall gemeldet. Thomas beglückwünschte sie, als sie am Nachmittag in Kaiserswerth ankam.

»Ich freue mich nicht zu früh«, meinte Barbara. »Solange sie den zweiten Mann nicht haben, wird es für den Anwalt ein Leichtes sein, Nötzel wieder herauszuholen, denn nur drei Frauen haben ihn bisher identifiziert, und da es eine Serientat ist, sind die Argumente dünn, ihm nur drei der Taten zuzuschreiben.«

»Und seine DNA?«

»Darauf stützt sich zurzeit alles.«

Er nickte und deutete dann auf die Küche. »Hunger?«

»Und wie!«

»Ich habe frischen Spargel, Weise hat ihn heute Morgen aus Walbeck geholt.«

Eine gute halbe Stunde später saßen sie bei der Vorspeise. Thomas hatte Blattsalat mit Erdbeeren, knackig blanchiertem Spargel und Pinienkernen kombiniert. Barbara genoss die ungewöhnliche Mischung. Gemeinsam machten sie sich dann über die große Portion Spargel her, die Thomas nur mit Butter, Pellkartoffeln und feinstem Kochschinken angerichtet hatte.

Jetzt war Barbara schon beim zweiten Glas gut gekühltem Moselriesling. »Dir geht es heute gut?«

Thomas zuckte die Schultern. »Ich war ein bisschen müde heute, aber nachmittags habe ich gearbeitet.« Er stand auf und räumte die Teller beiseite. »Du willst wissen, was die Kontrolluntersuchung gebracht hat.«

»Nehmen sie dich von der Liste?«

»Nein, keine Angst. Die Wirkung der Medikamente ist ja nicht so groß, wie anfangs angenommen.«

Barbara war sich nicht sicher, ob er glücklich oder unglücklich über die Entscheidung war. »Und?«, fragte sie vorsichtig.

»Es ist wie es ist.«

»Sagt die Liebe ...«

Thomas lächelte. »Ja. Das trifft es. Nur ...« Er trat von hinten an ihren Stuhl und umarmte sie. »Es wäre schön gewesen, wenn es sich einfach durch die neuen Medikamente gebessert hätte. Prof. Weinfurt meinte, dass ich schon in wenigen Wochen wieder da sein könnte, wo ich vor der Umstellung war.«

»Dann sollten wir die Zeit jetzt nutzen.« Barbara drehte sich um, damit sie ihn auf die Wange küssen konnte.

Er ließ sie los und setzte sich wieder an den Tisch. »Wenn ich nur nicht ständig das Gefühl hätte, mir liefe die Zeit davon. Alles bekommt so etwas Atemloses ...«

»Thomas, du bist doch sonst immer so gelassen.«

Sie sahen sich in die Augen. Ja, es stimmte, etwas hatte sich verändert, so als wäre dieser kurze Aufschub durch die Medikamente ein Wendepunkt geworden. Thomas wollte leben und er wollte gut leben. Das lebenslange Arrangieren mit dem Unvermeidlichen fiel ihm plötzlich schwer. Barbara bohrte nicht weiter. Sie hatten sich angesehen und wussten beide Bescheid. Das alte Schweigen funktionierte noch.

Kramer kam am nächsten Morgen in Kaiserswerth vorbei. »Wir haben diesen Iskender Özay überprüft.«

»Und?«

»Er ist tatsächlich Journalist, wenn auch nicht unbedingt für den *Rhein-Blitz*.«

Sie gingen durch das Wohnzimmer auf die Terrasse, denn es war ein warmer Tag und sie hatte mit Thomas draußen gefrühstückt. Jetzt war noch etwas Kaffee für Kramer da.

»Er sagte ausdrücklich, er arbeitet für *Blitz*.«

»Er ist ein freier Mitarbeiter, im *Blitz* hatte er bisher nur kleinere Artikel im Rhein-Ruhr-Lokalteil. Ansonsten hat er die Städte der Region und alle ihre Tageszeitungen durch. Ob er davon leben kann, bezweifle ich.«

Barbara goss Kramer den Kaffee ein. »Er wirkt nicht gerade so, als nage er am Hungertuch.«

»Wir überlegen, ihn zu beschatten.« Kramer gab drei Löffel Zucker in den Kaffee.

Barbara lachte. »Das kann ja heiter werden. Ihr beschattet Özay und Özay beschattet mich ...«

Kramer blieb ernst. »Irgendetwas ist faul an dem Typ, ich kann Ihnen nur noch nicht sagen, was. Die Sache mit dem Polizeifunk zum Beispiel. Wenn er als freier Journalist in Lokalredaktionen arbeitet, macht das doch wenig Sinn, oder?«

»Es gibt auch Leute, die aus lauter Leidenschaft den Polizeifunk abhören ...«

Nachmittags telefonierte Barbara mit Wolfgang Freitag. Die Spurensuche in dem Kühltransporter hatte nichts ergeben.

»Aber das war auch eher unwahrscheinlich«, kommentierte Freitag. »Wer legt schon eine tiefgefrorene Leiche offen in den Kühlwagen?«

»Hmmm.« Barbara überlegte. »Du hast Recht, sie wären zumindest eingewickelt ... Und würde es nicht lange dauern, bis sie in einem großen Kühlwagen eingefroren sind?«

»Ja, in diesem sicher einige Stunden länger als in einem Kühlhaus oder einer Gefriertruhe.«

»Haben die Grüters eine Gefriertruhe?«

»Ja, Barbara. Eine ziemlich große und sie wird zurzeit untersucht. Es sind Blutspuren in der Truhe ...«

Barbara spielte nachdenklich an der Telefonschnur. »Vielleicht hat er mit einer Schweinehälfte hantiert.«

»Das werden wir schnell herausbekommen. Aber er könnte sie auch woanders bearbeitet haben.«

»Geht die Überprüfung anderer Speditionen weiter?«

»Ist gestoppt, bis wir Näheres zu Grüter haben.«

»Und wenn er es nicht ist, haben wir verdammt viel Zeit verloren ...«

»Das kann ohnehin Wochen dauern.« Wolfgang machte eine Pause. »Ich wollte dich übrigens auch anrufen, Barbara. Wir haben den Namen des zweiten Täters, Rüdiger Reiners. Er ist seit heute Morgen bundesweit zur Fahndung ausgeschrieben. DNA-Spuren in seiner Wohnung beweisen, dass wir richtig liegen.«

»Wie seid ihr auf ihn gekommen?«

»Wir haben uns Nötzels kompletten Bekanntenkreis vorgenommen. Und da Grote seinen Vornamen genannt hatte ...«

»Gute Arbeit.« Barbara spielte mit den Kärtchen auf ihrem Schreibtisch. »Wenigstens hier läuft es rund.«

»Wenn wir ihn bald kriegen.« Im Hintergrund klingelte Wolfgangs Handy. »Das ist wichtig, ich häng Dich ab.«

Barbara wusste, dass Lydia Andresen oben bei Annette war. Sie wollten die Zu- und Absagen durchgehen. Es würden mehr als fünfzig Gäste kommen.

Barbara fand die beiden in die Arbeit vertieft – sie erstellten die Tischordnung. Lydia Andresen hatte kleine Rechtecke ausgeschnitten, und nun probierten sie, wie die geliehenen Tische und Stühle am besten aufgestellt werden konnten.

»Wenn das Wetter gut ist, solltet ihr die Terrasse mitbenutzen, da können doch sicher drei oder vier Tische stehen«, meinte Barbara.

Annette schüttelte den Kopf. »Da hätte ich lieber ein paar Stehtische, die wir sonst im Treppenhaus aufstellen müssten.«

»Guten Tag, Barbara.« Lydia Andresen schüttelte ihr die Hand. »Es ist zum Verrücktwerden. Man hat immer vier bis sechs Plätze zu wenig.«

»Ich wollte euch nicht lange stören.« Barbara blickte interessiert auf die Verschiebespiele auf dem Millimeterpapier. »Aber Thomas bat mich, Ihnen, Lydia, Bescheid zu sagen, dass er noch ein wenig Arbeit für Sie hat. Wir wollen uns in den Garten setzen, auf die große Steinbank. Da finden Sie uns nachher.«

»Gut.«

»Wir sind aber noch nicht fertig hier«, meinte Annette streng.

Barbara, die ein paar Tage zuvor die Prospekte hatte begutachten müssen, tippte auf einen Stuhl. »Wenn du die kleineren Stühle aus dem Prospekt orderst, passen drei Stühle statt zweien an jeden Tisch. Mit Hussen sehen die doch nicht schlecht aus. Und man kann sie auch gut mit den anderen kombinieren.«

Lydia Andresen sah Barbara dankbar an. Offensichtlich hatte auch sie bereits diesen Vorschlag gemacht. »Außerdem könnten wir ein paar davon in Reserve halten, falls unangemeldet mehr Leute kommen sollten.«

Annette seufzte. »Es widerspricht zwar meinem ästhetischen Empfinden, aber ich sehe ein, dass es anders wohl nicht geht. Der Platz hier ist nun mal begrenzt. Können Sie noch ein paar von den kleinen Stühlen ausschneiden, Lydia?«

»Ich kopiere unten bei Thomas meine Vorlage.« Sie stand auf und ging gemeinsam mit Barbara hinunter. »Gott sei Dank«, meinte sie auf der Treppe. »Wir hätten die Papierfetzen sonst noch ewig hin und her geschoben.«

»Wartens Sie's ab.« Barbara grinste viel sagend.

Thomas und Barbara verzogen sich auf ihre Steinbank, er mit einem Buch, Barbara mit ihren Notizen zu den Leichenfunden. Eine Stunde später kam Lydia Andresen zu ihnen.

»Und? Steht die Tischordnung?«, fragte Thomas.

»Ja, endlich. Wir haben jetzt zweiundfünfzig Personen bequem untergebracht und hätten zur Not noch Platz für weitere zehn.«

»Und Ihre Büromöbel haben Sie sich inzwischen ausgesucht?«

Lydia nickte. »Sie kommen übernächste Woche. Dann wird auch der PC installiert. Danach arbeite ich noch eine Woche Esther Cleve als Chefsekretärin für Severin ein und bin dann ganz hier. Ich freue mich so darauf! Ein Büro mit Balkon ...«

»Ich hoffe, der Computertisch ist fahrbar und Sie können draußen arbeiten, wenn Sie Lust dazu haben. Thomas und ich tun das schon mal.«

»Annette hat mich extra darauf aufmerksam gemacht ... Was sollte ich denn noch tun?«

Thomas nahm die Füße von der Bank. »Auf meinem Schreibtisch liegt eine Mappe mit Papieren für den Steuerberater. Die können Sie in der Firma ausfüllen lassen und sich dann gleich unseren ganzen Privatkram übergeben lassen.«

»Werde ich machen. Einen schönen Abend noch!«

Sie ging zurück zum Haus.

»So glücklich habe ich sie schon lange nicht mehr erlebt«, meinte Barbara, die ihr nachsah.

»Sie ist froh, dass sie Reitker los ist.« Damit wandte sich Thomas wieder seinem Buch zu und Barbara ihren Notizen. Wie sie es auch drehte und wendete, im Fall der Serienmord-Fakes kam sie nicht weiter. Es gab Spuren, sogar Fremd-DNA, aber ohne eine Vergleichsmöglichkeit waren sie wertlos. Außerdem konnten sie von allen möglichen Leuten stammen, die vor dem Entwenden mit der Leiche zu tun gehabt hatten. Thomas hatte Recht, die Frage nach dem Motiv war und blieb die wichtigste. Falls die Drohbriefe von dem Leichenschänder stammten, ging es offensichtlich um Rache. Frank Grüter hatte ein gutes Motiv, aber Barbara glaubte immer noch nicht, dass der raffinierte Leichenschänder einen so groben Anschlag auf sie verübt hätte. Ihre Präsenz in Burg hatte ihn dazu gebracht, etwas sehr Dummes zu tun, vielleicht auch, die Drohbriefe zu schreiben, doch er hatte nichts davon lange vorher geplant. Entnervt legte sie die Notizen beiseite.

»Probleme?«, fragte Thomas.

»Keine, die ich nicht schon vor ein paar Tagen gehabt hätte.«

Annettes großer Tag näherte sich. Jetzt, in der Woche davor, war ein ständiges Kommen und Gehen in der Villa. Auch Thomas' und Barbaras Wohnung wurde als Abstellraum für Vorräte und anderes genutzt.

Severin hatte Barbara gebeten, ein paar Papiere zu unterschreiben, die eilig weggeschickt werden mussten. Sie fuhr rasch zur Firma und platzte mitten in eine Auseinandersetzung zwischen Severin und Reitkers Anwalt in Severins Büro. Reitker selbst hielt sich an die Anordnung und saß im Auto vor der Tür.

»Sie werden mir doch nicht verweigern, die persönlichen Gegenstände meines Mandanten mitzunehmen ...«

»Doch, das tue ich. Wir hatten bisher noch keine Zeit, die Unterlagen durchzugehen ...«

»Es sind persönliche Unterlagen darunter, die Herr Reitker dringend braucht! Und was soll das überhaupt? Unterstellen Sie ihm Unregelmäßigkeiten?«

Severin war um einiges kleiner als der Anwalt, trotzdem wich dieser zurück, als er sich vor ihm aufbaute. »Das tun wir allerdings. Und Sie können von Glück sagen, dass wir die Sache diskret behandeln.« Erst jetzt bemerkte er Barbara, die in der Tür stand. »Guten Morgen, Frau Dr. Hielmann-Pross. Ich bin hier gleich fertig.«

Der Anwalt sah Barbara giftig an, offenbar wusste er, wer die Feinde seines Mandanten waren.

»Guten Tag, Herr ...«

»Klarenberg, ich bin der Anwalt von ...«

»Ich weiß, das war nicht zu überhören.« Sie wandte sich an Severin. »Wären Sie einverstanden, wenn ich Herrn Klarenberg in das Büro von Herrn Reitker begleite, damit er diese wichtigen Papiere herausholen kann?«

Severin nickte. Er ging wohl davon aus, dass Barbara wusste, was sie tat.

Klarenberg zog einen Schlüssel aus der Tasche.

»Wann hätte Ihr Mandant uns den eigentlich übergeben?«, fragte Barbara und nahm ihm den Schlüssel aus der Hand. »Das Mobiliar einschließlich der Schlüssel ist Eigentum der Firma. Gehen wir.« Sie griff sich einen leeren Karton.

Der verblüffte Klarenberg folgte ihr in Reitkers Büro, das seit dessen Freistellung nicht mehr benutzt worden war. Barbara schloss den Schreibtisch auf. Klarenberg wollte gleich zugreifen, aber Barbara hielt ihn auf. »Das mache besser ich.«

Sie räumte zunächst auf dem Schreibtisch einen teuren Füller, ein Automodell und andere Kleinigkeiten in den Karton, dann aus der Stifteschublade weiteren Schnickschnack. In der obersten Schreibtischschublade schienen die Dokumente zu sein, die Reitker unbedingt haben wollte. Barbara sah den Stapel durch und warf in den Karton, was eindeutig persönlich war.

»Herr Reitker sagte, der ganze Stapel ...«

»Aber das hier doch wohl nicht. Das sind eindeutig Finanzunterlagen der Firma, die er uns eigentlich hätte aushändigen müssen bei seiner Freistellung.«

Klarenberg schluckte. Er hatte es versiebt. Er hatte zielsicher Barbara die fraglichen Unterlagen in die Hände gespielt. Nervös begann er mit seiner Sonnenbrille herumzuspielen.

Systematisch ging Barbara die anderen Schubladen durch, dort waren nur unverdächtige Firmenunterlagen. Im unteren Fach befand sich eine Hängeregistratur. Als Barbara diese Schublade öffnete, lauerte Klarenberg wie ein Geier hinter ihr und griff sofort nach einer Mappe, auf der *Privat* stand und warf sie auf den Karton.

»Darf ich mal?«, fragte Barbara.

»Das sind nur private Papiere ...«

»Das waren die in der ersten Schublade doch angeblich auch ...« Sie nahm die Mappe und blätterte sie durch. Auch hier fand sie wieder Finanzunterlagen der Firma und sortierte sie aus. »Das hier sind wohl noch nicht abgerechnete Reisekosten«, meinte sie. »Ihr Mandant kann sie gerne nachreichen.« Sie warf einen schnellen Blick darauf, bevor sie sie nacheinander in den Karton warf. Aachen, Hohensyburg, Baden-Baden, Duisburg ... Reitker kam viel herum und anscheinend gehörten Kasinos zu seinen bevorzugten Zielen. Sie gab den Rest der Mappe Klarenberg, der diese wieder hastig auf den Karton warf und ohne ein Wort zu sagen das Büro verließ. »Sie werden noch von mir hören.« Das klang, als fühlte er sich gezwungen, wenigstens einen Satz zu sagen. Eine hohle Drohung, und das wusste er.

Barbara sah ihm nach, griff sich die aussortierten Papiere und ging zu Severin.

»Ich glaube, Reitker hat ein kleines Problem.« Sie warf Severin die Papiere hin. »Diese Unterlagen wollte er mitgehen lassen, aber sein Anwalt war zu stümperhaft dazu. Sehen Sie in den Reisekostenabrechnungen nach, wie oft er Geschäftsreisen zu Kasino-Standorten gemacht hat.«

»Spielsucht? Das würde einiges erklären. Auch hohe Beträge, die verschwinden und wieder auftauchen.«

Barbara griff zum Telefon und rief beim LKA an. Ein paar Minuten später legte sie mit befriedigtem Lächeln wieder auf. »Das LKA bestätigt unsere Vermutung. Reitker hat sogar in dem einen oder anderen Kasino Hausverbot. Woher er das Geld hat, mit dem er die Lücke gerade geschlossen hat, wissen sie aber noch nicht.«

Severin nickte nachdenklich. »Spielsucht also. Es ist doch alles viel einfacher, als man denkt.« Er sah Barbara an. »Gut. Hier sind die Papiere zur Unterschrift.«

Barbara unterzeichnete sie und verabschiedete sich.

Draußen bei ihrem Wagen wartete Reitker auf sie. »Sie kommen sich wohl besonders schlau vor.« Seine Stimme klang gehässig. »Was wollen Sie mir eigentlich unterstellen?«

»Sie wissen genau, um was es geht, Herr Reitker. Fehlen Ihnen nicht irgendwo 200.000 Euro?«

Er wechselte die Farbe, setzte aber ein überlegenes Lächeln auf. »Jedenfalls fehlen sie nicht der Firma. Wenn Sie meinen Rauswurf damit begründen wollen ...«

Barbara schloss ihren Wagen auf. »Herr Reitker, ich habe andere Wege und Möglichkeiten, Ihnen auf die Schliche zu kommen. Ich mag ja keine Ahnung von Finanzen und vom Geschäft haben, aber ich weiß sehr viel über Recherche und Polizeiarbeit und ich habe Freunde, die alles über Sie herausfinden können, wirklich alles. Ich bekomme meine Begründung für eine nachträgliche fristlose Kündigung und sie wird vor Gericht standhalten. Wir hätten es ja bei dem bisherigen

Verfahren gelassen, aber Sie mussten ja unbedingt klagen.«

»So lasse ich nicht mit mir umspringen!«, brüllte Reitker sie an. »Ich bin hier der Geschäftsführer ...«

»Der ehemalige Geschäftsführer.« Barbara sagte es ganz ruhig und wollte in den Wagen steigen, aber Reitker hinderte sie daran.

»Das werden Sie mir büßen, Sie... Sie ...« Sein sonst so gekonnt freundliches Gesicht hatte sich ganz verzerrt. »Sie werden das bereuen, ich kenne Mittel und Wege, Sie fertig zu machen, und genügend Leute, die sich nur zu gern mal an einer Polizistin vergreifen würden ...«

»Drohen Sie mir, Herr Reitker? Das ist zurzeit nicht besonders klug. Ein Anruf genügt und die Polizei wird sich mit Ihnen befassen.«

Sie nutzte seine Verblüffung und stieg ein, aber er fing sich rasch. »Passen Sie auf, dass Sie noch jemanden anrufen können«, zischte er, noch bevor Barbara die Wagentür schließen konnte. Für einen Moment zögerte sie, und das nutzte er, um ganz nah an sie heranzukommen. »Oder halten Sie sich etwa für unverwundbar?«

In diesem kurzen Augenblick bekam Barbara Angst. Sie stieß ihn zurück und zog die Tür zu. Doch sie wollte ihm nicht das Gefühl geben, etwas erreicht zu haben und ließ noch einmal die Scheibe herunter. »Wir prüfen übrigens gerade Ihre Reisekostenabrechnungen, Herr Reitker. Und soweit ich weiß, gibt es kein Hielmann-Projekt in Baden-Baden ... Aber da möchten Sie ja auch gar nicht mehr hin, seit Sie im Kasino Hausverbot haben, oder?«

Reitker schien förmlich zu platzen, brachte aber kein Wort mehr heraus. Barbara ließ den Motor an und fuhr dem verblüfften Mann davon.

Zu Hause erwischte sie Lydia Andresen, die gerade in die Firma zurückfahren wollte. »Einen Moment, Lydia. Was wissen Sie über Reitkers Kasinobesuche?«

Lydia Andresen atmete tief durch. »Sie haben es also herausgefunden ... Tut mir Leid, aber ich konnte darüber nichts sagen.«

»Das schätze ich an Ihnen. Ihre Loyalität. Aber Reitker gegenüber müssen Sie nicht mehr loyal sein.«

»Sie haben Recht.« Sie lächelte unsicher. »Es ging vom neuen Automaten-Kasino in Duisburg bis hin zu Abstechern nach Monte Carlo während der MIPEM in Cannes.«

»Und er spielte mit Firmengeldern?«

»Nicht immer, glaube ich. Nur, wenn nichts anderes greifbar war. Ich weiß aber, dass er letztes Jahr seine Jagdhütte verkauft hat, vermutlich hatte er sie verzockt. Aber er hat auch immer viel gewonnen, denke ich.«

»Und das Geld von Thomas und Annette hat er auch zum Teil dafür verwendet?«

»Gewissermaßen.« Lydia suchte nach der passenden Erklärung. »Wenn die Firma gerade richtig flüssig war, tauchten oft Belege für große Ausgaben auf. Sie kamen immer direkt von ihm und sind über meinen Tisch gegangen. Einige Großprojekte haben sich dadurch erheblich verteuert. Der Engpass letztes Jahr kam erst durch solche großen Ausgaben zustande. Aber niemand wundert sich, wenn Großprojekte aus dem Ruder laufen.« Lydia sah auf den Boden. »Ich habe immer den Verdacht gehabt, dass da etwas nicht stimmt, aber wie hätte ich es beweisen können? Schließlich spielte die Buchhaltung offensichtlich mit.«

Sie sah auf den Boden. »Ich hätte mit Ihnen oder Thomas darüber reden müssen, aber ich habe mich nicht getraut. Ein falscher Verdacht hätte üble Folgen haben können. Ich hatte eben keine Beweise.«

»Die haben wir immer noch nicht ... Aber vielleicht wissen Severin und Petri jetzt, wo sie suchen müssen.«

Lydia hängte sich ihre Tasche um und verabschiedete sich. »Ich hole nun den Rest der privaten Buchhaltung her. Heute Nachmittag muss ich wieder hier sein, weil wir die Menü- und Tischkarten fertig machen.« Barbara beobachtete, wie die große Frau in ihren Lupo kletterte und losfuhr.

Sie ging ins Haus, warf ihre Tasche in den Flur und stieg aus ihren Schuhen. Dann rief sie Severin an und erzählte, was Lydia ihr berichtet hatte.

»Wenn das über Belege lief, dann hatte Klensing Recht, dann steckt die Buchhaltung mit drin«, meinte sie, als sie zum Ende gekommen war.

»Zumindest Kaiser, der Chef.« Severin klang aufgeregt. »Ich rede mit Petri. Wie hat Reitker denn darauf reagiert, dass wir seine Reisekostenabrechnungen überprüfen?«

»Er hat mir gedroht ...« Barbara hielt einen Moment inne. Hatte nicht auch Reitker ein Motiv, ihr ans Leben zu wollen? Wie hatte er sich ausgedrückt? »Ich kenne genug Leute, die sich allzu gern an einer Polizistin vergreifen würden.« Wenn er tatsächlich gewohnheitsmäßig im Spielermilieu verkehrte, war das gar nicht unwahrscheinlich. Die Summen, um die es da ging, mussten finanziert werden, und Kredithaie waren nicht zimperlich. Und sie hatte ihn auch noch provoziert. »Severin, suchen Sie nach verdächtigen Belegen. Je eher wir wissen, wie er es gemacht hat und wer mit drin steckt, desto besser.«

Sie legte auf. Reitker. Jedenfalls war er jemand, dem man ein planvolleres Vorgehen unterstellen konnte als Frank Grüter.

7. Kapitel

Am Tag vor dem Geburtstag waren Barbara und Thomas ans Rheinufer geflüchtet, denn an Arbeit im Haus war nicht zu denken. Das Service-Personal schwirrte überall herum, deckte ein, bereitete vor. Annette und Lydia sorgten für den Überblick. Am Nachmittag hatte Annette Lydia freigegeben, damit sie sich noch ein Kleid kaufen konnte.

Barbara hatte um die Mittagszeit für etwas Ruhe gesorgt, damit Thomas schlafen konnte. Sie selbst bot Annette ihre Hilfe an und ärgerte sich hinterher, dass sie es getan hatte. Denn Annette schickte sie, all die kleinen Besorgungen zu machen, die in den letzten Tagen vergessen worden waren. Als sie zum dritten Mal in das Innenstadt-Parkhaus fuhr, war sie in nicht sehr aufgeräumter Stimmung. Unten im Kaufhof stieß sie mit Lydia Andresen zusammen, die mit einem glückseligen Lächeln ihre Einkäufe nach Hause trug.

Sie beschlossen, einen Kaffee miteinander zu trinken.

»Ich halte dieses Irrenhaus nicht mehr aus«, stöhnte Barbara. »Wenn ich noch einmal losfahren muss, bitte ich Thomas, mit mir in ein Hotel zu ziehen.«

Lydia sah sie schuldbewusst an. »Ich weiß, es war nicht richtig, ausgerechnet heute Nachmittag freizunehmen ...«

»Nein, Lydia, das ging nicht gegen Sie. Sie haben das ja schließlich die letzten Wochen mitgemacht und irgendwann brauchten Sie ja auch Zeit für sich. Aber Annette plant und plant und letztlich ist doch alles völlig chaotisch.«

»Trotzdem hat es mir richtig Spaß gemacht. Nach den letzten Jahren mit Reitker ...«

»Hat sich Reitker eigentlich mal über mich geäußert?«

»Mir gegenüber hat er nur gut über Sie geredet.« Lydia sah sie dabei nicht an und tat so, als interessiere sie mehr das Kleinkind, dessen Mutter am Nebentisch Platz genommen hatte.

Barbara wusste, dass es ihr auch jetzt noch schwer fiel, gegenüber ihrem früheren Chef illoyal zu sein. »Aber?«

»Nun ja, manchmal konnte ich nicht umhin mitzubekommen, was er mit Frau Keilhage so redete ...«

»Und?«

Der Kleine fing an zu plärren, weil er wollte, dass die Mutter ihn aus dem Kinderwagen nahm. »Zunächst war er wohl sehr erleichtert, es nicht mit Thomas oder seiner Mutter zu tun zu haben. Er glaubte, dass er bei Ihnen auf mehr Verständnis stoßen würde, was Personalabbau und diese Dinge betraf. Dann merkte er, dass Sie es auch nicht anders handhabten. Und dass Sie Dietmar Bromund aus der Schusslinie holten, passte ihm überhaupt nicht. Er empfand das als Kränkung.«

Barbara lehnte sich in ihrem Stuhl zurück. »Klar, damals hatte er versucht, Bromund etwas anzuhängen, um so das fehlende Geld wieder heranschaffen zu können. Bromund leugnete, was er getan haben sollte, und weil er so lange in der Firma war, hätte man ihn zwar entlassen, aber wahrscheinlich kein großes Aufheben um das Geld gemacht. Die Hielmanns haben es ja ...«

»Durch die Prüfung, die Sie ansetzten, war er wohl gezwungen, das Geld anderweitig zu beschaffen – Belege über große Ausgaben habe ich damals nicht gesehen. Wahrscheinlich reichte die Zeit dafür nicht.«

Das klang plausibel. Barbara rührte den Rest des Milchschaum auf ihrem Cappuccino unter. »Und wie verhielt er sich danach?«

»Mit der Keilhage hat er dann oft sehr abfällig über Sie gesprochen. Ich ... ich möchte das eigentlich nicht wiederholen. Es war sehr unter der Gürtellinie. Die Keilhage meinte immer, dass Sie Thomas nur wegen des Geldes ...« Lydia lächelte verlegen. »Das kann wohl nur jemand denken, der selbst ...«

Barbara ließ das kalt. »Hat Petri sie eigentlich schon entlassen?«

Lydia schüttelte den Kopf. »Nein. Er hat es viel raffinierter gemacht. Er hat ihr einen Job angeboten – als Baustellensekretärin.«

Barbara pfiff durch die Zähne. So konnte man sie auch loswerden.

»Das hatte Reitker eigentlich mit mir vor. Ich kann nicht sagen, dass sie mir Leid tut.« Lydia lächelte befriedigt.

»Und? Hat sie schon gekündigt?«

»Das kann sie sich wahrscheinlich nicht leisten.« Lydia trank den letzten Schluck Kaffee. »Wollen wir zahlen?«, fragte sie.

Barbara nickte. »Ich lade Sie ein.«

»Vielen Dank. Ich habe mein Kleid ja jetzt – soll ich nicht zur Villa fahren und noch ein bisschen helfen?«

»Nein, nein, Lydia. Dies ist Ihr freier Nachmittag und das soll er bleiben. Machen Sie sich einen schönen gemütlichen Abend. Auch wenn Sie morgen Gast sind, werden Sie noch genug herumrennen müssen.«

»Da haben Sie wohl Recht. Aber ich tue es gern. Ich komme morgen schon um zehn, falls noch etwas zu erledigen ist.«

»Vielen Dank.« Barbara sah ihr nach und winkte dann der Kellnerin, um zu zahlen. Mit einem Seufzer verließ sie das Café.

Der Geburtstag versprach ein schöner Tag zu werden. Barbara wurde gegen neun geweckt, als das Service-Personal auf der unteren Terrasse Tische und Stühle aufstellte – eine

Rückzugsmöglichkeit für die Gäste aus der Enge in der oberen Etage. Verschlafen huschte sie ins Badezimmer. Thomas saß mit der Zeitung beim Frühstück in der Küche. Er hatte Barbara schlafen lassen, weil sie am Abend zuvor erst nach Mitternacht ins Bett gekommen war – es war eine Menge zu tun gewesen.

»Ausgeschlafen?«, fragte er, als sie frisch geduscht, aber noch im Bademantel in die Küche kam.

»Na ja.«

»Ich habe Kaffee für dich gekocht. Ich denke, das wirkt besser als Tee.«

»Danke.« Sie goss sich eine Tasse ein und setzte sich zu ihm. »Wie spät ist es eigentlich?«

»Fast neun.«

»Und Annette hat noch nicht nach mir gefragt?«

Er ließ die Zeitung sinken. »Mutter ist nervös, wenn sie so etwas vorbereitet. Wenn alles gerichtet ist, ist sie die Ruhe selbst.«

Gleich nach dem Frühstück verzog Barbara sich, um sich anzuziehen und Make-up aufzulegen. Thomas trug einen hellen Sommeranzug, den Barbara ihm im letzten Jahr gekauft hatte. Er hatte heftig protestiert, weil er immer noch am liebsten schwarz trug, aber der Anzug stand ihm ausgezeichnet.

Annette empfing sie in einem eleganten apricotfarbenen Kleid. Die Friseurin war gerade gegangen, und es sprach für ihre Klasse, dass Annettes Frisur nicht im Geringsten steif oder künstlich wirkte.

»Herzlichen Glückwunsch, Mutter.« Thomas umarmte sie liebevoll.

»Herzlichen Glückwunsch, Annette.« Während sie ihre Schwiegermutter umarmte, dachte Barbara kurz daran, wie sehr sich ihr Verhältnis zu Annette in den letzten Jahren verbessert hatte. Ihre Umarmung kam wirklich von Herzen. Thomas übergab seiner Mutter den Umschlag.

»Eine Kreuzfahrt mit meinen Freundinnen? Was für eine wundervolle Idee, Kinder!« Annette legte den Umschlag auf den für Geschenke vorgesehenen Tisch – ein kleiner, da sie auf viele Spenden für die Herzstiftung hoffte. »Sollen wir uns nicht noch ein wenig auf die untere Terrasse setzen? Dann können wir die Gäste unten empfangen.«

Sie folgten dem Vorschlag und saßen unten beieinander. Wenig später kam auch Petri dazu, gratulierte und überreichte einen großzügigen Scheck.

»Komisch, dass Lydia noch nicht da ist. Sie ist doch sonst so pünktlich.« Annette sah auf ihre Uhr. »Es ist schon halb elf durch und sie sagte etwas von zehn.«

»Sie war ziemlich fertig gestern«, meinte Barbara. »Vielleicht schläft sie sich mal aus. Zu tun ist ja ohnehin nichts mehr.«

Kurz vor elf kamen die ersten Gäste. Ein paar Verwandte, die Barbara noch nicht kannte, dann kamen Annettes Freundinnen, die mit der Nachricht von der Kreuzfahrt überrascht wurden. Franz und Anna Severin, ein paar alte Geschäftsfreunde – das blieben zunächst die einzigen bekannten Gesichter.

Sie alle bekamen ein Glas Champagner serviert und blieben wider Erwarten auf der unteren Terrasse. Annette suchte nach dem Serviceleiter und sprach mit ihm ab, dass die kleine Bar von oben in den Garten verlegt werden sollte. Barbara bewunderte die Leute, die so gekonnt improvisierten. Die von den Hecken verborgene Lieblingsbank war der ideale Standort, und binnen kürzester Zeit war alles aufgebaut – einschließlich der Stromversorgung für die Kühlung.

Bald wandelten die Gäste in kleinen Gruppen durch den Garten.

»Ich hätte gleich ein Gartenfest veranstalten sollen«, meinte Annette zufrieden. »Aber man kann sich ja nie auf das Wetter ...«

Sie konnte nicht zu Ende reden, denn es hallten ohrenbetäubende Schreie zu ihnen herüber. Mehrere Frauen schrien, eine von ihnen hörte gar nicht mehr auf. Barbara konnte im hinteren Teil des Gartens sehen, wie einige Männer die Frauen wegbrachten. Sie rannte los.

»Besser, Sie sehen sich das nicht an, junge Frau.« Ein großer älterer Mann versuchte sie aufzuhalten.

Barbara machte sich los. »Ich war Polizistin. Ich weiß am besten, was zu tun ist.«

Sie bog um die nächste mittelhohe Buchsbaumhecke, und für einen Augenblick war ihr selbst danach zu schreien.

Mitten auf dem Weg lag eine kopflose Leiche, eine Frau. Der ganze Rumpf war von der Scham bis über dem Brustbein aufgeschnitten. Sie war grotesk drapiert worden, mit weit gespreizten Beinen.

Barbara atmete tief durch. Sie kannte dieses Bild bis ins Detail. Sie zeigte es ihren Studenten Semester für Semester. Das zweite Opfer des Rhein-Ruhr-Rippers. Es war eine drogensüchtige Prostituierte gewesen, die der Ripper so verstümmelt und drapiert hatte. Diese Frau hier war nicht so dünn, eher üppig. Und offensichtlich war sie auch viel älter. Irgendetwas an dem Anblick löste bei Barbara eine leichte Panikattacke aus. Es war nicht sehr heftig, aber es irritierte sie. Außer bei toten Kindern hatte sie in ihrem Berufsleben eine solche Reaktion nie erlebt.

Thomas und Petri waren inzwischen um die Hecke gebogen. Auch Thomas rang einen Moment lang nach Luft.

Barbara drehte sich zu ihm um. »Thomas ...«

»Es geht schon.« Er wandte sich an den Mann, der Barbara hatte aufhalten wollen und der noch immer Wache stand. »Lassen Sie niemanden mehr hier durch. Vor allem meine Mutter nicht.«

»Bleibt dort stehen.« Barbara war näher an die Leiche herangetreten. Der Täter wusste offenbar gut über den Ripper-Fall Bescheid. Das Herz der Toten lag zwischen ihren Beinen.

»Wieder eine Leichenschändung?«, fragte Petri.

Barbara versuchte, Zeichen dafür zu erkennen. Sie sah, wie Thomas nach Petris Arm griff.

»Herr Hielmann ...«

»Schon gut, es ist wieder gut.« Thomas versuchte, ruhiger zu atmen. »Das hier ist keine Leichenschändung. Erkennst du es nicht, Barbara?«

Barbara sah ihn verwirrt an. »Das Kreuz. Lydias Kreuz. Mutter hat es ihr zum fünfundzwanzigjährigen Dienstjubiläum geschenkt, das war kurz nach Wolframs Tod.«

Barbara schlug die Hände vors Gesicht. Sie hatte Lydia Andresen noch nie ohne dieses Kreuz gesehen. Der Mörder musste ihr die Kette wieder umgelegt haben, nachdem er sie hierher gebracht hatte. Wieder und wieder sah Barbara Lydia in dem Café am gestrigen Nachmittag vor sich, glücklich über ihren neuen Job und die erneuerte enge Verbindung zur Familie Hielmann. Und manchmal blitzte das kleine diamantbesetzte Kreuz auf.

Sie nahm die Hände langsam herunter. Erst jetzt bemerkte sie, dass in einiger Entfernung um die Leiche weiße Zettel im Gras blinkten. Sie trat auf einen zu. Er war blutig, denn der Täter hatte die Leber seines Opfers wie einen Briefbeschwerer benutzt. Er sah exakt aus wie alle bisherigen Drohbriefe, und Barbara konnte sogar den Satz lesen: *Du wirst es büßen*.

Petri hatte sein Handy gezückt. »Ich rufe die Polizei.«

Barbara nickte. »Sagen Sie Ihnen, sie sollen Kriminalhauptkommissar Lutz Kramer benachrichtigen und dass er das LKA gleich mitbringen soll. Mit einem schönen Gruß von mir.«

Sie ging zu Thomas. »Komm, ich bringe dich hier weg.« Kaum hatte sie das gesagt, wurden ihre eigenen Knie für einen Moment weich.

»Wer bringt hier wen?«, fragte Thomas und küsste sie auf die Wange.

»Ich bringe Sie beide«, meinte Petri, der das Gespräch beendet hatte. »Sie kommen so schnell sie können, erst mal schicken sie ein paar Uniformierte.«

Auf dem Rasenstück vor der Hecke stand der größte Teil der Geburtstagsgäste, Annette saß mitten zwischen ihnen auf einem Stuhl, den jemand geholt hatte. Sie wollte für Thomas aufstehen, aber der winkte ab. »Bleib besser sitzen, Mutter.«

»Aber was ... wer ...?«

»Es ist Lydia Andresen. Sie wurde ermordet.«

»Deshalb war sie nicht hier ...« Für einen Moment starrte Annette vor sich hin. »Lydia ...« Dann sackte sie auf dem Stuhl zusammen. Der Mann, der Wache gestanden hatte – Barbara konnte sich immer noch nicht an seinen Namen erinnern, wusste aber, dass er ein Geschäftsfreund Leo Hielmanns gewesen war –, bat die Gäste, auf der Terrasse zu warten. Petri brachte Thomas ins Haus, während Barbara sich um Annette kümmerte. Für einen Moment wünschte sie sich, auch bewusstlos zu sein. – Und dann aufwachen und alles ist gut.

Aber nichts wurde gut. Sie hatte Lydia den Tod gebracht, daran gab es keinen Zweifel.

Kramer und Heinz Wersten hatten weniger als eine halbe Stunde gebraucht. Die Spurensicherung übernahm das LKA, Kramers Leute nahmen die Personalien aller Gäste auf, ein anderer Teil verhörte die Zeugen, die die Leiche entdeckt hatten. Langsam verließen die Gäste die Villa. Das Catering-Personal hatte begonnen, die Sachen zusammenzuräumen.

Thomas hatte vom Notarzt, den die Polizei vorsorglich mitgebracht hatte, eine Spritze mit einem Herzmedikament bekommen und ruhte sich im Schlafzimmer aus. Annettes enge Freundin Elisabeth Meyer-Bierhahn hatte geholfen, Annette ins Bett zu bringen. Sie hatte eine Beruhigungsspritze bekommen und würde vorerst nicht vernehmungsfähig sein.

Barbara saß mit Petri, Kramer und Heinz im Esszimmer.

Kramer telefonierte. »Schickt zwei Beamte nach Angermund zur Wohnung des Opfers, sie sollen alles dort sichern und die Nachbarn befragen. Vielleicht hat jemand etwas beobachtet.«

»Bis etwa siebzehn Uhr war sie gestern in der Stadt«, sagte Barbara leise. »Wir waren bei Heinemann und haben einen Kaffee getrunken. Dann wollte sie nach Hause.« – Nein, wollte sie nicht, korrigierte eine Stimme in ihrem Kopf. Du hast ihr zugeredet, nach Hause zu fahren. Sie wollte zurück in die Villa.

»Barbara.« Heinz' Stimme riss sie aus den Gedanken. »Barbara, wir müssen jetzt davon ausgehen, dass der Täter es auf dich abgesehen hat. Wenn das bisher bei den Leichenschändungen nicht klar geworden ist, dann ganz sicher jetzt. Die Drohbriefe sprechen eine klare Sprache. Und er hat bewiesen, dass er sehr nah an dich herankommt.«

Sie nickte nur.

»Wir werden dich rund um die Uhr bewachen lassen.«

Sie nickte wieder.

»So traurig es klingt, jetzt, da wir es mit einem richtigen Mord zu tun haben, steigen unsere Chancen, ihn zu fassen. Mehr Leute, mehr Ressourcen. Und da er sie erst frühestens gestern Abend hat umbringen können, ist es wahrscheinlicher, dass er Fehler gemacht hat.«

»Hat er sie erschossen?«, fragte Barbara ohne sich zu rühren.

»Bitte?«

»Der Ripper hat seine Opfer zuerst erschossen, dann hat er sie missbraucht und verstümmelt.«

»Das muss der Gerichtsmediziner herausfinden.«

Kramer mischte sich ein. »Frau Pross, es wäre besser, wenn der Arzt Ihnen auch eine Spritze gibt. Sie hatten erst neulich einen Schock ...«

»Nein. Es geht schon.«

»Wollen Sie sich nicht doch etwas hinlegen, Frau Hielmann-Pross?«, fragte Petri. »Ich kümmere mich um den Cateringservice und alles andere.«

»Gut.« Barbara verspürte keinen Drang mehr, sich zu wehren. Kramer und Heinz sprachen miteinander, aber sie bekam es nicht mit. Sie konnte nur an Lydia denken, schlimmer: an das, was da draußen von ihr übrig geblieben war.

Sie kehrte erst wieder in die Wirklichkeit zurück, als der Notarzt mit Annettes Freundin herunterkam.

»Wie geht es Frau Hielmann?«, fragte Heinz.

»Sie schläft, aber es hat sie sehr mitgenommen.« Elisabeth sah Barbara besorgt an. »Sollten Sie nicht besser auch ...«

Barbara seufzte. »Ja.«

Der Arzt nickte. »Das Beste ist, wenn Sie sich schon hinlegen.«

In diesem Moment gab es am Eingang einen kleinen Tumult. Ein Uniformierter schleifte einen Mann herein. Es war Özay, er hatte seine Kamera in der Hand.

»Wir haben den Kerl aufgegriffen, als er hier ums Haus schlich. Er sagt, er sei von der Presse, aber wie sollen die so schnell davon erfahren haben.«

»Herr Özay.« Kramer maß den Journalisten mit einem abschätzenden Blick.

»Spionieren Sie mir wieder hinterher?«, fragte Barbara.

»Ich ...« Özay blickte verlegen zu Boden. »Ich bin seit etwa zwölf Uhr vor der Tür. Und dann habe ich die Schreie gehört, die Polizei kam an ... Was ist eigentlich passiert?«

»Ein Mord.«

»Mord?«

»Das wissen Sie doch sehr gut, Sie haben die Leiche doch fotografiert ...« Der Uniformierte war sichtlich wütend, und Kramer war es auch.

»Ja. Und Sie haben hier nicht das Geringste verloren. Ich werde Sie festnehmen, dann haben Sie Zeit, über alles nachzudenken.« Kramer hatte seine Handschellen gezückt.

»Festnehmen? Aber mit welcher Begründung?« Özay machte einen sehr nervösen Eindruck.

»Nun, kommt der Täter nicht immer zum Tatort zurück?«, grinste Kramer. Er legte ihm die Handschellen an und nahm ihm die Kamera ab.

»Das können Sie doch nicht machen!«

»Und ob ich kann. Sie haben sich verdächtig gemacht, und ich kann sie achtundvierzig Stunden festhalten. Und das werde ich auch tun. Verlassen Sie sich darauf.«

Er sah sich die Kamera an und fand den Knopf, mit dem er die aufgenommenen Bilder auf dem Display abspielen konnte. »Das Ding hat einen verdammt guten Zoom.« Er zeigte den anderen, was Özay aufgenommen hatte: die Leiche vor allem, die Spurensicherer und davor einzelne Gäste, die das Haus verließen.

»Ich habe mit der Sache nichts zu tun. Ich wollte nur eine Story.«

»Wann haben Sie das letzte Mal was geschrieben, Özay?«, fragte Kramer.

Einen Augenblick lang sah Özay Kramer an. Barbara hatte den Eindruck, als müsse er sich konzentrieren. Und dann fiel Özays freche überhebliche Fassade endgültig in sich zusammen. »Ich ... ich versuche mit der Story über Frau Hielmann-Pross endlich richtig Fuß zu fassen. Ich will kein kleiner Lokalschreiberling mehr sein. Ich will an die großen Sachen, an die, über die die Leute reden.« Barbara bekam den Eindruck, dass er mit jedem Wort sicherer wurde. »Es stimmt, ich hatte keine gute Zeit, aber das soll sich ja damit ändern.«

»Nun können Sie das Ganze ja durch eine Selbsterfahrungsgeschichte aufpeppen. ›Zwei Tage im Gefängnis‹ wäre ein schöner Titel.« Kramer wandte sich an einen Kollegen. »Bringen Sie ihn aufs Präsidium. Ich werde mich später mit ihm befassen.«

»Möchten Sie nun eine Spritze oder nicht?«, fragte der Notarzt.

»Sie möchte eine«, antwortete Heinz.

Der Arzt maß Barbaras Blutdruck und nickte. »Etwas Ruhe wird Ihnen gut tun.«

Sie gingen ins Schlafzimmer, wo Thomas lag. Er schlief nicht, das Herzmedikament hatte ihn nur ein wenig gedämpft. Barbara zog sich bis auf die Unterwäsche aus, legte sich ins Bett und bekam ihre Spritze.

»Das setzt Sie für einige Stunden außer Gefecht«, meinte der Arzt.

»Danke«, sagte Barbara. Im Moment wollte sie wirklich nichts anderes, als allem zu entfliehen.

Sie wartete, bis er gegangen war. »Geht es dir gut, Thomas?«

»Ja, alles in Ordnung. Und Mutter?«

»Unter Drogen gesetzt – wie ich.«

»Was für ein furchtbarer Anblick das war. Ich werde das nie vergessen.« Er legte seinen Arm um Barbara, und sie rückte an ihn heran.

»Hätte ich gestern Nachmittag im Café bloß zugestimmt, dass sie wieder hierher kommt ... Sie wollte es, sie hatte ein schlechtes Gewissen, dass sie Annette mit den Vorbereitungen allein gelassen hatte. Und ich rede ihr noch zu, dass sie ihren freien Nachmittag ...«

»Stopp, Barbara« Thomas sagte es leise, aber unmissverständlich. »Keine Schuldzuweisungen. Ich will das nicht schon wieder hören.«

»Aber ...«

»Hätte ... wollte ... könnte. Mein Gott, Barbara, es gibt so viele Wenn in der Geschichte, das kannst du fortschreiben bis zur Steinzeit.« Barbara war erstaunt, wie sehr Thomas sich in Rage redete. Das kam nur ganz selten vor.

»Wenn Mutter ihr nicht freigegeben hätte, wenn wir sie nicht zur Privatsekretärin gemacht hätten, wenn Vater sie damals nicht eingestellt hätte und so weiter. Du hast keine Schuld an ihrem Tod. Keiner hat das. Nur der Mörder.«

»Aber er tötete sie meinetwegen ...« Barbara wollte noch etwas sagen, aber das Mittel begann zu wirken.

»Du bist nicht schuld«, hörte sie Thomas noch, dann war sie eingeschlafen.

8. Kapitel

In der Nacht waren Wolken aufgezogen und es hatte ein heftiges Gewitter gegeben. Barbara hatte von all dem nichts mitbekommen. Das Beruhigungsmittel hatte sie nicht nur ein paar Stunden, sondern den Rest des Tages und die ganze Nacht durchschlafen lassen. Thomas lag neben ihr, als sie am anderen Morgen früh gegen sechs aufwachte. Draußen prasselte kräftiger Regen auf die Terrasse.

Sie drehte sich zu Thomas und gab ihm einen Kuss. »Geht es dir gut?«

Er schüttelte den Kopf. »Aber das war auch nicht zu erwarten nach der Aufregung gestern. Mach dir keine Sorgen, es wird schon wieder. Während du geschlafen hast, war Prof. Weinfurt kurz hier, er hatte in den Nachrichten von dem Mord gehört und sich Sorgen um mich gemacht. Aber es ist alles in Ordnung, ich bin nur ein wenig überanstrengt.«

Er drückte auf einen Knopf neben dem Bett und die Jalousien fuhren hoch. Draußen war alles grau in grau. »Das entspricht genau meiner Stimmung«, meinte er.

Barbara nickte nur. Die Polizistin in ihr regte sich. Wenn die Kriminaltechniker gestern irgendwelche Spuren übersehen hatten, waren sie jetzt wahrscheinlich durch den Regen zerstört. Aber Max Erhards Leute waren eigentlich zu gut, um etwas zu übersehen.

»Und wie geht es dir?«, fragte er leise.

Barbara antwortete nicht sofort. Es war noch nicht alles wach in ihr. Ihr Körper, ihr Alltagsgefühl, ja, das war da. Körperlich fühlte sie sich sogar ganz gut nach dem langen Zwangsschlaf. Aber sie wusste, das würde sich jeden Moment ändern. Denn Lydias Tod war kein böser Traum, sondern Realität.

Nun war es wieder da. Das Bild von der kopflosen Leiche im Garten.

»Noch nie ist ein Mörder so nah an mich herangekommen.« Sie flüsterte fast. »Schmidtmann und der kleine Jonas saßen in jeder Faser meines Körpers. Rottländer hat mir die Narbe verpasst.«

Ihre Hände glitten über die dünne Narbe direkt über ihrem Brustbein, die für sie fast so etwas wie ein Zeichen ihrer Verbundenheit mit Thomas bedeutete, denn seine Operationsnarbe saß an derselben Stelle. »Aber keiner von ihnen ist so nah an mich herankommen. Was will dieser Mensch von mir? Und wenn er mich hasst, warum greift er mich nicht direkt an?«

»Jeder weiß, dass du Rottländer entkommen bist und ihn besiegt hast. Vielleicht fürchtet er das und versucht, dir durch das Leid anderer Schaden zuzufügen.«

»Er kennt sich so gut aus, Thomas ... Ich ... ich habe Angst. So eine tiefe, nagende Angst. Nicht die Panikattacken, damit kann ich ganz gut umgehen inzwischen. Sie sind so ... so irreal. Aber das hier, das ist die Wirklichkeit. Da mordet einer eine Unschuldige, nur um mich zu treffen.«

»Es ist gut, wenn du Angst hast. Dann bist du wenigstens vorsichtig.« Er zog sie an sich und küsste sie sanft. »Keine Abenteuer in diesem Fall, versprich mir das, Barbara.«

Sie nickte nur und er nahm es hin. Eine Weile lagen sie miteinander da, bis plötzlich Barbaras Magen laut und deutlich knurrte.

»Ich würde dir gern Frühstück machen«, sagte Thomas. »Aber heute Morgen fühlte ich mich schon nach dem Toilettengang wie nach einem Marathon.«

Sie gähnte und räkelte sich. »Dann gehe ich. Ich habe schließlich lange genug geschlafen. Was ist mit dir? Möchtest du auch frühstücken?«

»Gern.«

Heinz kam gegen Mittag vorbei, in der Hoffnung, mit Annette sprechen zu können. Aber die weigerte sich nach wie vor aufzustehen. Gegessen hatte sie kaum etwas. Elisabeth blieb die meiste Zeit über bei ihr. »Ihre Vernehmung kann warten«, meinte Heinz. Er hatte die Leitung der Soko übernommen.

»Gibt es etwas Neues?«, fragte Barbara.

»Nicht wirklich. Der Gerichtsmediziner hat den Todeszeitpunkt zwischen Mitternacht und zwei Uhr morgens eingegrenzt. Es gibt keinen Nachbarn, der mitbekommen hat, dass sie gestern noch mal nach Hause kam. Und es ist sehr wahrscheinlich, dass sie gar nicht dort gewesen ist.«

»Dann hat der Mörder ihr also nach dem Stadtbummel aufgelauert ...«

Heinz nickte. »Möglicherweise. Sie war mit der S-Bahn unterwegs, die Nachbarn sagen, ihr Wagen wäre seit gestern Mittag nicht mehr bewegt worden, die Aussagen sind absolut verlässlich. Ob sie vom S-Bahnhof den Bus genommen hat, wissen wir nicht. Manchmal pflegte sie auch zu laufen.«

»Sie war relativ bepackt gestern ...« Barbara versuchte sich erinnern, was sie alles dabei gehabt hatte. Die Tüten hatten sich auf dem Stuhl im Café gestapelt. »Seht euch nach Kaufhof- und Carschhaus-Tüten um, nach einem neuen roten Kleid und einem himmelblauen Kostüm, die hat sie mir gezeigt. Dann stünde fest, dass sie noch nach Hause gekommen ist.«

Heinz notierte sich das. »Barbara, wir haben gestern Grüters blauen LKW in einem Wohngebiet gefunden. Die Leute sagten, er stünde erst seit zwei Tagen dort, jemand hatte sich deswegen beschwert. Grüter ist also möglicherweise noch in der Nähe.«

»Du glaubst ...«

»Er wusste, wo du wohnst, als er den Anschlag auf dich verübte. Vielleicht hat er dich beobachtet und dich mit Lydia Andresen in der Stadt gesehen.«

»Er wäre dumm, wenn er in Düsseldorf bleiben würde.«

Heinz nickte. »Aber wir dürfen uns nicht allein auf ihn konzentrieren. Wir müssen über deine Verbindung zu dem Täter reden.« Er sah sie ernst an.

»Es gibt viele Fälle, an denen ich mitgewirkt habe.«

»Wir werden sie alle durchgehen müssen. Wir brauchen eine Liste aller Fälle, die du als Profilerin bearbeitet hast, und auch alle Fälle, bei denen du als Gutachterin tätig warst.«

Barbara seufzte. »Das kann Tage dauern. Es gibt verdammt viele Leute, die ich ins Gefängnis gebracht habe.«

»Aber nicht so viele, die wieder draußen sind.«

»Als ob sich solche Dinge nicht arrangieren ließen.«

»Barbara, irgendwo müssen wir anfangen. Wir werden auch deine Studenten verhören, deine Vorlesung ist doch am Dienstag?«

»Ja.«

Heinz sah sie ungeduldig an. »Was ist los, Barbara? Du tust ja so, als ginge dich das Ganze nichts an.«

»Es ist alles so... so ...« Barbara fühlte die Tränen aufsteigen. »Ich ... ich bin so hilflos. Und so absolut ahnungslos. Du sagst, jemand will sich rächen, aber raffiniert, wie er vorgeht, könnte es auch sein, dass er nur mit mir spielt. Jemand, der überhaupt nichts mit mir zu tun hat, aber glaubt, er müsse mich vorführen. Und dann stirbt auf einmal jemand, den ich gern hatte ...«

Heinz nahm sie in den Arm. »Hast du eigentlich schon um sie geweint?«, fragte er.

»Nein.« Jetzt hatte es keinen Sinn mehr, die Tränen zu unterdrücken.

Thomas war aufgestanden, um sich etwas zu trinken zu holen. Nun kam er in den Wintergarten. »Na endlich.«

»Was?«, fragte Barbara zwischen zwei Schluchzern.

»Du lässt es raus. Das ist gut so.«

Heinz ließ Barbara los. »Vielleicht möchte sie lieber in deinen Armen heulen, Thomas.«

Barbara musste lachen. »Ich hole mir ein Taschentuch.«

Als sie wiederkam, sah Heinz noch ein bisschen ernster aus. »Thomas meinte, es gäbe noch eine Spur, die wir verfolgen sollten.«

»Welche?«

»Reitker.« Thomas hatte sich ebenfalls an den Esszimmertisch gesetzt. Er sah noch etwas blass aus, aber es ging ihm besser. »Lydia wusste doch eine Menge über ihn. Und du hast mir erzählt, dass er dich bedroht hat.«

»Ja ...«

»Er hat ein Motiv, ausgerechnet Lydia zu töten. Er wollte verhindern, dass sie auspackt.«

»Aber sie hatte mir doch längst alles erzählt.«

»Wann?«

»Am Mittwoch, als ich mit Reitker aneinander geraten bin.« Barbara überlegte. »Vielleicht dachte er wirklich, sie hätte noch nichts gesagt – oder er hoffte zu verhindern, dass sie gegen ihn vor Gericht aussagt.«

»Wir werden uns mit ihm unterhalten«, meinte Heinz.

Die Haushälterin erschien im Wintergarten. »Herr Wersten, da ist ein junger Mann für Sie.«

Heinz sah auf die Uhr. »Auf die Minute pünktlich. Bitte bringen Sie ihn her.«

Der junge Mann war ein kleiner, drahtiger Typ mit kurz geschorenen blonden Haaren. Heinz stellte ihn vor. »Barbara, Thomas, das ist Patrick König. Er und ein anderer Kollege werden in der nächsten Zeit eure Schatten sein. Wir haben sie uns vom BKA ausgeliehen. Es sind Profi-Personenschützer, sie werden von unseren Leuten unterstützt.«

Sie schüttelten König die Hand. »Ich werde wirklich nur ein Schatten sein, wenn es irgendwie geht«, meinte er. »Ich weiß, wie unangenehm diese Eingriffe ins Privatleben sind.«

Thomas lächelte. »Sie dürfen sich trotzdem hier einen Kaffee holen.« Er stand auf und nahm den Behälter mit den Tabletten aus dem Küchenschrank. Barbara beobachtete Patrick Königs Gesicht.

»Mein Mann ist ...«

»Herzkrank, ich weiß. Herr Wersten hat uns ein kleines Dossier geschrieben. Auch das werden wir bei unserer Arbeit berücksichtigen.« Er lächelte sie an.

»Da ist noch was, Herr König.« Barbara war plötzlich Özay wieder eingefallen. »Wenn Sie Iskender Özay dabei ertappen, wie er mich beschattet ...«

»Vorerst ist er noch im Polizeipräsidium, aber Kramer muss ihn ja wieder freilassen«, meinte Heinz. »Er wollte ihm in erster Linie einen Denkzettel verpassen, weil er die Fotos gemacht hat.«

»Er hat mich seit Wochen beobachtet, mal habe ich es bemerkt, mal wahrscheinlich auch nicht. Vielleicht ist ihm ja dabei etwas aufgefallen. Ich denke aber, da rede ich selbst mit ihm.«

»Ist er nicht auch verdächtig?«, fragte Thomas.

»Ich weiß nicht, das wäre doch schon sehr dreist, Barbara so offen zu beobachten und dann einen Mord zu begehen. Und was für ein Motiv hätte er? Morden für eine Story?«

Barbara zögerte einen Moment. »Könntet ihr etwas überprüfen? Er sagte mir, die Schwester seiner Freundin sei die Patin des kleinen Alexander Krattnik gewesen, Schmidtmanns zweites Opfer. Angeblich ist er deshalb so wild auf die Story. Nicht unbedingt über mich als Person. Eher über den Fall Schmidtmann.«

»Käme er denn als Täter in Frage?«

Barbara verzog zweifelnd das Gesicht. »Das Schmidtmann-Motiv ist meiner Meinung nach nicht stark genug. Jonas' Tod kann man mir anlasten, aber Alexander und Sebastian, die ersten Opfer, hätte ich beim besten Willen nicht retten können – da hatte man die Gruppe Becker noch gar nicht hinzugezogen. Aber es ist schon erstaunlich, dass er immer so gut Bescheid weiß.«

»Bescheid weiß worüber?«

»Dass ich in Burg diesen Schlag in Gesicht bekommen hatte zum Beispiel.«

»Vielleicht ist er wirklich ein ganz guter Journalist und hat seine Quellen«, meinte Thomas.

Patrick König schüttelte den Kopf. »Wir sollten das Haus hier überprüfen. Es könnte verwanzt sein.«

Barbara sah ihn ungläubig an. »Nein... das wäre doch wohl weit hergeholt.«

»Überprüfen Sie es«, entschied Thomas.

»Das ist lächerlich ...«

»Wir hatten in letzter Zeit häufiger Handwerker im Haus. Wir sollten es überprüfen lassen.«

Barbara gab ihren Widerstand auf. »Ich werde mit den Listen der Fälle und Gutachten anfangen. Damit habe ich eine Weile zu tun.«

Es war schon später Nachmittag, als Petri sich aus der Firma meldete. »Ich bin fast durch mit der Überprüfung von Reitkers Dateien auf seinem PC. Nachdem ich Reitker seit zwei Tagen nicht erreichen konnte, habe ich den Systemadministrator gebeten, die Passwörter zurückzusetzen, er hat sich dann netterweise am Sonntag herbemüht. Und ich habe etwas entdeckt, dass Sie sich ansehen sollten – Herr Wersten vielleicht auch.«

Barbara traf Heinz auf dem Firmenparkplatz. Gemeinsam gingen sie zu Reitkers Büro, wo Petri auf sie wartete. »Was haben Sie denn gefunden?«, fragte Barbara.

»Das hier.« Petri dreht den Flachbildschirm herum. Es war eine Word-Datei und sie bestand aus einem einzigen Satz: *Du wirst es büßen*.

»Von wann ist die Datei?«

Petri öffnete den Explorer. »28. Mai.«

»Kommt das hin, Barbara?«, wollte Heinz wissen.

Sie nickte. »Das war vor dem ersten Brief. Und wir waren ihm schon genug auf die Füße getreten, dass er sich bedroht fühlte. Können Sie einen Brief ausdrucken?«

Petri nickte. Er überprüfte, ob der Abteilungsdrucker angeschaltet war, und druckte das Blatt aus.

Heinz nahm es an sich. »Wir werden untersuchen, ob Papier und Tinte übereinstimmen.«

»Werden Sie nach Reitker suchen? Ich kann ihn immer noch nicht erreichen.«

»Wenn die Untersuchung ergibt, dass die Briefe hier ausgedruckt worden sein könnten, sicher. Aber wir werden auch andere Spuren verfolgen.«

Die beiden verabschiedeten sich von Petri und gingen zurück zum Parkplatz.

»Was ist?«, fragte Heinz. Barbara hatte die ganze Zeit geschwiegen.

»Der Brief könnte auch manipuliert sein.« Sie sah ihn an. »Und manipuliert haben könnte ihn nur jemand aus der Firma.« Sie seufzte. »Langsam werde ich paranoid ...«

»Das ist nicht paranoid. Die Bedrohung ist real, Barbara. Wir werden auch die Leute in der Firma überprüfen.«

»Die Studenten, die Mitarbeiter ... das ist eine verdammte Sisyphus-Arbeit, und wir haben keine Ahnung, ob sie etwas bringt. Wenn es nur irgendeinen Anhaltspunkt gäbe ...«

»Wir fangen mit Reitker an und arbeiten uns dann weiter durch. Wir kriegen den Kerl, Barbara.«

Aber Barbara war nicht so optimistisch. Klar, irgendwann würden sie ihn kriegen. Wenn er einen Fehler machte. Aber wie viele Menschen mussten bis dahin sterben?

Barbara konnte nicht verhindern, dass der größte Teil ihrer Vorlesung am Dienstag durch eine Fragestunde ersetzt wurde. Alle Zeitungen hatten montags über den Mord berichtet. Das hatte nicht verhindert werden können, zumal bei Annettes Party auch Lokaljournalisten anwesend waren, die über den Geburtstag der prominenten Düsseldorferin hatten berichten wollen. Wie damals beim echten Ripper wurden die Details der Verstümmelungen und andere Einzelheiten verschwiegen, aber der Mord im Garten der Nobelvilla war natürlich Thema Nummer eins in Düsseldorf und im weiteren Umkreis. Jetzt war ein Team vom Lokalfernsehen in der Uni aufgetaucht, doch Barbara konnte mit Unterstützung des Rektors verhindern, dass während der Vorlesung gefilmt wurde.

Natürlich tauchte eine Frage auf: War jener »Scherz« in der Toilette wirklich nur ein Scherz gewesen oder der Auftakt der Serie, die nun im Mord ihren Höhepunkt gefunden hatte?

»Ich gebe zu, dass wir möglicherweise die Geschichte mit den Därmen in der Toilette nicht ernst genug genommen haben«, sagte Barbara. »Aber zu diesem Zeitpunkt war nicht absehbar, dass es weitergehen würde.«

»Es war auch nicht absehbar, dass Sie möglicherweise das Ziel dieser Kampagne sind, oder?« Der Student, der diese Frage stellte, saß auch in ihrem Seminar, sie hatte seinen Scharfsinn oft bewundert.

»Über dieses Thema kann ich hier öffentlich nicht sprechen, tut mir Leid.« Barbara zeigte zur Tür, wo Heinz Wersten mit einigen Leuten der Soko stand. »Meine Damen und Herren, wir haben Sie hier sozusagen in die Falle gelockt. Denn jeder von Ihnen wird von der Polizei befragt werden. Damit Ihr ganzer Tagesplan nicht durcheinander gerät, werden zunächst nur Ihre Personalien aufgenommen. Ist irgendjemand damit nicht einverstanden?«

Das alte Spiel funktionierte – niemand wollte sich durch unkooperatives Verhalten verdächtig machen.

Barbara selbst beteiligte sich nicht an den Vernehmungen, sondern fuhr nach ihrem Seminar nach Hause, immer begleitet von ihrem Schatten Patrick König.

In der Villa hatten gerade Abhörspezialisten des LKA ihre Durchsuchung beendet. Sie machten ein ernstes Gesicht. »Wir sind fündig geworden. Die Telefone waren angezapft, sowohl Ihres als auch das Ihrer Schwiegermutter. Und im Arbeitszimmer gab es auch noch einen weiteren Minisender. Absolut vom Feinsten, so etwas Teures könnten wir uns nie leisten.«

Der große, dürre Mann, erinnerte sich Barbara dunkel, hieß Jürgen Schmidt, sie hatte ihn bei ihrem kurzen beruflichen Zwischenspiel im Düsseldorfer LKA kennen gelernt.

Ein anderer, ein ziemlicher junger Typ, dessen wildes Äußeres gar nicht zum LKA passen wollte, ergänzte: »Ich habe auch einen Trojaner auf Ihrem PC gefunden, Frau Dr. Pross. Wahrscheinlich wurde jede Ihrer Mails ausspioniert.«

»Aber ich habe doch einen Virenscanner und eine Firewall ...«

»Die sind machtlos gegen einen Trojaner, der direkt auf die Platte gebracht wird per Diskette oder CD und der möglicherweise nur für diesen Zweck programmiert wurde.«

Hinter den Männern tauchte Thomas auf – im Bademantel, aber er wirkte ganz munter. »Ich habe Ihnen eine Liste aller Firmen gegeben, die in letzter Zeit im Haus gearbeitet haben.«

Barbara überlegte. »Das wird nicht nötig sein. Erinnere dich an die Störung in der Telefonanlage.«

»Ja, die kamen ziemlich schnell raus ...«

»... und eine knappe Woche später kam ein einzelner Mann, der angeblich noch einen Fehler ausbügeln sollte.«

»Ja, das muss es sein.« Thomas versuchte sich zu erinnern. »Klar, er wollte Mutters Telefon noch mal sehen, dann unseres. Und er war lange allein im Arbeitszimmer, genug Zeit, den Sender zu verstecken und den Trojaner aufzuspielen.«

»Zumal mein PC gerade an war, und wir schützen unser kleines Netz ja nicht durch ein Passwort.«

»Wir haben jetzt alles entfernt und untersuchen das Material. Das ist keine schlechte Spur, denn so teures Zeug bekommt man nicht überall«, meinte Schmidt.

Und der kleine Computerspezialist ergänzte: »Ich werde den Trojaner mal ein paar Leuten geben, vielleicht erkennen die die Handschrift.«

»Vielen Dank.« Die beiden verabschiedeten sich mit ihrer Beute. Barbara sah ihnen nach, wie sie aus der Ausfahrt fuhren.

»Hoffentlich haben sie alle Wanzen gefunden«, meinte Thomas, als er Barbara ins Haus zog. »Ich war nur erleichtert, als sie im Schlafzimmer nicht fündig wurden.« Aber ein wenig unbehaglich schien ihm schon zu sein. »Ich versuche mich die ganze Zeit an das Gesicht dieses zweiten Handwerkers zu erinnern. Es ist, als wäre er unsichtbar.«

»Das muss nicht der Mörder gewesen sein, Thomas. Möglicherweise hat er andere benutzt.«

In dieser Nacht schliefen beide nicht gut. Barbara merkte, dass Thomas wach war. »Was ist los? Immer noch in Sorge wegen der Wanzen?«

»Ich weiß jetzt, warum ich mich nicht an sein Gesicht erinnern kann.« Er setzte sich auf und machte das Licht an. »Du hast ihn doch auch kurz gesehen.«

»Ich war gerade auf dem Weg nach draußen. Es war ein Dienstag und ich musste zur Uni.«

»Woran erinnerst du dich?«

»Er trug einen Blaumann, wie die in der Woche vorher auch.«

»Und?«

Auch Barbara setzte sich auf. »Eine Baseballkappe?« Sie war sich nicht sicher.

»Ja. Tief ins Gesicht gezogen. Aber das Wichtigste: Er trug eine Brille, eine stark getönte Weitsichtbrille. Ich dachte noch, wie kann ein Mann, der so schlecht sieht, eine solch filigrane Arbeit machen.«

Barbara nickte nachdenklich. »Aber das führt dazu, dass ihn keiner beschreiben kann. Blaumann, Brille, Baseballkappe ... Mehr bleibt nicht. Ich habe nicht mal die Brille richtig wahrgenommen.« Sie seufzte. »Lass uns schlafen, Thomas, mehr wird dir jetzt auch nicht mehr einfallen.«

»Doch ...« Er runzelte die Stirn. »Da war noch etwas. Seine Stimme. Er war ... heiser. Aber das klang nicht erkältet, eher so wie jemand, der eine Stimmbandlähmung hat. Man konnte ihn kaum verstehen.«

»Perfekt. Niemand wird eine fast stimmlose Stimme identifizieren können. Und niemand wird ihn finden.« Sie küsste Thomas auf die immer noch gerunzelte Stirn. »Hast du noch ein paar Baldrianpillen? Ich glaube, es wäre eine gute Idee, sie jetzt einzuwerfen.«

Thomas wühlte in seinem Nachttisch, reichte Barbara zwei Pillen, und dann teilten sie sich seinen Wasservorrat für die Nacht.

Reitker war tatsächlich untergetaucht. Ob ihn die Ergebnisse der Untersuchung seiner Reisekostenunterlagen dazu bewogen hatten oder ob er tatsächlich etwas mit dem Mord zu tun hatte, konnte Barbara nicht recht entscheiden. Für sie war Reitker trotz seiner Drohungen nicht der Mann, der sich die Hände selbst schmutzig machte. Sie hoffte, dass sie im Laufe der Untersuchungen auf Verbindungen stießen, auf Leute, die er beauftragt hatte.

Sie bat Kramer, der die Hausdurchsuchung bei Reitker durchführen sollte, sie mitzunehmen. Reitker wohnte in der Nähe von Osnabrück, in Düsseldorf hatte er nur ein kleines Appartement. Laut der Aussage der Mitarbeiter war er jeden Freitag pünktlich nach Hause gefahren und montags meist am späten Vormittag wieder eingetroffen. Sein Jagdrevier im Tecklenburger Land hatte er ja laut Lydia Andresens Aussage verkaufen müssen.

Kramer und seine Leute nahmen sich zuerst das Appartement vor – noch am frühen Dienstagabend.

Die Einraumwohnung war nur sehr karg eingerichtet, ein Bett, ein Sofa, ein Schreibtisch, Wandschränke und eine Miniküche in einer Nische. Alles wirkte völlig unpersönlich, fast unbewohnt, nur ein paar Papiere auf dem Schreibtisch und Kosmetika und Rasierzeug im Bad zeigten, dass hier jemand lebte.

»Ist er hier gemeldet?«, fragte jemand aus Kramers Truppe.

»Ja.«

»Vielleicht hat er alles verspielt und kann sich nur so etwas leisten ...«

»Nein, die Kosten für das Appartement zahlt die Firma, und die sind nicht zu knapp hier in Düsseldorf, wegen der Messen.«

Das Zimmer war schnell durchsucht. Zum Team gehörte auch ein Kriminaltechniker, der nach DNA-fähigen Spuren suchen sollte. Fündig wurden sie nicht, nicht einmal im Bad, denn die Zahnbürste war gegen eine frische ausgewechselt worden, die Plastikumhüllung war unbeschädigt. »Hier wurde gründlich saubergemacht. Selbst das Bett ist frisch bezogen«, meinte Barbara.

»Er wollte Spuren verwischen ...«

Sie schüttelte energisch den Kopf. »Das Appartement wird sicher in regelmäßigen Abständen gereinigt, einschließlich Wäscheservice. Wenn er länger nicht hier war ...«

Kramer beauftragte einen seiner Männer, sich um die Reinigungskräfte zu kümmern. »Bis morgen haben wir einen Durchsuchungsbefehl für seinen Zweitwohnsitz in Bad Iburg.«

»Vielleicht sollten wir auch noch ein Wörtchen mit Isabella Keilhage sprechen.«

Kramer sah Barbara fragend an.

»Sie gilt allgemein als seine Geliebte, was wirklich dran ist, kann ich nicht sagen.«

Barbara hatte nach dem Abendessen die Spülmaschine befüllt, als Wolfgang Freitag sich meldete. »Einen Moment, Wolfgang.« Sie schaltete die Maschine an und ging hinüber ins Arbeitszimmer. »So, jetzt kannst du.«

»Ich habe nicht so gute Nachrichten über Grüter, Barbara. Nachdem durch die Überprüfung seiner Spedition feststand, dass er durchaus die Leichen gestohlen haben könnte, haben wir seine Vergangenheit näher durchleuchtet. Seit er aus dem Schuldienst ausgestiegen ist, hat er viele verschiedene Jobs gehabt. Einen davon bei einem Bestatter.«

Barbara setzte sich an ihren Schreibtisch. »Er kennt sich also mit Leichen aus ...«

»Ja. Er hat auch nicht nur Handlangerdienste gemacht. Man hat ihn zum Beispiel bei der Herrichtung der Leichen eingesetzt. Das habe er gut gekonnt, sagte sein ehemaliger Chef.«

»Und warum ist er dann dort weg?«

»Er wurde entlassen. Der Bestatter meinte, er habe sich ›merkwürdig‹ verhalten.«

»Hat er das näher beschrieben?«

»So ganz wollte der Mann mit der Sprache nicht heraus. Aber schließlich erzählte er, dass Grüter mal jemand für einen Sarg passend gemacht hat.«

Barbara schluckte. »Das heißt, er hat eine Leiche zersägt?«

»Nein, aber er hat wohl die Knochen gebrochen ... Er hatte die Größe des Toten falsch notiert und traute sich nicht, es zuzugeben. Er stand wohl sehr unter Druck wegen des Jobs.«

»Wie groß ist der Schritt von da zur Säge zu greifen?«

»Du hast Zweifel?«

»Ich weiß im Moment gar nichts. Wolfgang, wir müssen den Ort finden, wo er das gemacht hat.«

»Ich habe den Bericht der Soko übermittelt. Es könnte überall sein ...«

»Aber am wahrscheinlichsten hier in der Nähe von Düsseldorf oder bei euch in Dithmarschen.«

»Wir bleiben dran, Barbara, verlass dich drauf. Seine Wohnung und seine Frau werden Tag und Nacht überwacht. Sie geht nur aus dem Haus, um sich neuen Schnaps zu besorgen, ihr Zustand ist katastrophal. Sie zu verhören haben wir aufgegeben. Aber ich glaube, er ist in Düsseldorf, und der Mord geht wohl auch auf sein Konto.«

»Das wird immer wahrscheinlicher, Wolfgang.«

Sie verabschiedete sich und legte auf. Aus dem Fenster konnte sie ein Stück der Mauer sehen, die das ganze Anwesen umschloss. Für einen Moment glaubte sie, da draußen bewege sich etwas. Grüter konnte irgendwo dort lauern. Aber dann zwang sie sich, genau hinzusehen. Es war nur Einbildung.

Am nächsten Tag fuhren Heinz Wersten, Lutz Kramer und Barbara nach Bad Iburg, um Reitkers dortigen Wohnsitz in Augenschein zu nehmen. Ein Vertreter der örtlichen Polizei erwartete sie mit dem richterlichen Durchsuchungsbefehl. Er stellte sich ihnen als Jan Weiler vor.

»Reitkers Frau ist informiert, sie wird auch kommen«, meinte Weiler. »Sie ist Ärztin und Mitinhaberin einer privaten Kurklinik.«

In den Jahren, die Reitker für die Firma Hielmann arbeitete, hatte Barbara die Frau nur ein einziges Mal gesehen, das war kurz bevor er die Stelle antrat. Sie hatte sich alles angesehen, und das war vermutlich das letzte Mal, dass sie in Düsseldorf gewesen war. Sie war eine eher unscheinbare Frau, konservativ-langweilig gekleidet, das Haar schlicht halblang, und trug eine wenig vorteilhafte Brille. In der Klinik war sie die Chefärztin, Reitker machte damals den Eindruck, als sei er sehr stolz auf die Karriere seiner Frau.

Sie kamen gleichzeitig mit ihr am großzügigen Siebzigerjahre-Bungalow der Reitkers an, und Barbara musste feststellen, dass sie sich wenig verändert hatte seit damals. Die große Brille mit dem dunklen Rand gab ihr etwas Eulenhaftes. Sie wirkte gestresst.

»Sie haben mich mitten aus einer Besprechung geholt«, war ihre vorwurfsvolle Begrüßung, nachdem sich Heinz, Barbara und Jan Weiler vorgestellt hatten. »Ich habe versucht, meinen Mann zu erreichen, aber er hat sein Handy abgeschaltet und in der Firma war er auch nicht.«

»Dann wissen Sie es noch nicht?«, fragte Heinz.

»Was?« Sie kramte nach ihrem Schlüssel.

Barbara sah sie prüfend an. »Wann haben Sie Ihren Mann zuletzt gesprochen?«

»Wir haben letzte Woche telefoniert ...«

»Er arbeitet nicht mehr für die Firma Hielmann, er ist freigestellt.«

»Nein, davon weiß ich nichts.«

Barbara hatte den Eindruck, dass sie nicht übermäßig überrascht war von dieser Nachricht. »Leben Sie getrennt, Frau Reitker?«

Sie schloss endlich die Tür auf. »Wie man's nimmt. Nicht, dass wir das je besprochen hätten. Aber in den letzten Monaten ist er kein Wochenende zu Hause gewesen. Wahrscheinlich hat er sie in unserem Jagdhaus verbracht.«

Die drei folgten. Die übrigen Leute für die Durchsuchung warteten in einem Kleinbus vor der Tür auf Weilers Zeichen.

»Er hat das Jagdhaus im letzten Jahr verkauft.« Jetzt reagierte Frau Reitker irritiert. Barbara setzte nach. »Was wissen Sie über die finanzielle Situation Ihres Mannes?«

»Offensichtlich zu wenig.« Frau Reitker sah die drei an. »Würden Sie mir jetzt verraten, warum Sie hier eine Hausdurchsuchung machen wollen? Hat er etwas mitgehen lassen?«

»Ihr Mann steht unter Mordverdacht, Frau Reitker«, sagte Heinz. »Und die Tatsache, dass er zur Zeit unauffindbar ist, macht ihn noch verdächtiger.«

»Mord ...« Im Flur stand ein kleiner Sessel, in den ließ sie sich fallen. »Wer? Ich meine wen ...«

»Seine Sekretärin, Lydia Andresen, ist ermordet worden. Er hatte ein Motiv, da sie zu viel über ein paar krumme Touren wusste.« Dass er zudem möglicherweise Barbara schaden wollte, verschwieg er.

»Krumme Touren ...« Frau Reitker überlegte einen Moment und stand dann entschlossen auf. »Warum fangen Sie nicht an mit der Durchsuchung?«

Weiler ging zur Tür und winkte seinen Leuten. Wenig später waren die drei Beamten und ein Kriminaltechniker mit der Durchsuchung beschäftigt. Heinz und Barbara beteiligten sich nicht daran. Barbara ging einmal durch das Haus. Reitker hatte nur in einem Raum Spuren hinterlassen, es war ein großes Zimmer, das sowohl als Arbeitszimmer als auch für seine Freizeit gedacht war. An den Wänden hingen Jagdtrophäen, ein kleiner Humidohr stand auf einem Tischchen, einen Fernseher und eine Stereoanlage gab es auch. Barbara rüttelte an dem gemütlichen Sofa und richtig, es war ein leicht ausklappbares Bettsofa. Die Bettwäsche sah benutzt aus.

Barbara rief den Kriminaltechniker. »Suchen Sie hier nach DNA-fähigem Material.«

Sie warf einen Blick ins Schlafzimmer und war nicht erstaunt, nur eine Seite des Polster-Doppelbettes mit Bettzeug zu sehen. Diese Ehe war wohl schon lange am Ende.

Sie ging wieder hinunter und fand Frau Reitker in der Küche. »Ich brauche einen Kaffee, möchten Sie auch?«, fragte sie Barbara.

Die nickte. Frau Reitker goss ein. »Gehen wir doch auf die Terrasse.«

Der Garten machte einen leicht verwilderten Eindruck. Sie entschuldigte sich gleich dafür: »Ich habe einfach keine Zeit dazu. Früher hat Jochen das immer gemacht.« Sie stellte die Kaffeetasse hin. »Ist er in großen Schwierigkeiten?«

»Meinen Sie den Mord oder seine finanzielle Situation?«

»Ich kann mir nicht vorstellen, dass er jemanden ermordet hat.«

»So wie es aussieht, ist Ihr Mann vermutlich spielsüchtig.« Barbara wischte kurz mit der Hand ein paar Blütenblätter vom Stuhl, bevor sie sich setzte. »Es geht um große Summen.«

»Die fehlen in der Firma Ihres Mannes ...« Frau Reitker sagte das ganz sachlich.

»Nein, nicht mehr. Sie sind wieder da, aber er muss sie sich sehr kurzfristig beschafft haben und das bedeutet nie etwas Gutes.«

»Wie meinen Sie das?«

»Nun, es gibt Kredithaie. Und die sind nicht zimperlich, wenn sie ihr Geld nicht bekommen.«

»So ist das also.« Frau Reiker nahm ihre Tasse. »Wie viel ist es?«

»So rund 200.000 Euro.«

Frau Reitker trank ihren Kaffee aus, stellte die Tasse aber nicht ab. »Mein Gott, so viel!«

»Haben Sie ein gemeinsames Vermögen?«

Sie schüttelte heftig den Kopf. »Nur zum Teil. Ich wollte immer unabhängig sein, deshalb waren unsere Finanzen im Großen und Ganzen getrennt. Einen Ehevertrag haben wir erst abgeschlossen, als ich Partnerin in der Kurklinik wurde, von da ab habe ich eine Menge verdient, manchmal mehr als er. Aber das Haus hier, das läuft auf seinen Namen. Wenn er in solchen Schwierigkeiten wäre, hätte er es doch längst verkauft, oder?«

»Ich weiß nicht, wie wichtig ihm diese Ehe-Fassade ist. Das mit dem Jagdhaus ist ihm sicher schwer genug gefallen. Und das Haus hier ... eine Auseinandersetzung mit Ihnen ...«

Frau Reitker sah Barbara an. »Es ist sein Haus, Frau Hielmann-Pross. Ich habe genug Geld, um mir etwas Eigenes zu kaufen.« Sie starrte vor sich hin. »Spielsüchtig ...«, murmelte sie dann.

»Haben Sie denn davon nie etwas bemerkt?«

»Nein. Das heißt ...« Sie zögerte. »Ich war natürlich schon mit ihm im Kasino und da hat er oft um hohe Summen gespielt – jedenfalls fand ich sie hoch. Aber meist sind wir ohne große Verluste davongekommen. Ich bin mir nicht sicher, ob Sie richtig liegen mit der Spielsucht. Meiner Meinung nach ist er nicht der Typ dafür. Allerdings ...«

»Was?«

»Wenn er verzweifelt genug wäre, könnte ich mir vorstellen, dass er versucht hat, auf diese Art Geld aufzutreiben.«

»Was meinen Sie, wenn er wirklich in großen Schwierigkeiten wäre, würde er dann zu Ihnen kommen und Sie um Hilfe bitten?«

Frau Reitker lachte kurz auf. »Wir haben seit fast einem halben Jahr nur noch telefoniert, und davor hat er nicht im Schlafzimmer geschlafen. Eigentlich war es schon vorbei, als er sich damals entschloss, den Job in Düsseldorf anzunehmen.« Aus der mitgebrachten Thermoskanne goss sie sich eine weitere Tasse ein. »Es war seine letzte Chance, wissen Sie? Er hatte nicht mal einen großen Bock geschossen bei seiner alten Firma, obwohl ich glaube, dass er nie ein brillanter Manager war. Er tat so, aber seinen Aufstieg hatte er in erster Linie seiner Jagd und dem exklusiven Jagdhaus zu verdanken, eine Hand wäscht die andere.«

»Und dann wurde er entlassen?«

»Ja. Wegrationalisiert für einen Jüngeren. Sie haben das ganz gut kaschiert, damit er mit fünfzig überhaupt noch eine Chance hatte. Ich glaube, das nennt man eine Outplacement-Maßnahme. Das Personalberatungsunternehmen hat ihn als Topmanager verkauft.«

Barbara verzog das Gesicht. »Und Severin und die Familie Hielmann sind darauf hereingefallen.«

»Blenden konnte er schon immer. Im Grunde bin auch ich auf ihn hereingefallen.«

»Warum haben Sie sich nicht scheiden lassen?«

Sie zuckte die Schultern. »Ich dachte, sollte ich mal eine andere Partnerschaft eingehen, wäre das früh genug dafür.«

Heinz kam auf die Terrasse und winkte Barbara, zu ihm zu kommen.

»Irgendetwas gefunden?«, fragte Barbara, als sie in die Küche kam.

»Nicht wirklich. Wir nehmen seine Finanzunterlagen mit, aber ich habe das Gefühl, dass sie nicht übermäßig aktuell sind.«

»Er ist seit mehr als einem halben Jahr nicht mehr hier gewesen. Die Ehe bestand schon lange nur noch auf dem Papier.«

»Hat sie dir das erzählt?«

»Ja. Von der Spielsucht wusste sie nichts, und ich denke, sie weiß auch nichts von Isabella Keilhage.«

»Für deren Wohnung versuchen wir gerade einen Durchsuchungsbefehl zu bekommen – ist nicht so einfach, weil die Affäre ja nur eine Vermutung ist.«

»Das ist keine Vermutung.« Unversehens war Frau Reitker in die Küche gekommen. Wie lange sie zugehört hatte, konnten Heinz und Barbara nicht sagen.

»Könnten Sie es uns bestätigen?«, fragte Heinz.

»Kommen Sie.« Sie ging voran in ihr Schlafzimmer und zog die Nachttischschublade ganz heraus. Darunter war ein Umschlag aufgeklebt. »Nicht sehr sorgfältig, Ihre Durchsuchung«, meinte sie und lächelte sogar ein wenig. Aus dem Umschlag holte sie ein paar großformatige Fotos. »Ich hatte schon länger einen Verdacht, und dann kam dieser anonyme Anruf. Er war nur ganz kurz. ›Ihr Mann hat eine Geliebte in Düsseldorf‹.«

»Wie klang die Stimme? Heiser?«

Frau Reitker schüttelte den Kopf. »Sie klang ganz normal. Aber ich würde mich nicht an sie erinnern, dazu war der Anruf zu kurz.« Sie tippte auf die Bilder. »Ich wollte vorbereitet sein. Deshalb habe ich ihn vor einiger Zeit durch einen Düsseldorfer Privatdetektiv überwachen lassen.«

»Wann war das?«, fragte Barbara.

»Nun, vor etwa vier Monaten ...«

Barbara nahm die Bilder. Sie zeigten Reitker und Isabella Keilhage in eindeutigen Situationen.

»Das dürfte reichen, um den Durchsuchungsbefehl in Düsseldorf zu bekommen«, meinte Heinz.

Barbara ging etwas anderes durch den Kopf. »Hat der Detektiv ihn umfassend beschattet?«

»Ich wollte nur Beweise, ob es eine andere Frau gibt, mehr nicht.«

»Dann hat er Ihnen nicht das gesamte Material ausgehändigt?«

»Nein ...« Sie sah Barbara verwirrt an. »Welches andere Material denn noch?«

»Nun, wenn er ihn umfassend beschattet hat, dann gibt es vielleicht Beweise für die Spielsucht und mehr.« Barbara gab Heinz die Fotos und wandte sich wieder an Frau Reitker. »Können wir Namen und Adresse des Detektivs haben?«

»Sicher ...« Sie ging ins direkt neben dem Schlafzimmer gelegene Arbeitszimmer. »Ich muss die Rechnung noch irgendwo haben ...« Sie wühlte in einem Körbchen, und kurze Zeit später hielt sie die Rechnung in der Hand. Sie stammte von einer Detektiv-Agentur Kohlreiter aus Düsseldorf. »Sie können sich mit dem Faxgerät eine Kopie machen.«

»Danke.«

»War's das jetzt?«, fragte Frau Reitker und sah auf ihre Uhr. »Ich habe noch einen Termin in der Klinik.«

»Ich denke, das genügt fürs Erste, Frau Reitker.« Heinz drückte ihr die Hand. »Wir nehmen die Finanzunterlagen mit. Frau Reitker, wir sehen zu, dass Sie alles, was auch Sie betrifft, so schnell wie möglich zurückbekommen.«

»Das wäre gut.«

»Danke für Ihre Kooperation«, sagte Barbara.

Frau Reitker brachte sie zur Tür. Weiler und die anderen warteten schon draußen im Auto.

»Wir sollten so schnell wie möglich mit der Detektei sprechen.« Barbara und Heinz waren auf dem Weg zurück nach Düsseldorf. Sie waren kurz mit Weiler und den anderen noch auf der Dienststelle gewesen und hatten den Papierkram wegen der Übergabe der beschlagnahmten Akten erledigt.

»Ich habe Kramer eben angerufen, damit er sich damit befasst. Die Obduktionsergebnisse liegen übrigens vor. Der Gerichtsmediziner ist sich sicher, dass Lydia Andresen tot war, als der Täter sie verstümmelt hat.«

»Nach dem Vorbild Rhein-Ruhr-Ripper hätte es auch anders sein können.«

Heinz nickte nur grimmig. Der Ripper hatte zwar auf sein zweites Opfer auch geschossen, sie aber nicht sofort getötet. Ein Versehen, das ihm erst auffiel, als er sich mit dem Messer an ihr zu schaffen machte.

»Also, was erledigen wir zuerst? Die Detektei oder Isabella Keilhage?«, fragte Barbara.

»Die Detektei. Bei der Keilhage möchte ich sofort mit einem Durchsuchungsbefehl auflaufen, damit nichts Verdächtiges verschwinden kann.«

Kramer war ihnen zuvorgekommen. Er erwartete sie im Düsseldorfer Präsidium, bei ihm Steffen Kohlreiter, der Inhaber der Detektei.

»Wenn Sie das Einverständnis von Frau Dr. Reitker einholen, werde ich Ihnen das Material, das noch da ist, sofort aushändigen.«

»Haben Sie ihn rund um die Uhr überwacht?«, fragte Barbara.

»Ja, meine Mitarbeiter waren ein paar Tage an ihm dran. Solange bis wir die eindeutigen Beweise für seine Untreue hatten. Mehr war ja nicht nötig.«

»Haben Sie Frau Dr. Reitker persönlich kennen gelernt?«

Kohlreiter sah sie über seine goldgerahmte Halbbrille an. »Nein, der Auftrag ging telefonisch beziehungsweise per e-Mail über die Bühne. Die Fotos haben wir ihr dann geschickt.«

»Welcher Ihrer Mitarbeiter hat ihn denn überwacht?«

»Das kann ich Ihnen nicht genau sagen, es war sicher mehr als einer ...«

»Können Sie das feststellen?«

Kohlreiter überlegte kurz. »Klar, am besten über die Abrechnungsunterlagen ... Wenn Sie einen Moment Geduld haben ...« Er zog sein Handy aus der Tasche und rief seine Sekretärin an. Zwei Minuten später legte er das Handy weg. »Also, es waren drei Mitarbeiter an dem Fall. Genthien, Jansen und Hellinger. Sie können sie gerne befragen.«

»Werden wir. Brauchen Sie von Frau Dr. Reitker ein schriftliches Einverständnis oder reicht es, wenn wir sie anrufen?«

»Ich denke, ein Anruf genügt.«

Kohlreiter hinterließ noch die Telefonnummern seiner Angestellten und fuhr dann zurück ins Büro.

Kramer sah auf seine Uhr. »Wenn wir uns beeilen, können wir dem Richter die Bilder von Reitker und der Keilhage vorlegen und bekommen unseren Durchsuchungsbefehl noch.«

»Hast du schon alles vorbereitet?«, fragte Heinz.

»Was denkst du denn?«

Auf dem Weg zu Isabella Keilhages Wohnung in Ratingen fragte Kramer: »Wie weit sind Sie mit der Liste Ihrer Fälle, Frau Pross?«

»Ich war die letzten zwei Tage nur unterwegs.« Es war Barbara unangenehm, auf dieses Versäumnis angesprochen zu werden.

»Wir brauchen sie möglichst bald. Reitker ist eine Spur, Grüter die andere, aber es gibt noch weitere Möglichkeiten und wir dürfen sie nicht zu lange liegen lassen.«

»Ich werde mein Bestes tun, Kramer.« Sie wechselte schnell das Thema. »Haben Sie die Verbindung zwischen Özay und dem zweiten Schmidtmann-Opfer überprüft?«

Er nickte. »Das war nicht ganz einfach. Aber die Schwester seiner Lebensgefährtin war tatsächlich die Patin des Jungen. Allerdings sieht es so aus, als sei Özay mit der Frau gar nicht mehr zusammen. Sie war nicht besonders gut auf ihn zu sprechen.«

»Hat er Alibis?«

»Für die Fakes? Das können wir kaum nachvollziehen. Für den Mord hat er allerdings kein Alibi, er sagt aus, dass er den Abend allein zu Hause verbracht hat.«

Sie seufzte. »Noch ein Verdächtiger?«

»Dann wäre es allerdings sehr dumm von ihm, am anderen Morgen mit der Kamera in der Villa aufzutauchen.«

Barbara runzelte die Stirn. »Oder verdammt schlau ...«

Der Richter hatte den Durchsuchungsbefehl ohne Zögern ausgestellt. Jetzt klingelten sie an dem hübschen Zweifamilienhaus, in dem die Keilhage wohnte. Eine ältere Frau öffnete, offenbar ihre Mutter, denn die Ähnlichkeit war unverkennbar. »Bitte?«, fragte die Frau.

»Frau Keilhage?«

Sie nickte.

»Sind Sie die Mutter von Isabella Keilhage?«

»Ja. Meine Tochter ist oben in ihrer Wohnung.«

»Kramer, Polizei Düsseldorf, Heinz Wersten vom LKA und Dr. Barbara Hielmann-Pross.«

»Ich kenne Frau Dr. Hielmann-Pross. Wir sind uns mal auf einem Firmenfest vorgestellt worden.«

Barbara zuckte zusammen. Sie konnte sich nicht im Geringsten erinnern. »Wir haben einen Durchsuchungsbefehl und würden auch gern mit Ihrer Tochter sprechen.«

Die Lippen der Mutter wurden schmal. »Geht es um Jo Reitker?«

»Ja.«

»Er war bis heute Morgen noch hier. Ich wusste, dass etwas nicht stimmte.« Sie sah Barbara offen an. »Ich kann den Mann nicht ausstehen, aber Isabella mit ihrem Vaterkomplex ...« Sie trat einen Schritt von der Tür weg. »Kommen Sie herein. Ich zeige Ihnen den Weg zu Isabellas Wohnung.«

Die Wohnungen war nicht in sich abgeschlossen. Oben hörten sie Isabella Keilhage telefonieren – es ging um die Finanzierung irgendeines Leichtathletikfestes.

»Ich kann jetzt nicht«, sagte sie, als sie ihre Mutter heraufkommen sah. Im nächsten Moment bemerkte sie Barbara und die anderen. »Tut mir Leid, ich muss Schluss machen. Ich melde mich später noch einmal.«

Sie legte das Telefon weg. »Ich hoffe, Sie haben einen guten Grund, hier hereinzuplatzen. Hinter diesem Sponsoren bin ich seit Monaten her.«

»Hier ist ein Durchsuchungsbefehl für dieses Haus.« Kramer hielt ihr das Papier unter die Nase.

»Durchsuchungsbefehl?!« Isabella Keilhage wurde blass.

»Hält sich Jochen Reitker hier auf?«

»Nein.« So ganz hatte sie ihren üblichen aggressiven Ton noch nicht wiedergefunden. »Wie kommen Sie darauf, dass er hier sein könnte?«

»Zum Beispiel, weil ich ihnen gesagt habe, dass er bis heute Morgen hier war«, meinte ihre Mutter knapp.

»Mutter, du bist so ...« Isabella schüttelte den Kopf.

»Wann haben Sie Herrn Reitker zum letzten Mal gesehen, Frau Keilhage? Heute Morgen?« Barbara sah Isabella scharf an.

»Ja, heute Morgen. Er sagte, er hätte etwas zu erledigen, und seitdem habe ich nichts von ihm gehört. Er hätte längst wieder da sein müssen.«

»Hat er hier gewohnt?«

»Gewissermaßen ja. Wir ... wir hatten uns aber gestritten wegen des Jobs ... da hat er eine Weile in seinem Appartement geschlafen. Anfang letzter Woche ist er dann wieder hier aufgetaucht.«

»Ja, leider«, murmelte die Mutter.

»In der Nacht von Freitag auf Samstag – war er da auch hier?«, wollte Heinz wissen.

»Ja.«

»Nun lüg doch nicht für diesen Kerl, Isabella.« Die Mutter schien entschlossen, Reitker ans Messer zu liefern. »Sein Handy klingelte am frühen Abend, so gegen sieben, und dann ging er aus dem Haus. Am Morgen stand er mit Frühstücksbrötchen vor der Tür.«

»Er war also die ganze Nacht fort?«

Isabella Keilhage nickte.

»Schlecht für ihn«, brummte Kramer. »Hat er Sachen hier?«

Sie deutete auf das Bad und das Schlafzimmer. Kramer, Heinz und Barbara begannen, alles zu durchsuchen.

Reitker hatte es geschafft – trotz aller Vorsichtsmaßnahmen der Firmenleitung – noch Papiere mitgehen zu lassen. Im Grunde war das alles aber ganz unverfänglich, in der Hauptsache Kontaktadressen und Visitenkarten, alles sorgfältig fotokopiert. »Haben Sie das für ihn kopiert?«, fragte Barbara Isabella.

Die nickte. »Er braucht die Kontakte doch, um einen neuen Job zu finden.«

»Hat er Ihnen gesagt, wo er in der Mordnacht war?«

»Nein. Ich habe ihn gefragt, aber er wollte nichts sagen..«

»Wenn er hier auftaucht, Frau Keilhage, dann wäre es besser, wenn er sich bei der Polizei meldet. Durch sein Verschwinden macht er alles nur noch schlimmer.«

»Ich weiß. Ich kann mir auch gar nicht erklären, warum er das macht.«

Kramer kam mit einer Reisetasche. Er trug Einmalhandschuhe. »Ich habe ein paar Sachen eingesammelt, die DNA-fähiges Material tragen könnten. Und dann habe ich noch das hier gefunden. Es lag im Schrank.« Er gab Barbara einen Ordner.

Barbara sah Isabella Keilhage fragend an.

»Ich kenne diesen Ordner nicht.«

Barbara öffnete ihn. Es war eine Akte über ein großes Bauvorhaben, bei dem es offensichtlich einigen Ärger gegeben hatte. Barbara erinnerte sich an Diskussionen bei den Gesellschafterversammlungen, die Reitker aber immer schnell abgewürgt hatte.

»Kramer, wenn Sie einverstanden sind, dann gebe ich diesen Ordner Franz Severin und Andreas Petri. Ich verstehe zu wenig vom Geschäft.«

»Einverstanden.« Er wandte sich an Isabella Keilhage. »Wenn Sie etwas von ihm hören, erwarten wir von Ihnen, dass Sie uns sofort informieren, ist das klar?«

Sie nickte.

»Verlassen Sie sich darauf«, meinte ihre Mutter grimmig.

Am späten Nachmittag kam Barbara zurück in die Villa. Sie fand Thomas am Schreibtisch.

»Wie geht es dir?«

Er speicherte das Geschriebene ab. »Ich denke, langsam habe ich mich erholt.«

»Ich wollte dich nicht bei der Arbeit stören.«

»Nein, ich bin fertig für heute.« Er lächelte. »Das war ein richtiger Schaffensrausch ... Ein ganzes Kapitel habe ich geschrieben.«

»Dann geht es dir richtig gut?«

Er nickte. »Und was ist mit dir?«

»Viel Arbeit.« Er zog die Brauen leicht hoch, und Barbara seufzte. »Was willst du hören? Dass ich Angst habe?

Immer noch? Dass sie nicht kleiner wird?« Sie ließ sich auf ihren Schreibtischstuhl sinken und barg den Kopf in den Händen.

Thomas stand auf und ging zu ihr. »Ich habe auch Angst, Barbara. Aber das ist doch, was dieser Kerl will. Er will uns verunsichern, das Leben zur Hölle machen, indem er uns von der Normalität abschneidet. Ich werde das nicht zulassen.«

»Er hat es doch schon längst geschafft, Thomas. Patrick König und seine Kollegen stehen vor der Tür. Jeden Morgen wache ich mit dem Gedanken auf, wen es jetzt erwischt haben könnte ... Ich mache all diese sinnlosen Durchsuchungen und Verhöre mit, um mir vorzugaukeln, ich könnte irgendetwas tun. Aber es ist so wie immer: Warten auf das nächste Mal, wenn er zuschlägt, und die vage Hoffnung, dass er dann genug Fehler macht, um endlich eine Spur zu haben.«

»Ihr werdet diesen Kerl schnappen. Du hast sie immer alle geschnappt.«

»Aber da ging es nie um mich.« Sie fühlte Thomas' Umarmung und ließ sich ganz hineinfallen.

»Hör zu«, meinte er nach einer Weile. »Ich fühle mich gut und ich glaube nicht, dass das morgen anders sein wird. Ich war ein sehr braver Junge in den letzten Tagen, ich habe es nicht übertrieben und ich denke, ich habe eine Belohnung verdient. Was hältst du davon, wenn wir morgen früh nach Hombroich fahren? Einfach mal ein paar Stunden die Seele auftanken.«

»Meinst du, du schaffst das?«

»Ganz sicher. Wir machen viele Pausen, nehmen uns die Zeit.«

»Gut. Ich werde mit Patrick König sprechen. Das wird für ihn nicht ganz einfach werden.«

»An den habe ich gar nicht mehr gedacht ... Wenn man das Haus nicht verlässt, bemerkt man ihn gar nicht.«

Barbara lächelte. »So sollte das auch sein. Er sitzt draußen auf der Straße im Auto.«

Barbara hatte alle Termine abgesagt. »Ihr kommt einen Tag mal ohne mich aus«, meinte sie zu Heinz. Am nächsten Morgen stand sie früh auf, um noch ein paar Arbeiten zu erledigen. Wenigstens die Liste ihrer Fälle und Forschungen für das BKA wollte sie fertig machen, damit Heinz' Leute sie überprüfen konnten. Sie hatte sich nur einen Kaffee gekocht und saß nun im Bademantel mit einem Stapel Notizen und ihrem Laptop auf der Terrasse. Es war der heißeste Juni seit langem, und sie genoss es, schon so früh draußen sitzen zu können.

Sie hörte leise Schritte in der Küche. Es war Patrick König, der sich einen Kaffee holen wollte.

Er entdeckte sie und winkte von der Tür. »So früh bei der Arbeit?«, fragte er. »Haben Sie denn schon gefrühstückt?«

Barbara schüttelte den Kopf und deutete auf den Kaffee. »Der muss reichen, bis Thomas aufwacht.«

»Und Sie haben gar keinen Hunger?« Er griff kurz nach hinten und wedelte dann mit einer Brötchentüte.

Doch, Barbara hatte Hunger, ihr Magen hatte schon mehrmals deutlich geknurrt. »Sie wollen wirklich Ihre Brötchen mit mir teilen?«, fragte sie.

»Ihr Mann hat mir gestern den Auftrag erteilt ...«

»Na gut, ich komme rauf. Ich bin sowieso fast fertig ... Sie kennen sich ja hier aus.« Barbara fuhr ihr Laptop herunter und klappte es zu. Sie schlich sich ins Schlafzimmer, griff das leichte Sommerkleid, das sie am Tag zuvor getragen hatte, und warf es sich über.

König hatte die Frühstücksutensilien auf ein Tablett gepackt und trug sie gerade nach draußen, als Barbara dazukam.

»Was für ein wunderbares Wetter.«

Er nickte. »Woran haben Sie gearbeitet?«, fragte er, als er den Tisch deckte.

»Eine Liste mit den Fällen, die ich für das BKA bearbeitet habe.«

»Alles Serienmorde?«

»Mehr oder weniger. Manchmal haben wir sie geschnappt, bevor eine Serie daraus werden konnte. Manche Fälle hatten auch nur bestimmte Merkmale von Serientaten.« Sie lächelte plötzlich. »Lassen Sie mich raten. Sie überlegen gerade, wie viele Hannibal Lecters es in Deutschland so gibt.«

»Nun ja, der Gedanke liegt doch nahe, oder?« König setzte sich und goss beiden Kaffee ein. »Als Personenschützer hat man nicht viel mit diesen Dingen zu tun.«

»Es gibt viele Serientaten, die nichts mit den klassischen Psychopathen zu tun haben. Serienraubmorde etwa, da hatte ich damals allein drei Serien. Und die Krankenschwestern und Pfleger, die aus falsch verstandenem Mitleid morden – oder aus Überforderung.«

»Und das sind keine Psychopathen?«

»Nein, es sind keine Hannibal Lecters.« Die Sonnenstrahlen erreichten die Terrasse, und Barbara räkelte sich. »Lassen Sie uns über etwas anderes reden. Den Rest des Tages nehme ich mir heute frei. Thomas und ich fahren nach Hombroich.«

»Oh, davon habe ich schon gehört. Es soll sehr schön sein dort.« Er runzelte die Stirn. »Und schafft Ihr Mann das denn? Das Gelände soll doch sehr groß sein.«

»Wir werden sehen. Er fühlt sich wieder ganz gut. Und wir waren oft genug dort, das heißt, wir müssen uns nicht alles ansehen.«

»Dann haben Sie also einen Tag ganz für sich?«

Barbara seufzte. »Mehr oder weniger. Sie werden da sein.«

Er zuckte bedauernd die Schultern. »Das lässt sich nicht vermeiden.«

In diesem Moment klingelte es an der Tür. Barbara wollte öffnen, aber König kam ihr zuvor. Kurz darauf stand er mit Petri in der Tür, der einen kleinen Papierstapel bei sich trug. »Guten Morgen«, begrüßte er Barbara. König zog sich diskret zurück.

»Wieder etwas zum Unterzeichnen?«, fragte Barbara.

Petri nickte. »Keine Angst, es wird ein Ende nehmen.«

»Kann ich das allein unterschreiben oder müssen Thomas' und Annettes Unterschriften auch drauf?«

»Ihre Unterschrift reicht.«

»Dann mache ich es gleich.« Barbara schob ein paar Frühstücksutensilien zusammen. »Möchten Sie einen Kaffee?«, fragte sie Petri. »Und Frühstück?«

»Ein Kaffee genügt. Oder vielleicht doch ...«

Barbara holte eine Tasse, und die beiden setzten sich. Sie überflog die Papiere und begann sie zu unterzeichnen.

Petri rührte in seiner Kaffeetasse. »Ich werde mit Severin die Unterlagen von Reitker durchgehen, die Sie aus Iburg mitgebracht haben.«

»Haben Sie schon eine leise Ahnung, was Sie finden werden?«

Er nahm einen Schluck Kaffee und griff nach einem Brötchen. »Ich glaube nicht mehr an 200.000 Euro, die verschwinden und wieder auftauchen. Severin war der Meinung, dass die Firma trotz der schlechten Konjunktur im letzten Jahr nicht in diese Schieflage hätte geraten dürfen. Wahrscheinlich ist eine Menge verschwunden. Überhöhte Rechnungen für Material, Barentnahmequittungen – wir werden alles noch mal prüfen müssen.«

»Holen Sie sich doch Klensing dazu. Den wurmt es ohnehin, dass er es nicht früher gemerkt hat.«

»Ja, möglicherweise tun wir das. Aber solche Dinge fliegen nicht so schnell auf, wenn ein Geschäftsführer es tut. Solange man keinen Verdacht gegen ihn hat, findet man gar nichts. Die Belege sind da, die Bücher stimmen ...« Er blickte auf den Garten hinaus. »Ehrlich gesagt, ich habe gar keine Lust zu arbeiten bei diesem Wetter.«

»Wann haben Sie das letzte Mal Urlaub gemacht?«

»Ich war Weihnachten eine Woche in der Karibik.« Er lächelte. »Ich nehme immer viel zu viel Rücksicht auf den Job.«

»Barbara?« Thomas war aufgewacht und stand in der Terrassentür.

»Guten Morgen, Herr Petri. Gibt es etwas Wichtiges, dass Sie so früh herkommen?«

»Ich habe den Kaffee gerochen«, grinste Petri, dann wurde er wieder ernst. »Severin und ich haben heute ein großes Pensum vor uns und wir brauchten noch ein paar Unterschriften.« Er deutete auf den Stapel, den Barbara immer noch unterschrieb.

»So, das war's,« meinte sie. »Dann können wir ja gleich aufbrechen.« Sie grinste Petri an, der gerade seine Brötchenhälfte in den Mund gesteckt hatte. »Sie dürfen natürlich noch aufessen, Herr Petri.«

Auch Thomas lächelte. »Ich ziehe mich an.«

»Guten Morgen«, rief es plötzlich von der oberen Terrasse herunter. Barbara stand auf und ging ein paar Schritte in den Garten. Oben stand Annette, zum ersten Mal seit dem Mord wieder vollständig angezogen und sorgfältig frisiert.

»Komm herunter, Annette, frühstücke mit uns!«

»Gern.«

Barbara konnte sich des Eindrucks nicht erwehren, dass Annette in den letzten paar Tagen gealtert war. Kein Wunder, dachte sie. Wen nimmt das alles nicht mit? Wenn es vorbei ist, werden wir alle ein paar graue Haare mehr haben.

Hombroich war eine restaurierte Bruchlandschaft an der Erft, die ein Kunstsammler gemeinsam mit einem Maler, einem Bildhauer und einem Landschaftsarchitekten in ein Gesamtkunstwerk verwandelt hatte. Über das Gelände verstreut waren viele Gebäude, die zum Teil Kunst an sich, zum Teil Räume für die umfangreiche Sammlung waren. Barbara und Thomas liebten diesen Ort und fuhren mindestens einmal im Jahr dorthin. Nur im vergangenen Jahr war Thomas zu krank dafür gewesen.

Sie stiegen die Stahltreppe hinunter auf das Gelände. König blieb auf halber Treppe zurück, während Thomas und Barbara langsam in Richtung des Turms gingen, der ersten Station auf dem Rundgang. Sie ließen ihn liegen und gingen vorbei in Richtung Labyrinth. Lange schon hatte Barbara sich an Thomas' bedächtiges Tempo gewöhnt. Sie erinnerte sich an die Zeit, als sie ihn kennen gelernt hatte. Damals, als er noch weit gehend gesund war, hatte man immer den Eindruck gehabt, er müsse sich zur Langsamkeit zwingen. Inzwischen war sie so sehr ein Teil von ihm, dass Barbara es kaum noch bemerkte. Und schon gar nicht, wenn er den Arm um sie legte.

Wie immer war Barbara überrascht, als sich hinter der dichten Baumreihe plötzlich eine Mauer erhob. Sie gingen an ihr entlang zum nächsten Eingang. Die Räume reihten sich aneinander, in der Mitte Heerich-Skulpturen, an den Wänden Arp- und Graupner-Gemälde, sie führten um einige Ecken in den Innenbereich. Von jedem der vier Eingänge aus gelangte man hierher, jeder dieser Wege war einer anderen Kunstrichtung gewidmet. Das helle Tageslicht im großen Innenraum war überwältigend, hier, wo sich die verschiedenen Sammlungsteile, die in diesem Gebäude untergebracht waren, trafen: Graupners farbige Wandpolster korrespondierten mit altchinesischen Skulpturen und Heerichs strengen Quadern, dazwischen Bilder von Kurt Schwitters und Lovis Corinth.

Barbara atmete tief durch. Langsam tat die Ruhe hier ihre Wirkung. Sie setzten sich auf eine Bank. »Es war eine gute Idee, herzukommen.«

»Finde ich auch.«

»Und du bist okay?«

»Ja, alles in Ordnung. Keine Kurzatmigkeit, ich schwitze nicht ... Mir geht es gut.«

»Wenigstens das.«

Thomas seufzte. »Barbara, ich weiß, es ist schwierig, aber ich habe dich hierher gebracht, damit du mal abschaltest. Keine Mörderjagd, keine Sorge um mich, nur einfach hier sein und entspannen.«

»Ich versuche es ja. Aber ...« Sie konnte nicht weiterreden, weil er sie sanft auf den Mund küsste.

»Aber ...« Jetzt war es ein langer, leidenschaftlicher Kuss.

Als Barbara die Augen wieder öffnete, sah sie Patrick König wieder in einem der Gänge verschwinden.

»Weiter?«, fragte Thomas.

»Ja.«

Eigentlich hatte Barbara einen weiteren Kuss erwartet, stattdessen stand er auf. Sie lachte.

»Was ist?«

»Ich dachte, du küsst weiter ...«

»Kannst du haben. Später.«

Eng umschlungen schritten sie jeden der vier Gänge ab und wandten sich dann in Richtung Hohe Galerie und Anatols Haus. Dieses kleine verwunschene Haus, das gleichzeitig Ausstellungsraum und Atelier war, faszinierte Barbara besonders. Die Werke des ehemaligen Polizisten und Beuys-Schülers Anatol wirkten archaisch und warm. Vor einer der großen Wächterfiguren aus rostigem Eisen blieb Barbara stehen.

»Er müsste auf uns aufpassen und auf alle, die wir lieben«, sagte sie leise. Sie blickte sich um. König war nirgendwo zu sehen, aber sie war sicher, dass er irgendwo in der Nähe war.

Im alten Landschaftspark hatten sie das freie Gelände verlassen. Ein Bachtal voller blauer Hortensien und die Schleife der Erft erwarteten sie auf dem Weg von Kunstwerk zu Kunstwerk durch den kühlen Wald. Schließlich kamen sie wieder in freies Gelände.

Plötzlich bemerkte Barbara aus den Augenwinkeln heraus, wie jemand hinter einem halbhohen Busch verschwand.

»Wer war das?«, fragte Thomas. Er hatte ihn offensichtlich auch bemerkt.

»Ich bin mir nicht sicher«, meinte Barbara. »Aber es könnte Özay gewesen sein.«

König tauchte bei dem Busch auf. Er hatte den Mann also auch gesehen. Es war tatsächlich Özay, die teure Kamera um den Hals. Er bemerkte, dass König auf ihn zukam und trat schleunigst den Rückzug an, König hinter ihm her. Sie verschwanden im dichter werdenden Wald. Kurz darauf hörten sie einen Schmerzenschrei und dann einen Ruf. »Frau Hielmann-Pross!«

König saß am Boden und rieb sich seinen Knöchel. »Verstaucht oder Schlimmeres?«, fragte Barbara.

»Verstaucht, denke ich. Dieser verdammte Mistkerl ...«

»Den kriegen wir schon.« Sie streckte König die Hand hin. »Versuchen Sie mal zu laufen.«

Er stand auf, belastete den Fuß und sein Gesicht verzerrte sich.

Thomas kam hinzu. »War es Özay?«

»Ja, ganz sicher«, meinte König. »Der Kerl hat mich umgeworfen, das hätte ich ihm nie zugetraut.«

»Er hat sich den Fuß verstaucht«, erklärte Barbara Thomas.

»Aber ich denke, bis zum Parkplatz schaffe ich es.«

Auf Barbara gestützt, kam König zurück zu seinem Auto, glücklicherweise hatte der Wagen ein Automatik-Getriebe. Von Özays schwarzem Golf war weit und breit nichts zu sehen.

»Ich schicke Ihnen sofort einen Kollegen zur Villa«, meinte König. »Ich fürchte, ich werde heute erst mal ausfallen.«

»So wie der Knöchel angeschwollen ist, nicht nur heute.« Barbara schlug die Wagentür zu und ging hinüber zum Jaguar, wo Thomas wartete.

»Was wirst du wegen Özay unternehmen?«, fragte er, als sie einstiegen.

»Ich weiß es nicht. Ihn noch einmal festnehmen zu lassen, wird wenig bringen, fürchte ich.«

»Vielleicht würde das aber den nächsten Mord verhindern ...«

Barbara hatte den Schlüssel in Zündschloss gesteckt, drehte aber noch nicht um. »Denkst du denn wirklich, dass Özay der Mörder ist?«

»Ich weiß nicht. Aber er beobachtet dich seit Monaten, fotografiert dich. Warum? Eine Story schreibt er offensichtlich nicht, das kann sich kein Journalist leisten, so lange an einer relativ kleinen Sache dranzubleiben. Was also treibt ihn dazu, immer in deiner Nähe zu sein?«

»Du meinst ...« Barbara wunderte sich, dass ihr dieser Gedanke noch nicht gekommen war. »Du meinst, er sammelt die Informationen für den Mörder?«

»Wäre doch möglich, oder?«

Sie nickte. »Dann sollte man ihn wirklich aus dem Verkehr ziehen ...«

»Oder ganz ernsthaft beschatten. Er könnte die Polizei vielleicht zum Mörder führen.«

Barbara startete den Wagen. »Wir sollten zusehen, dass er keinen Verdacht schöpft. Wenn wir zu Hause sind, werde ich Kramer bitten, ihm wegen des Vorfalls mit König auf den Pelz zu rücken, ihn aber ansonsten in Ruhe zu lassen und zu beschatten.« Sie lächelte. »Ich fürchte, viel abgeschaltet habe ich heute nicht. Aber ich fühle mich besser. Özay könnte eine Spur sein.«

Als sie zurückkamen, führte Barbara ein längeres Telefongespräch mit Kramer. Beide waren sich einig: Özay musste umfassend beschattet werden. Kramer versprach, das zu organisieren.

Wie sie erwartet hatte, musste Thomas sich erst einmal hinlegen.

»Eigentlich fühle ich mich ganz gut«, meinte er und küsste Barbara auf den Nacken. »Ich bin müde, aber heute Nachmittag werde ich sicher noch arbeiten können.« Er verschwand im Schlafzimmer, während Barbara den Anrufbeantworter abhörte. Es gab eine Nachricht aus Heide für sie. Sie rief zurück, aber Wolfgang Freitag war nicht zu sprechen. Sie erreichte ihn erst am späten Nachmittag.

»Diese Idioten, warum haben die dich nicht durchgestellt ...Wir haben Rüdiger Reiners geschnappt. Er hatte sich die ganze Zeit nicht aus dem Kreisgebiet bewegt.«

»Und? Ist er geständig?«

»Er singt wie ein Vogel. Er ist längst nicht so intelligent wie Nötzel. Das Versteckspiel während der Fahndung muss ihn völlig entnervt haben.«

»Und er belastet Nötzel?«

Freitag lachte. »Natürlich. Es war alles Nötzels Idee mit dem falschen Sperma, aber etwas anderes hatte ich auch nicht erwartet.« Er machte eine Pause. »Ich nehme an, du kannst im Moment nicht herkommen?«

»Nein, ich kann hier nicht weg. Aber es geht doch ohnehin nur noch um das Gutachten für die Staatsanwaltschaft. Sollen die doch einen externen Gutachter besorgen, einen guten forensischen Psychologen. Ich könnte auch nicht mehr tun als die.«

»Aber es ist doch zum großen Teil dein Verdienst ...«

»Meine Arbeit ist zu den Akten genommen, das genügt doch. Ich verspreche, ich schreibe noch einen ausführlichen Bericht.« Es klingelte an der Tür. Barbara hörte, wie jemand öffnete.

»Gut, Barbara.«

»Irgendeine Spur von Grüter?«

»Leider nicht. Wenn du mich fragst, Barbara, dann ist er entweder in Düsseldorf oder über alle Berge.«

»Und lässt seine Frau im Stich?«

»Der ist doch sowieso nicht mehr zu helfen.«

»Da magst du Recht haben. Mach's gut, Wolfgang.«

Barbara überlegte, wann sie Zeit für den Bericht finden würde. Aber wenigstens war dieser Fall nun für sie abgeschlossen, eine Sorge weniger.

Sie zuckte zusammen, weil Petri leise an die Arbeitszimmertür klopfte.

»Tut mir Leid, ich wollte Sie nicht erschrecken ... Die Haushälterin Ihrer Schwiegermutter hat mich hereingelassen.«

»Schon gut.« Sie legte das Telefon, das sie immer noch in der Hand hielt, auf den Tisch.

»Schlechte Nachrichten?«, fragte Petri.

»Nein. Im Gegenteil. Sie haben den zweiten Vergewaltiger geschnappt, er ist voll geständig und belastet auch seinen Mittäter, der bisher geschwiegen hat.«

»Der Fall im Kreis Dithmarschen?«

Barbara nickte und lächelte. »Das heißt, Sie werden nicht mehr verdächtigt ...«

»Da bin ich aber beruhigt. Ich habe auch gute Nachrichten. Severin und ich sind Reitker endlich auf die Schliche gekommen. Wollen Sie mal sehen?«

Er stellte sich dicht neben sie und warf den Aktendeckel, den er bei sich trug, auf den Tisch. »Das sind alles Kopien von Belegen, mit denen Reitker die Firma ausgeplündert hat. Hier sind große Barsummen – niemand hinterfragt so etwas in einer Baufirma, die auch öffentliche Aufträge hat.«

»Schmiergelder?«

Er nickte. »Aber Severin weiß, dass da nichts gelaufen ist. Zwei Ausschreibungen auf die sich Reitker bezieht, gingen sogar verloren. Und hier ...« Er blätterte hastig weiter, bis er eine Aufstellung fand. »Das sind die Bar-Kassen der Großbaustellen. Das Geld ist nie dort angekommen. Die Buchhaltung hat bestätigt, dass es stillschweigend vergessen wurde, weil Reitker angedeutet hatte, Leute schmieren zu müssen.« Er blätterte weiter: »Hier hat er angeblich einen großen Hublader gekauft, ebenfalls bar, weil das eine Gelegenheit war; ein alter wurde dafür ausgemustert. Aber der steht immer noch auf dem Hof, von einem neuen keine Spur.«

Barbara schüttelte den Kopf. »Ich verstehe nicht, wieso niemand aufgemuckt hat.«

»Er war der Geschäftsführer, von seiner Gnade hingen alle ab. Und dann dachte jeder, er tut das zum Wohl der Firma.«

»Stattdessen ging alles in seine eigene Tasche.« Sie deutete auf die Mappe. »Kann ich mir die kopieren für die Mordkommission?«

»Das ist Ihre Kopie.«

»Oh, danke.« Sie klappte die Mappe zu und legte sie zur Seite.

»Jetzt haben wir ihn.« Petri schien befriedigt.

»Ja, Beweise für Untreue gibt es genug. Aber reichen sie auch als Motiv für einen Mord? Und vorher die Fakes mit den Leichen?«

»Dann glauben Sie nicht, dass Reitker es getan haben könnte?«, warf Petri ein.

Barbara verzog den Mund. »Wenn wir wenigstens feststellen könnten, ob er irgendwann Speditionen beauftragt hat, etwas für ihn zu transportieren.«

»Die Leichen ...« Für einen Moment starrte Petri vor sich hin, dann meinte er leise: »Es tut mir Leid, aber schon von der Vorstellung bekomme ich Gänsehaut.«

»Das vergeht mit der Zeit.«

»Ich habe nicht vor, es so weit kommen zu lassen«, meinte Petri ernst. Dann wechselte er das Thema

»Wo ist Ihr Mann?«

»Er schläft.«

»War wohl sehr anstrengend heute.«

»Und ein bisschen aufregend. Dieser Journalist Özay tauchte auf, und als König ihn stellen wollte, hat er ihn umgeworfen. Jetzt hat König einen verstauchten Fuß, und die halbe Düsseldorfer Polizei wird Özay beschatten.«

Petri schüttelte verständnislos den Kopf. »Man sollte doch meinen, dass er genug hat, nachdem er zwei Tage in Haft verbracht hat.«

»Thomas hatte heute eine merkwürdige, aber sehr einleuchtende Erklärung. Er glaubt, Özay beschafft dem Mörder Informationen über mich.«

Petri sah sie erstaunt an. »Wirklich? Das ist eine interessante Idee. Und was halten Sie davon?«

»Es wäre denkbar. Aber wir müssen das erst überprüfen.«

Er tippte auf die Papiere. »Da haben Sie ja jetzt reichlich zu tun. Ich wollte auch noch ein Stündchen arbeiten.«

Am frühen Abend weckte Barbara Thomas, damit er in der Nacht noch schlafen konnte. Er fühlte sich erfrischt. Aber er hatte auch zwei Stunden länger geschlafen als geplant.

»Viel arbeiten werde ich heute wohl nicht mehr«, meinte er, aber er wirkte nicht so, als ob er das bedauerte.

Stattdessen bereiteten die beiden ein Abendessen zu. »Eigentlich könnten wir grillen bei dem schönen Wetter. Vielleicht kannst Du mir mit dem Grill helfen.«

»Der Grill« war eine riesige Barbecue-Ausrüstung, die Thomas' Vater kurz vor seinem Tod in den USA gekauft hatte.

Sie fanden in einem Schuppen noch einen Rest Holzkohle, der aber kaum reichen würde. Kurz entschlossen fuhr Barbara zur nächsten Tankstelle, und da sie schon einmal unterwegs war, kaufte sie im Großmarkt frisches Fleisch und ließ die eingefrorenen Steaks in der Tiefkühltruhe.

Als sie zurückkamen, saß Heinz Wersten auf der Terrasse. »Keine Angst – ich wollte zwar mit dir reden, aber das Berufliche lassen wir besser heute Abend. Thomas hat mich spontan eingeladen.«

»Gut. Aber Severin und Herr Petri sind heute fündig geworden in Sachen Reitker. Die Mappe liegt auf meinem Schreibtisch, du solltest sie nachher nicht vergessen.«

»Sehr gut.«

»Schluss jetzt«, sagte Thomas. »Ich will heute Abend nichts mehr über eure Arbeit hören.«

Sie holten Annette dazu, improvisierten noch ein paar Beilagen und ließen sich in einer geschützten Ecke der Terrasse nieder. Thomas und Barbara saßen gemeinsam auf der riesigen Hollywoodschaukel, die meiste Zeit kuschelte sich Barbara dicht an Thomas, die Beine hochgezogen.

Natürlich kam das Gespräch doch irgendwann auf Lydia Andresen. Ihre Leiche war noch nicht freigegeben, aber irgendwie hatte der Abend etwas von einer Beerdigungsfeier – einer für Lydia sehr würdigen.

»Sie war doch früher bestimmt sehr attraktiv, Annette. Bist du nie eifersüchtig gewesen?«, wollte Barbara wissen.

Annette lachte. »Sieh mich an. Dürr und blond wie ich nun mal bin und immer gewesen bin. Leo stand nicht auf dunkel, nicht auf groß und nicht auf Kurven. Aber Lydia hat damals schon die halbe Firma aufgemischt, wenn sie in Miniröcken und knallengen Pullovern herumlief. Sie hat als Baustellensekretärin angefangen. Die Bauarbeiter standen fast Kopf. Sie war ein Sicherheitsrisiko damals.«

»Lydia in Miniröcken – das kann ich mir gar nicht vorstellen.«

»Sie war schon sehr elegant«, meinte Thomas. »Aber ihre üppige Figur gab ihr immer so etwas... etwas ...«

»Erotisches.« Annette nippte an ihrem Rotwein. »Ich habe bis heute nicht verstanden, warum sie allein geblieben ist.«

»Ich glaube, die Zeit ist bei ihr einfach stehen geblieben. Sie hat ihr Leben lang diese Sechzigerjahre-Frisur getragen und sich auch so geschminkt. Die Pfunde, die sie später mehr hatte, veranlassten sie vielleicht, keine Miniröcke mehr zu tragen, aber sie sah immer so aus, als käme sie aus dem falschen Jahrzehnt. Das war mir schon bei meiner ersten Begegnung mit ihr aufgefallen.«

Es wurde ein Abend vieler Geschichten. Wie Leo Hielmann und Annette sich kennen gelernt hatten. Wie Barbara und Heinz ihren ersten gemeinsamen Fall gelöst hatten. Und immer wieder Geschichten um Lydia Andresen, die in piekfeinen Kostümen mit Stöckelschuhen über die Baustellen gehen konnte und sich nie schmutzig machte. Die einen Arbeiter in die Dusche schickte, bevor sie ihn zum Chef vorließ. Die aber ebenso mit einem von der Arbeit schmutzigen Maurer in ein Restaurant ging, das die Arbeiter vorher abgewiesen hatte.

»Kein Zweifel, sie war so etwas wie die Seele der Firma.« Thomas goss sich den Rest Rotwein ein. Annette hob die Brauen.

»Der Wein wird mich nicht umbringen, Mutter. Es ist ein so schöner Abend heute. Ich bin diszipliniert genug, um mir noch einen Schluck Wein gönnen zu können.«

»Ihr habt euch eben gefragt, warum sie nie geheiratet hat.« Heinz, der seit vielen Jahren trockener Alkoholiker war, mixte sich gerade noch eine Apfelschorle. »Bei der Durchsuchung ihrer Wohnung sind wir vielleicht auf den Grund gestoßen. Wir haben einen dicken Packen Briefe gefunden. Bevor sie zu Hielmann kam, hatte sie einen Freund – na, ja, eher einen Verlobten. Der ist nach Australien ausgewandert und hatte ihr versprochen, sie nachzuholen. Aber es hat wohl nie geklappt, weil er große Schwierigkeiten da unten hatte. Sie blieben zwar immer in Kontakt, aber von Beziehung konnte keine Rede mehr sein. Anfang der Achtziger wollte er dann sein Versprechen wahrmachen, aber da war Lydia schon ein paar Jahre Chefsekretärin und entschied sich, in Deutschland zu bleiben.«

»Davon hat sie nie etwas erzählt«, meinte Annette erstaunt.

»Es gab noch andere Überraschungen. Sie muss eine Zeit lang ein Verhältnis mit einem eurer Angestellten gehabt haben, einem gewissen Dietmar Bromund. Er war verheiratet, deshalb hielt das nicht sehr lange. Danach scheint es keinen Mann mehr in ihrem Leben gegeben zu haben.«

»Bromund.« Barbara seufzte. »Deshalb war sie so dankbar, als ich mich für ihn einsetzte. Reitker hatte versucht, ihm die Schuld für fehlendes Geld in die Schuhe zu schieben.«

»Das passt alles gut zu ihr«, meinte Thomas. »So war sie: treu und loyal. Sie ist diesem Verlobten mehr als fünfzehn Jahre nach seiner Auswanderung treu geblieben und hat zu Bromund auch noch gestanden, als die Affäre vorbei war.«

»Aber ausgerechnet Bromund ...« Annette musste plötzlich kichern wie ein kleines Mädchen. »Stellt euch die beiden doch mal zusammen vor.«

Ja, das war wirklich eine erheiternde Vorstellung. Der steife Buchhalter, klein, dünn, nervös, mit schütterem Haar, stets mit zu weiten Hosen und einem Pullunder bekleidet, unter dem manchmal die Hosenträger hervorsahen und die große, gut gepolsterte elegante Frau mit den toupierten Haaren, die ihn fast um einen Kopf überragte.

»Der Australier war auch eher klein und dünn«, merkte Heinz in dem allgemeinen Gelächter an. »Offensichtlich mochte sie diesen Typ Mann.«

»Ja. Sie hatte ja auch etwas Mütterliches an sich.«

Inzwischen war es ganz dunkel geworden. Sie hatten ein paar Windlichter angezündet, und auf dem Grill glühte die Kohle noch etwas nach.

Annette, die eine Weile in die Glut gestarrt hatte, regte sich. »Das hätte ich fast vergessen, euch zu sagen. Ich werde morgen für ein paar Tage zu meiner Freundin Elisabeth nach Solingen fahren. Ich habe heute mit ihr telefoniert und sie war der Meinung, dass ich dringend für eine Weile hier raus müsste. Schließlich war sie ja auch hier, als es passierte.« Sie machte eine Pause. »Und da Lydias Leichnam noch nicht freigeben ist ...«

»Ich finde, das ist eine sehr gute Idee, Mutter. Das wird dir gut tun.« Die anderen stimmten Thomas zu. Er hatte sein Glas geleert und stand nun auf. »Ihr könnt gerne noch sitzen bleiben, wenn ihr wollt, aber ich muss jetzt ins Bett.«

»Sitzen bleiben? Direkt vor eurem Schlafzimmerfenster?« Annette stand auch auf. »Ich denke, wir hatten einen schönen Abend, aber wir sollten ihn jetzt beenden.«

Als sie sich von Heinz und Annette verabschiedet hatten, sammelten Barbara und Thomas die Reste des Essens und das Geschirr ein. »Alles andere kann stehen bleiben. Es wird heute Nacht nicht regnen«, meinte Thomas.

»Gut. Geh schon schlafen, ich stelle noch die Spülmaschine an.« Barbara realisierte zunächst gar nicht, dass Thomas grinste. »Ach hör auf!«, rief sie und knuffte ihn spielerisch. »Du tust gerade so, als würde ich sonst nie aufräumen.«

Als sie ins Schlafzimmer kam, hatte sie erwartet, Thomas schlafend im Bett vorzufinden. Stattdessen saß er in einem Sessel gleich bei der Tür, griff nach ihrer Hand und zog sie auf seinen Schoß. »Na endlich. Ich dachte, du wirst nie fertig.«

»Ich habe dich heute Mittag wohl doch etwas zu lange schlafen lassen ...« Sie konnte nicht mehr ausreden, denn er küsste sie.

»Mir geht es gut und das will ich ausnutzen«, meinte er.

Barbara hatte ihn selten so leidenschaftlich erlebt. Aufmerksam und zärtlich, ja, aber diesmal war es weit mehr. Selbst als es ihm noch besser ging, war er nie so fordernd gewesen. Es gefiel ihr. Beide vergaßen für eine Weile, dass er so krank war und dass jemand versuchte, ihr etwas anzutun. Am Ende gab es keine Stelle in dem riesigen Bett, auf der sie nicht gelegen hätten.

»Was ist nur mit dir los, Thomas?«, fragte sie. Sie waren immer noch hellwach, hatten die Kissen aufgetürmt und saßen daran gelehnt im Bett.

»Hat es dir denn nicht gefallen?«

»Sicher hat es das.« Ihre Finger hatten sich schon wieder miteinander verhakelt. »Aber es war anders.«

Er nickte. »Ich wollte einmal keine Rücksicht nehmen auf meine Gesundheit. Nicht diszipliniert sein. Wenigstens in diesem Bett nicht. Und du siehst, es hat mich nicht umgebracht.«

»Es war schön. Aber ich möchte nicht, dass du denkst, mir fehlt etwas, wenn es anders ist. Das ist nämlich ganz und gar nicht so.«

»Das weiß ich. Das kann ich spüren.« Er zog sie zu sich herüber. »Und ich bin sehr froh darüber.«

Die Zärtlichkeiten begannen von Neuem, ruhiger diesmal, mehr wie es ihrer sonstigen Art entsprach. Es reichte nicht mehr für eine weitere Runde, es war nun, als wärmten sie noch einmal ihre Seelen, bevor sie jeder für sich einschlafen würden. Als sie endlich die Kissen aus dem Bett warfen, um wirklich zu schlafen, setzte bereits die Morgendämmerung ein.

9. Kapitel

Barbara wurde am nächsten Morgen vom Telefon geweckt. Es war gegen zehn und Thomas schlief noch tief und fest. Sie schlich sich aus dem Schlafzimmer und ging dem Klingeln nach. Der Apparat lag in der Küche.

»Ja?«

»Frau Pross?« Es war Kramer.

»Ja.«

»Habe ich Sie geweckt?«

»Ja, aber das ist in Ordnung. Ich ... ich habe letzte Nacht nicht viel geschlafen, aber es wird Zeit aufzustehen.«

»Ich wollte gestern Abend nicht mehr stören, aber ich habe mit dem letzten der drei Detektive gesprochen, die Reitker beschattet hatten. Es stellte sich heraus, dass er nicht allein gearbeitet hat.«

»Wie meinen Sie das, nicht allein? Es waren doch drei ...«

»Er hat jemand anderen für sich arbeiten lassen und anscheinend macht er das öfter. Während er Fälle auf eigene Rechnung abwickelt, hat er jemanden beauftragt, die Beschattung zu übernehmen und Fotos zu machen. Und raten Sie mal, wer das ist.«

Barbara ließ sich auf einen Küchenstuhl fallen. »Özay ...«

»Genau. Ich wusste, dass der Kerl sein Geld nicht mit Journalismus verdient. Genthien, das war der Detektiv, war natürlich nicht glücklich, dass wir mit seinem Chef darüber geredet haben. Der kennt Özay auch. Er hatte sich mal beworben, aber Kohlreiter hat ihn nicht genommen.«

»Aus welchem Grund?«

Kramer seufzte. »Ich dachte auch erst, der wüsste etwas über Özay, aber offensichtlich mag er lediglich keine

Türken. Genthien hat Özays Talent hingegen erkannt. Vor allem Qualitätsfotos sind wohl seine Spezialität. Fast alle Fotos, die wir von Frau Reitker bekommen haben, hat Özay gemacht.«

»Wir müssen mit ihm reden.«

»Und die Beschattung? Was ist, wenn er uns zu dem Mörder führen könnte?«

»Wir reden nur über seinen Nebenjob mit ihm, sonst nichts.« Barbara stand auf. »Und das werde ich tun. Ich will ihn nicht einschüchtern, wenn er Angst bekommt, haben wir keine Chance. Wo ist er jetzt gerade?«

Kramer zögerte. »Vielleicht wäre es besser, das ganz offiziell zu machen ...«

»Mir wird nichts passieren, Kramer. Da ist ja noch Patrick Königs Kollege ... Ich vergesse seinen Namen immer ...«

»Nein, Sie können ihn nicht aussprechen«, grinste Kramer. »Der Mann heißt Pielkalkiewiecz.«

»Er sagte, ich solle ihn Volker nennen.«

Kramer lachte.

»Also, wo ist Özay gerade?« Barbara wurde ungeduldig.

»Er hat seine Wohnung seit gestern Abend dreiundzwanzig Uhr nicht mehr verlassen.«

»Gut, dann werde ich dahin fahren.«

»In Ordnung, aber passen Sie auf sich auf.«

Barbara drückte die rote Taste und nahm das Telefon mit ins Arbeitszimmer, um es in die Ladestation zu stecken. Thomas hasste es, wenn er das Telefon erst suchen musste. Dann verschwand sie unter der Dusche.

Als sie danach wieder leise ins Schlafzimmer ging, schlief Thomas immer noch tief und fest. Sie stellte sich eine Weile neben ihn, um seinem Atem zu lauschen, aber er ging ruhig, gleichmäßig und kräftig.

Mit einem Kleid in der Hand ging sie wieder auf Zehenspitzen hinaus und stieß im Flur fast mit Annette zusammen, die wie gewöhnlich bereits perfekt angezogen und frisiert war.

»Oh, entschuldige bitte, Barbara. Aber hier war es so unheimlich ruhig den ganzen Morgen, dass ich dachte, ich müsse mal nachsehen ...«

Barbara schlüpfte in das Kleid und ging sich vor dem Spiegel ein paar Mal mit den Händen durch die kurzen Haare, die noch ein bisschen feucht waren. »Es war gestern eine lange Nacht für Thomas und mich.« Barbara lächelte, traute sich aber nicht, Annette anzusehen.

»Irgendwie sieht man dir das an.«

Barbara sah in den Spiegel und suchte nach Anzeichen für Müdigkeit.

»Nein, du hast keine Ringe unter den Augen, Barbara. Du strahlst nur so viel Zufriedenheit aus, dass es einfach auffallen muss.«

»Nun ...«

»Was denkst du eigentlich von mir? Dass ich es euch nicht gönne?« Auf Annettes Stirn erschien dieselbe steile Falte, die auch Thomas bekam, wenn ihm etwas nicht passte.

»Nein. Aber dass du denkst, es könnte zu viel des Guten sein.«

Annette lächelte plötzlich. »Du hast also ein schlechtes Gewissen?«

Auch Barbara lächelte jetzt. »Nicht wirklich. Dazu war es zu gut. Aber mal abwarten, wie Thomas sich fühlt, wenn er aufwacht.«

»Egal, wie er sich fühlt, er wird es genauso genossen haben wie du. Eigentlich wartete ich darauf, dass ihr aufwacht, weil ich gleich losfahren wollte nach Solingen. Willst du weggehen?«

Barbara nickte. »Wir haben gerade herausgefunden, dass Özay nebenbei als Detektiv arbeitet. Ich will mit ihm darüber reden.« Sie legte ein wenig Make-up auf.

Annette machte ein besorgtes Gesicht. »Sei vorsichtig, Barbara. Er würde es nicht verkraften, wenn dir etwas passiert.«

»Dazu wird es nicht kommen, Annette.« Sie nahm ihre Tasche und verließ das Haus.

Draußen vor der Tür wartete Volker Pielkalkiewicz im Auto. Sie ging zu ihm hinüber. »Ich fahre jetzt nach Flingern, um mit Özay zu reden.« Sie gab ihm die Adresse.

Barbaras geübter Blick erkannte gleich den Omega auf der anderen Straßenseite. Der Fahrer war offensichtlich in dem kleinen Stehcafé mit Kiosk gegenüber eingekehrt, von dort konnte er Özays Haustür unauffälliger beobachten.

Barbara parkte in einer Nebenstraße. Sie klingelte bei Özay. Niemand öffnete. Sie versuchte es noch einmal. Keine Antwort.

Eine ältere Frau kam aus der Tür und Barbara schlüpfte hinein. Özay wohnte im zweiten Stock. Sie fand seine Tür und klingelte nochmals. Dahinter war alles still, nur eine Katze miaute und kratzte an der Tür. Barbara begann, heftig zu klopfen – nichts.

Besorgt verließ sie das Haus wieder. Der Polizeibeamte stand immer noch in dem Café und las in aller Seelenruhe die Zeitung. Sie ging zu ihm hinüber und orderte einen Kaffee.

Er wunderte sich, dass sie sich an seinen Tisch stellte. »Kennen Sie mich?«, fragte sie.

Er wollte verneinen, aber dann dämmerte es ihm. »Sie sind die Profilerin.«

»Genau. Ich wollte mit Özay sprechen. Er scheint nicht da zu sein.«

Der Mann sah sie erstaunt an. »Er hat das Haus nicht verlassen, seit gestern Abend nicht.«

»Sind Sie sicher?«

»Ganz sicher. Ich habe meinen Kollegen heute früh um fünf abgelöst. Er war hellwach und sagte, nichts hätte sich gerührt. Er ist nicht einer von denen, die zwischendurch einschlafen.«

»Und Sie?«

»Ich auch nicht«, brummte er.

»Wir sollten die Wohnung aufmachen. Aber dazu brauche ich Sie.«

»Wir können doch nicht ...«

»Los, kommen Sie schon. Sie können, ich nicht.«

Sie zerrte den überraschten Mann von seiner Zeitung weg. An der Straßenecke sah sie Pielkalkiewiecz und winkte ihm. »Wir machen Özays Wohnung auf, Volker. Ich habe einen Heidenlärm gemacht, aber er hat nicht geöffnet. Kommen Sie mit.«

Barbara hasste es, Wohnungen zu öffnen. In vielen Fällen war sie dabei auf eine Leiche gestoßen, und auch jetzt befürchtete sie das Schlimmste.

Hinter der Tür schnurrte die Katze laut und deutlich. Der Beschatter stand nur dabei, während Volker das Schloss untersuchte. Es war alt und hatte nicht einmal einen Sicherheitszylinder.

»Das kriegen wir ganz leicht auf«, meinte Volker. »Aber der Schlüssel steckt von innen.« Er nahm einen Metallkugelschreiber aus der Jackentasche und begann, in dem Schloss herumzustochern. Schließlich gelang es ihm, den Schlüssel herauszuschieben. Ein ganzer Bund fiel auf der Innenseite herunter, dic Katze miaute auf.

»Treffer«, murmelte Volker. Dann drehte er sich zu dem Kollegen um. »Ihr habt doch sicher einen Kleiderbügel im Auto, oder?«

Der andere nickte.

»Dann hol den mal. Damit kriege ich es auf.«

Wenig später rührte er mit dem verbogenen Bügel in dem Schloss herum. »Jetzt ... nein. Doch, jetzt hab ich es.«

Die Tür sprang auf. Die Katze, nach dem Anschlag mit dem Schlüssel wohl etwas misstrauisch, hockte in der Diele und schaute die Eindringlinge an.

Barbara hob den Schlüssel auf.

Gemeinsam gingen sie durch alle Zimmer – nirgendwo eine Spur von Özay. Am meisten graute Barbara vor dem Schlafzimmer, dessen Tür angelehnt war – gerade genug, damit die Katze durchkam. Es war dunkel. Volker schob sich an Barbara vorbei und machte das Licht an. Das Bett war benutzt und offensichtlich hatte auch die Katze darin gelegen. Aber Özay war nicht hier.

Sie gingen zurück in die Küche. »Die Katze hat Hunger, ich werde ihr etwas zu fressen geben«, meinte Barbara. In einem Schrank fand sie Katzenfutter. Als die Katze das Geräusch des elektrischen Dosenöffners hörte, kam sie in die Küche und strich sofort um Barbaras Beine. Volker und der Kollege sahen zu, wie sie das Futter in den Napf füllte und auch etwas Wasser nachgoss. Die Katze machte sich über das Futter her, und Barbara war vergessen.

»Sieh mal an, die Balkontür ist offen«, sagte der Beschatter plötzlich. »Aber er wird doch nicht aus dem zweiten Stock ...«

Der Balkon ging nach hinten hinaus. »Da haben wir die Bescherung.« Volker deutete auf die Stahlleiter, die an der Seite hinabführte. »Eine Feuerleiter. Die muss er benutzt haben. Und dann ist er wahrscheinlich über den nächsten Zaun geklettert.«

»Wo hat er gestern Abend geparkt?«, fragte Barbara den Beschatter.

»In der Nebenstraße, sagte der Kollege.«

»Los, gehen wir.«

»Und der Schlüssel?«

»Den lassen wir wieder von innen stecken.«

Sie verließen die Wohnung und gingen in die Nebenstraße. Von Özays Golf war nirgendwo eine Spur. Vorsichtshalber schritten sie das ganze Karree ab, aber der Wagen war nicht da.

»Er hat Sie ausgetrickst. Wäre vielleicht besser, Sie informieren Ihre Vorgesetzten.«

»Ja, sicher.« Der Mann griff zum Handy.

In diesem Moment klingelte auch Barbaras Apparat. »Ja?«

»Frau Hielmann-Pross?« Es war eine heisere, männliche Stimme. Sie erinnerte Barbara an etwas, aber sie konnte nicht genau sagen, an was.

»Ja. Wer sind Sie?«

»Wenn Sie wissen wollen, wo Özay ist, fahren Sie zum Benrather Schlosspark. Sein Wagen steht auf dem Parkplatz an der Orangerie.«

»Woher ...«

Der Anrufer hatte aufgelegt.

»Wer war das?«, fragte Volker.

»Er hat seinen Namen nicht gesagt.« Sie sah die beiden an. »Aber er behauptet, Özay sei in Benrath am Schloss.«

»Sollen wir nicht der Soko Bescheid sagen?«, fragte der Beschatter.

Barbara schüttelte den Kopf. »Ich werde mit Volker allein dorthin fahren. Sie informieren Ihre Vorgesetzten und kommen nach.«

»Gut.«

»Volker? Wir fahren mit meinem Auto.«

»So war das aber nicht gedacht, Frau Hielmann-Pross.«

»Im Moment können Sie am besten auf mich aufpassen, wenn Sie ganz nah bei mir sind.«

Er nickte und ging mit ihr zu ihrem Wagen. »Schönes Auto.«

»Wollen Sie fahren?« Barbara warf ihm die Schlüssel zu.

Als sie in Benrath ankamen und auf den Parkplatz der Orangerie fuhren, in der die Stadtbibliothek untergebracht war, entdeckte Barbara sofort Özays schwarzen Golf. Er selbst war nicht zu sehen.

»Vielleicht ist er im Park«, meinte Volker.

»Sehen wir nach.«

Sie stiegen aus dem Wagen und gingen in Richtung Schloss. Dann bemerkten sie in einiger Entfernung Özay, der ihnen entgegenkam, seine Kamera um den Hals. Als er sie erkannte, machte er Anstalten zu fliehen.

»Hinterher?«, fragte Volker.

Barbara nickte. Volker rannte los, er war wirklich sehr schnell. Barbara versuchte erst gar nicht, mit den beiden mitzuhalten, sie wusste, der Polizist würde Özay kriegen. Wenig später kam er aus einem Gebüsch und zerrte den zusammengekrümmten Özay hinter sich her, die Kamera hing dicht über dem Boden.

»Ich war es nicht. Ich habe mit dem Mord und den Leichen nichts zu tun«, keuchte der.

»Immer mit der Ruhe. Ich will nur mit Ihnen reden. Weshalb sind Sie hier?«

»Ich gehe spazieren ...«

»Und dazu schleichen Sie sich über die Feuertreppe aus Ihrer Wohnung und lassen Ihre Katze hungern?«

Özay keuchte immer noch und schien nicht gewillt, irgendetwas zu sagen.

»Wir beschatten Sie nicht, weil wir Sie des Mordes verdächtigen, Herr Özay. Wir glauben nur, dass Sie dem Mörder Informationen liefern.«

»Ich?« Özay begann plötzlich zu lachen, was ihm noch mehr Atemnot bescherte. »Sie wollen wissen, warum ich hier bin?«

Sie nickte.

»Heute Morgen um vier bekam ich einen Anruf, dass im Benrather Schlosspark eine Leiche abgelegt wurde. – Ein schöner Gruß an Barbara Hielmann-Pross, wie er sagte.«

»Kannten Sie den Anrufer? Hat er seinen Namen genannt?«

»Nein.« Volker ließ Özay ein wenig Bewegungsfreiheit, damit er aufrecht stehen konnte. »Es war eine merkwürdige Stimme, ganz heiser.«

»Derselbe Anrufer hat mich herbestellt, damit ich Sie hier finde. Haben Sie ihn zum ersten Mal gesprochen?«

»Ja, verdammt. Ich sagte doch, ich kenne ihn nicht. Wahrscheinlich war das irgend so ein Scherzkeks, denn ich habe seit Sonnenaufgang jeden Zentimeter hier abgesucht und nichts gefunden.«

»Vielleicht sollten wir das der Polizei überlassen. Am besten, wir bringen Sie ins Präsidium.«

»Warum? Ich habe doch nichts getan ...«

»Das wird sich herausstellen. Wenn Sie meine Fragen nicht beantworten, müssen Sie eben von kompetenteren Leuten verhört werden.«

Volker hatte Özay Handschellen angelegt. Barbara fand zwar, dass das nicht nötig war, doch vielleicht trugen sie ja dazu bei, Özay ein bisschen gesprächiger zu machen.

Sie kamen zurück auf den Parkplatz, auf dem nur wenige Autos standen, meist möglichst nah an der Bücherei. Nur ein

Wagen stand ganz am Ende des Parkplatzes, ein silberner Mercedes.

Plötzliche stutzte Barbara. Sie ging näher heran, denn der Wagen war eine S-Klasse. Als sie das Nummernschild erkennen konnte, zuckte sie zusammen. Ja, das war es, woran sie gedacht hatte. D-LH 111.

Es war Reitkers Wagen.

»Nehmen Sie ihm die Handschellen ab, Volker.«

»Aber ...«

»Er muss jetzt fotografieren.« Sie deutete auf den Mercedes. »Das ist Reitkers Wagen. Und wenn Özays Anrufer Recht hatte und hier eine Leiche zu finden ist, dann wahrscheinlich in diesem Wagen.«

»Reitker? Der ehemalige Geschäftsführer von Hielmann?«, fragte Özay. »Haben Sie den nicht auch verdächtigt?«

Barbara antwortete nicht, sondern sah Volker zu, der den Wagen inspizierte. Er stand offen, der Schlüssel steckte im Zündschloss. Volker öffnete den Kofferraum und wirklich, da lag Reitker. Er trug Freizeitkleidung. In seiner Stirn klaffte ein Loch. Er war merkwürdig verdreht und zusammengeklappt, aber es wirkte, als sei nicht der Kofferraum das Behältnis gewesen, dem die Leiche sich anpassen musste.

»Fotografieren Sie, Özay.«

»Wenn ich ihn gefunden hätte und Sie wären dazu gekommen ... Hätten Sie dann geglaubt, dass ich es war?«

»Wieso denken Sie denn, dass ich das nicht glaube, nur weil Sie so tun, als hätten Sie ihn nicht gefunden?«

Özay sah sie sprachlos an.

»Nun fotografieren Sie ihn schon.«

Fast mechanisch begann Özay, seine Fotos zu machen. Volker telefonierte inzwischen mit der Soko.

»Ich ... ich habe nichts damit zu tun. Ich war zu dumm, ihn zu finden, obwohl ich seinen Wagen ganz leicht hätte erkennen müssen – schließlich habe ich ihn tagelang beschattet.«

»Im Auftrag des Detektivs Genthien.«

»Ach, das wissen Sie auch schon?«

Auf Barbaras Anweisung hin fotografierte er den Wagen von allen Seiten und machte auch noch Aufnahmen vom Innern des Fonds.

»Jedenfalls hätte ich es wirklich merken müssen.«

»Ich denke, der Täter wird damit gerechnet haben.«

Özay ließ die Kamera sinken. »Dann glauben Sie mir?«

»Ich glaube Ihnen, wenn Sie endlich kooperieren, Özay. Wenn Sie mir sagen, für wen Sie die Informationen über mich beschafft haben.«

Sie konnten nicht weiterreden, denn die Streifenwagen der Benrather Polizeiwache kamen an, um das Gelände abzusperren. Wenig später tauchten auch Kramer, Heinz Wersten und die Kriminaltechniker des LKA mit dem Polizeiarzt auf.

»Langsam machst du uns ein bisschen viel Arbeit, Barbara. Aber das sind wir ja von dir gewöhnt«, meinte Max Erhard launig, bevor er fluchend die Leute wegscheuchte, die seiner Meinung nach viel zu nah am Wagen standen. »Wenn hier Fußspuren waren, habt ihr sie gründlich zertrampelt.«

»Na, wir mussten den Wagen doch erst öffnen«, verteidigte sich Volker Pielkalkiewiecz.

»Das hätten wir auch gekonnt – und besser. Verzieht euch!«

Barbara und die anderen zogen sich hinter die Absperrung zurück. Barbara schilderte Heinz und Kramer die Telefongespräche, die sie und Özay hierher gebracht hatten.

»Und wann hättest du uns davon erzählt, Barbara?«

»Ach, komm, Heinz, ich wollte doch nur mit Özay sprechen. Ich wusste nichts von Reitkers Leiche.«

»Jemand trachtet dir nach dem Leben, Barbara. Es ist wichtig, dass wir über alles Bescheid wissen, was du tust, auch wenn es dir nicht passt.« Er sah Özay an. »Was ist nun mit Barbaras Theorie, dass Sie dem Mörder die Informationen beschafft haben?«

»Alles Blödsinn. Ich wollte lediglich eine Story über sie und den Fall Schmidtmann.«

»Özay der Journalist oder Özay der Privatdetektiv?«

»Einfach nur Özay, der seiner Ex-Freundin imponieren will.« Es schien ihm peinlich zu sein.

Der Doktor war mit der Erstunteruntersuchung der Leiche fertig und kam zu ihnen. »Ich kann den Todeszeitpunkt nicht genau bestimmen. Er ist noch ganz frisch, aber ungewöhnlich kalt. Alles deutet darauf hin, dass er gut gekühlt wurde.«

»Unser Mörder muss über die notwendige Ausrüstung verfügen, das wissen wir von den Fakes«, meinte Barbara. »Bei der Hitze war das sicher auch angebracht. Es erklärt auch die merkwürdige Stellung der Leiche.« Sie rief hinüber zu den Kriminaltechnikern: »Max!«

»Ja?«

»Miss doch bitte mal aus, wie groß die Tiefkühltruhe gewesen sein muss, in die man ihn gezwängt hat.«

»Ja, mach ich.«

»Ist er mit dem einen Schuss getötet worden?«, fragte Kramer.

Der Arzt nickte. »Bis jetzt habe ich nichts anderes gefunden. Der Schuss ist aus nächster Nähe auf ihn abgegeben worden, nicht aufgesetzt, aber weniger als fünfzig Zentimeter, möchte ich wetten.«

»Das heißt, er kannte seinen Mörder.«

»Vermutlich, ja.«

Barbara sah Kramer an. »Damit können wir uns jetzt voll und ganz auf Grüter konzentrieren. Reitker fällt ja wohl aus.«

Kramer nickte grimmig. »Und Özay ...«

Ein Handy klingelte, wie sich herausstellte, war es das von Heinz. Er meldete sich und dann konnten alle sehen, wie er plötzlich kreideweiß wurde. »Ich werde mich darum kümmern«, meinte er fast tonlos. »Informieren Sie Kramer ... Es ist mir egal, wenn er neben mir steht, ich will, dass Sie ihn auch anrufen«, brüllte er, bevor er das Handy abschaltete.

»Barbara, bitte komm mal mit zu meinem Wagen.«

»Aber ...«

»Komm mit.«

Sie sah ihn an und von einem Augenblick zum anderen wusste sie, das etwas Furchtbares passiert sein musste. »Thomas«, flüsterte sie.

Heinz nickte, nahm sie am Arm und zog sie zu seinem Wagen.

»Heinz, was ist mit ihm ...«

»Ich will, dass du dich in den Wagen setzt.« Er öffnete die Beifahrertür und wartete, bis sie eingestiegen war.

»Heinz!«

»Auf Thomas wurde ein Mordanschlag verübt. Heute Morgen, als alle aus dem Haus waren. Königs Ersatzmann Berner wollte sich seinen Kaffee holen, es öffnete ihm aber niemand, deshalb ging er hinten herum über die Terrasse. Da hat er Thomas gefunden, im Schlafzimmer.«

»Was ist mit ihm? Heinz, ist er ... ist er ...«

»Nein, er lebt, aber er ist wohl sehr schwer verletzt. Sie haben ihn mit dem Hubschrauber in die Uniklinik gebracht, weil er nirgendwo anders operiert werden kann. Der Junge,

Königs Ersatzmann, meine ich, hat sehr überlegt gehandelt. Ich werde dich jetzt direkt dorthin bringen.«

Barbara war viel zu geschockt, um irgendetwas zu sagen, sie zitterte am ganzen Leib.

Heinz zog seine Jacke aus und legte sie ihr um die Schultern. »Ich würde dich jetzt sehr gern in die Arme nehmen, Barbara, aber ich muss dich dorthin fahren.«

»Ja.« Sie starrte auf die Straße hinaus.

Heinz hatte das Blaulicht auf das Auto gesetzt und fuhr nun in irrwitziger Geschwindigkeit durch die Stadt.

»Heinz, was ist mit Annette? Sie ist doch nach Solingen gefahren ...«

»Wenn wir da sind, organisiere ich, dass sie jemand dort abholt, in Ordnung?«

Sie nickte. Ihr war speiübel, als sie kurz darauf vor der Klinik vorfuhren. »Ich werde bei dir bleiben, Barbara. Kramer wird alles andere regeln.«

Heinz fragte sich durch, und schließlich saßen sie in der richtigen Wartezone. Er rief die Polizei in Solingen an, nachdem er Barbara den Namen von Annettes Freundin entlockt hatte. Die Kollegen würden Annette herbringen.

Barbara wusste nicht, wie lange sie gewartet hatten, als Professor Weinfurt hereinkam.

Er trug noch die blutige OP-Kleidung. »Frau Hielmann-Pross ...«

»Wie geht es ihm?«

»Nicht sehr gut, fürchte ich. Es waren insgesamt sechs Messerstiche, einer davon in den Brustkorb, zwei in den Bauch. Es wäre schon für einen gesunden Menschen schwierig, das zu überleben ...«

»Aber er ist ...« Sie zwang sich, es auszusprechen. »Er ist doch nicht tot?«

»Nein. Aber seine Chancen sind gering. Allein die Narkose könnte ihn umbringen. Allerdings hält er sich beachtlich. Ein Team von Herzspezialisten ist dabei und unsere besten Chirurgen. Wir tun, was wir können.«

»Er ist sehr zäh, Professor Weinfurt.«

»Ja, das ist er. Darauf hoffen wir alle.«

»Wann ist die Operation beendet?«

»Wir haben die schlimmsten inneren Verletzungen behandelt, die Blutungen sind weitgehend gestoppt. Wir haben beschlossen, ihn in einen künstliches Koma zu versetzen, um seinen Körper so weit wie möglich zu entlasten für den Heilungsprozess.«

»Wann kann ich ihn sehen?«

»Heute Abend vielleicht, Frau Hielmann-Pross.« Er sah sie an, als ob er damit rechnete, dass sie sich nicht daran halten würde. »Besser, Sie gehen jetzt nach Hause. Sie können hier ohnehin nichts tun.«

Barbara realisierte, was er ihr sagte: Sollte Thomas sterben, würde er nicht mehr zu Bewusstsein gekommen sein. Sie würde sich nicht verabschieden können. Sie begann wieder zu zittern.

»Was ist mit Ihnen, Frau Hielmann-Pross? Hat sich ein Arzt um Sie gekümmert?«, fragte Weinfurt fürsorglich.

»Mir geht es gut.«

»Barbara, vielleicht«, versuchte Heinz, sich einzumischen, aber sie schüttelte den Kopf.

»Ich kann mir jetzt nichts geben lassen. Und ich kann auch nicht nach Hause gehen. Annette wird bald hier sein, dann muss ich für sie da sein.«

»Wie Sie möchten. Aber scheuen Sie sich nicht, darum zu bitten, wir werden uns um Sie kümmern.« Damit ging Professor Weinfurt wieder zurück in den OP.

Kurz darauf traf Annette ein, ihre Freundin Elisabeth hatte sie begleitet. Barbara und Annette fielen sich in die Arme, beide versuchten, nicht zu weinen, aber schließlich flossen die Tränen doch. Elisabeth organisierte Kaffee für alle.

»Ich hätte ihn nicht allein lassen dürfen«, sagte Barbara leise. »Nach Lydias Ermordung hätte ich damit rechnen müssen, dass er sich Thomas vornimmt – oder dich, Annette. Er will mich treffen, das stimmt, aber mich zu ermorden, wäre viel zu einfach. Er will mein ganzes Leben zerstören.« Sie sah Annette nicht an. »Jetzt habe ich auch deinen zweiten Sohn auf dem Gewissen.«

»Thomas lebt. Es ist nicht deine Schuld.« Annette sagte es wie ein Mantra und wiederholte es noch einmal. »Thomas lebt.«

Elisabeth kam mit dem Kaffee zurück. Barbara und Annette nahmen ihn dankbar. »Du kannst ruhig nach Hause fahren, Elisabeth«, meinte Annette.

»Nein. Ich warte hier mit euch. Ich will auch wissen, was mit dem Jungen ist.«

Es dauerte noch über eine Stunde, bis die Operation beendet war. Sie sahen, wie man Thomas auf die Intensivstation brachte. Schließlich erlaubte man ihnen, ihn kurz zu sehen.

Barbara hatte Thomas, seit sie zusammenlebten, schon mehrmals auf der Intensivstation besuchen müssen, aber das war kein Vergleich zu dem jetzigen Anblick. Noch niemals hatte sie so viele Schläuche und Überwachungsleitungen an ihm gesehen. Sein Gesicht war ganz schmal und klein, er war unendlich blass. Über eine Wange zog sich eine kleinere Stichwunde, die geheftet worden war, er trug große Verbände über der Brust und dem Bauch, kleinere an beiden Armen und einem Bein.

»Wir werden ihn einige Tage im Koma belassen«, erklärte der Stationsarzt der Intensivstation, der persönlich alles überwachte. »Er hat sich bemerkenswert gehalten während der OP.«

»Mein Sohn ist sehr stark«, sagte Annette leise. Aber Barbara konnte nur dieses hilflose Bündel Mensch sehen, dessen Brustkorb sich auch mit dem Beatmungsgerät kaum hob. Vor Thomas' Bild schob sich plötzlich die Vorstellung, er läge auf einem Sektionstisch. Sie suchte irgendwo Halt, und der Arzt fing sie auf.

»Sie müssen jetzt nach Hause fahren. Rufen Sie Ihren Hausarzt, damit er Sie versorgt.«

Barbara nickte stumm. Sie bewunderte Annette, die festen Schrittes vor ihr die Intensivstation verließ. Bei Lydia war sie zusammengebrochen. Hier kam das jahrelange Ringen um Thomas' Leben wieder zum Zuge, der Zweckoptimismus. Annette würde erst zusammenbrechen, wenn er tot war.

Vor der Tür meinte Heinz: »Vielleicht wäre es besser, wenn Sie beide in ein Hotel ziehen würden. In der Villa wird es vor Kollegen nur so wimmeln ...«

Annette schüttelte den Kopf. »Barbara kann oben bei mir schlafen, im zweiten Gästezimmer. Ich will jetzt nicht auch noch aus meiner vertrauten Umgebung heraus.«

Barbara nickte nur dazu. Elisabeth hatte beschlossen, ein Taxi zum Bahnhof zu nehmen. »Ich rufe heute Abend noch mal an«, meinte sie zu Annette und umarmte sie zum Abschied. Heinz fuhr Barbara und Annette nach Hause.

Es war, wie Heinz gesagt hatte, die Villa war voller Leute. Max Erhard war von Benrath aus direkt dorthin gekommen und arbeitete im Schlafzimmer. Eigentlich hätte Heinz gern gesehen, wenn Barbara wie Annette gleich nach oben gegangen wäre, doch daran war nicht zu denken. Nicht einmal Max Erhard traute sich, ihr den Zutritt zu ihrem eigenen Schlafzimmer zu verweigern.

Sie stand da und starrte auf das zerwühlte Bett, in dem sie und Thomas sich gestern Nacht noch geliebt hatten. Nun war es voller Blut, Thomas' Blut.

»Ist er eingebrochen, Max?«, fragte sie leise.

Er schüttelte den Kopf. »Keine Anzeichen für ein gewaltsames Eindringen. Aber die Terrassentür stand auf, da ist der Beamte ja auch hereingekommen. Jemand von uns untersucht die Gartenmauer auf frische Kletterspuren.« Seine behandschuhte Hand griff nach ihrer. »Es tut mir sehr Leid, Barbara.«

»Danke.«

»Wie geht es ihm?«

»Nicht sehr gut. Aber er lebt.« Nun war das auch ihr Mantra geworden. Thomas lebt. »Darf ich mir ein paar Sachen aus dem Schrank nehmen? Ich werde heute Nacht oben schlafen.«

»Sicher.«

Erhard unterbrach seine Arbeit, bis sie fertig war.

»Irgendwo unter meinem Bett sind meine Hausschuhe ...«

»Bitte ...«

Sie trat an ihre Bettseite und fühlte nach den Hausschuhen, fand sie aber nicht. Deshalb kniete sie sich hin, um unter das Bett zu sehen. Richtig, da waren sie, weit unter das Bett gerutscht. Sie hatte sie gestern Abend regelrecht dorthin geschleudert, weil sie sie nicht schnell genug ausziehen konnte, um zu Thomas ins Bett zu kommen. Sie konnte sich denken, dass Erhard die Stirn runzelte, als sie sich ganz unter das Bett legte. Sie sah die Hausschuhe im Licht von der anderen Bettseite. Dann stutzte sie. Da lag etwas Weißes.

»Max, kriech von der anderen Seite unter das Bett, da liegt etwas. Ein Blüte, glaube ich.«

Er tat, was sie ihm gesagt hatte, und kam wieder hoch. In seiner behandschuhten Hand lag ein zarte, weiße Blüte.

»Eine weiße Kamelie«, flüsterte Barbara.

»Ja. Und es ist Blut dran.« Er drehte sie um, damit Barbara die Flecken sehen konnte.

Sie sah schweigend zu, wie Erhard die Blüte eintütete. In ihrem Kopf rasten die Gedanken. Niemand, absolut niemand außer den beteiligten Polizisten wusste etwas über die Kamelien. Das war nie veröffentlicht worden. Wie in Trance ging sie zu Heinz und Kramer in die Eingangshalle. »Ich will die Gruppe Becker hier haben«, sagte sie fest.

»Barbara, was redest du da? Die Gruppe existiert doch seit Jahren nicht mehr ... Euer Hausarzt kommt gleich, du solltest dir ...«

Aber Kramer unterbrach Heinz. »Warum, Frau Pross? Was haben Sie da drin gesehen?«

»Ich habe eine weiße Kamelie gefunden. Alles hängt mit dem Fall Schmidtmann zusammen.«

Max Erhard, der in der Tür stand, hob die Tüte mit der blutbefleckten Kamelie hoch.

»Schmidtmann?« Kramer sah sie verwirrt an. »Schmidtmann ist doch tot.«

»Vielleicht ist das der Grund für all das hier.« Sie sah Heinz und Kramer an. »Ich will die Gruppe Becker hier haben, damit wir den Fall noch mal aufrollen können.«

»Bist du dir sicher?«, fragte Heinz. »Das weist doch auch auf Grüter, oder?«

»Ich weiß nicht. Die Kamelien wurden vor der Öffentlichkeit geheim gehalten, er kann natürlich davon erfahren haben, aber ...«

»Du glaubst, da könnte noch ein anderer sein?«

Sie nickte.

»Gut«, meinte Heinz. »Ich rufe Philipp Lachmann und Gerd Becker an. Reicht dir das, oder willst du Körner auch noch?«

Barbara schüttelte den Kopf. Körner, der EDV-Spezialist in der Gruppe, war nicht gerade ihr Freund gewesen. »Ich denke, wir können auf ihn verzichten. Aber die beiden anderen müssen her, ohne sie geht es nicht.«

Fast hatte Barbara erwartet, dass Annette sich oben wieder in ihr Schlafzimmer zurückgezogen hatte, wie sie es nach Lydias Ermordung getan hatte. Doch dem war nicht so. Annette saß im Wohnzimmer und hatte ihre Fotoalben herausgeholt.

»Warum hat das da unten denn so lange gedauert?«, fragte sie.

»Ich habe eine weiße Kamelie im Schlafzimmer gefunden.«

»Eine Kamelie?«

»Ja. Das ist ein sehr viel deutlicherer Hinweis als die Drohbriefe. Es geht um Schmidtmann. Er hat die Leichen seiner Opfer mit Kamelien geschmückt.« Sie sah Annette an. »Ich bin eine Gefahr für euch geworden ...«

Annette schlug entschlossen das Fotoalbum zu. »Darüber haben wir schon im Krankenhaus geredet. Es macht keinen Sinn, in Schuldgefühlen zu zerfließen. Schon als ihr euch kennen lerntet, war Thomas klar, dass dein Beruf gefährlich ist – denk mal daran, als Rottländer dich damals entführt hat. Mein Sohn hat eine Polizistin geheiratet und basta. Du gehörst zur Familie und wir stehen das gemeinsam durch.«

»Aber Annette ...«

»Kein aber. Wenn du die ganze Zeit darüber grübelst, hilft das Thomas auch nicht. Tu etwas, versuche meinetwegen diesen Täter zu fassen, aber zerfließe nicht in Selbstmitleid.« Sie stand auf und ging auf Barbara zu. »Weißt du eigentlich, wie viel Glück im Unglück Thomas gehabt hat? Was wäre gewesen, wenn der junge Polizist nicht plötzlich Kaffeedurst bekommen hätte?«

»Wir hätten ihn tot gefunden, geschmückt mit Kamelien ...« Barbara stutzte. »Das ist es. Er war noch nicht fertig. Berner muss ihn überrascht haben.« Sie warf ihre Sachen auf das Sofa. »Ich muss noch mal runter, Annette.«

Annette seufzte. »Ich bringe deine Sachen ins Gästezimmer.«

Barbara rannte fast die Treppe hinunter. Sie fand Max Erhard in der Diele vor dem Schlafzimmer, er packte gerade seine Sachen zusammen.

»Max, haben deine Leute draußen auch Kamelienblüten gefunden?«

»Nicht, dass ich wüsste ...«

»Aber sie wussten auch nicht, dass sie danach Ausschau halten sollten, oder?«

»Nein, sie haben nur die Mauer ...«

»Und dies ist ein Garten, sie können nicht wissen, dass hier keine einzige Kamelie steht – schon gar nicht diese, sie gedeiht nur in Gewächshäusern.«

»Ich gehe mit dir den Garten noch mal ab.«

»Barbara!« Heinz kam gerade aus der Küche, wo er in Eigeninitiative einen Kaffe für seine Leute aufgesetzt hatte. »Ich dachte, du hättest dich oben hingelegt.«

»Er hat alles gut geplant, Heinz. Aber ein paar Dinge sind schief gelaufen, das Zeitfenster war zu knapp. Özay hat Reitkers Wagen nicht erkannt und somit auch die Leiche nicht gleich gefunden. Deshalb musste er mich anrufen, damit ich auf diesen Parkplatz kam und eventuell etwas nachhalf.«

»Das bedeutet aber auch, dass er Özay nicht gezielt in Verdacht bringen wollte, wie wir vermutet haben.«

Barbara nickte. »Darauf kam es ihm nicht an. Er wollte nur eines: Thomas allein im Haus. Mich brauchte er nicht herauslocken, aber Annette fuhr erst, nachdem Thomas aufgewacht war. Die Zeit wurde sehr knapp. Er konnte auch nicht unmittelbar nach Annettes Abfahrt hinein, sie hätte ja noch mal zurückkommen können ...«

»Worauf willst du hinaus?«

»Ich glaube, wir sollten Thomas genau so finden, wie die kleinen Jungen gefunden wurden, die Schmidtmann getötet hat. Nackt, eingewickelt in ein weißes Tuch und bedeckt mit weißen Kamelien. Aber Berners Kaffeedurst hat ihm einen Strich durch die Rechnung gemacht. Vielleicht war er gerade dabei, Thomas auszuziehen, wir müssten Berner noch mal dazu befragen ... Aber soweit ich mich erinnere, lag ein weißes Laken auf dem Nachttisch.«

Erhard nickte. »Es passte nicht zu euer Bettwäsche. Ein Satinlaken. Ich habe alle Schränke kontrolliert, es gibt kein einziges Stück Satinbettwäsche hier.«

»Thomas und ich mögen sie nicht. Wir lieben die gute alte Baumwolle.« Barbara überlegte kurz. »Die Frage ist, ob er die eine Kamelie absichtlich oder versehentlich hier gelassen hat.‹«

»Warte mal. Mal sehen, ob ich das Gekritzel lesen kann.« Heinz fischte aus seiner Hosentasche einen kleinen Notizblock heraus. »Während Berner auf den Notarzt wartete, hat er alles genau aufgeschrieben. Er hat Thomas auch fotografiert, mit eurer Digitalkamera, aber natürlich erst, nachdem er Erste Hilfe geleistet hat.« Er blätterte. »Hier, hier ist es. ›Auf der Brust lag eine weiße Blüte, ich weiß leider nicht, wo die hingekommen ist, als ich Erste Hilfe geleistet habe.«

»Dann war der Mörder etwa um Viertel nach eins hier im Haus und Berner hat ihn überrascht. Vielleicht hat er auf der Flucht einen Fehler gemacht.«

Erhard runzelte die Stirn. »Ich rufe meine Leute noch mal zurück.« Er blickte durch die ganze Diele. »Ich hätte pingeliger sein müssen, Barbara. Es sind viel zu viele Leute durch das Haus gestapft. Überlegt mal ...« Er setzte seinen Koffer wieder ab. »Der Mörder ist im Schlafzimmer. Er hat Thomas die Messerstiche versetzt. Wahrscheinlich war er so schnell, dass Thomas sich überhaupt nicht wehren konnte. Er beginnt, Thomas auszuziehen ... Berner sagte doch etwas von offener Schlafanzugjacke, oder, Heinz?«

Der nickte. »Einen Ärmel hatte er bereits ausgezogen.«

»Einen bewusstlosen, blutenden Mann auszuziehen, ist eine ziemlich schwierige Angelegenheit, das dauert. Und plötzlich klingelt Berner vorne an der Tür. Mehrmals ... er lässt nicht locker.«

»Er wartet, bis das Klingeln aufhört.« Barbara ging auf Max' Gedankengang ein. »Und dann sieht er, wie Berner um das Haus herum zur Terrasse kommt. Die Vorhänge sind immer einen Spalt auf.«

»Berner hat in der Küche erst mal Kaffee aufgesetzt«, fuhr Heinz fort. »Diese Zeit muss der Täter genutzt haben, um sich zu verstecken. Sich jetzt schon aus dem Staub zu machen, wäre zu gefährlich gewesen, denn man kann von der Küche aus das Wohn- und Esszimmer gut einsehen, und da musste er raus. Aber auf jeden Fall musste er aufhören mit dem, was er vorhatte. Vielleicht wollte er es vollenden, wenn Berner wieder draußen gewesen wäre.«

»Er legt also die einzelne Kamelienblüte auf Thomas Brust und versteckt sich ...« Barbara versuchte, sich die Szene vorzustellen.

»Wo?«, fragte Erhard und blickte sich um. »Es muss eine Stelle gewesen sein, die vom Schlafzimmer nicht einsehbar ist.«

»Die Garderobe«, sagte Barbara, und Erhard hielt sie gerade noch davon ab, die Tür mit bloßer Hand zu öffnen.

Er drängelte sich an ihr vorbei, streifte sich wieder Handschuhe über und öffnete die Tür. An der Wand waren leichte Schleifspuren: Blut. »Dann auf ein Neues«, ächzte er.

In diesem Moment kamen zwei von Erhards Leuten herein. »Wir haben die Stelle gefunden, wo er über die Mauer ist«, meinte die junge Frau.

»Sind Sie sicher, dass das frisch ist?«, wollte Barbara wissen. »Lydia Andresens Mörder ist wohl auch so hereingekommen, ganz zu schweigen von Özay, als dieser die Fotos machte.«

»Es ist ganz sicher. Möglicherweise ist er ja an derselben Stelle über die Mauer gekommen, als er die Leiche hier neulich abgelegt hatte. Aber wir haben frische Blutspuren am Fuß der Mauer auf einer Pflanze gefunden. Und das hier.« Es war ein zerknülltes Papiertaschentuch, ebenfalls blutig. »Wir glauben, er hat sich dort umgezogen. Die kleine Straße ist zwar nicht einsehbar, aber wenn doch jemand gekommen wäre und hätte einen Mann in blutiger Kleidung dort gesehen ...«

»Und dann haben wir noch das gefunden«, der junge Mann strahlte richtig, so stolz war er auf sich. Er hielt ihnen zwei Tüten mit weißen Blüten hin, eine davon war ganz zertrampelt. »Das sind Kamelien. Ich war neulich auch hier, bei der Leiche im Garten und habe ziemlich viel von dem Grundstück gesehen. Eine solche Kamelie wäre mir sicher aufgefallen.«

Barbara lächelte. »Ich sagte ja, Max, deine Leute hatten den besten Lehrer.«

Erhard brummte etwas und fragte die beiden dann: »Habt ihr da draußen alles gründlich untersucht? Wenn ein Gewitter kommt, dann war es das mit den Spuren ...«

»Natürlich waren wir gründlich, Herr Erhard.« Der junge Mann klang ein wenig beleidigt.

»Dann könnt ihr gleich hier weitermachen. Der Täter hat sich hier versteckt, als der Polizist ins Haus kam.«

Die drei wurden geschäftig, und Heinz und Barbara zogen sich in die Küche zurück.

»Kaffee ist wohl nicht das Richtige für dich heute Abend, Barbara.«

»Nein, bestimmt nicht. Ich bin ohnehin ganz aufgedreht. Vielleicht lasse ich mir doch eine Spritze geben, der Hausarzt wollte vorbeikommen, wenn seine Sprechstunde beendet ist. Annette meinte, es eile nicht so damit. Aber auf keinen Fall so einen Hammer wie neulich.«

Heinz nickte und goss sich eine Tasse ein. »Das wird eine lange Nacht heute, denke ich.«

Barbara holte sich ein Glas Mineralwasser. »Glaubst du, er hat Reitker nur umgebracht, um uns aus dem Haus zu locken?«

»Möglich wäre es. Wir wissen ja, dass er sehr akribisch plant.«

Heinz runzelte die Stirn. »Ich denke, Reitker hat seinen Mörder gekannt – das kann man aus der relativen Nähe schließen, aus der der Schuss abgefeuert wurde. Ich frage mich nur, warum er auch Thomas nicht einfach erschossen hat ...«

»Vielleicht war ihm das viele Blut wichtig ... Oder er wollte ihn leiden lassen.« Sie schüttelte den Kopf. »Das Blut *ist* wichtig. Weil er weiß, dass ich dann leide ...«

Es klingelte an der Haustür, und Barbara ging, um zu öffnen. Es war der Hausarzt. »Gehen Sie doch schon hinauf zu meiner Schwiegermutter, ich komme gleich nach«, sagte Barbara ohne Umschweife.

Heinz runzelte die Stirn. »Wir können hier heute Abend nichts mehr tun, Barbara. Du solltest dich hinlegen.«

»Aber ich bin hellwach ...«

»Ich merke es. Aber du kannst das heute nicht so einfach wegstecken, nur weil du dich in die Arbeit stürzen willst. Letztlich wird das vielleicht ein bisschen ablenken, aber die Tatsache, dass Thomas mehr tot als lebendig im Krankenhaus liegt, wirst du nicht verdrängen können.«

Wie hätte sie das? Das Bild von Thomas auf der Intensivstation schob sich immer wieder vor ihr inneres Auge. Sie hätte weinen müssen, schreien. Aber das konnte sie nicht, ebenso wenig wie Annette es konnte, die den Anschlag einfach als weiteren Schicksalsschlag durch Thomas' Krankheit zu nehmen schien. Er lebte, und das war immer das Wichtigste gewesen. Hauptsache, er lebte. Aber diesmal sah so aus, als ob er den Kampf verlieren könnte.

»Du musst nicht kritisieren, wie ich damit umgehe, Heinz. Denn ehrlich gesagt, ich kann es gar nicht. Ich bin genauso wie Thomas mehr tot als lebendig. Mein Leben ist auch zu Ende, wenn er stirbt. Und was ich hier tue, ist nur ein bisschen herumstrampeln, bis klar ist, ob es vorbei ist oder es noch eine Chance gibt. So einfach ist das.«

Heinz antwortete nicht, sondern nahm sie einfach in den Arm. Weinen konnte sie nicht, aber die Umarmung tat ihr gut.

Obwohl der Arzt es ihnen angeboten hatte: Sowohl Annette als auch Barbara hatten ein starkes Beruhigungsmittel abgelehnt. Keiner wusste, ob nicht etwas mit Thomas geschehen würde, und Barbara wollte zudem am nächsten Morgen fit sein, um sich in die Arbeit zu stürzen. Aber die Tabletten, die der Arzt ihnen gegeben hatte, richteten wenig aus. Barbara lag im Gästezimmer unter dem Dach und starrte die Decke an. Die Hitze, die sich hier oben gestaut hatte, tat ein Übriges.

Wenig später gab sie es auf und ging hinunter in Annettes Küche, um etwas zu trinken. Sie wunderte sich gar nicht, dass sie Annette dort fand, die dabei war, Pfannkuchen zu backen.

»Es ist fast Mitternacht, Annette.«

»Ich brauche das jetzt. Einen schönen süßen, fettigen Pfannkuchen. Oder auch zwei. Da ist noch ein Apfel, schälst du den bitte?«

Barbara tat ihr den Gefallen.

»Das war immer unser Trostessen.« Annette hatte die fertigen Apfelpfannkuchen mit reichlich Zucker bestreut, nun saßen sie am Küchentisch und aßen. »Wenn Wolfram sich das Knie aufgeschlagen hatte oder Thomas mal wieder sehr tapfer sein musste. Als Leos Mutter starb. Als Leo starb ... Da habe ich auch mitten in der Nacht Pfannkuchen gebacken für die Jungs und mich. Die Jungs ... Wolfram war Mitte zwanzig.«

»Wie es wohl Thomas geht ...«

»Barbara, ich würde auch am liebsten in der Klinik an seinem Bett sitzen, aber er liegt im Koma und es wird gut für ihn gesorgt. Keine Nachricht ist jetzt die beste Nachricht, die wir bekommen können.«

Barbara seufzte. »Du hast Recht. Aber ich kann nicht mal richtig schlafen ohne ihn.«

»Irgendwann bist du so müde, dass du doch einschläfst.«

Aber Annette sollte nicht Recht behalten. Gegen zwei Uhr nachts hielt Barbara es im Bett nicht mehr aus. Sie zog sich an und schlich sich nach unten.

Inzwischen waren alle Polizisten und Kriminaltechniker nach Hause gegangen. Als sie vor die Tür trat, sah sie lediglich Volker Pielkalkiewiecz in seinem Omega vor der Tür. Sie ging zu ihm.

»Ich fahre noch mal zur Klinik ...«

»Es ist doch nichts mit Ihrem Mann?«, fragte er besorgt.

»Nein, nichts Neues. Aber ich muss einfach noch mal hin.«

Er nickte. »Sie sehen so müde aus – soll ich Sie nicht fahren? Um die Ecke steht noch ein Streifenwagen, die können das hier übernehmen.«

Barbara willigte ein.

Wenig später kam sie in der Klinik an. Sie hatte einen kleinen Disput mit dem Nachtpförtner, doch sie gewann dank einer mitleidigen Nachtschwester, die sie vor der Intensivstation in Empfang nahm. Barbara stieg in die vorgeschriebene Kleidung. »Es ist alles unverändert seit heute Nachmittag. Seine Werte haben sich schon ein wenig stabilisiert, aber gut sieht es immer noch nicht aus.«

Sie stellte Barbara einen Stuhl neben Thomas' Bett. Barbara streichelte vorsichtig seine Hand mit den Kanülen und Messsonden.

»Ich hole Ihnen noch einen Stuhl«, meinte die Schwester. »Es wird Ihnen sicher gut tun, die Beine hochzulegen, Frau Hielmann-Pross.«

In Thomas' Nähe fühlte sich Barbara endlich ruhiger. Sie legte die Beine hoch, ließ sich von der Schwester noch ein Kissen geben. Sie dachte an alles, was sie mit Thomas in den letzten Jahren erlebt hatte. Ihr erstes Zusammentreffen, als er sie für eine Obdachlose gehalten und einfach mit nach Hause genommen hatte. Die zaghafte Annäherung eines hoffnungslos einsamen Mannes an eine beziehungsunfähige Frau. Ihre vielen kleinen Fluchten und seine sanfte Hartnäckigkeit, die letztlich gesiegt hatte. Barbara hatte sich so lange gegen ihr Glück gewehrt, dass es schon fast zu spät war, als Thomas immer kränker wurde. Und wo war sie jetzt? Jetzt brauchte sie ihn so sehr, dass sie nicht mal mehr ohne ihn einschlafen konnte. Aber er war ja da. Sein Atmen kam von einer Maschine, er rührte sich nicht, aber er war da.

Und dann war Barbara eingeschlafen – auf zwei unbequemen Stühlen mitten zwischen all den Überwachungsgeräten. Im Halbschlaf bekam sie gerade noch mit, dass die Schwester ihr eine Decke umlegte.

Morgens gegen sechs weckte die Schwester sie. Barbara fühlte zwar jeden Knochen, aber trotzdem hatte der Schlaf ihr gut getan.

»Unverändert«, antwortete die Schwester auf ihren fragenden Blick hin. »Und das wird auch noch so bleiben. Ein künstliches Koma ist dazu da, weitere Komplikationen zu vermeiden.«

Auf der Toilette warf Barbara sich etwas Wasser ins Gesicht. Der Rücken tat ihr gemein weh, und sie fürchtete, einen steifen Hals zu bekommen. Trotzdem hätte sie die Nacht nirgendwo anders verbringen wollen.

Draußen vor der Klinik wartete Volker, ähnlich zerschlagen wie sie, und er hatte nicht einmal geschlafen.

»Meine Ablösung kommt zur Villa, ist Ihnen das recht?«, fragte er.

Sie nickte und stieg ein.

»Wie geht es ihm?«

»Koma ist Koma. Fortschritte wird er nur langsam machen, die Verletzungen müssen heilen. Aber irgendwie hat es mir gut getan, bei ihm zu sein.«

»Das sieht man auch.« Er setzte den Wagen zurück, um aus der Parklücke zu fahren. »Nicht, dass Sie besonders frisch aussehen, aber gestern Nacht waren Sie richtig fertig.«

»Möchten Sie noch ein Frühstück?«, fragte Barbara ihn.

»Das wäre nicht schlecht ...«

Sie hielten an einer Tankstelle, und Barbara kaufte eine Riesentüte Brötchen. Sie nahm an, dass die Kollegen bald wieder auftauchen würden.

Als sie in die Straße einborgen, wo die Villa lag, erkannte Barbara sofort Özays schwarzen Golf vor der Einfahrt.

Sie ließ Volker halten, stieg aus und ging zu ihm hinüber.

Özay bemerkte sie und sprang aus dem Wagen. Er schien verwirrt. »Ich ... ich habe auf Sie gewartet ... aber ich wusste nicht ...«

»Ich war bei meinem Mann.«

»Wie geht es ihm?«

»Er lebt. Mehr aber auch nicht.«

»Kramer hat mich in der Nacht noch freigelassen, sie haben nichts gegen mich in der Hand.« Özay schien gar nicht so glücklich darüber zu sein. »Wahrscheinlich beschatten sie mich.«

Barbara blickte die Straße hinunter. Wirklich, dort stand ein BMW, der gewöhnlich nicht hier parkte. Ob jemand am Steuer saß, konnte sie nicht erkennen.

»Ich habe der Polizei nichts gesagt, ich wollte zuerst mit Ihnen sprechen. Das mit Ihrem Mann, das tut mir so Leid. Und dass ich vielleicht auf irgendeine Art dazu beigetragen haben könnte ... und zu dem Mord ... Bitte ...«

»Dann kommen Sie herein.«

Barbara ging mit ihm die Auffahrt zur Villa hoch. Volker und seine Ablösung Berner warteten schon vor der Tür.

Barbara schloss auf.. »Gehen Sie ruhig durch in die Küche, meine Herren. Wie die Kaffeemaschine funktioniert, wissen Sie ja. Ich komme gleich nach, ich habe nur noch etwas mit Herrn Özay zu besprechen.«

Sie brachte Özay in den Wintergarten. »Und nun rücken Sie endlich heraus mit Sprache, Özay. Haben Sie dem Mörder Informationen geliefert?«

»Ich ... ich glaube nicht.«

»Was heißt das, Sie glauben nicht?«

»Das heißt, dass ich es nicht genau weiß. Es war eigentlich eher umgekehrt ...«

Barbara runzelte die Stirn. »Umgekehrt?«

Er nickte. »*Er* lieferte *mir* die Informationen über Sie. Wo Sie gerade waren, was Sie gerade machten. Er schickte mich an all die Orte – nach Burg zum Beispiel.«

»Und wer ist er?«

»Ich habe keine Ahnung.« Özay duckte sich fast. »Ehrlich, ich schwöre, ich kenne ihn nicht. Er hat lediglich per e-Mail mit mir Kontakt gehabt.«

»Haben Sie nie versucht herauszukriegen, wer hinter seiner Adresse steckte?«

»Und ob. Es war aber nicht möglich. Weil er die Adressen anderer benutzte. Firmen, Internet-Cafés, immer neue Adressen. Ich erkannte nur aus bestimmten Stichworten, dass er es war.«

»Die waren?«

»Er nannte sich Klaus Schmidtmann. Oder unterschrieb mit Alexander, Sebastian oder Jonas. Oder setzte ein markantes Datum ein, Ort: Burg.«

»Mein Gott.« Barbara zog sich einen Stuhl heran und bot Özay den anderen an. »Wann war das?«

Özay setzte sich. »Vor rund drei Monaten, denke ich. Kurz nach Schmidtmanns Tod. Ich bekam eines Tages eine e-Mail, in der mir jemand fünftausend Euro versprach, wenn ich Sie eine Weile beschatte. Unterschrieben war sie mit Klaus Schmidtmann. Und zum Zeichen, dass er es ernst meinte, fand ich in den nächsten Tagen tausend Euro auf meinem Konto. Und ich konnte es verdammt gut brauchen, glauben Sie mir. Das war die Miete, die ich seit zwei Monaten schuldig war.«

Er schien sich ein wenig zu entspannen. »Es war ganz einfach. Ich beschattete Sie, schrieb Berichte ...«

»Dann gaben Sie ihm doch Infos ...«

Özay zögerte. »Vielleicht war das am Anfang so. Aber dann, etwa einen Monat später, hatte ich das Gefühl, er weiß viel besser Bescheid über Sie als ich.«

»Und als die Fakes anfingen, kam Ihnen da nie der Gedanke, er könnte etwas damit zu tun haben?«

»Nein, erst mal nicht. Bei Ihrem Job war es doch kein Wunder, dass so etwas passierte. Und dann bezahlte er auch immer mehr ...«

»Wie viel haben Sie bekommen?«

»Insgesamt 20.000 Euro. So viel Geld habe ich seit Jahren nicht mehr auf einmal gesehen.« Er senkte den Kopf. »Ich weiß, das ist keine Entschuldigung ...«

»Nein, das ist es nicht.« Barbara funkelte ihn wütend an. »Wenn Sie eher damit herausgerückt wären, hätten wir vielleicht längst ein Spur ...«

»Das glaube ich nicht. Dazu ist er viel zu schlau. Hören Sie, ich will nichts mehr mit ihm zu tun haben. Nach den Morden und dem Anschlag auf Ihren Mann. Es tut mir so Leid, dass das passiert ist. Ich mag Sie, ehrlich, und ich möchte nicht, dass Ihnen jemand so etwas antut. Ich werde Ihnen helfen, wo ich kann, das verspreche ich. Ich bin wirklich nicht schlecht als Detektiv ...«

»Das überlassen Sie vielleicht besser der Polizei ...«

Özay lächelte sie plötzlich an. »Wirklich? Und wenn es nötig ist, etwas Illegales zu tun? Ich werde es tun. Ich will Ihnen helfen, bitte. Ich will etwas wieder gut machen.«

Einen Verbündeten wie Özay zu haben, der zur Not auch irgendwo einbrechen würde, war vielleicht wirklich nicht schlecht. Barbara sah den Mann an, der vor ihr hockte. Sie wusste nicht, ob sie ihm vertrauen konnte, aber er hatte Recht. Er war ein guter Schnüffler, das hatte er bereits bewiesen.

»Ich weiß nicht, ob ich Sie brauchen werde, Özay. Was ich will, ist, dass Sie der Polizei alle erdenklichen Informationen liefern. Von den e-Mails über Ihre Kontobewegungen bis hin zu den Orten, an die Sie geschickt wurden, und wann er das jeweils getan hat. Lückenlos, verstehen Sie mich?«

Er nickte.

Gegen sieben tauchte Heinz Wersten auf und fand Volker, Berner, Barbara und Özay beim Frühstück.

»Ich habe schon gehört, du hast die Nacht in der Klinik verbracht.«

»Ja. Aber frag mich bitte nicht, wie es Thomas geht.«

»Nein. Ich frage dich, wie es dir geht.«

»Besser. Ein wenig. Es war gut, bei ihm zu sein.« Sie deutete auf Özay. »Herr Özay möchte eine Aussage machen. Eine sehr lange und sehr detaillierte Aussage. Könntest du das im Präsidium arrangieren?«

»Sieh an. Haben Sie also doch mit der Sache zu tun, Özay?«

»Nicht so, wie du denkst, Heinz. Aber möglicherweise kann er uns helfen. Kaffee?« Barbara schwenkte die Kanne. »Ein Tasse könnte noch drin sein, der neue läuft schon durch.«

»Gern. Ich habe noch nicht gefrühstückt.«

»Dann setz dich. Es ist doch sicher spät geworden gestern, oder?«

Er nickte. »Ich habe mich gestern noch mit Kramer besprochen. Solange wir Grüter nicht finden können, werden wir uns auf den Handwerker konzentrieren, der das Haus verwanzt hat. Er war hier drin, also kannte er sich gut genug aus.«

Barbara runzelte nachdenklich die Stirn. »Dieser Handwerker ... Thomas war damals noch etwas eingefallen. Keine direkte Beschreibung, aber er hatte sich gut verkleidet.«

»Mittelgroß, schlank, Blaumann und Baseballkappe. Das hatte er damals gesagt, Kramer und ich haben das aus der Akte gesucht.« Er stutzte. »Die Beschreibung könnte auch auf Grüter zutreffen.«

»Ja. Aber der Mann trug auch eine Brille, und zwar eine ziemlich dunkel getönte, starke Weitsichtbrille, und die Kappe war sehr tief ins Gesicht gezogen. Thomas meinte, die Brille hat von allem anderen abgelenkt, weil der Träger offensichtlich so schlecht sah, dass man nicht glaubte, dass er einen Beruf, in dem er mit dünnen Kabeln und Mikrochips hantiert, ausüben konnte.«

»Wenn sich einer, der sie gar nicht braucht, so eine Brille aufsetzt, dann kann er doch gar nichts sehen«, warf Volker ein.

»Nicht, wenn er Kontaktlinsen trägt, die das ausgleichen«, meinte Heinz.

Barbara nickte. »Und seine Stimme beschrieb Thomas als heiser, wie die eines Menschen mit Stimmbandlähmung.«

»Der Anrufer gestern?«

»Möglicherweise.«

»Ja, so hat es geklungen«, bestätigte Özay.

»Unsere Leute überprüfen die Quellen für die Wanzen und den Betrieb, der eure Telefonanlage im Auftrag der Telekom repariert hat. Ein Strohhalm, aber besser als nichts.«

»Wanzen?«, fragte Özay.

»Ja, hier im Haus. Er hat uns überwacht.« Barbara stand auf und füllte den Kaffee in die Thermoskanne um.

»Waren es besondere Wanzen?« Özay blickte offen in die misstrauischen Polizistenmienen. »Ich meine nur, wenn es besondere waren, könnte ich vielleicht behilflich sein. Einem Kunden sagt man vielleicht mehr als der Polizei, wenn man sich auf der Grenze der Legalität mit seinen Produkten bewegt.«

Heinz sah ihn zweifelnd an.

»Er kann sich ja mal umhören, Heinz, das könnte doch nicht schaden.«

»Sag mal, Barbara, nur weil der werte Herr Journalist dir was auch immer gestanden hat, ist er jetzt vertrauenswürdig?« Heinz schnitt grimmig ein Brötchen auf. »Was ist, wenn er doch mit dem Mörder unter einer Decke steckt? So ganz sind Sie den Verdacht auch nicht los, der Mörder zu sein ...«

»Aber ich habe Alibis ...«

Heinz scherte sich nicht um Özays Entrüstung. »Die wir noch nicht erschüttern konnten. Aber vielleicht sind sie doch nicht so bombensicher?«

»Wir brauchen schnelle Ergebnisse, Heinz. Als Nächstes ist vielleicht Annette dran, oder er versucht es endlich doch bei mir. Ich kann diesmal die nächste Leiche nicht abwarten, so bequem es auch ist.« Barbara sah Özay an. »Özay ist ein Windhund, und ich würde bestimmt keinen Gebrauchtwagen von ihm kaufen, aber ich glaube ihm, dass er mit den Morden nichts zu tun hat.«

»Gut, Barbara. Wir hören uns erst einmal an, was er so zu sagen hat, und dann kann er meinetwegen nach den Wanzen fahnden, dann pfuscht er uns wenigstens nicht ins Handwerk.«

Özay griff sich ein Brötchen. »Ist doch immer wieder schön, wenn Leute über einen reden, als wäre man nicht dabei«, meinte er trocken. »Vor allem, wenn sie so nett dabei sind.«

Eigentlich hatte Barbara vorgehabt, mit Annette zur Klinik zu fahren, aber kurz vor zehn klingelte es an der Tür. Ein hagerer, mittelgroßer Mann mit einem Rest blonder Haare stand vor der Tür.

»Philipp!« Barbara sah ihn und umarmte ihn spontan. Philipp Lachmann, der inzwischen in Münster-Hiltrup Polizisten ausbildete, war so etwas wie das Gedächtnis der legendären Gruppe Becker, mit der die Ära der Fallanalyse beim BKA begonnen hatte. Er und Barbara waren zwei Jahre liiert gewesen. Der Fall Schmidtmann hatte nicht nur Barbara psychisch aus der Bahn geworfen, sondern auch das Ende ihrer Beziehung bedeutet. Sie hatten seit sechs Jahren keinen Kontakt mehr miteinander gehabt, denn Philipp hatte Barbaras Hinwendung zu Thomas nie verwunden.

»Du hast gerufen und hier bin ich«, meinte er nur.

»Schön, dass du da bist. Komm erst mal herein.«

»Ich habe mit Becker telefoniert. Er ist auch schon auf dem Weg, ich denke, er wird in spätestens zwei Stunden hier sein.«

»Bringt er die Akten mit?«

»Alles, was er kriegen konnte. Wolfgang Freitag in Heide weiß auch schon Bescheid, dass er eventuell sein Archiv plündern muss.«

Sie gingen in die Küche, wo immer noch die Reste des Frühstücks standen. Max Erhard und seine Leute untersuchten alle möglichen Orte in und um das Haus, wo der Mörder Spuren hinterlassen haben könnte. Heinz hatte eigentlich mit Özay aufbrechen wollen, doch nun begrüßte er Philipp herzlich. Als LKA Verbindungsmann hatte er des Öfteren mit der Gruppe Becker gearbeitet.

»Barbara, ich nehme Özay mit ins LKA – und so schön es hier ist, wir sollten dort arbeiten. Kramer und die Düsseldorfer Soko kommen auch dorthin. Da sind wir ganz nah an allen Untersuchungsergebnissen.«

»Gut, Heinz, wir kommen nach. Lass Philipp nur einen Moment Luft holen.« Dass sie eigentlich gern mit Philipp ein paar private Worte wechseln wollte, sagte sie nicht – aber Heinz wusste das auch so.

Endlich waren sie allein in der Küche. »Philipp, es tut mir Leid, dass ich mich nie mehr bei dir gemeldet habe.«

»Das beruht wohl auf Gegenseitigkeit.« Er sah die riesige Küche mit der Kochinsel an und der Bar, in der alles nur vom Feinsten war. »Du hast es gut getroffen, Barbara. Ich hörte, ihr habt geheiratet?«

»Letztes Jahr. Thomas war der Meinung, dass es Zeit dazu sei. Sein Gesundheitszustand war nicht der beste.«

Philipp fragte nicht weiter danach, aber Barbara kannte ihn gut genug, um zu wissen, dass er das registriert hatte. »Bist du glücklich, Barbara?«

»Wenn das hier nicht passiert wäre, wäre ich sehr glücklich. Auch wenn es Thomas nicht so gut geht. Was ist mit dir? Gibt es jemanden in deinem Leben?«

Er nickte. »Sie ist nicht so sehr in meinem Leben, wie ich es mir wünschen würde. Eine Kollegin. Sie unterrichtet an der Polizeifachhochschule in Fürstenfeldbruck – Jana Hall, vielleicht kennst du sie.«

Barbara nickte. »Ich bin ihr mal vorgestellt worden. Sie ist nett.«

»Es ist eine Wochenendbeziehung, aber eine gute.«

»Das ist schön. Ich freue mich für dich.«

Annette kam herunter. »Oh, du hast noch Besuch, Barbara ...«

»Kennst du meinen Kollegen Philipp Lachmann noch?«

Philipp machte einen etwas beklommenen Eindruck, als er Annette die Hand schüttelte. Er hatte ihr damals die

Nachricht vom Tod ihres Sohnes Wolfram überbringen müssen.

Annette ging darüber hinweg. »Ehrlich gesagt, kann ich mich nicht mehr so genau erinnern.«

»Wir haben uns auch nur einmal kurz gesehen, Frau Hielmann. Damals als ...«

»Er hat am Fall Rottländer mitgearbeitet«, unterbrach ihn Barbara hastig. Sie wollte Annette an diesem Morgen nicht auch noch an den Tod ihres jüngeren Sohnes erinnern. »Philipp, Annette und ich wollten noch kurz zu Thomas in die Klinik. Wir bleiben nicht lange, er liegt im Koma, und das wird noch eine Weile dauern. Den Weg zum LKA findest du noch? Ich komme dann nach.«

Er nickte. »Es tut mir sehr Leid, was mit Ihrem Sohn geschehen ist, Frau Hielmann.« Er schüttelte Annette die Hand.

Als Barbara anderthalb Stunden später im LKA eintraf, war auch Becker gerade angekommen. Die Kollegen der Soko luden Unmengen an Akten aus seinem Wagen. Der Fall Schmidtmann in vielen Ordnern und zwischen Aktendeckeln.

»Hallo, Herr Becker«, begrüßte Barbara ihn. »Ich bin Ihnen sehr dankbar, dass Sie gekommen sind.«

»Ich lasse doch die beste Mitarbeiterin, die ich je hatte, nicht im Stich«, meinte er, und mit einem Seitenblick auf Philipp: »Das gilt für Sie beide.«

Philipp sorgte dafür, dass von vornherein etwas Ordnung in das Chaos kam. Zielsicher sortierte er die wichtigen Ordner heraus.

Heinz ließ sich kurz sehen. »Kramer kommt gleich, er sagt, er hätte Neuigkeiten. Dann sollten wir das weitere Vorgehen besprechen.«

»Hat Wersten die Leitung hier?«, fragte Becker.

Barbara nickte. »Das ist sein letzter Fall.« Sie fragte sich, ob Becker sich ihm unterordnen würde, aber die Zeiten des mediengeilen Chefs, der sich nur zu gern mit fremden Federn schmückte, waren anscheinend vorbei, seit man Becker auf einen finanziell attraktiven, aber wenig öffentlichkeitswirksamen Job im BKA abgeschoben hatte.

»Er war schon immer gut, aber damals unter Lohberg kam er einfach nicht zum Zuge.« Als ob er bemerkt hatte, was Barbara gedacht hatte, fügte er hinzu. »Ich habe mich übrigens gefreut, dass Sie mich auch dabei haben wollten, Frau ... Wie heißen Sie nach Ihrer Heirat eigentlich?«

»Hielmann-Pross.«

»Frau Hielmann-Pross. Ich hatte zu unseren Zeiten eigentlich immer den Eindruck, als würden Sie Ihren Chef als überflüssig ansehen.«

Barbara lachte. »Das stimmt. Aber ich hatte Unrecht.«

Kramer traf ein und begrüßte die Kollegen und die wiedervereinte Gruppe Becker. »Es könnte sein, dass wir einen Durchbruch haben. Die Polizei in Bottrop rief heute Morgen bei uns an. Jemand hatte ihnen einen merkwürdigen Einbruch gemeldet. Das Haus liegt etwas außerhalb, fast schon im Wald, und der Besitzer, der die Anzeige machte, ist fast das ganze Jahr über in Spanien. Der Mann meldete, dass in seinem Keller drei Tiefkühltruhen stehen, die ihm nicht gehören.«

»Tiefkühltruhen ...« Heinz hatte schon den Hörer in der Hand, um Erhards Team loszuschicken. »Fahren wir los? Die Bottroper haben aber gut geschaltet.«

»Es bestand die Möglichkeit, dass auch von dort eine Leiche verschwunden ist – sie hatte sich aber wieder angefunden, irgendein Chaos beim Bestatter. Aber das muss ihnen im Gedächtnis geblieben sein.« Kramer grinste.

Heinz sah Becker und Lachmann an. »Sie beide fahren mit mir. Ich informiere Sie unterwegs über die Fälle und den Stand der Ermittlungen.«

Damit war klar, dass Barbara mit Kramer fahren würde.

Das Haus war ein großzügiges zweigeschossiges Haus aus den späten Sechzigern. Die Besitzer hatten viel Geld in diesen Bau gesteckt; die Materialien waren edel, und alles war bestens in Ordnung, auch Vorgarten und Garten. Zwei Streifenbeamte der Bottroper Polizei warteten mit dem Hausbesitzer, einem rüstigen, tiefbraun gebrannten, schlanken Rentner in den Siebzigern auf sie. Golfspieler, dachte Barbara sofort.

Sie hatten Glück, Erhards Team war noch nicht da. Mit einem verschwörerischen Blick beschlossen sie, die Regeln außer Acht zu lassen und den Raum zu betreten. Immerhin hatte Kramer an Schutzanzüge und Handschuhe gedacht. Sie gingen die lange Treppe hinunter in den Keller und fanden den Raum, den der Besitzer ihnen beschrieben hatte. Er war recht groß, so groß, dass selbst die beachtlichen Tiefkühltruhen, in denen man locker Schweinehälften unterbringen konnte, etwas verloren wirkten.

Viel zu sehen war in dem Kellerraum nicht, alles war peinlich sauber, und auch ein alter Küchentisch und die drei Truhen strahlten vor Sauberkeit. Sie machten den Eindruck, als seien sie gerade gekauft worden.

»Was meint ihr?«, fragte Barbara. »Könnte Reitker in solch einer Truhe gelegen haben?«

»Ich denke, das kommt hin«, nickte Kramer.

»Lasst uns schnell hier rausgehen, bevor Erhard uns allen den Kopf wäscht«, meinte Heinz. »Ob wir hier richtig sind, kann er ohnehin nur mit Luminol und seinen anderen Wundermittelchen herausfinden.«

Sie stiegen schnell aus den Anzügen, die Kramer in seinem Kofferraum verschwinden ließ, und warteten, bis das Spurensicherungsteam da war.

»Na?«, fragte Erhard, als er ankam. »Wart ihr schon unten?«

»Aber wo denkst du hin, Max! Spuren verderben ...«

Erhard sah, dass Heinz sich das Grinsen kaum verkneifen konnte und brummte: »Hattet ihr wenigstens Anzüge an?«

Also stiegen sie ein zweites Mal bei der Hitze in die Anzüge, und der Hausbesitzer bat, ob er nicht auch mitkommen dürfe. Er bekam ebenfalls einen Schutzanzug verpasst, und dann ging es wieder in den Keller.

Erhard hantierte kurz mit einer Sprühflasche herum, löschte dann das Licht und strahlte die eingesprühten Flächen mit einer Lampe an. Einige Flecken leuchteten auf, besonders auf dem Tisch, dessen Oberfläche tiefe Riefen trug. Blut, viel Blut. Sie waren hier richtig.

Der Hausbesitzer, Herr Heinrich, war entsetzt, als man ihm erklärte, was die leuchtenden Flecken bedeuteten. Er hatte geglaubt, jemand hätte das Haus in seiner Abwesenheit lediglich benutzt, obwohl ihn die Tiefkühltruhen doch irritiert hatten. Aber dass hier jemand vermutlich Leichen zerstückelt oder gar Morde begangen hatte, konnte er kaum begreifen. »Seit ich meine Firma verkauft habe, leben wir praktisch in Spanien. Mein Gott, ist das gut, dass meine Frau diesmal dort geblieben ist ...«

»Die Bottroper Polizei hat schon festgestellt, dass es hier keinen gewaltsamen Einbruch gegeben hat, Herr Heinrich. Wie erklären Sie sich das?«, fragte Kramer

Er zuckte die Schultern. »Es kursieren ein paar Schlüssel. Jemand kümmert sich ums Haus. Ein paar Freunde aus Schweden nutzen es jedes Jahr, wenn sie mit dem Auto nach Italien fahren ...«

»Wir müssen das alles überprüfen.«

»Ich habe der hiesigen Polizei schon eine Liste mit den Schlüsseln gegeben. Aber die Leute, die Schlüssel haben, sind alle keine Mörder. Oder denken Sie, ich würde meinen Besitz so jemandem anvertrauen?«

»Solchen Menschen kann man nicht ansehen, dass sie Serientäter sind.« Barbara lächelte. »Wir werden auch Sie überprüfen, Herr Heinrich.«

»Aber ich war doch in Spanien!« Es amüsierte Barbara immer ein bisschen, wenn unbescholtene Leute durch die Polizeiroutine in Panik gerieten. Heinrich jedenfalls wechselte die Farbe von sehr blass zu einem leuchtenden Rot.

»Das werden wir herausfinden. Herr Heinrich, können Sie für ein paar Tage woanders wohnen? Denn unser Täter hat vielleicht das gesamte Haus genutzt, und wir brauchen jede Spur.«

»Ich könnte ins Hotel gehen. Bekomme ich das bezahlt?«

Heinz grinste. »Wenn es sich in einem vernünftigen finanziellen Rahmen bewegt, sicher.«

»Aber natürlich. Ich verschwende doch keine Steuergelder.« Er schüttelte noch einmal den Kopf. »Ich hatte mir gleich gedacht, dass etwas nicht stimmt, als ich hier ankam. Ich hatte so ein merkwürdiges Gefühl. Und dann der Geruch hinten am Schuppen ...«

»Was für ein Geruch?« Barbara sah schnell in die Kollegenrunde. Alle sahen alarmiert aus.

»Na, ich denke, da ist eine Ratte verendet. Oder ein größeres Tier. Es stinkt ekelhaft, und mir grauste schon davor, es beseitigen zu müssen. Das ist eben der Preis, den man zahlt, wenn man sein Haus so lange allein lässt.«

»Können wir uns den Schuppen mal ansehen, Herr Heinrich?« Vor Barbaras innerem Auge stiegen grausige Bilder auf. Es fehlten ja noch Teile der Leichen aus den Fakes. Vor allem die Köpfe.

Heinrich nahm einen Schlüssel aus einer Schublade in der Küche, und alle gingen gemeinsam hinaus. Draußen beim Schuppen schlug ihnen der bekannte Geruch entgegen. »Das ist kein kleines Tier«, murmelte Erhard.

Sie öffneten den Schuppen, Erhard, immer noch in voller Montur, schaltete das Licht ein. Der Schuppen war fast leer und peinlich aufgeräumt. Hier war nichts – doch der Geruch war unverkennbar.

Barbara sah sich um. Direkt neben dem Schuppen lag ein großer Haufen mit Rasenschnitt und Holzschnittabfall. Sie trat näher heran und merkte, dass der Geruch stärker wurde. »Da. Darunter könnte etwas sein.«

Erhard suchte sich einen größeren Stock und stocherte in dem Haufen herum. »Da ist etwas. Ich rufe meine Leute an, die sollen das nötige Gerät mitbringen.«

»Ach was, Max. Ich will sofort wissen, was da ist. Dürfen wir Ihren Spaten benutzen, Herr Heinrich?« Heinz sah den Rentner freundlich an, der nickte.

»Aber die Spuren ...«, warf Erhard ein.

»Wir werden vorsichtig sein. Genauer gesagt, du wirst vorsichtig sein, denn ich möchte, dass du es machst.«

Erhard nickte. Behutsam trug er die Schicht mit den Zweigen ab, bis er auf den leicht pappigen Rasenschnitt stieß. Er war zusammengesunken und darunter zeichneten sich unverkennbare Umrisse ab: ein Körper, Gliedmaßen. Barbara atmete fast auf, als sie auch den Kopf entdeckte. Hier lag eine vollständige Leiche, nicht das, was von den anderen fehlte.

Mit den Händen trug Max Erhard die Grasschicht vom Kopf der Leiche. Es war Frank Grüter.

Herr Heinrich übergab sich in seine Rosen.

Zwei Stunden später waren die Spurenermittler mitten in ihrer Arbeit, und Heinrich hatte sich wieder etwas erholt. Jetzt war er froh, dass er in ein Hotel gehen konnte. Erhards Leute nahmen ihm noch Fingerabdrücke und eine Speichelprobe ab, damit man ausschließen konnte, dass DNA-fähiges Material, das man fand, vom Hausherrn stammte. Dann packte er seinen Koffer und ließ sich von der Bottroper Polizei zum Hotel bringen. Erhard hatte das Haus für sich und sein Team.

»Die Bottroper Kollegen werden noch eine Haus-zu-Haus-Befragung machen, obwohl man von direkter Nachbarschaft ja nicht sprechen kann. Aber vielleicht kann sich jemand am anderen Ende der Straße erinnern, wann hier etwas angeliefert wurde. Ich denke, mehr können wir wohl kaum ausrichten.« Wie üblich kannte Heinz die leitenden Beamten der Ortspolizei recht gut, weil er jahrelang der Verbindungsmann vom LKA gewesen war. Zu erreichen, dass die Bottroper sich an den Ermittlungen beteiligten, war eine große Arbeitserleichterung für die Soko.

»Nun, eines ist sicher – Frank Grüter können wir als Täter abhaken.« Becker trank einen letzten Schluck Kaffee, den Heinrich ihnen serviert hatte. »Jetzt müssen wir endgültig von vorn anfangen.«

»Fahren wir zum LKA und reden über den Fall Schmidtmann«, meinte Kramer und seufzte. Die anderen stimmten zu.

Alle waren einverstanden, dass Philipp Lachmann mit seinem hervorragenden Gedächtnis für Details die wichtigsten Einzelheiten des Falles Schmidtmann für die anderen rekapitulierte. Er hatte sich eine Akte dazu genommen, die er damals zusammengestellt hatte, um eventuell neu hinzukommende Sokomitglieder in Heide zu informieren.

»Der Fall war damals für uns sehr ungewöhnlich. Wir hatten bis dahin nur Serien gehabt, die über einen längeren Zeitraum, mindestens ein Jahr liefen. Dieser Fall lag anders. Er war wie eine Eruption, alles ging sehr schnell.« Er blätterte in der Akte nach den Daten. »Am 15. April 1996 machte ein Spaziergänger am frühen Abend kurz nach Einbruch der Dunkelheit auf dem alten Friedhof in Burg eine schreckliche Entdeckung: Bei einem der Grabsteine lag ein weißes Bündel, als er nachsah, fand er eine Kinderleiche, Sebastian Müller, neun Jahre alt. Er war nackt, in ein weißes Laken gewickelt zusammen mit roten Kamelien ...«

»Rote Kamelien?«, unterbrach Kramer erstaunt.

»Ja, rote. Die Freiland-Kamelie aus Schmidtmanns Garten. Aber die gab es in Burg in einigen Gärten, und die Blüten konnten auch geklaut sein. Tatsächlich verhörte die Polizei einige Hobbygärtner, die alle ein Alibi hatten. Auch Schmidtmann.«

»Was für ein Alibi hatte er?«

»Er war geschäftlich in Köln, zur errechneten Mordzeit saß er im Zug, seine Karte war vom Zugführer abgeknipst.«

»Dann war dieses Alibi doch falsch.«

Philipp nickte. »Das haben wir erst herausgefunden, als wir ihn endgültig festgenommen hatten. Dazu später mehr.«

Einige machte eifrig Notizen.

»Schmidtmann muss Sebastian nach der Schule abgepasst haben und hat ihn dann missbraucht und gequält, erdrosselt und auf dem Friedhof abgelegt. Er wurde nicht einmal vermisst, seine Eltern glaubten, er sei bei einem Freund, aber die beiden hatten sich morgens verkracht. Schmidtmann hatte alles in allem nur etwa sechs Stunden Zeit. Wir gehen davon aus, dass das Kind ein Zufallsopfer war, aber er hatte sich vorbereitet, das Laken, die Blumen ...«

»Aber er hat das Kind nicht auf dem Friedhof getötet, oder?«, fragte Heinz.

»Er hat nie etwas zu den Morden gesagt. Er sagte nur, dass er es war, der die Jungen erdrosselt hat, wo, hat er verschwiegen.«

Becker ergänzte: »Es könnte auch sein, dass sie alle in dem Schuppen gewesen sind. Man hat aber lediglich sehr wenige Haare von allen Jungen gefunden, die könnte Schmidtmann auch an der Kleidung gehabt haben.«

Philipp fuhr mit seinem Vortrag fort. »Etwa sechs Wochen später, am 8. Juni, verschwand dann der kleine Alexander Krattnik, sieben Jahre. Im Gegensatz zu Sebastian war er drei Tage verschwunden und wurde mit einem Großaufgebot an Polizeibeamten gesucht. Ein Schock für Burg. Gerade ließ man die Kinder wieder tagsüber zum Spielen heraus und hatte die Wache am Friedhof abgezogen. Dann fanden sie die Leiche an fast derselben Stelle wie Sebastian, ebenfalls nackt in ein Laken gewickelt, diesmal waren es dann weiße Kamelien. Die Verletzungen waren identisch und auch das Aussuchen des Kindes – Alexanders Mutter hatte keine Zeit, ihn von der Schule abzuholen, er trödelte herum, ging allein nach Haus, statt mit den anderen Kindern zu gehen. Glücklicherweise hatte die Kreispolizei in Heide keinen falschen Stolz, es weiter allein zu versuchen, sie forderten uns an.«

»Sie hatten schon sehr gute Arbeit geleistet«, meinte Becker. »Als wir kamen, wussten sie bereits, woher die neuen Laken stammten, aus einem Kaufhaus in Hamburg nämlich. Sie kannten die Kameliensorte. Sie suchten wieder nach Blumenzüchtern. Frau Pross überprüfte diejenigen, die sie beim ersten Mal verhört hatten.« Er sah Barbara aufmunternd an. Es war fast so wie in der Anfangszeit ihrer Zusammenarbeit, als niemand einer kleinen, zarten Frau zutraute, Schwerverbrecher zu fassen.

Sie nahm den Ball auf. »Klaus Schmidtmann hatte eine lange zurückliegende Vorstrafe wegen homosexueller Unzucht mit Minderjährigen. Er hatte es mit einem vierzehnjährigen Stricher getrieben, einvernehmlich, wie man der Akte entnehmen konnte. Er gab zu, pädophile Neigungen zu haben, ihnen aber seit damals nicht mehr nachgegeben zu haben. Irgendein Beamter ließ diese Dinge durchsickern, das war ein gefundenes Fressen für die Presse. Bei der späteren Wohnungsdurchsuchung stellten wir jede Menge pornographisches Material sicher, aber Kinderpornos waren nicht dabei.«

Sie stockte. »Ich war vor ein paar Wochen mit Özay in dem Haus. Ich wollte ihm ein paar Informationen über den Fall geben, damit er mich endlich in Ruhe lässt. Dabei haben wir jede Menge Bilder gefunden, die Schmidtmann versteckt hatte und die wir damals nicht gefunden haben.«

»Die sollten wir uns unbedingt ansehen«, meinte Philipp. Er notierte sich nichts, aber Barbara war sicher, er würde es nicht vergessen. »Barbara sollte ein Profil erstellen. Sie tat es ...«

»... und es war so falsch, wie es nur sein konnte.« Sie seufzte.

»Was hattest du denn vermutet?«, wollte Heinz wissen.

»Der Täter handelte recht impulsiv. Er hatte sich zwar offensichtlich recht lange auf seine Taten vorbereitet, aber wenn er es dann tat, ging alles sehr schnell. Übrigens wurde auch Alexander Krattnik noch am Tage seines Verschwindens getötet, er wurde nur später auf dem Friedhof abgelegt.« Barbara griff nach der Mineralwasserflasche, die jemand vorsorglich hingestellt hatte, und goss sich etwas ein. Über diesen Fall zu reden schien ihren Mund auszutrocknen. »Ich ging davon aus, dass wir es mit einem überdurchschnittlich intelligenten, noch recht jungen Mann, vielleicht sogar Anfang zwanzig, zu tun hatten. Homosexuell, aber nicht geoutet – das passte dann auch zu Schmidtmann, der nach der Sache damals nie wieder auffiel.«

Sie trank noch einen Schluck. »Dieser Mann geht keiner regelmäßigen Arbeit nach, ist aber vermutlich eher Student als arbeitslos. Das Vertrauen der Jungen gewinnt er möglicherweise dadurch, dass er sie wirklich gut versteht, weil er auch oft alleine ist: wenig soziale Kontakte also, aber sonst nicht auffällig. Er fährt ein nicht übermäßig auffälliges Auto, das aber den Jungen imponiert. Einen Golf GTI zum Beispiel mit viel PS unter der Haube. Oder einen 3er BMW. Seine Untaten begeht er wahrscheinlich im Auto, irgendwo auf einem einsamen Parkplatz oder an sonst einer Stelle, wo ihn niemand sehen kann. Auch eine Garage ist möglich.«

Sie sah in Runde. »Tatsächlich spielte diese Auto-Idee in meinem Profil eine zentrale Rolle. Denn sie löste die Probleme, wie er in der relativ kurzen Zeit all das tun konnte, ohne entdeckt zu werden. Und damit lag ich völlig falsch. Denn Schmidtmann hatte nicht einmal einen Führerschein. Er fuhr tagtäglich mit dem Zug von Burg nach Heide, wo er als kleiner Verwaltungsangestellter arbeitete. Dass er steinreich war, wusste niemand.«

»Was sagte er selbst dazu, wie er es getan hatte?«, fragte Heinz.

»Er sagte nur, sie seien mit ihm mitgegangen. Wie Philipp feststellte: Er gestand zwar, weigerte sich aber, Einzelheiten zu erzählen.«

»Und niemand hat ihn mit einem der Kinder gesehen? Das ist doch kaum möglich.«

»Wir haben niemanden gefunden.« Becker spielte mit seinem Kugelschreiber herum. »Ich weiß, was da in Ihren Köpfen herumgeistert. Schmidtmann könnte jemanden gedeckt haben. Aber er wusste ein paar Einzelheiten über die Jungen, die nur der Mörder kennen konnte. Die Kamelien stammten aus seinem Garten beziehungsweise seinem Gewächshaus, und die Laken hatte er gekauft, zwei Paar, das letzte der vier wurde in seinem Haus gefunden.«

»Trotzdem scheint es so, als hätten wir jemanden in seiner Umgebung übersehen«, meinte Philipp und sprach aus, was die meisten wohl dachten. »Jemand, der ihm nahe stand und dem sein Tod sehr nahe geht. Nur so jemand würde ihn rächen wollen – und alles sieht danach aus, dass sich jemand an Barbara rächen will.«

»Was ist mit der Möglichkeit, dass Barbara nur vorgeführt werden soll? Dass jemand mit ihr spielt, der gar nichts mit dem Fall Schmidtmann zu tun hat?«, fragte Heinz.

»Er weiß ja viele Einzelheiten über die Morde, die Vorbilder der Fakes«, meinte Kramer.

»Na, ja.« Barbara stützte ihren Kopf auf die Hand. »Tatsache ist, dass viele Einzelheiten, die damals nicht in die Öffentlichkeit gelangt sind, in meiner Vorlesung zur Sprache kommen. Ich habe sie schon zweimal komplett gehalten, jetzt ist es das dritte Mal.«

»Dann hätten bei den Fakes die Leichen aber anders liegen müssen, oder?«

»Sie vergessen, Herr Kramer, dass die Hannover-Fälle sehr weit zurückliegen, mehr als fünfundzwanzig Jahre. Sie werden in der Vorlesung nur kurz behandelt, es gibt keine Fotos. Nur beim Rhein-Ruhr-Ripper ist das anders ...«

»Dann glauben Sie auch, dass jemand Ihnen nur vorführen will, dass Sie nicht allmächtig sind?«

»Nein.« Barbara lehnte sich zurück. »Ich glaube, dass es mit dem Fall Schmidtmann zu tun hat, sonst säßen wir nicht hier. Die Kamelien sind der Schlüssel, ich habe sie nie erwähnt. Es muss also jemand sein, der gerade mit diesem Fall zu tun hat. Aber der Aspekt, dass mich jemand schlecht aussehen lassen will, darf nicht außer Acht gelassen werden. Wir haben damals in Schmidtmanns Umfeld niemanden gefunden, der ihm wirklich nahe stand. Möglicherweise will niemand ihn rächen. Vielleicht ist durch seinen Tod nur jemand wieder an alles erinnert worden und will nun die Frau töten, die nicht rechtzeitig geschaltet hat damals.«

»Aber Frank Grüter ist tot,« meinte Kramer. »Und seiner Frau traue ich das nicht zu; nach allem, was mir Wolfgang Freitag über sie erzählt hat, verlässt sie ihre Wohnung nur, um ihren Schnapsvorrat aufzufüllen. Aber was ist mit Özay und seiner merkwürdigen Verbindung zu den Angehörigen von Alexander Krattnik?«

»Ich glaube nicht, dass er etwas mit den Morden zu tun hat.« Barbara sah in die zweifelnden Gesichter. »Aber ich habe nichts dagegen, wenn wir auch diese Spur verfolgen. Er hat uns seine Hilfe angeboten, also können wir ihn in unserer Nähe halten.«

»Und dann ist er über jeden unserer Schritte informiert ...« Becker sah sie zweifelnd an. »Aber Sie haben Recht, wenn wir ihn jetzt wieder ausschließen, dann wird er erst recht misstrauisch ...«

»Soll ich jetzt noch mit dem Bericht über den Fall Schmidtmann fortfahren?«, fragte Philipp. Die anderen nickten.

»Ich kann es kurz machen. Barbara hielt an ihrem Profil fest, vor allem, weil es erklärte, wie der Täter so schnell sein konnte. Schmidtmann wurde freigelassen, und die Presse schäumte. Wir hatten nicht die geringste Spur, selbst die Kamelien konnten geklaut sein. Und Schmidtmann hatte auch wieder eine Fahrkarte, mit der er erklären konnte, dass er ein Alibi hatte.«

»Wie kamen die falschen Alibis zustande?«, wollte Kramer wissen.

»Er hatte sie gekauft. In Burg führte er ein sehr unauffälliges Leben, aber ab und zu fuhr er nach Hamburg und lebte sich richtig aus. Sex, kleine Orgien ... In der Szene ließen sich genug Beziehungen knüpfen, um eine falsche Fahrkarte zu besorgen. Ein einschlägig bekannter Mann sagte in dem Prozess aus, dass er die Fahrkarte besorgt hatte.«

»Aber beim ersten Mal war Schmidtmann doch geschäftlich in Köln?«

»Ja, er hatte so etwas wie eine Kurierfahrt unternommen, wichtige Unterlagen für eine Wirtschaftsprüfung. Er kam dort an und war gleich wieder weg. Rein theoretisch konnte er den nächsten Zug wieder zurücknehmen.«

»Dann wäre aber noch weniger Zeit gewesen, Sebastian umzubringen, oder?«

»Vielleicht ein bis zwei Stunden weniger«, gab Philipp zu. »Sollten wir uns Hendrik Leitner, den Mann, der die falschen Fahrkarten besorgt hat, noch mal vornehmen?«

Alle nickten.

Philipp fuhr fort: »Schmidtmann war auf freiem Fuß, und wir standen wieder völlig am Anfang. Einen Tag später bekamen wir dann den anonymen Anruf, dass wir in Schmidtmanns Garten etwas Interessantes finden würden. Und das war es. Jonas Grüter, ebenfalls sieben Jahre, lag in Schmidtmanns Gartenhäuschen, Schmidtmann hatte ihn gerade entkleidet, auf das Laken gelegt und mit Kamelienblüten bedeckt. Er weinte dabei.«

Vor Barbaras innerem Auge stieg plötzlich die Vorstellung auf, die sie sich von Thomas' Anblick nach dem Anschlag gemacht hatte. Die weiße Kamelie in seinem Blut. Und dann schob sich Jonas' Bild davor. Schmidtmann hatte mit den Kamelien all die Blessuren verdeckt, die er dem Kleinen beigebracht hatte. Der Anblick war zugleich schrecklich und schön.

»Hat man versucht, etwas über den Anrufer herauszubekommen?«, fragte Heinz.

»Sicher, aber es gelang nicht. Es gibt aber eine Aufzeichnung des Anrufes, die müsste allerdings in Heide oder beim LKA in Hannover gelagert sein, bei den BKA-Unterlagen war sie nicht.«

»Gut.« Heinz hatte sich während der Sitzung einige Notizen gemacht. »Ich schlage folgendes Vorgehen vor: Kramer und seine Leute von der Düsseldorfer Polizei kümmern sich nochmals um Özay. Sie gehen dabei diskret vor, um ihn nicht zu verschrecken. Becker und Lachmann gehen noch mal ins Detail im Fall Schmidtmann. Ich denke, da werden noch mehr Ungereimtheiten auftauchen als die, die wir jetzt schon entdeckt haben. Kriminalhauptkommissar Freitag in Heide werden wir bitten, die Bilder, die Barbara und Özay in Schmidtmanns Haus gesehen haben, sicherzustellen und hierher zu schicken. Die Hamburger sollen sich nach dem Mann mit den falschen Fahrkarten umsehen. Wenn sie ihn haben, kann jemand von uns ihn dort vernehmen. Freitag soll auch noch mal versuchen, jemanden zu finden, der Schmidtmann nahe stand.«

»Und was tue ich?«, fragte Barbara.

Heinz grinste. »Du machst das, was du immer tust – was du willst. Unterstütze Becker und Lachmann, hänge mit Özay herum ... Du bist am nützlichsten, wenn man dich nicht einschränkt.« Er sah Becker an und grinste noch breiter. »So kurz vor der Pensionierung kann ich mir eine solche Führungsschwäche leisten.«

Becker hatte immer mit Barbaras eigenständigen Entscheidungen gekämpft. Aber jetzt, nachdem er nicht mehr die Verantwortung für ihre Eigenmächtigkeiten übernehmen musste, schien er es gelassener zu nehmen. »Gehen wir an die Arbeit«, meinte er nur.

10. Kapitel

Barbara schloss sich zunächst ihren beiden ehemaligen Kollegen an, doch es fiel ihr schwer, sich durch die Aktenberge zu wühlen. Immer wieder stieg die Erinnerung an ihre schlimmste Niederlage in ihr hoch. Und wie so häufig äußerte sich ihr Unbehagen körperlich: Sie musste sich übergeben.

»Immer noch wie früher«, meinte Philipp, als sie von der Toilette kam.

»Warum sollte sich das geändert haben?« Sie ließ sich erschöpft auf einen Stuhl fallen. »Genau deswegen habe ich versucht, mein Leben zu ändern. Was hast du da für eine Akte?«

»Aussagen aus Schmidtmanns unmittelbarer Nachbarschaft.«

»Irgendetwas Interessantes?«

»Jemand von gegenüber, das heißt von der Hinterseite des Hauses, sprach davon, dass Schmidtmann öfter Besuch hatte. Aber das konnte absolut niemand sonst bestätigen. Ein- oder zweimal im Jahr, sagten die direkten Nachbarn, haben sie jemanden in der Nacht oder am frühen Morgen zu Fuß das Haus verlassen sehen.«

»Bei welcher Gelegenheit?«

»Der Hund musste nachts plötzlich raus, oder jemand verreiste sehr früh.«

»Das heißt, es war reiner Zufall, dass sie Schmidtmanns Besuch bemerkten.«

Philipp nickte. »Aber wäre es denn so ungewöhnlich, wenn er jemanden da gehabt hätte? Einen Liebhaber?«

»Nein, sicher nicht. Es wäre nur interessant herauszufinden, ob es immer derselbe war, oder ob Schmidtmann vielleicht Callboys bei sich hatte.«

In diesem Moment klingelte Barbaras Handy. »Hallo, Annette«, sagte sie erstaunt. Dann bemerkte sie, dass Annette offensichtlich weinte und erstarrte. »Thomas ...«

»Nein, er ist nicht ...«, brachte Annette zwischen zwei Schluchzern hervor. »Aber ...«

»Soll ich kommen, Annette?«

»Ja ... ich meine nein, nicht hierher.«

Barbara hörte, wie Annette sich schnäuzte. Sie konnte förmlich spüren, wie sich ihre Schwiegermutter jetzt zusammenriss, um ihr erzählen zu können, was passiert war.

»Ich habe doch Thomas' Handy hier oben ... Barbara, es hat geklingelt, eben ...«

Barbara versuche ihre Gedanken zu ordnen. Thomas hatte das Handy zu einem einzigen Zweck angeschafft: Falls ihm etwas passierte und falls Eurotransplant anrief. »Sie haben ... sie haben ein Herz ...«

»So habe ich auch reagiert, Barbara. Ich rief dann sofort in der Klinik an. Und stell dir vor, er will es ihm nicht geben.«

»Professor Weinfurt?«

»Ja.« Annette fing wieder an zu schluchzen.

»Glaubt er denn, dass Thomas die Operation nicht überstehen würde?«

»Ja, aber das ist nur zweitrangig. Er sagt, Thomas' Überlebenschancen seien nicht groß genug, um ihm ein Transplantationsorgan zu geben. Es müsse an jemanden gehen, der bessere Chancen hätte.« Annette weinte wieder leise. »Barbara, wir haben doch so wenig Zeit ...«

»Ich fahre in die Klinik und rede mit ihm.« Barbara griff ihre Tasche, die sie über ihre Stuhllehne gehängt hatte. »Bitte komm auch sofort dorthin. Und Weise soll nicht fahren wie sonst, wenn er Thomas im Wagen sitzen hat.« Sie schaltete das Handy aus.

»Was ist, Barbara? Die Herztransplantation?« Philipp und Becker sahen sie beide an.

Sie nickte. »Er hat einen seltenen Gewebetyp, und die Chancen sind immer sehr klein gewesen. Jetzt gibt es aber ein Herz und dieser verdammte Arzt will es ihm nicht geben. Ich muss sofort los.«

»Ich werde dich fahren.« Philipp stand auf, aber Barbara schüttelte den Kopf. »Entschuldige, aber du kennst dich hier nicht gut genug aus. Wenn ich fahre, geht es schneller.«

Barbara rannte zu ihrem Wagen und bretterte jenseits aller Regeln durch die Stadt.

»Ah, Frau Hielmann-Pross. Professor Weinfurt erwartet Sie schon.« Weinfurts Sekretärin öffnete die Tür zum Büro ihres Chefs. »Er ist gerade bei einem Patienten, aber er kommt sofort.«

Es dauerte noch etwa zehn Minuten, bis Weinfurt tatsächlich kam. Inzwischen war auch Annette eingetroffen. Sie sah blass und nervös aus, ihre Augen waren völlig verheult.

»Meine Damen ...« Weinfurt setzte sich hinter seinen Schreibtisch und seufzte. »Es tut mir sehr Leid. Ich hatte Eurotransplant eigentlich gebeten, sich nicht bei Ihnen zu melden.«

»Damit wir es gar nicht erfahren?«

Er nickte. »Dann wäre Ihnen diese Aufregung erspart geblieben.«

»Haben Sie ihnen schon abgesagt?«

»Nein, ich habe mir Bedenkzeit ausgebeten.«

»Aber es zählt doch jede Minute ...«

»Der Spender liegt in Köln, das ist sehr nah. Er ist hirntot, ansonsten wird alles funktionsfähig gehalten. Wir haben noch ein wenig Zeit.«

»Aber Sie haben sich entschieden, Thomas nicht zu operieren, oder?«

»Wenn Ihr Mann zu Hause über seinen Büchern sitzen würde, Frau Hielmann-Pross, wäre das überhaupt keine Frage. Er ist ein sehr disziplinierter Mensch und hatte deshalb die besten Prognosen.«

Barbara überlegte einen Moment, ob sie Weinfurt richtig verstanden hatte. Hatte er in der Vergangenheit gesprochen?

Weinfurt wartete nicht darauf, dass sie oder Annette etwas sagten. »Meine Damen, diese Entscheidung fällt mir nicht leicht, vor allem, weil ich Thomas über so viele Jahre betreut habe und zusehen musste, wie es ihm immer schlechter ging.«

Barbara hatte für einen Moment das Gefühl, dass alles um sie schwarz wurde. »Sie wollen ihm das Herz also wirklich nicht geben.«

»Von wollen kann keine Rede sein. Ich darf es ihm nicht geben, denn im Moment liegt er hier mit seinen schweren Verletzungen, und wir wissen nicht, ob er überlebt.«

Annette war fast in sich zusammengesunken. Barbara spürte, dass sie von ihr keine Hilfe erwarten konnte. Reden, dachte sie nur, du musst jetzt reden.

»Professor, wenn Thomas' Herz in Ordnung wäre, wie wären seine Chancen dann, diese Verletzungen zu überleben?«

Weinfurt sah sie verwirrt an. »Ich denke, ganz gut.«

»Und seine Werte stabilisieren sich?«

»Ja. Sehr langsam zwar ...«

»Wenn es weiter so aufwärts geht, wann haben Sie vor, ihn aus dem Koma zu wecken?«

»Da müsste ich erst mit dem Kollegen ... Frau Hielmann-Pross, es wäre unverantwortlich, das Herz jemandem zu geben, der ...«

Annette regte sich plötzlich. »Wer entscheidet das?«

Barbara sah Weinfurt erwartungsvoll an. Er schien sich nicht wohlzufühlen in seiner Haut.

»Ich. Es liegt im Ermessen des behandelnden Arztes.«

Barbara beugte sich vor, um ihn zu zwingen, sie wieder anzusehen. »Thomas ist zäh, Professor, das hat er all die Jahre bewiesen. Er hat die Not-OP überstanden. Er wird auch diese OP überstehen.«

»Und dann vielleicht an den Folgen seiner Verletzungen sterben. Ich kann das nicht tun, Frau Hielmann-Pross. Das ist, als nähme ich dem nächsten auf der Liste dieses Herz weg.«

In Weinfurts kleinem Büro breitete sich eine unheimliche Stille aus. Barbara bekam mit, dass Annette wieder leise zu weinen begonnen hatte und ihre Handtasche nach einem Taschentuch durchwühlte. Je länger sie brauchte, desto heftiger weinte sie. Barbara wollte ihr helfen, da fiel ihr plötzlich Annettes Scheckbuch ins Auge.

»Gib mir das«, sagte sie und zog es aus der Tasche. In dem Buch waren zwei verschiedene Sorten Schecks. Barbara erkannte die Bank, die das Familienkonto führte. »Bin ich berechtigt, einen Scheck für dieses Konto auszustellen, Annette?«

Annette nickte. Weinfurt rührte sich nicht, machte nur ein entsetztes Gesicht.

Barbara nahm einen Stift von seinem Schreibtisch. »Professor, es sind schlechte Zeiten und auch die Uniklinik hat oft nicht genug Geld, um moderne Geräte anzuschaffen, nicht wahr?«

Er nickte nur stumm.

»Gibt es ein Gerät, dass Sie sich hier schon lange wünschen? Eines, für das nie genug Geld übrig ist, wenn alle notwendigen Ausgaben getätigt sind?«

»Wollen Sie mich bestechen?«

»Und ob ich das will. Aber nicht Sie persönlich, Professor. Ich werde eine Spende für die Klinik machen. Die Familie Hielmann wird sie machen. Was soll ich hier hinschreiben? Eine Million Euro? Anderthalb Millionen? Zwei? Sagen Sie eine Summe!«

Weinfurt schluckte nur.

Barbara setzte nach. »Natürlich ist es ein Risiko, Thomas das Herz zu implantieren. Aber Sie gehen doch oft ein Risiko ein, oder? Er wird es schaffen, da bin ich mir sicher.«

Wieder schwiegen sie. Barbara hatte das Gefühl, dass die Luft zunehmend dünner wurde. Sie atmete schwerer.

Weinfurt räusperte sich. »1,2 Millionen. Damit könnten wir ein paar Dinge anschaffen, die wir brauchen.«

Barbara nickte und schrieb die Summe auf den Scheck. Dann gab sie ihn dem Professor.

»Danke ...« Er sah sie an. »Ich werde diese Transplantation durchführen, Frau Hielmann-Pross, aber das ist keine Garantie dafür, dass Ihr Mann das alles überlebt.«

»Ich weiß.«

»Und selbst wenn alles gut geht, es können immer noch Komplikationen ...«

»Ich weiß. Dies ist das Risiko, das ich eingehe. Aber ich will, dass mein Mann diese Chance bekommt.«

Weinfurt stand auf. »Ich rufe das Team zusammen. Diese OP wird etwas mehr Vorbereitung brauchen als ohnehin schon. Ich denke, wir werden ihn morgen operieren.« Er legte den Scheck in eine Mappe und sah ganz verlegen aus.

»Sie tun das Richtige, Professor.«

Der Arzt räusperte sich, ging dann aus dem Büro und ließ Barbara und Annette allein zurück.

Eine Weile starrten sie nur vor sich hin, dann griff Annette nach ihrer Hand. »Wo hast du nur den Mut dazu hergenommen, Kind?«

Weinfurts Sekretärin steckte den Kopf herein.

»Entschuldigen Sie, wir werden sofort gehen ...«

»Nein, lassen Sie sich ruhig Zeit. Für die Angehörigen ist es auch nicht leicht.« Sie schloss die Tür wieder.

Es war soweit. Das, worauf Barbara so lange gehofft hatte, würde eintreten. Thomas bekam ein neues Herz, aber seine Chancen standen schlechter denn je. Die Tränen kamen nicht unmittelbar, sie kämpften sich geradezu nach oben. »Das war kein Mut, Annette. Nur Verzweifelung.« Und dann brauchte Barbara ein Taschentuch.

Sie hatte fast Skrupel, Thomas mit ihren verheulten Augen zu besuchen, obwohl er sie ja gar nicht sehen konnte. Alles war noch unverändert, die Schläuche, die Kabel, aber Barbara kam es vor, als hätte sein Gesicht ein bisschen Farbe bekommen.

»Die Blutdruckwerte sind inzwischen sehr gut«, meinte eine Schwester, die die Monitorwerte abrief. »Es geht ihm eindeutig besser.«

Barbara und Annette gaben ihm jede einen Kuss auf die Wange und standen noch eine Weile am Bett. »Du wirst es schaffen, Thomas«, flüsterte Barbara und Annette drückte ihre Hand.

Vor der Klinik trennten sie sich. »Bist du sicher, dass du allein zu Hause klarkommst?«, fragte Barbara, als Annette in Weises Auto stieg.

»Mach dir keine Sorgen. Ich rufe Elisabeth an. Und du? Willst du wirklich noch arbeiten?«

»Es lenkt mich ab. Ob ich zu etwas nutze bin, ist eine andere Geschichte ... Aber wir müssen vorwärts kommen.«

»Ja. Du musst diesen Kerl schnappen, Barbara.«

Barbara fuhr zurück zum LKA. Dort waren inzwischen auch Kramer, Heinz Wersten und andere Soko-Mitglieder wieder eingetroffen. Alle machten ernste Gesichter.

»Was ist los?«, fragte sie.

»Was ist mit Thomas?« Heinz kam auf sie zu und umarmte sie.

»Sie werden ihm das Herz morgen transplantieren. Ich habe den Arzt ... überredet. Aber unter diesen Bedingungen ist es eine sehr schwierige Operation.«

»Aber er hat doch eine Chance?«

»Ja.« Sie sah die anderen an. »Macht ihr wegen Thomas so besorgte Gesichter?«

»Nein. Das heißt doch, natürlich auch.« Wie immer, wenn es um Privates ging, war Kramer hilflos und ungeschickt. »Wir sind gerade herübergekommen, weil Wolfgang Freitag angerufen hat. Die Fotos in Schmidtmanns Haus, von denen du gesprochen hast, sind verschwunden. Das ganze Zimmer war ausgeräumt.«

»Was?«

»Nur Özay wusste von den Bildern ...«

Barbara schüttelte energisch den Kopf. »Özay ist doch hier, er ist doch nicht in den letzten beiden Tagen nach Burg gefahren, oder?«

»Wir durchsuchen gerade seine Wohnung und bringen ihn her. Er müsste gleich hier sein.«

»Wieder mal ...« Barbara seufzte. »Was ist denn mit den anderen Sachen? Das Fahrkarten-Alibi, Schmidtmanns Lover?«

»Nach dem Typ mit den Fahrkarten wird noch gefahndet. Ist nicht leicht, so jemanden nach sechs Jahren wiederzufinden, Barbara.«

»Und hat Freitag mit diesem Nachbarn von gegenüber gesprochen?«

»Der ist weggezogen. Aber wir werden ihn bald finden.«

Die Tür öffnete sich, und ein Beamter kam mit Özay herein.

»Also wirklich«, meinte Özay. »Ihr hättet mich doch nur anrufen brauchen, dann wäre ich sofort gekommen.«

»Hören Sie, Herr Özay, wo sind die Bilder aus Schmidtmanns Haus?«, fragte Heinz.

Özay seufzte. »Wie haben Sie das denn wieder herausbekommen?«

»Sie haben die ganzen Bilder?« Kramer ging wütend auf ihn zu. »Wenn Sie in Besitz von Kinderpornographie sind, werde ich Sie verknacken ...«

Özay sah ihn verständnislos an. »Da war doch keine Kinderpornographie dabei ... Und was heißt überhaupt ›die ganzen Bilder‹?« Er blickte zu Barbara. »Dieses eine Fotoalbum, erinnern Sie sich? Mit diesen selbstgeschossenen FKK-Aufnahmen. Das habe ich mitgehen lassen, sonst nichts.«

Die anderen blickten nicht besonders intelligent aus der Wäsche, und Özay begann plötzlich zu lachen. »Jetzt verstehe ich. Die Bilder in Burg sind weg. Und Sie dachten, ich hätte sie ...« Er hob seine mit Handschellen gefesselten Hände. »Tja, ich denke, Sie werden mich brauchen. Denn die einzigen Bilder, die noch übrig sind, habe ich.«

»Wir haben in der Wohnung aber nichts gefunden«, meinte der Beamte, der ihn gebracht hatte.

»Natürlich nicht. Weil sie in meinem Auto sind. Nun schließen Sie schon endlich diese Dinger auf, damit ich das Album holen kann.«

»Berzelius wird es holen. Sie bleiben hier«, ordnete Kramer an. »Geben Sie ihm den Autoschlüssel.«

Berzelius öffnete Özays Handschellen und nahm den Schlüssel in Empfang. Wo Özays Golf stand, musste der ihm nicht erklären, er hatte zu den Leuten gehört, die Özay beschatteten.

Während sie warteten, setzte sich Özay zu Barbara. »Wie geht es Ihrem Mann?«

»Er wird morgen noch mal operiert.«

»Oh, Shit.«

»Nein ... sie haben ein neues Herz für ihn.«

»Dann drücke ich ihm aber die Daumen.«

»Wieso haben Sie das Album mitgehen lassen, Özay?«

»Weil es etwas ganz Privates von Schmidtmann war. Das waren nicht irgendwelche Wichsvorlagen. Na, ja, vielleicht doch, aber ...«

»Ich verstehe schon.«

»Verdächtigen die mich immer noch?«, fragte Özay plötzlich.

»Die schon. Aber das ist nur ein Strohhalm. Sie hoffen, dass mindestens eines Ihrer Alibis falsch ist.«

»Und Sie?«

»Ich glaube Ihnen. Dieser Täter ist so perfide. Er hat viele Leute in das Komplott mit eingebunden.« Barbara hatte plötzlich eine Idee. »Kommen Sie, hier müssen irgendwo die Bilder liegen, die Sie bei der Überwachung von Reitker geschossen haben. Wir sollten sie uns noch einmal gemeinsam ansehen. Vielleicht entdecken wir etwas, das wir übersehen haben.«

Aber bevor sie das tun konnten, kam Berzelius mit dem Fotoalbum zurück. Es war groß und dick, die Bilder waren jedoch meist klein und von schlechter Qualität. Die ersten hatten noch einen gezackten Rand: kleine nackte Jungen am Strand beim unschuldigen Spiel. Sie blätterten es langsam durch, aber die Bilder wiederholten sich. Sie wurden etwas größer, später farbig, die Motive waren gleich.

»Es wäre gut, wenn jemand herausfinden könnte, wo dieser FKK-Strand liegt. Vielleicht gibt es im Hintergrund irgendwelche Dinge, die man identifizieren kann«, meinte Barbara.

Zwischendrin – inzwischen waren sie Ende der Siebzigerjahre angekommen, wie sich aus einigen Gegenständen und den Frisuren erwachsener Männer schließen ließ – gab es auch richtige Portrait-Fotos von Jugendlichen. Sie posierten nackt vor einem Zaun. Barbara versuchte, in ihren Gesichtern bekannte Züge zu entdecken, doch es gelang ihr nicht. Gegen Ende des dicken Wälzers musste sie feststellen, dass alles nur noch an ihr vorbeilief. Ihre Gedanken wanderten immer wieder zu Thomas.

»Was meinen Sie, Frau Pross ... Hielmann-Pross?« Kramers Stimme brachte sie wieder in die Realität zurück.

»Was?«

»Niemand nimmt Ihnen übel, wenn Sie mit den Gedanken woanders sind.« Kramer rückte mit dem Stuhl nach hinten. Er hatte sich zwischen Özay und Barbara gedrängt, um die Fotos anzusehen.

»Ich sagte, es wäre vielleicht ganz gut, wenn wir uns mal Schmidtmanns Mitgefangene vornehmen. Vielleicht erfahren wir da etwas über diesen geheimnisvollen Liebhaber.«

»Ein Versuch ist es wert. Allerdings war der alte Mann in der Haft so isoliert, dass wahrscheinlich niemand mit ihm geredet hat. Und da gerade das Verfahren wegen seines Selbstmordes läuft, könnte das alles sehr schwierig werden. Niemand wird sich trauen, etwas gegen die Mithäftlinge zu sagen, die ihn gequält haben, und erst recht nicht gegen das Wachpersonal. Jeder, der mit der Polizei redet, gerät in Gefahr.«

»Dann sollten Sie das vielleicht machen.«

Barbara nickte. »Aber ich kann hier nicht weg. Thomas wird morgen operiert ...«

»Sicher. Das sollten wir abwarten. Aber wenn Sie dahin fahren, könnten Sie vielleicht noch mehr Dinge vor Ort klären.«

»Gut. Wenn es Thomas besser geht, mache ich das.«

Barbara hatte gar nicht bemerkt, dass Heinz den Raum verlassen hatte, während sie sich die Bilder angesehen hatte. Jetzt kam er wieder herein und warf einen Stapel Papier auf den Tisch.

»Wir haben ein paar Ergebnisse. In dem Haus in Bottrop fanden sich in den Tiefkühltruhen und auf dem alten Tisch, der da unten stand, Spuren der beiden Leichen aus den Fake-Fällen und von Reitker. Auch Grüter wurde wohl da unten getötet. Die müssen sich im Labor überschlagen haben ...«

»Und Lydia?«

»Das Blut, das Erhard in unserem Beisein sichtbar gemacht hatte, stammt hauptsächlich von ihr. Sie lag aber in keiner Truhe, das war wohl auch nicht nötig in der Kürze der Zeit.«

»Dann war der Mörder also sicher in diesem Haus?«

Heinz nickte. »Es wurde auch DNA-fähiges Material gefunden, das möglicherweise dem Täter zuzuordnen ist. Frag mich nicht, wie Erhard und seine Leute das entdeckt haben, das grenzt schon an Zauberei. Jedenfalls stimmt das wiederum mit den wenigen Spuren überein, die an Lydia Andresens Leiche gefunden wurden.« Er wühlte in dem Stapel und zog eine Mappe heraus. »Das Beste kommt aber noch. Wir haben die zwei Speditionen gefunden, die die Tiefkühltruhen nach Bottrop transportiert haben, eine aus Aschaffenburg und die andere aus Potsdam. Dieser Typ Truhe ist dafür bekannt, dass er ungeöffnet auch bei Stromausfall noch bis zu vierundzwanzig Stunden die Kälte halten kann. Die Speditionen haben die Truhen in Mietlagern übernommen. Die Betreiber sagen übereinstimmend aus, dass der Lagerplatz sehr kurzfristig angemietet wurde und zwar telefonisch. Der Mann sagte, er schicke jemanden mit der Truhe, der das Lager für ein, zwei Tage bar bezahle. Und ratet mal, wie der Typ aussah?«

»Mittelgroß, Blaumann, dicke Brille und Baseballkappe?«, fragte Barbara.

Heinz nickte. »Ja. Und mit sehr heiserer Stimme. Und ein Mann, auf den diese Beschreibung passt, hat die Truhen in dem Haus in Bottrop in Empfang genommen.«

»Er ist also die Schlüsselfigur«, meinte Kramer.

»Wenn er nicht auch nur ein Werkzeug ist, so wie Özay.« Barbara sah Özay an, der nickte.

»Oder vielleicht Özays Werkzeug?« Kramer konnte sich immer noch nicht mit dem Gedanken anfreunden, dass Özay nicht der Mörder war.

»Glauben Sie, ich hätte so viel Geld, um zwei Tiefkühltruhen zu kaufen, jemanden anzuheuern und noch den Transport zu zahlen? Ich war blank wie noch nie zuvor ... bevor der Mörder mir das Geld für die Überwachung zahlte.«

Barbara merkte, wie ihre Aufmerksamkeit wieder nachließ. »Leute, ich dachte, die Arbeit könnte mich ein bisschen ablenken, aber Tatsache ist, dass ich ganz und gar nicht bei der Sache bin. Ich denke, ich fahre jetzt nach Hause. Heute wird ohnehin nichts Entscheidendes passieren, denke ich. Morgen könnt ihr nicht mit mir rechnen.«

Die anderen stimmten ihr zu.

Barbara fand Annette allein oben in ihrem Wohnzimmer. Der Fernseher lief, aber Annette sah nicht hin.

»Es klappt nicht mit der Ablenkung«, sagte Barbara nur und ließ sich in einen Sessel fallen.

»Dann sollten wir uns vielleicht gegenseitig ablenken. Elisabeth war leider nicht zu Hause. Seid ihr denn weitergekommen?«

»Dieser merkwürdige Handwerker rückt immer mehr in den Mittelpunkt des Geschehens.« Barbara erzählte Annette, was die Ermittlungen bis jetzt ergeben hatten. »Sag mal, warst du damals zu Hause, als er hier war? Hast du ihn gesehen?«

Annette überlegte. »An diesen Trupp mit den drei Leuten erinnere ich mich noch genau. Da war so ein netter junger Mann dabei, der mir die neue Telefonanlage genauso erklärt hat, dass eine alte Frau es verstehen konnte. Aber du meinst diesen Mann, der ein paar Tage später allein kam ... Ja, gesehen habe ich ihn.«

»Nur von weitem?«

»Nein, auch direkt vor mir. Ich glaube, ich habe gerade das Haus verlassen, als er mir entgegenkam. Er hatte wohl etwas im Auto vergessen.« Sie stockte einen Moment. »Ja, mir ist schon etwas aufgefallen. Als ich ihn von oben ins Haus gehen sah, war das nur ein junger Mann im Blaumann. Und von nahem erinnere ich mich an diese dicke getönte Brille, die unter der Kappe hervorsah. Und seine Sachen waren ihm zu groß. Irgendwie passte das nicht zusammen, weißt du. Er war so ein Typ – wie soll ich das erklären –, da hätte man erwartet, dass er schlurft. Aber der Gang war ganz anders.«

Barbara nickte. »Das beweist nur wieder, dass sich dieser Mann verkleidet hatte. Und wir haben fast keine Chance, ihn zu finden.«

»Woher wusste er denn das mit der Telefonanlage?«

»Özay. Der Journalist. Er beobachtete mich im Auftrag des Täters. Aber Özay hat seinen Auftraggeber nie getroffen, nicht einmal mit ihm telefoniert. Lass uns über etwas anderes reden ...«

»Über Thomas vielleicht?« Annette lächelte. »Ehrlich gesagt, ich glaube nicht an eine wie auch immer geartete Ablenkung.«

Sie saßen zusammen und redeten, bis es dunkel wurde. Dann plünderte Barbara Thomas' Baldrianpillenvorrat, den sie sich schwesterlich teilten, und ging nach oben in das Gästezimmer.

Am nächsten Morgen waren Barbara und Annette früh in der Klinik, um noch einmal Thomas zu besuchen, bevor die Operation begann.

Trotz Baldrian hatten beide nicht gerade gut geschlafen. Sie sahen nun zu, wie die Liege mit Thomas aus der Intensivstation in Richtung OP gerollt wurde. Weinfurt war kurz zu ihnen gekommen und hatte ihnen erklärt, welche besonderen Maßnahmen sie ergriffen hatten, so war das Anästhesie-Team verstärkt worden und auch noch ein zusätzlicher Chirurg anwesend, falls aufgrund der Verletzungen Komplikationen auftraten. Sie sahen auch die Leute mit dem Metallbehälter kommen. Thomas' neues Herz war da.

Die gesamte Operation dauert länger als gewöhnlich; als es später Nachmittag wurde, wurden Barbara und Annette immer nervöser. Schließlich kam ein junger Arzt zu ihnen. Sie hatten ihn vorher kennen gelernt, er war der zusätzliche Anästhesist. »Meine Arbeit ist erst mal beendet, der Kollege macht den Rest allein. Professor Weinfurt schickt mich. Ich soll Ihnen ausrichten, dass Sie sich keine Sorgen machen müssen wegen der Länge der OP. Es gab ein paar Komplikationen, die alles verzögert hatten, das hängt mit den Missbildungen seines Herzens und der alten Operation zusammen. Aber sie haben jetzt alles im Griff. Sie machen ihn gerade zu. Es ist alles gut verlaufen.«

Barbara und Annette lagen sich in den Armen.

Sie durften Thomas' nicht eher sehen, bis er in einem Isolierraum auf der Intensivstation lag. Gemeinsam standen sie an der Scheibe. Eigentlich hatte sich nicht viel an seinem Anblick gegenüber dem Morgen geändert. Nur der Verband über der Brust war größer geworden.

»Wir werden ihn wohl erst in drei Tagen aufwecken. Das ist unüblich nach derlei Operationen. Aber sein Körper war durch die Verletzungen doch sehr geschwächt.« Professor Weinfurt war zu ihnen getreten. »Wir hatten deswegen ein paar Schwierigkeiten, aber er hat gekämpft wie ein Löwe.«

»Und jetzt ist alles in Ordnung?«

»Wir können noch nicht sagen, wie er die Komplikationen während der Operation überstanden hat. Sein EEG ist normal, das deutet darauf hin, dass sein Gehirn nicht zu lange ohne Sauerstoff war. Ich bin ganz optimistisch, aber sicher sein können wir erst, wenn er wach ist.« Er lächelte. »Sie beide sollten jetzt nach Hause gehen.«

Barbara sah Annette an und die nickte. »Wie wäre es mit einem guten Restaurant, Barbara?«

Sie hatten den ganzen Tag über nur ein Brötchen aus der Patientenkantine gegessen, und Barbara merkte, dass sie wirklich hungrig war. »In Ordnung. Lass uns was essen gehen.«

Sie verabschiedeten sich von Weinfurt und dem Personal der Intensivstation und verließen die Klinik.

Gegen acht kamen sie wieder in der Villa an. Während Annette sich oben umzog, ging Barbara ins Arbeitszimmer, um bei der Soko anzurufen. Aber es waren nur noch zwei von Kramers Leuten da. »Es gibt nicht viel Neues, Frau Hielmann-Pross. Auf viele Ergebnisse warten wir noch, da hat Wersten beschlossen, heute früher Schluss zu machen. Er,

Kramer, Becker und Lachmann haben ja praktisch zwei Tage durchgearbeitet.«

»Und Sie halten die Stellung?«

»Einer muss es ja tun.«

»Ich melde mich morgen wieder.«

»Frau Hielmann-Pross?«

»Ja?«

»Wie geht es denn Ihrem Mann?«

»Die Operation ist ganz gut verlaufen. Jetzt drohen noch die ganz normalen Risiken ... Es dauert noch, bis er über den Berg ist.«

»Ich drücke ihm die Daumen.«

»Danke.«

Barbara machte sich klar, dass sie diese Fragen in den nächsten Tagen öfter würde beantworten müssen.

Sie entdeckte, dass der Anrufbeantworter blinkte. Ein paar Freunde, die zum Teil noch gar nicht wussten, dass die Herztransplantation stattgefunden hatte, erkundigten sich nach Thomas' Befinden. Einer seiner ehemaligen Studenten, der sich von Zeit zu Zeit meldete, Rechtsanwalt Hardanger, Anna Severin und auch Andreas Petri. »Hallo, Frau Hielmann-Pross. Ich bin wieder in Hamburg, ich hatte gar keine Zeit, mich richtig zu verabschieden. Aber ich habe gute Nachrichten. Wir haben eine Firma gefunden, sie sind ernsthaft an dem Kauf interessiert. Eine Baufirma aus Süddeutschland, die gern ein Standbein in der Rhein-Ruhr-Region hätte. Sie waren besonders von der Immobilien-Abteilung beeindruckt, das wäre eine Chance, am Standort Düsseldorf weitere Arbeitsplätze zu schaffen ... Ich versuche, Sie morgen wieder zu erreichen.«

Barbara rief Severin an und bat ihn, sich am nächsten Tag mit Petri in Verbindung zu setzen. Die Firma war ihr im

Moment herzlich egal. Severin war geschockt, als er erfuhr, was in der Zwischenzeit mit Thomas passiert war.

Als Barbara nach den Telefonaten das Arbeitszimmer verließ, fiel ihr Blick auf die Schlafzimmertür. Sie öffnete sie und ging hinein. Hier waren keine Spuren mehr, die sie verwischen konnte. Irgendwie hatte sie das Gefühl, Thomas hier mehr spüren zu können als im Krankenhaus. Sie setzte sich in den Sessel neben der Tür, wo er am Abend vor dem Anschlag gesessen und sie »eingefangen« hatte. Plötzlich fiel ihr Blick auf den Boden neben dem Bett. Da in der Ecke lagen immer noch ihr Slip und ihr BH. Für einen Moment kamen peinliche Gedanken in ihr auf, weil Erhards Leute daraus wohl ihre Schlüsse gezogen hatten. Aber dann dachte sie an diese Liebesnacht, die für so lange Zeit die letzte gewesen sein sollte. Thomas würde, selbst wenn er gesund würde, eine lange Zeit mit Mundschutz und strengen Hygienevorschriften leben müssen, wegen der immununterdrückenden Medikamente, die eine Abstoßung des Herzens verhindern sollten. Es kam Barbara fast vor, als hätte er an diesem Abend geahnt, dass er sie lange nicht mehr in den Armen halten würde. Sie stand auf und ging hinaus. Bevor Thomas aus der Reha zurückkehren würde, würde sie das Zimmer komplett neu einrichten. Sie hoffte, dass dann die Erinnerungen an das Blut und den Tod auch vergehen würden.

Am anderen Morgen im LKA beantwortete Barbara geduldig die Fragen nach Thomas. »Ich werde im Laufe des Tages mal hinfahren, aber er ist noch nicht wach. Sie wecken ihn erst übermorgen.«

Heinz sah sie verlegen an. »Barbara ... Ich weiß, das ist kein guter Zeitpunkt, aber es wäre doch gut, wenn schnell einer in der JVA Kiel nachforschen würde. Und das kannst nur du.«

»Du willst also, dass ich nach Kiel fahre – heute noch?«

»Bitte, Barbara, du würdest uns sehr helfen damit.«

Becker trat zu ihnen. »Frau Hielmann-Pross, ich habe alles soweit klar gemacht. Man erwartet Sie dort, das Ministerium hat klare Anweisungen gegeben, Sie zu unterstützen.«

Barbara seufzte. »Gut. Ich ... ich fahre jetzt noch zur Klinik. Und dann nach Kiel. Aber ich komme heute noch zurück, dass das klar ist. Ich werde nicht für euch weiter im Norden herumschnüffeln, während mein Mann hier liegt«

»Ist schon klar. Wir haben die Unterstützung der LKAs in Kiel und Hamburg und Wolfgang Freitag vor Ort in Burg.«

Als Barbara auf dem Parkplatz in ihren Jaguar stieg, tauchte wie aus dem Nichts Özay auf. »Nehmen Sie mich mit nach Kiel?«

»Woher wissen Sie das schon wieder?«

»Sie haben gestern darüber geredet, wie sie Sie überreden können.«

»Hören Sie, es ist wegen der laufenden Untersuchung von Schmidtmanns Tod schon schwierig genug, dort jemanden zu finden, der den Mund aufmacht. Aber wenn ich mit einem Journalisten da auftauche ...«

»Das weiß doch niemand. Nennen Sie mich einfach Assistent.« Özays Hartnäckigkeit war bewundernswert. »Und Sie wollen doch sicher gleich wieder zurückkommen oder? Es ist eine ganz schöne Strecke da rauf, und Sie werden dankbar sein, wenn Sie jemand am Steuer ablösen kann.«

Barbara seufzte. »Gut. Steigen Sie ein. Aber wir fahren zuerst in die Klinik.«

Özay wartete unten auf dem Parkplatz, während Barbara Thomas besuchte. Als sie zu der Scheibe des Isolierraumes kam, stand dort Petri.

»Frau Hielmann-Pross! Ich ... ich wollte nur mal nach Ihrem Mann sehen. Als ich sagte, ich wäre ein Freund, hat mich eine nette Schwester hier hereingelassen. Er hatte die Transplantation?«

Barbara nickte. »Gestern. Jetzt müssen wir abwarten. Gibt es etwas Neues in Sachen Firmenverkauf?«

»Ja, aber das meiste haben ich Ihnen schon auf den Anrufbeantworter gesprochen. Es sieht alles sehr gut aus. Ich werde mich gleich mit Severin treffen.«

»Er hat freie Hand bei der Entscheidung. Ich habe im Augenblick keine Zeit, mich darum zu kümmern.«

»Er wird sicher nichts tun, was Sie oder Ihr Mann nicht billigen. Komisch, nicht?« Er machte ein verlegenes Gesicht. »Deshalb bin ich heute Morgen hierher gekommen. Ich meine, ich wusste ja, dass Ihr Mann nicht bei Bewusstsein ist ... Aber irgendwie hatte ich das Gefühl, ich müsse ihm sagen, wie es steht.«

»Nein, das ist nicht komisch. Ich finde, es spricht eher für Sie.«

Barbara verspürte den Wunsch, mit Thomas allein zu sein, und Petri war wie üblich sensibel genug, um das zu verstehen. Er verabschiedete sich.

Eine Weile stand sie vor der Scheibe und betrachtete den regungslosen Körper auf dem Bett vor ihr. Sein Gesicht hatte wieder etwas Farbe bekommen. Eine Schwester betrat den Raum, sie trug Mundschutz und Handschuhe. Freundlich winkte sie Barbara zu und begann, Thomas vorsichtig zu waschen.

Barbara winkte zurück und ging dann hinaus.

Die Fahrt mit Özay war einigermaßen vergnüglich gewesen. Er hatte mit Freude die Fahrerrolle übernommen und ihr lang und breit aus seinem bewegten Leben erzählt. Jetzt parkten sie bei der JVA Kiel und meldeten sich beim Pförtner.

Eine mittelgroße, sehr drahtige Frau mit halblangen roten Haaren empfing sie. »Gina Tressari, ich bin hier die stellvertretende Direktorin, mein Hauptzuständigkeitsbereich ist das Personal.«

Barbara stellte sich und Özay vor, sie machte Özay tatsächlich zu ihrem Assistenten.

»Eigentlich dachten wir, dass die Befragungen in Sachen Schmidtmann endlich ein Ende hätten. Schließlich ist der Untersuchungsbericht letzte Woche ans Ministerium gegangen.«

»Hat man Ihnen nicht gesagt, worum es uns geht?«

Gina Tressari schüttelte den Kopf. »Wir bekamen lediglich die Anweisung, dass wir Sie bedingungslos unterstützen sollen. Sind Sie denn nicht wegen Schmidtmann hier? Wir glaubten, das Ministerium sei mit dem Bericht nicht ganz zufrieden ...«

»Frau Tressari, es geht schon um Schmidtmann, aber wir ermitteln in einem neuen Fall, der eng mit Schmidtmanns Morden und seiner Verurteilung zusammenhängt. Jemand will offensichtlich seinen Tod rächen – und zwar an mir persönlich. Drei Menschen sind bereits ermordet worden.«

Die Tressari schien sich etwas zu entspannen. »Wenn das so ist ... Wir werden Sie natürlich unterstützen.«

»Aber Sie müssen vorher erst mit ein paar Leuten reden, oder?« Barbara behielt die Frau im Auge. »Frau Tressari, ich weiß, die Dinge haben immer zwei Seiten. Sie müssen darauf achten, dass der Ruf der JVA nicht noch mehr leidet, deshalb ist es klar, dass es Absprachen gibt, was gesagt werden darf und was nicht. Mich interessieren irgendwelche Verfehlungen des Personals oder der Insassen im Moment überhaupt nicht, und wenn ich etwas darüber erfahre, werde ich sie in meinem Bericht nicht erwähnen, darauf haben Sie mein Wort. Aber ich brauche jede erdenkliche Information, um diesen Mörder fassen zu können. Haben wir uns verstanden?«

Gina Tressari lächelte vorsichtig. »Ich denke schon. Bitte, gehen Sie doch schon mal in den Raum des Anstaltspsychologen, er ist zur Zeit in Urlaub. Ich ... ich kümmere mich inzwischen um Ihre Gesprächspartner.«

Barbara und Özay gingen mit einem Beamten, den die Tressari hergerufen hatte, durch diverse Türen und Schleusen. An einer musste Barbara ihre Tasche abgeben und Özay seine Jackentaschen leeren. »Sie bekommen etwas zu schreiben von uns«, erklärte der Beamte.

»In meiner Tasche sind ein Diktiergerät und ein paar Kassetten, die würde ich gern mitnehmen.«

»Ich glaube, das ist nicht erlaubt ...«

In diesem Moment stieß Gina Tressari wieder zu ihnen. »Gibt es Probleme?«

»Die Dame möchte ein Diktiergerät ...«

»Natürlich kann sie es mitnehmen.« Die Tressari griff selber in die Handtasche und gab Barbara das Gerät und die Ersatzkassetten. »Darf ich bei Ihren Befragungen dabei sein?«, fragte sie Barbara.

»Seien Sie mir nicht böse, aber ich denke, Ihre Anwesenheit könnte die Leute einschüchtern ... Ich schicke Ihnen später gern eine Abschrift der Aufnahmen.«

Die Tressari war enttäuscht, aber sie fügte sich. »Wissen Sie, ich habe diesen Job erst, seit mein Vorgänger wegen des Selbstmordes suspendiert wurde. Es könnte mir helfen.«

»Deshalb werde ich Sie umfassend über alles unterrichten.«

Sie betraten das kleine Büro des Psychologen, es war sehr karg eingerichtet, lediglich eine große Bücherwand ließ es etwas gemütlicher erscheinen. Özay zog einen der beiden Stühle vor dem Tisch zum Schreibtischstuhl, auf dem Barbara Platz genommen hatte. Dann betätigte er sich als Assistent und schloss das Diktiergerät an.

In den nächsten zwei Stunden vernahmen sie mehrere Häftlinge, die wohl schon wegen Schmidtmanns Tod ausgesagt hatten. Aber die meisten hatten nicht viel zu sagen über den Mann – nur dass die Mithäftlinge ihm das Leben zur Hölle gemacht hatten. Zwei Jahre lang hatte Schmidtmann in einer Einzelzelle gesessen und auch während der Arbeit und der Aufschlusszeiten nur wenig Kontakt zu anderen gehabt.

Zwischendrin brachte Gina Tressari ihnen persönlich Kaffee und ein Stück Kuchen.

»Niemand scheint wirklich etwas über Schmidtmann zu wissen«, stöhnte Özay. »Wenn er wenigstens Zellengenossen gehabt hätte.«

»Hatte er«, sagte die Tressari. »Nicht in den letzten zwei Jahren, das stimmt, aber als er aus Itzehoe hierher verlegt wurde, weil sie dort für seine Sicherheit nicht garantieren konnten, kam er zunächst in eine Zwei-Mann-Zelle. Das ging auch ganz gut, aber dann wurde der andere in ein anderes Stockwerk verlegt, und der neue Zellengenosse verstand sich mit Schmidtmann überhaupt nicht.«

»Ist der Mann auf der Liste?«, fragte Barbara.

»Nein. Wir dachten ja, Sie interessieren sich nur für die Umstände seines Todes. Ich lasse ihn holen, er arbeitet zur Zeit.«

Hermann Lukassen war ein älterer Mann, der offensichtlich Wert auf sein Äußeres legte. Er hatte seine Frau umgebracht und saß seit zehn Jahren eine lebenslange Freiheitsstrafe ab. Vorher war er leitender Angestellter in einem großen Unternehmen gewesen. Kein Wunder, dass sich Schmidtmann mit ihm verstanden hatte. Lukassen passte ebenso wenig hierher wie der gepflegte alte Mann.

Barbara erklärte Lukassen die Lage. »Möglicherweise sind Sie der Einzige, der etwas über Schmidtmanns Vergangenheit weiß. Jede Information ist wichtig, selbst wenn sie Ihnen noch so unbedeutend erscheint.«

Lukassen nickte. »Ich habe ihn irgendwie gemocht, auch wenn ich wusste, was er getan hat. Er war der Einzige hier, mit dem man ein intelligentes Gespräch führen konnte, nicht wie mit dem üblichen Gesocks.«

Er nahm die angebotene Tasse Kaffee. »Aber ich fürchte, ich werde Ihnen wenig erzählen können. Was ihn selbst betraf, war er sehr verschlossen. Aber wenn er von draußen sprach, dann immer so, als würde jemand dort auf ihn warten. Er ... er hat völlig ignoriert, dass er niemals frei sein würde, nicht so wie ich, der nach fünfzehn Jahren auf eine Entlassung hoffen kann. Er hat die Sicherheitsverwahrung immer verdrängt.«

»Und er hat nie gesagt, wer auf ihn wartet?«

Lukassen schüttelte den Kopf.

»Kein Besuch in all den Jahren?«

»Sein Anwalt, manchmal. Aber da ging es wohl nur um Geld. Aber er schrieb Briefe und erhielt welche.«

Barbara sah Özay an. Davon hatte die Tressari nichts gesagt.

»Haben Sie so einen Brief mal gesehen?«

Lukassen zögerte. »Nein. Er hat sie gehütet wie einen Schatz.«

»Und fällt Ihnen sonst noch etwas ein?«

Lukassen schüttelte den Kopf. »Nein ... oder ... er hat einmal über Liebe gesprochen. Erst ganz allgemein, dann merkte ich, dass er es ganz konkret meinte. Jeder wusste ja, dass er schwul war, er muss über einen Mann gesprochen haben oder einen Jungen. Es muss da jemanden gegeben haben, vielleicht war es der Briefeschreiber. Und ...«

»Ja?«

»Nun, ich denke, damit könnte auch sein Tod zusammenhängen. Sicher auch mit den Quälereien hier, aber die hat er ja schon all die Jahre ertragen, auch schon, als er noch in Itzehoe eingesessen hat.«

»Was genau meinen Sie damit?«

»Drei Tage, bevor er sich erhängt hat, kamen zwei seiner Briefe zurück. Er hat es mir erzählt, als wir uns beim Aufschluss trafen, und er war ganz unglücklich. Er schwankte hin und her zwischen der Annahme, dem Briefschreiber könne etwas passiert sein, oder er hätte sich von ihm abgewandt.«

»Wusste die Anstaltsleitung davon?«

Lukassen wurde unruhig. »Nicht dass ich wüsste. Ich meine, die hätten so einen Grund für den Selbstmord doch gut gebrauchen können, oder?«

»Und Sie haben nichts gesagt?«

»Niemand hat mich gefragt.« Er senkte den Kopf. »Mehr kann ich Ihnen auch nicht sagen.«

Als der Mann den Raum verlassen hatte, meinte Özay: »Ich kann mir nicht helfen, aber der Kerl verheimlicht doch etwas.«

Barbara nickte. »Das denke ich auch.«

Sie steckte den Kopf aus der Tür und bat den Beamten, der dort wartete, Frau Tressari zu holen.

»Wissen Sie etwas über die Briefe, die Schmidtmann schrieb und bekam?«

»Nur wenig. Es waren ohne Zweifel Liebesbriefe. Aber wir haben den Adressaten nie ermitteln können.«

»Das haben Sie versucht?«

»Nun, wir sind misstrauisch. Es hätte ja auch ein Code sein können. Jemand wie Schmidtmann, der keine Aussichten hat, jemals wieder in Freiheit zu kommen, hat doch ein gutes Motiv für einen Fluchtversuch.« Sie telefonierte kurz, wenig später kam eine junge JVA-Beamtin mit einer Mappe.

»Er richtete sie immer an eine Postlageradresse in Hamburg. Eigentlich billigen wir so etwas nicht, aber in seinem Fall konnten wir schon verstehen, dass der Adressat anonym bleiben wollte. Und das war er auch wirklich. Denn der Name und die Adresse, die er bei der Post angegeben hatte, waren falsch. Als wir das Ganze unterbinden wollten, hatte sich Schmidtmann schon aufgehängt.«

»So spät haben Sie erst etwas unternommen?«

Gina Tressari zuckte die Achseln. »Ehrlich gesagt, niemand hielt Schmidtmann für wirklich gefährlich. Aber das Ministerium hatte aufgrund mehrerer Ausbrüche eine verschärfte Umsetzung der Vorschriften angeordnet.«

»Lukassen sagte, kurz vor Schmidtmanns Tod wären zwei seiner Briefe zurückgekommen und Schmidtmann hätte sich große Sorgen gemacht.«

»Davon weiß ich nichts. Aber ich hatte auch nichts mit der Postverteilung und der Kontrolle zu diesem Zeitpunkt zu tun.« Sie stockte. »Allerdings war ich bei dem Trupp, der die routinemäßige Zellenuntersuchung zwei Tage vor seinem Tod in dem Block durchführte. Wir haben nichts gefunden.«

Plötzlich schlug sie sich an den Kopf. »Lukassen! Natürlich!«

Barbara und Özay sahen sie verständnislos an.

»Er muss die Briefe Lukassen gegeben haben. Denn er wusste ja, dass die Zelle untersucht wird. Vielleicht hatte die

Poststelle schlampig gearbeitet und er fürchtete, dass wir sie ihm doch noch wegnehmen.«

»Und Lukassen hatte keine Gelegenheit, sie wieder zurückzugeben.«

»Ja. Denn Schmidtmann brachte sich um. Wenn diese Briefe der Grund für seinen Selbstmord waren ...«

»Dann wären die JVA und das Ministerium weitgehend aus dem Schneider.«

Die Tressari telefonierte wieder und ordnete eine Durchsuchung von Lukassens Zelle an. »Gründlich«, fügte sie hinzu. »Jeder Gefangene hat ein paar Verstecke in der Zelle. Wir kennen sie alle, aber meist lassen wir sie in dem Glauben, dass es nicht so ist. So haben wir sie und das, was sie verstecken, besser unter Kontrolle. Jemand wie Lukassen ist ohnehin nicht der Typ, hier drin Dummheiten zu machen.«

Es dauerte eine knappe Viertelstunde, da lagen die Briefe auf dem Schreibtisch vor Barbara.

»Lukassen hatte sie schon aus dem Versteck geholt, als wir die Zelle betraten«, berichtete der Beamte. »Und dies ist der andere Brief.«

Die Briefe waren gerichtet an einen Boy Harding unter der Postlageradresse in Hamburg. Es waren leidenschaftliche, sehr traurige Liebesbriefe. Der dritte Brief, den die Tressari aus der Poststelle hatte holen lassen, trug den Eingangsstempel der Anstalt vom 23. Februar, drei Tage nach Schmidtmanns Tod. Er war mit dem Computer geschrieben, doch auch er begann mit den Worten *Mein Liebster*. Er war relativ kurz, Barbara las ihn laut vor: »*Ich hoffe, Du hast mir im letzten Monat nicht geschrieben. Ich war geschäftlich unterwegs und hatte versäumt, Dir mitzuteilen, dass das Postamt, wohin Du Deine Briefe für mich schickst, geschlossen wurde. Hier ist meine neue Adresse ... Ich liebe Dich, Dein Boy.*«

»Du meine Güte«, sagte Özay leise. »Er hat sich umgebracht, weil sein Geliebter ihm die Adressänderung nicht mitgeteilt hat.«

»So sieht es aus.« Barbara sah Gina Tressari an. »Ich hoffe, Lukassen bekommt keinen Ärger wegen der versteckten Briefe.«

»Nein, bestimmt nicht. Das alles lässt die ganze Sache in einem völlig anderen Licht erscheinen.«

»Ja. Und unsere Morde auch. Wir müssen jetzt herausbekommen, wer der geheimnisvolle Geliebte war. Können Sie uns Kopien der Briefe und der Umschläge machen? Ich denke, damit sind wir hier fertig. Kann ich von hier raustelefonieren?«

»Wählen Sie die Null und lassen Sie sich eine Verbindung machen.«

Barbara rief im LKA an und bekam Heinz an die Strippe.

»Gut, dass du anrufst, Barbara, es gibt Neuigkeiten.«

»Hier auch. Schmidtmann ...«

»Warte mal, Barbara, ich schalte auf Lautsprecher, dann können die anderen mithören.«

»Hallo!«, rief Barbara und das Hallo kam vielstimmig zurück. »Also, Schmidtmann hatte einen Geliebten, er besuchte ihn nie, sie schrieben sich aber. Drei Tage vor Schmidtmanns Tod kamen zwei Briefe zurück, weil dieser Boy – so nannte er sich in den Briefen – vergessen hatte, Schmidtmann mitzuteilen, dass das Postamt geschlossen wurde. Es ist sehr wahrscheinlich, dass das der Grund für Schmidtmanns Selbstmord war.«

»Ob das unser bebrillter Handwerker ist?«

»Möglich. Deshalb rufe ich an. Wir werden von hier aus nach Hamburg fahren. Das LKA dort soll schnellstens feststellen, wer in dieser geschlossenen Postfiliale gearbeitet hat, damit wir eine Beschreibung bekommen. Das muss heute noch über die Bühne gehen.«

»Becker kann sich darum kümmern, sein Arm reicht sehr weit.«

»Werde ich sofort machen«, hörte Barbara Becker sagen.

»Gut. Und was gibt es bei euch?«

»Der Zeuge, der Schmidtmann die falschen Fahrkarten verkauft hat, ist tot. Aber seine Frau erzählte uns, dass er das nie getan hatte.«

»Er hat keine falschen Fahrkarten verkauft?«

»Nein. Jemand hatte ihn lediglich gebeten, das auszusagen.«

»Und wer?«

»Das wusste die Frau nicht. ›Ein Freund von Schmidtmann‹ hätte der Mann gesagt.«

Barbara schüttelte ungläubig den Kopf. »Das kann doch nicht sein. Ein Freund von Schmidtmann würde ihn doch nicht reinreißen. Und Schmidtmann hat doch auch alles zugegeben, wenn er unschuldig wäre und diese Alibis gehabt hätte ...« Sie stockte und verstand. »Schmidtmann hat jemanden gedeckt.«

»Schmidtmann hat sich geopfert«, meinte Heinz.

»Das wirft plötzlich ein ganz neues Bild auf Ihr erstes Profil, Frau Hielmann-Pross.« Becker trat wieder ans Telefon. »Vielleicht haben Sie nie falsch gelegen damit.«

»Geht das mit Hamburg klar, Herr Becker?«

»Sie tun ihr Bestes, können aber nicht garantieren, dass sie die Leute in der kurzen Zeit wirklich finden. Ich habe ihnen Ihre Handynummer gegeben, falls es nicht klappt, können Sie gleich durchfahren.«

»Danke.« Barbara legte auf.

»Und? Was ist?«, fragte Özay.

»Wir fahren nach Hamburg.«

»Und was sagten Sie da über Schmidtmann – er hätte jemanden gedeckt?«

»So sieht es aus. Möglicherweise war er unschuldig.«

»Dann hat der Geliebte die Jungen ermordet?«

»Soweit würde ich jetzt noch nicht gehen. Aber das könnte so sein, ja.« Barbara stand auf. »Lassen Sie uns gehen.«

Auf dem ganzen Weg zum Ausgang ließ Özay nicht locker. »Boy ... das bedeutet doch, dass er jung ist, nicht war? Jedenfalls jünger als Schmidtmann. Haben Sie damals nicht gesagt, der Täter sei ein junger Mann?«

»Özay, wir haben keine Ahnung, wer der Mann ist. Es könnte noch einen Dritten geben, für den Schmidtmann ins Gefängnis gegangen ist.«

»Das glauben Sie doch selber nicht.«

Nein, das glaubte Barbara nicht. Sie wussten jetzt mehr, aber sie wussten noch nichts über den Mörder. Nur eines – er gab möglicherweise ihr die Schuld für etwas, was auf sein Konto ging, denn Schmidtmann hatte geglaubt, er habe ihn im Stich gelassen. Lydia und Thomas hatten für etwas leiden müssen, das allein die Schuld des Täters war. Sie ballte die Faust.

Kurz vor Hamburg klingelte Barbaras Handy. Es war ein Beamter des LKA. »Wir haben zwei Schalterbeamte ausfindig gemacht, die dort gearbeitet haben. Sie erinnern sich an den Mann. Wir waren so frei und haben sie gleich mit einem Phantombildzeichner zusammengesetzt.«

»Ja, sehr gut. Wir brauchen noch etwa zwanzig Minuten, dann sind wir bei Ihnen.«

Barbara und Özay fanden die beiden Postler, einen älteren Mann und eine junge Frau, beim Zeichner, der das Phantombild gerade fertiggestellt hatte. Es zeigte das, was Barbara erwartet hatte: den Handwerker mit der großen getönten Weitsichtbrille.

»Dieser Mann hat die Post für Boy Harding abgeholt?«

Die Frau nickte eifrig. »Ich weiß noch, ich fand den Namen damals so interessant, aber als der Mann dann kam, war ich total enttäuscht. Ich meine, sehen Sie sich ihn doch mal an.«

Bei den bisherigen Beschreibungen hatte nie jemand die Segelohren erwähnt, die unter der Baseballkappe hervorstanden.

»Und seine Stimme?«

»Sehr leise und heiser. Ich habe ihn manchmal kaum verstanden.« Der Mann lächelte verlegen und deutete auf ein Hörgerät im rechten Ohr.

»Ist Ihnen sonst noch etwas aufgefallen an ihm?«

»Er war sehr dünn. Erschreckend dünn«, meinte der Mann, aber die junge Frau schüttelte den Kopf.

»Ich glaube, das lag nur daran, dass er viel zu weite Sachen trug. Wenn Sie mich fragen, hatte er die aus der Kleidersammlung. Er war so richtig unscheinbar. Wenn er nicht so oft gekommen wäre, so mindestens zweimal im Monat, hätte ich mich wohl nicht an ihn erinnert. Er war nur einer der vielen ... na ja, Penner nicht gerade, aber in dem Viertel gab es viele Sozialhilfeempfänger.«

»Vielen Dank, Sie haben uns sehr geholfen.« Barbara wandte sich an den Zeichner. »Können wir eine Kopie davon mit nach Düsseldorf nehmen?«

»Ich werde sie elektronisch übermitteln. Und das hier kann ich Ihnen kopieren.«

Barbara bedankte sich bei ihm und den Hamburger Kollegen. Es war inzwischen neunzehn Uhr, und ihr Magen knurrte. »Kann man hier in der Nähe was Ordentliches essen?«, fragte sie.

Der Beamte nannte ihr einen Grill der Nähe, aber das war nicht unbedingt nach ihrem Geschmack.

Draußen wandte sie sich an Özay. »Wir sollten an einer Raststätte halten, was meinen Sie?«

Özay war die ganze Zeit sehr still gewesen. »Ja, gut. Kann ich wieder fahren?«

Barbara warf ihm den Schlüssel zu. »Und jetzt sagen Sie mir, was Ihnen durch den Kopf geht.«

»Sie wollten doch vorgestern mit mir die Bilder durchsehen, die ich von Reitker gemacht hatte.«

»Ja. Wir sind nicht mehr dazu gekommen ...«

»Er hat diesen Mann getroffen.« Özay spielte mit dem Autoschlüssel in seiner Hand.

»Wen? Den Handwerker? Haben Sie ein Foto von ihm?«

Özay verneinte. »Ich stand ungünstig. Auf den Bildern kann man nur erkennen, dass der Mann Reitker einen Umschlag gibt. Aber gesehen habe ich ihn. Ich habe ihn nur nicht mit dem Handwerker in Verbindung gebracht. Er hatte zwar auch eine Baseballkappe auf und trug so eine dicke Brille, aber nicht dieses Riesending, es sah moderner aus. Und seine Kleidung war auch ganz normal, Jeans und Sweatshirt, aber eher edel.«

»Segelohren?«

»Konnte ich nicht so genau erkennen. Aber es könnte dieser Mann gewesen sein.«

»Wenn wir in Düsseldorf sind, sehen wir uns die Bilder noch mal an.«

»Heute Abend noch?«

Barbara seufzte. »Nein, wohl eher nicht mehr. Morgen, so früh wie möglich.«

»Nicht vor zehn«, brummte Özay. Und dann gab er Gas.

Gegen dreiundzwanzig Uhr war Barbara zu Hause. Sie setzte Özay an seinem Wagen ab, er tauschte den Jaguar mit sichtlichem Bedauern gegen den Golf.

Annette hatte nicht auf Barbara gewartet, aber einen Zettel in der Küche hinterlassen. »Thomas' Zustand ist stabil, Werte verbessern sich stetig, Weinfurt zuversichtlich, sie wecken ihn morgen.«

Gute Nachrichten. Auf dem Anrufbeantworter war eine Nachricht von Severin. »Ich glaube, Petri hat einen Treffer gelandet. Ich fahre nächste Woche mit ihm nach Stuttgart. Sie bieten einen weit besseren Preis, als ich gedacht habe.«

Barbara nahm sich eine Flasche Mineralwasser und ein Glas mit nach oben ins Gästezimmer.

Frühes Aufstehen war zwar nie Barbaras Ding gewesen, aber weil sie unbedingt dabei sein wollte, wenn Thomas aufwachte, beschloss sie schon um acht im Büro zu sein.

»Das hier ist das Phantombild des Mannes, der Schmidtmanns Liebesbriefe bei der Post abholte.« Sie präsentierte es den Kollegen.

»Der Handwerker. Immer wieder. Wenn wir nur wüssten, wie wir seiner habhaft werden können.«

»Wir sollten ihn auf jeden Fall zur Fahndung ausschreiben«, meinte Philipp.

»Aber wir wissen doch, dass das eine Verkleidung ist.« Kramer wirkte äußerst unzufrieden.

»Vielleicht ist sie das nur zum Teil. Özay erwähnte gestern, dass Reitker sich mit einem Mann getroffen hat, auf den die Beschreibung auch passen könnte. Allerdings nicht im Blaumann und auch nicht in Sachen aus der Altkleidersammlung. Und die Brille war zwar eine solche Weitsichtbrille, aber das Gestell viel moderner. Er konnte leider kein Foto von dem

Mann machen, er beobachtete jedoch, wie er Reitker einen Umschlag übergeben hat.« Barbara ließ sich auf einen Stuhl fallen. »Was ist, wenn zum Beispiel die Brille keine Verkleidung ist?«

»Lass mich mal eben deine Gedanken nachvollziehen, Barbara.« Philipp setzte sich ebenfalls hin. »Wir finden gestern heraus, dass Schmidtmann möglicherweise die Schuld eines anderen auf sich genommen hat. Und du findest heraus, dass er einen Geliebten hatte, bis zuletzt. Denkst du, der Geliebte könnte der Mörder sein?«

»Das ist zur Zeit meine liebste Hypothese, ja. Es könnte natürlich auch sein, dass es zwei verschiedene Personen sind, aber ehrlich gesagt, das passt nicht zu Schmidtmanns Lebensweise.« Sie dachte nach. »Unser Mann hat erfahren, dass eine Brille und ein bestimmtes Outfit sozusagen unsichtbar machen – am eigenen Leib. Die ärmliche, viel zu große Kleidung in Hamburg, der Blaumann. Beides sind Uniformen, der Rest des Menschen verschwindet dahinter. Die Brille ist zwar etwas, an das man sich erinnert, aber man vergisst darüber das Gesicht. Aber wenn er das erfahren hat, dann ist er vielleicht wirklich Brillenträger, einer mit einer auffallend starken Brille.«

»Das Album«, meinte Philipp. Schon nach so kurzer Zeit waren sie wieder beruflich so auf einer Wellenlänge, dass einer die Gedanken des anderen ergänzen konnte.

Heinz hievte das schwere Album auf den Tisch. »Dann auf ein Neues. Suchen wir kleine Jungen mit Brille und Segelohren.«

»Das sind doch hauptsächlich FKK-Fotos, wer trägt am Strand schon eine Brille?«, fragte Kramer.

»Jemand, der ziemlich schlecht sehen kann.« Barbara begann zu blättern. »Ich erinnere mich an die eine oder andere Brille auf den Bildern.«

»Wir können es uns gemütlich machen und den Beamer anwerfen«, meinte Becker trocken. »Ich habe gestern jemanden beauftragt, alle Bilder einzuscannen.«

Sie ließen die Verdunklung herunter und warfen die Bilder an die Wand. Zum ersten Mal entdeckten sie einen Jungen mit Brille auf einem Bild, das in den Sechzigern aufgenommen wurde. Er tauchte aber nicht wieder auf. Dann, in den späten Siebzigern, gab es einen zwölf- oder dreizehnjährigen dürren Jungen in einer ganzen Gruppe.

»Der da, können Sie den bitte markieren?«, bat Becker. Philipp, der sich mit Bildbearbeitungsprogrammen auskannte, machte einen Kreis um das Gesicht. Es war nicht sehr gut zu erkennen, trotzdem schnitt Philipp es aus und kopierte den Ausschnitt in eine neue Datei.

Der Junge tauchte auf den nächsten Bildern immer mal wieder auf, und endlich gab es auch ein Foto, auf dem das Gesicht klar zu erkennen war. »Das ist aber eine Kurzsichtbrille.« Barbara war enttäuscht, sie hatte gehofft, den weitsichtigen Handwerker hier zu finden und nun hatte der Junge eine Brille, die seine Augen verkleinerte.

»Ja, aber er ist sehr häufig fotografiert worden.« Sie waren inzwischen in der Mitte der Achtziger angekommen und immer noch tauchte hier und da dieser Junge auf den Bildern auf, der langsam zum jungen Mann reifte. Im Album begann nun eine Serie von Ganzkörperportraits, die vor einem Zaun aufgenommen waren. Philipp ließ sie in recht raschem Tempo abspielen.

Barbara stutzte. »Halt, Philipp, nicht so schnell! Geh noch mal zwei, drei Bilder zurück, bitte.«

Er tat es.

»Stop. Das ist er. Der Junge mit der Brille.«

Er trug sie zwar nicht, aber Barbara hatte Recht. Philipp schnitt auch dieses Gesicht aus und kopierte es zu den anderen. Im direkten Vergleich wurde ganz deutlich, dass es sich um dieselbe Person handelte.

»Weiter?«, fragte Philipp

»Ja. Lass sehen, ob er noch öfter auftaucht.«

Das tat er. Der Rest des Albums bestand fast ausschließlich aus den Portraits des jungen Mannes. Barbara war das beim ersten Durchsehen gar nicht aufgefallen. – Ich war mit meinen Gedanken ganz woanders an diesem Tag, dachte sie. Und plötzlich fuhr sie regelrecht zusammen. Der Junge hatte eigentlich immer sehr ernst ausgesehen, aber auf diesem Bild lächelte er. »Mein Gott ... dass ich das übersehen konnte!«

Barbara schüttelte immer noch den Kopf über ihre eigene Blindheit. »Druck das Bild aus, Philipp. Kramer, haben Sie Fotos von den Leuten auf Annettes Geburtstag?«

Kramer nickte. »Ich gehe sie holen.«

Wenig später war er zurück und warf einen Stapel Fotos auf den Tisch. Barbara durchwühlte ihn, bis sie ein bestimmtes Bild gefunden hatte. Dann legte sie den Ausdruck daneben, nahm einen schwarzen Filzstift und malte eine eckige Brille auf das Gesicht.

»Du hast Recht. Das ist derselbe Mann.« Heinz war überrascht. »Wer ist das?«

»Das ist Andreas Petri. Sehr jung zwar, aber er ist es zweifellos.«

Kramer bestätigte den Eindruck.

»Wer ist Petri?« Becker fragte, was allen anderen ins Gesicht geschrieben stand.

»Petri verkauft in unserem Auftrag die Firma.« Barbaras Herz begann zu klopfen. »Mein Gott, das kann doch nicht wahr sein.« Sie stand auf. »Ich glaube, mir wird schlecht.«

Als sie von der Toilette zurückkam, sahen sie alle erwartungsvoll an.

»Wo ist er im Moment?«, wollte Heinz wissen.

»Hier in Düsseldorf, denke ich. Er hat sich gestern mit unserem Prokuristen getroffen. und er war ... er war bei Thomas. Heute Morgen ...« Sie fühlte, wie ihr das Blut aus dem Gesicht wich.

Aber Heinz war schon am Telefon. »Schicken Sie sofort jemanden in die Klinik, das Zimmer von Thomas Hielmann muss rund um die Uhr bewacht werden. Sie bekommen von uns eine Beschreibung, auf wen Sie besonders achten müssen.«

In einer anderen Ecke diktierte Kramer bereits die Beschreibung von Petri und dem Handwerker. »Was ist mit einem Phantombild?«

»Nicht nötig. Wir haben ja die Fotos.«

»Jetzt können wir nur warten.« Becker seufzte. »Ich hasse das.«

»Nein, wir müssen nicht warten.« Barbara lächelte plötzlich. »Wir haben eine DNA-Probe von ihm.«

Heinz sah sie entgeistert an. »Wieso eine DNA-Probe?«

»Er ist in Burg gemeldet. Und alle männlichen Einwohner Burgs in einem bestimmten Alter waren aufgefordert, eine Speichelprobe abzugeben wegen der Vergewaltigungsserie. Die Proben müssten noch beim LKA in Kiel sein.«

Becker hängte sich auch ans Telefon. Als er fertig war, wischte er sich den Schweiß von der Stirn. »Sie waren sich nicht sicher, ob sie die Proben noch haben. Eigentlich hätten sie sie längst vernichten müssen, aber sie haben so viel zu tun, dass niemand dazu gekommen ist.«

»Manchmal hat man eben Glück.«

»Sie schicken die Ergebnisse so schnell sie können, dann können wir hier vergleichen.«

»Und wir können sein Haus in Burg und sein Appartement in Hamburg durchsuchen lassen«, ergänzte Heinz.

»Was ist mit dem Haus in Bottrop? Sagte der Besitzer nicht, er hätte vor einiger Zeit seine Firma verkauft? Petri hat immer ein sehr enges Verhältnis zu seinen Kunden, da wäre es ein Leichtes, sich eines Schlüssels für das Haus zu bemächtigen.« Ihr Hirn arbeitete jetzt wie eine Maschine. »Dann solltet ihr bei Heine Consult nachfragen, wo Petri in der letzten Zeit Kunden besucht hat. Ich tippe auf den Spessart und Berlin ...«

Barbara entdeckte erst jetzt Özay, der mitten im Raum stand. Niemand hatte, während sie sprach, bemerkt, dass er hereingekommen war.

»Ich glaube, ich habe etwas verpasst«, stellte er fest.

»Wir brauchen Ihre Kontodaten, Özay.« Barbara kam gleich zur Sache. »Wir müssen wissen, wann er Ihnen wie viel überwiesen hat. Vielleicht hat er sich so sicher gefühlt, dass er es von seinen normalen Konten abgebucht hat.«

»Und wer? Oder sprechen wir immer von ›dem Mann‹ oder ›dem Täter‹?«

»Andreas Petri.«

»Wow! Und wie ...«

»Wir haben jetzt keine Zeit zum Reden, Özay. Wir müssen arbeiten.«

In diesem Moment klingelte Barbaras Handy. Es war Annette. »Barbara, wo bleibst du denn? Weinfurt hat angerufen, sie wecken Thomas auf.«

»Ich komme sofort.« Sie schaltete das Handy aus. »Ich muss zur Klinik.«

»Kann ich Sie fahren? Ich bin hier doch ohnehin überflüssig.«

»Die Kontodaten, Özay«, knurrte Philipp.

Özay kritzelte etwas auf einen Zettel. »Das ist mein Homebanking-Zugang. Da finden Sie alles.«

Als Barbara kurze Zeit später mit Annette an der Scheibe stand, war ihr ein wenig flau im Magen. Sie konnte aber unmöglich sagen, ob das durch die ungeheure Erkenntnis kam, die ganze Zeit in regem Austausch mit dem vermutlichen Mörder gestanden zu haben, oder von Özays halsbrecherischer Fahrt durch die Reste des morgendlichen Berufsverkehrs. Annette hatte sie noch nichts von Petri erzählt.

Weinfurt hatte ihnen erklärt, dass der Aufweckvorgang sehr langsam vor sich gehen würde. Einige der Mittel, die Thomas im künstlichen Koma hielten, waren schon während der Nacht abgesetzt worden. Jetzt bekam er zusätzliche Medikamente. Nach und nach würden dann die Geräte, auf die er jetzt noch angewiesen war, abgeschaltet.

»Was will denn dieser Journalist hier?«, fragte Annette. Sie hatte Özay kurz gesehen, der draußen vor der Intensivstation wartete. Dort hatte sich auch Patrick König postiert, solange Barbara und Annette da waren. Später würde er Thomas von diesem Raum aus bewachen.

»Er hat mich nur gefahren, Annette. Eigentlich war das sehr nett von ihm.«

»Sag mal, Barbara, sucht ihr diesen Handwerker noch?«

»Ja.« Barbaras Herz begann wieder, heftig zu klopfen. »Warum?«

»Weil ... Vielleicht habe ich mir das auch nur eingebildet ... Ich dachte für einen Moment, ich hätte ihn gesehen. Heute Morgen, hier oben auf der Station, aber er verschwand schnell in einem Raum ...«

»Oh, mein Gott.«

»Barbara, was ist denn ...«

»Rühr dich nicht von der Stelle, Annette. Hier wird gleich ein Polizist kommen, der auf dich und Thomas aufpasst.«

Als Barbara in den fensterlosen Vorraum trat, wurde es plötzlich dunkel. Ein Stromausfall.

»Keine Angst!«, rief ihr eine Schwester zu. »Die Notstromversorgung ...« Es wurde wieder hell. »Sehen Sie? Die Notstromversorgung geht sofort an. Wahrscheinlich hat dieser Elektriker ...«

»Ein Elektriker? Hier arbeitet ein Elektriker?«

»Ja, seit heute Morgen.«

»Wer hat den Auftrag erteilt?«

»Der Stationsarzt, dachte ich ... und die Haustechnik.«

»Hat er sich ausgewiesen?«

Die Schwester sah sie entgeistert an. »Er stand im Blaumann vor mir. Es war viel zu viel zu tun heute Morgen.«

»Und wie sah er aus? Baseballkappe und Weitsichtbrille?«

Die Schwester nickte, wurde aber langsam nervös.«

»Wir müssen damit rechnen, dass der Notstrom auch ausfällt.«

»Aber ...«

»Das ist ein weiterer Mordanschlag auf meinen Mann. Und diesem Kerl ist es egal, wenn auch andere dabei draufgehen. Rufen Sie die Haustechnik, die Notstromversorgung muss sofort gesichert werden.«

Die Schwester nickte, wählte aber zunächst eine Nummer am Telefon. »Hier ist jemand von der Haustechnik für Sie. Sie kennen sich doch nicht aus!«

Barbara verabredete sich mit dem Techniker am Eingang zum Keller, dem kürzesten Weg zum Notstromaggregat. Vor der Station wartete immer noch Patrick König. »Gehen Sie in den Beobachtungsraum zu meiner Schwiegermutter. Petri muss hier sein, der kurze Stromausfall geht auf sein Konto. Ich bin mir sicher. Und rufen Sie Verstärkung.«

»Petri?«

Barbara nickte. »Er ist unser Mann. Verkleidet als Handwerker.«

»Scheiße. Wo gehen Sie hin?«

»Ich werde die Notstromversorgung sichern.«

König griff in sein Schulterhalfter. »Nehmen Sie die.«

»Die brauchen Sie doch!«

Er lüftete die andere Seite seiner Jacke. Er trug ein zweites Halfter. »Als Personenschützer muss man auf alles gefasst sein.«

»Ich mag keine Waffen ...«

»Petri aber. Los, beeilen Sie sich. Ohne Strom wird nicht nur Ihr Mann hier um sein Leben kämpfen müssen.«

Barbara rannte den Gang hinunter zur Treppe. Sie warf dabei Özay fast um, der mit einem Kaffee um die Ecke bog.

»Was ist los?«

»Petri ist hier. Als Handwerker verkleidet. Er will vermutlich die Stromversorgung sabotieren, um den Mord an Thomas doch noch zu vollenden. Die normale hat er schon lahm gelegt, jetzt wird er es mit der Notstromversorgung versuchen.«

»Ich komme mit ...«

»Das werden Sie nicht. Sie sind da nur im Weg und möglicherweise werde ich die Waffe benutzen müssen.«

Sie ließ Özay stehen und rannte weiter. Unten an der Treppe wartete der Haustechniker auf sie. Entgeistert starrte er die Waffe an.

»Der Mann ist vermutlich bewaffnet. Sie müssen mir nur zeigen, wo ich hin muss, Sie brauchen nicht mitzugehen. Aber halten Sie sich bereit, da unten schnell etwas reparieren zu müssen.«

»Der Kollege ist schon bei der regulären Stromversorgung und versucht, sie wieder fit zu machen.« Er hob das Funkgerät hoch, das er bei sich hatte. »Er sagt, der Schaden sei beträchtlich, aber er könne notdürftig etwas machen, damit es Saft gibt in den OPs und auf den Intensiv-Stationen für den Fall des Falles.«

Sein Funkgerät piepste. »Ja?«

»Es sind fast alle Kabel abgerissen. Der kennt sich gut aus mit der Materie. Ich werde mindestens fünfzehn Minuten brauchen, eher länger. Und wenn das dann jemand unter Sicherheitsaspekten überprüft ...«

»Das ist jetzt scheißegal, Hauptsache der Strom fließt. Beeil dich. Wir werden vielleicht nicht verhindern können, dass er an die Notstromanlage kommt.«

Der Haustechniker erklärte Barbara den Weg zum Notstromaggregat. »Folgen Sie dem dicken grünen Kabel an der Decke. Es verschwindet manchmal, liegt aber immer wieder offen. Das Dieselaggregat liegt hinter zwei schweren, verschlossenen Türen, da muss er erst mal durch. Wenn er aber durch ist, hat er leichtes Spiel.« Er drückte ihr ein zweites Funkgerät in die Hand. »Können Sie damit umgehen?«

Barbara nickte.

»Für alle Fälle. Seien Sie vorsichtig. Da unten gibt es nur die Notbeleuchtung.«

»Das dürfte eher von Vorteil sein.«

Sie stieg die Treppe hinunter. Unten tauchten die Notleuchten alles in ein gespenstisches trübes Licht. Über Barbara zogen sich dicke Rohre und unzählige Kabel unter der Decke entlang. Sie entdeckte mehrere dunkle Kabel und vermutete, das eines davon das grüne war. Sie fluchte leise, weil sie keine Taschenlampe mitgenommen hatte. Dazu war keine Zeit gewesen. Dann konnte sie im Schein einer kleinen Wandlampe die Farbe der Kabel erkennen. Das grüne war ein wenig dünner als die anderen dunklen.

Sie ging langsam eng an der Wand entlang in die Richtung, die der Haustechniker ihr genannt hatte. Als sie eine enge Stelle passierte, stolperte sie plötzlich fast, irgendetwas fiel um und machte einen Heidenlärm. Sie sah genau hin und erkannte einen dünnen Draht, der um einen alten Stuhl gewickelt war. Als sie dagegen gelaufen war, hatte sie den Stuhl umworfen.

Sie drückte sich an die Wand und lauschte. Wirklich, da vor ihr, dort, wo der Techniker ihr die erste Tür zur Notstromversorgung beschrieben hatte, hörte sie etwas. Weit entfernt ratterte das Dieselaggregat, aber im nächsten Moment wurde das Geräusch lauter. Er hatte die erste Tür geöffnet.

Sie sah sich um und entdeckte eine Stelle, an der sie besser gedeckt war.

»Geben Sie auf, Petri. Bald wird es hier von Polizei nur so wimmeln.«

»Nein.« Der Lärm des Aggregats war nicht so groß, dass sie seine Schritte nicht hören konnte. Sie entfernten sich. »Bald – das reicht vielleicht, um Ihren Mann zu töten.« Seine Stimme kam vom anderen Ende des Raumes.

»Die Stromversorgung wird bereits repariert.«

»Ich weiß, wie lange sie damit zu tun haben werden. Es ist den Versuch wert, es vor ihnen zu schaffen.« Er schlug jetzt mit irgendetwas gegen das Schloss der zweiten Tür. »Versuchen Sie ja nicht, hier hereinzukommen. Die Türöffnung ist gut beleuchtet, ich werde Sie treffen.«

Barbara überlegte verzweifelt, wie sie ihn abhalten konnte weiterzumachen. Reden, dachte sie, immer weiter reden.

»Warum Thomas? Was hat er Ihnen getan? Ich dachte, Sie mögen ihn?«

Die Stimme klang etwas gepresst, als versuche er, etwas aufzuschrauben, das sehr fest saß. »Tun Sie doch nicht so, als wären Sie dumm, Barbara. Ich weiß, dass Sie das nicht sind.«

Inmitten der Aggregatgeräusche hörte Barbara, wie etwas Metallenes auf den Boden fiel. Ein Schraube? War das eine Schraube am Schloss, oder versuchte er die Scharnierschrauben abzumontieren?

»Sie haben mir Klaus genommen. Meine einzige Liebe. Der einzige Mensch, der immer für mich da war.«

»Und der für Sie ins Gefängnis gegangen ist.«

Stille.

»Es stimmt doch, Sie haben die Jungen ermordet.«

»Ja, aber niemand hätte das herausgefunden, wenn Sie nicht dieses Profil erstellt hätten. Plötzlich suchten alle nach einem einzelgängerischen jungen Mann mit einem unauffälligen, aber PS-starken Auto.«

»Wenn Sie nach Alexander Krattnik aufgehört hätten, hätten wir Sie vielleicht nie gekriegt.«

Barbara hörte ein Keuchen. Er musste an der nächsten Schraube drehen. »Ich war in Panik. Und da hat Klaus gesagt, er wolle mir helfen. Und gestehen, dass er es war. Und ich sagte ihm, das man ihm das nie glauben würde. Das man nur dieser Psychotante glauben würde, Ihnen! Deshalb musste noch eine Leiche her.«

Barbara schloss für einen Moment die Augen. Das würde immer an ihr kleben bleiben. Jonas' Tod war und blieb ihre Schuld. »Hat Schmidtmann Jonas Grüter umgebracht?«

Petri schmiss irgendetwas wütend durch die Gegend. »Glauben Sie, dieser Mann wäre zu so etwas fähig gewesen? Er war der liebste und sanfteste Mann auf der Welt. Er konnte keiner Fliege ein Haar krümmen, und alle Welt hat nur auf ihm herumgehackt, weil er schwul war.«

Etwas kratzte über eine Metallfläche, aber Petri sprach weiter: »Er hat mich aus der Gosse geholt und sich immer um mich gekümmert. Er hat dafür gesorgt, dass ich nach der abgebrochenen Lehre mein Abitur nachholen konnte, er hat mein Studium finanziert.«

»Und Sie haben Ihren Arsch dafür hingehalten.« Barbara, deren Augen sich inzwischen gut an die Dunkelheit gewöhnt hatten, schlich sich noch etwas näher an die Tür.

Ihre Provokation fruchtete nicht. »Ja, halten Sie mich nur für einen Stricher. Aber er hat mich geliebt und ich habe ihn auch geliebt. Ich habe mein Versprechen gehalten, solange er lebte. Ich habe nicht mehr getötet.«

Wieder kratzte etwas über Metall.

Plötzlich hörte sie hinter sich Schritte. »Ich bin's, Frau Pross ...« Es war Özay und er trat in das Licht im Türrahmen. Doch noch ehe er mehr sagen konnte, pfiff ihm eine Kugel um die Ohren. Barbara riss ihn zu Boden.

»Özay, Sie Idiot. Was machen Sie hier?«

»Ich ... ich wollte Sie unterstützen ...«

»Sie sind also nicht allein.« Özays Dummheit hatte immerhin erreicht, dass Petri aufhörte zu schrauben. »Ist das dieser türkische Versager?« Sie hörten ihn ächzen. Wahrscheinlich versuchte er, die Tür aus den Angeln zu heben.

»Er kommt bald an die Notstromversorgung ran«, flüsterte Barbara. Sie drückte Özay das Funkgerät in die Hand. »Sorgen Sie dafür, dass dieser Knopf gedrückt bleibt. Dann können die anderen mithören.«

»Gleich bin ich soweit.« Petris Stimme klang ein wenig atemlos. »Dann können Sie auch spüren, wie das ist, wenn jemand stirbt, den Sie lieben.«

Sie konnten hören, wie etwas Schweres auf den Boden fiel. Im selben Moment lärmte das Dieselaggregat ungedämpft los. Er hatte das letzte Hindernis überwunden.

Barbara setzte alles auf eine Karte. »Ja, Petri, wie ist das denn, zu wissen, dass Sie Ihren geliebten Klaus selbst auf dem Gewissen haben?« Sie musste schreien, damit es bei ihm ankam.

Zunächst kam keine Antwort. Oder konnte Barbara sie in dem Lärm nicht hören?

»Sie! Sie haben ihn auf den Gewissen und niemand sonst!« Er musste wieder in den Vorraum gekommen sein. Und er war näher, als Barbara lieb war.

»Und was ist mit den Briefen? Den beiden Briefen, die zurückgekommen sind, weil das Postamt geschlossen wurde?«

»Briefe?«

»Ja. zwei Briefe, die Sie nicht abgeholt haben. Drei Tage vor seinem Tod hat er sie zurückbekommen. Ich habe mit Lukassen gesprochen, seinem früheren Zellennachbarn. Schmidtmann muss außer sich gewesen sein, weil er dachte, Sie hätten sich von ihm abgewandt. Und dann hat er sich umgebracht, Petri. Weil er glaubte, Sie hätten ihn allein gelassen.«

»Das ist nicht wahr!« Petri schrie es. Sie hörte, dass er zu weinen begann, aber das Schluchzen entfernte sich und ging unter im Lärm. Er hatte wohl begonnen, an der Anlage herumzuwerkeln.

»Verdammt«, flüsterte Barbara. »Er muss damit aufhören.«

Sie schlich sich zu der Tür. Özay versuchte vergeblich, sie zurückzuhalten. In diesem Moment ging das Licht aus.

Es war totenstill. Es war stockdunkel. Das Aggregat lief nicht mehr.

Oh Gott, Thomas, dachte Barbara.

»Sehen Sie. Ich habe es geschafft.« Das kam wieder aus der Nähe der Tür. »Er stirbt jetzt, jetzt gerade.«

Barbara rang nach Luft. »Sie waren schon dabei, ihn aufzuwecken. Er kann selbstständig atmen.«

Die Antwort waren Schüsse in der Dunkelheit.

»Sind Sie okay?«, fragte Özay.

Barbara antwortete nicht. Sie hatte sich zu Boden geworfen. Petri sollte glauben, dass er sie erwischt hatte. Plötzlich sah sie ein kleines Licht. Es war Özay. Er trug eine kleine Taschenlampe am Gürtel, ein beliebtes Werbegeschenk. Barbara legte die Finger auf die Lippen. Özay machte die Lampe wieder aus. Er hatte verstanden.

»Oh mein Gott!«, rief Özay laut und es klang nach echter Verzweiflung. »Sind Sie verletzt? Frau Hielmann-Pross, sagen Sie doch was.«

Barbara gab ein Stöhnen von sich.

Sie konnten Petris Schritte hören. »Na, habe ich sie erwischt? Dabei habe ich niemals vorgehabt, sie zu töten. Sie sollte nur leiden, wie ich gelitten habe.«

Die Stimme kam jetzt direkt von der Tür.

»Die Lampe, Özay, jetzt.«

Özay leuchtete Petri direkt in die Augen. Barbara ging kein Risiko ein. Entschlossen hob sie die Waffe und schoss Petri ins Bein. Er brach mit einem Schmerzensschrei zusammen. Gemeinsam mit Özay überwältigte sie ihn.

»Wir brauchen hier unten Hilfe«, sagte sie ins Funkgerät. »Und bringt Taschenlampen mit.« Aber in diesem Moment ging das Licht wieder an.

Barbara hockte erschöpft auf der obersten Stufe der Treppe zum Keller. Özay saß neben ihr. Gerade hatte man Petri auf einer Trage heraufgeholt. Er wurde gleich hier versorgt. »Sind Sie verletzt?«, fragte Kramer, als er das Blut sah.

»Nein, das ist Petris Blut. Ich habe ihm ins Bein geschossen.«

»Wir sind dabei, nach seinem Wagen zu suchen – diesem hochgezüchteten Golf. Es besteht Anlass zur Vermutung, dass er nicht verschrottet wurde, sondern verkauft und dass er immer noch herumfährt – und mit ihm Spuren von den Jungen.«

»Mein Gott, Kramer, haben Sie denn nur den Job im Kopf?« Heinz Wersten war mit Philipp Lachmann zu ihnen gekommen. Philipp setzte sich kurzerhand neben Barbara auf die Stufen und nahm sie in den Arm.

Sie ließ es geschehen, fragte aber: »Geht es Thomas gut? Hat er den Stromausfall überlebt? Niemand wollte mir etwas sagen ...«

»Die Stromversorgung war innerhalb von zwei Minuten, nachdem er das Aggregat sabotiert hatte, wieder funktionsfähig. Oben auf der Station ist niemandem etwas passiert.« Er beugte sich zu ihr herunter. »Thomas will dich sehen.«

»Was? Er ist wach?«

»Komm.« Er half ihr hoch. Özay kam hinterher und steuerte fast in Trance auf ein paar wartende Journalisten zu, bis Philipp sich ihn schnappte und verhinderte, dass er das Falsche ausplauderte.

Barbara rannte fast die Treppen hinauf – die Fahrstühle waren zwar wieder in Betrieb, aber das dauerte ihr viel zu lange.

Oben lief sie Professor Weinfurt in die Arme. »Frau Hielmann! So können Sie aber nicht zu ihrem Mann. Schauen Sie sich mal an, so schmutzig, wie Sie sind.«

Barbara schluckte. Schmutz, das bedeutete Lebensgefahr für Thomas. Die Tränen traten ihr in die Augen.

»Kommen Sie.«

Er sprach kurz mit einer Schwester, und bald darauf brachte sie blaue Pflegerkleidung. »Frau Hielmann, wir gehen jetzt duschen.«

Sie brachte Barbara zu einer Dusche. »Duschgel und Handtücher sind auch da. Beeilen Sie sich.«

Das brauchte sie Barbara nicht zweimal zu sagen. Aber trotz aller Eile blieb sie ein paar Minuten länger als nötig unter der Dusche. Ihr war, als wüsche das warme Wasser alles ab, was sie in den letzten Tagen Schlimmes erlebt hatte. Petri war gefasst. Und wenn sie aus dieser Dusche trat, dann wartete ein neues Leben auf sie. Ein Leben mit Thomas, mit einem fast gesunden Thomas.

Ihr feuchtes Haar tropfte noch ein bisschen in die Haube, die sie trug. Den Mundschutz hatte sie angelegt.

»Hallo, Thomas.«

»Hallo.« Das kam noch ein bisschen leise, aber er schien ganz munter zu sein. »Barbara, es war Petri. Petri hat ...«

»Ich weiß. Mach dir keine Sorgen. Ich habe ihn geschnappt.«

»Gut gemacht.« Er lächelte.

Sie sah ihn an und deutete auf seinen Brustkorb. »Weißt du schon ...?«

»Das Herz. Ja, ich weiß.«

»Und?«

Er schloss die Augen. »Gut, dass ich es nicht vorher wusste, und dass ich keine Wahl hatte. Jetzt ... jetzt kann ich nicht mehr zurück. Das ist gut so.«

»Du wirst es schaffen.«

Er griff nach ihrer Hand, die in einem Handschuh steckte.

So saß sie noch bei ihm, bis Professor Weinfurt sie hinauswarf. Thomas war längst eingeschlafen.

»Nun, Frau Hielmann-Pross, es scheint so, als hätten wir alles richtig gemacht. Das Schlimmste haben wir hinter uns«, meinte der Professor.

Und Barbara hoffte, dass er Recht behielt.

KBV-KRIMI

Jacques Berndorf

Der letzte Agent

KBV-Krimi Nr. 134
Taschenbuch, 281 Seiten
ISBN 3-937001-51-4

Siggi Baumeister hat alle Hände voll zu tun. Nicht nur mit der grässlich zugerichteten Leiche, die er im Eifelland findet, gewissermaßen vor seiner Haustür. Auch eine resolute alte Dame aus Berlin tritt plötzlich auf den Plan und stellt sich als seine Tante Anni vor. Baumeister hat noch nie von ihr gehört. Und schließlich entpuppt sie sich als eine mit allen Wassern gewaschene Frau vom Fach, eine pensionierte Kripo-Kommissarin. Baumeister kann jede Hilfe gebrauchen, denn die Fährte, die er verfolgt, führt ihn direkt zu einem alten Stasi-Komplott …

»Die beste Serie im zeitgenössischen deutschen Kriminalroman.«
(FAZ)

»Jacques Berndorf ist der Eifelkrimi-Guru.«
(DIE ZEIT)

Jürgen Ehlers

Mitgegangen

KBV-Krimi Nr. 135
Taschenbuch, 390 Seiten
ISBN 3-934638-50-6

Düsseldorf, Februar 1929. Am Zaum einer Großbaustelle wird die Leiche eines kleinen Mädchens gefunden. Gewürgt, missbraucht, erstochen, mit Petroleum übergossen und angezündet. »Wer tut so etwas?«, fragt einer der Polizisten erschüttert. Die zynische Antwort lautet: »Meistens der Vater oder der Onkel.« Doch dieser Fall ist anders. Kommissar Wilhelm Berger sieht sich rasch mit einer ganzen Reihe brutaler Überfälle auf Männer, Frauen und Kinder konfrontiert. Ist hier ein Wahnsinniger am Werk? Ein Verdächtiger wird gefasst und gesteht alles. Doch die grausamen Morde gehen weiter …
Jürgen Ehlers zeichnet das bizarre Bild des authentischen Triebtäters Peter Kürten nach, der unter dem Namen »Der Vampir von Düsseldorf« in die Kriminalgeschichte einging.

Rich Schwab

Perlen vor die Schweine

KBV-Krimi Nr. 136
Taschenbuch, 249 Seiten
ISBN 3-934638-54-9

Schlagzeuger Büb Klütsch hat drei Probleme: Er ist notorisch pleite, hat immer Bierdurst und die Kölner Staatsanwaltschaft will den Tod seiner alten Freundin Kathrinchen unbedingt als Drogenunfall zu den Akten legen. An einen Unfall mag Büb aber gar nicht glauben und beschließt daher, selbst die Wahrheit aufzudecken. Keine ungefährliche Aufgabe angesichts der wenig zimperlichen Zuhälterkreise der Domstadt, in denen Kathrinchen verkehrte.

»Rauh und heiser, in ruppiger Gangart, wie ein Song von Van Morrison.«
(Elke Heidenreich über NIE WIEDER APFELKORN)

»Schärfer als die Songs von Tom Waits.«
(Hajo Steinert, Deutschlandfunk, über EINE ALTE DAME GING HERING)

KBV SCHAURIGE EIFEL

Kramp/Lang

Abendgrauen

Eifeler Schauer- und Horrorgeschichten

Taschenbuch, 350 Seiten

ISBN 3-934638-11-2

Ein sprödes Land, zerfurcht von tobenden Vulkanen und vom harten Wind. Hier steckt hinter jeder der vielen Burgen, die schroff in den Himmel ragen, ein garstiges Geheimnis. Hexen, Werwölfe, Irrlichter und andere Erscheinungen versammeln sich hier zu einem Reigen, den Erzähler aus Vergangenheit und Gegenwart gesponnen haben. Ob in den finsteren Gewölben der Klöster oder auf der nächtlichen Autofahrt übers karge Land, überall lauern hier Gestalten, die nichts anderes im Sinn haben, als Angst und Schrecken zu verbreiten.

48 Autoren, wie z. B. Jacques Berndorf, Frank Festa, Caesarius von Heisterbach, Angelika Koch, Elisabeth Minetti, Ralf Kramp, Tilman Röhrig, Theodor Seidenfaden und Clara Viebig. Zahlreiche atmosphärische Fotos von Theo Broere.

Michael Siefener

Somniferus

Phantastischer Roman aus der Eifel

Taschenbuch, 250Seiten

ISBN 3-937001-37-9

Ralf Weiler, erfolg- und mittelloser Schriftsteller aus Köln, erhält den Brief einer Anwaltskanzlei aus der Eifel, worin ihm das Erbe eines verstorbenen Onkels in Aussicht gestellt wird. Er reist in das Burgenstädtchen Manderscheid und wiegt sich eine Woche lang in dem Glauben, in den Genuss eines großen Vermögens und zu einem sorgenfreien Leben gekommen zu sein. Doch das unverhoffte Glück steht auf wackligen Füßen, denn der zwielichtige Anwalt scheint vor dem Ableben des Onkels ein obskures Mandat angenommen zu haben: Weiler wird im Auf-trag des Verstorbenen auf die Suche nach einem wertvollen Buch geschickt, in dem die grauenhafte antike Gottheit Somniferus ihre Arme nach den heute Lebenden auszustrecken scheint. Für Ralf beginnt ein Albtraum, der ihn nie wieder loslassen wird.

Georg Miesen

Wolfsherbst

Phantastischer Roman aus der Eifel

Taschenbuch, 214 Seiten

ISBN 3-937001-45-x

Eine Serie grausamer Mordfälle erschüttert die Öffentlichkeit in der Nordeifel. Ein Team von Spezialisten der Mordkommission versucht, den Täter zu fassen, der mit bis dahin nicht gekannter Brutalität zu Werke geht. Außer der Tatsache, dass allen Bluttaten eine bizarre Art der Inszenierung zu Eigen ist, deutet nichts darauf hin, dass es sich hierbei um etwas anderes als einen gewöhnlichen Kriminalfall handeln könnte. Aber genau das ist es nicht. Es sind verborgene Kräfte am Werk, die alles andere als natürlichen Ursprungs sind. Sie führen die Ermittler immer wieder auf fatale Art und Weise in die völlig falsche Richtung. Und aus den schwärzesten Tiefen der menschlichen Geschichte nähert sich schleichend aber unaufhaltsam eine Gefahr, von der bislang noch niemand etwas ahnt …

KBV-HÖRBUCH
Kalle Pohl
liest
Spinner
von Ralf Kramp
3 CDs
ca. 210 Min.
€ 19,90
3-937001-10-7
Ein Serienmörder macht die Eifel unsicher, und Herbie Feldmann, der bekannte Spinner, der einen unsichtbaren Begleiter namens Julius "neben sich gehen" hat, löst seinen ersten Fall und merkt, dass nicht alle Spinner so harmlos sind wie er selbst …
Kalle Pohl, der beliebte TV-Comedian ("7 Tage - 7 Köpfe", "Kalle kocht" etc.), ist von der Figur des Herbie Feldmann begeistert und wird in loser Folge die Romane um das amüsante Ermittlerduo aus der Eifel auf CD sprechen.
KBV
KRIMI
KALLE
POHL
LIEST
RALF KRAMP
SPINNER
"Ein Eifelkrimi der skurrilen Art" (www.krimiforum.de)
"So schwarz wie die Seele mancher Eingeborener ist auch der Humor." (Rhein Zeitung)
"Auch ohne literweises Blutvergießen verdammt spannend." (Petra)